김시광의
# 공포
# 영화관

DOPPELGANGER

28

HALLOWEEN

FUNNY GAMES

WOLF

[•REC]

DAYS
LATER

Suspiria

BLOOD RUNS RED

OLD

DUSK

BOY

DAWN

SAW

Dracula

AUDITION

CHANGELING

ANGEL HEART

STUCK

Rosemary's
Baby

The Night He Came Home!

DEEP
RED

nosferatu

무섭고 재미있는 공포영화 재발견

Sleeping with the enemy

SCREAM STAGEFRIGHT

The SIXTH SENSE

ZOMBIE

EPHEN KING'S LEGENDARY TALE OF TERROR

THE

OMEN

FRANKENST

BLADE II

DEEP RED

ZDARZENIE

# 김시광의
# 공포
# 영화관

장서

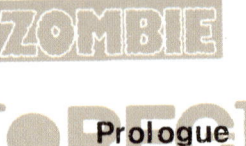

## 과격하고 짜릿하며 통쾌하면서
## 달콤한 공포영화

아버지가 비디오 플레이어를 사들고 귀가한 어느 날 이후, 비디오를 즐겨 보기 시작했다. 단 몇 시간이라도 짬이 생기면 친구들과 축구를 하기보다는 얼른 집에 가서 영화를 봐야겠다는 생각을 했고, TV 과외라는 훌륭한 명분을 내세워 내 방에 비디오를 들인 후에는 못 볼 게 뻔해도 빌려둔 영화가 없으면 불안해서 잠이 오지 않기도 했다.

그래서 새로운 곳으로 이사를 갈 때마다 가장 먼저 친해진 사람은 다름 아닌 동네 비디오 대여점 주인이었다. 그러나 대여점 주인의 추천에 그리 귀 기울이는 편은 아니었다. 대신 나는 구석에 틀어박혀 마음이 동하는 작품을 찾을 때까지 여러 비디오들을 들었다 놓았다를 반복하며, 비디오 커버를 탐독했다. 그러다 보니 내가 선택하는 작품들은 주로 자극적인 문구가 적힌 것들이었다. 물론 이런 식으로 고른 영화들이 취향에 맞지 않았다면 몇 번 보고 흥이 떨어져버렸겠지만, 오히려 나는 자극적 문구 일색이던 공포영화에 매료되어 버렸다.

공포영화는 우리가 바라보고 싶지 않은 현실을 담아내면서 동시에 그 현실의 전복을 꾀하는, 과격하고 짜릿하며 통쾌하면서 달콤한 장르영화이다. 또 인간의 원초적인 욕망을 적나라하게 드러내는 가장 솔직한 영화이기도 하다

하지만 그러한 매력에도 불구하고 공포영화에 대한 평가는 조금 박하게 느껴진다. 그 일차적 책임은 무성의하게 만들어진 공포영화들이 져야 할 것이다. 그러나 다른 모든 경우처럼 전체가 욕을 먹는다고 해서 그것을 구성하는 개개의 작품들이 나쁘다는 뜻은 아니다. 세상에는 좋은 공포영화가 넘칠 정도로 많다.

조금 더 부지런을 떤 사람으로서, 나는 그 좋은 영화들을 소개하고 싶었다. 좋은 것을 나누고 사는 것은 아름다운 일이니까. 하지만 책을 통해 내가 좋아하는 영화들을 모두 소개한다는 것은 불가능하다. 그렇기 때문에 내가 제시할 수 있는 것은 맛보기에 그친다. 공포영화의 매력에 대한 진정한 탐험은 아마

도 이 책을 덮고 난 후부터 시작되지 않을까. 내가 소망하는 것은 단 한 명이라도 이 책을 통해 공포영화에 관심을 가지게 되는 것이다.

이 책에는 공포영화 마니아가 전하는 영화 외적인 이야기와 몇 개의 소주제로 분류한 에세이 형식의 영화 리뷰가 담겨 있다. 물론 이 책에 소개된 영화들의 해석과 분류는 전적으로 개인적인 관점에 의한 것이다. 그러니 누군가는 공감하고, 누군가는 그렇지 않을 것이다. 하지만 해석상의 다양한 관점은 관객의 영화 보기를 더욱 풍요롭게 만들고 읽는 이로 하여금 재미를 느끼게 할 것이다. 모두가 똑같은 생각만 한다면 재미없는 세상이 되지 않겠는가.

세상의 모든 지식들과 마찬가지로, 내가 가진 지식들은 누군가에게서 배운 것이 거의 전부이다. 지금은 사라진 PC통신 영화 퀴즈방을 통한 귀동냥, 인터넷 검색, 비슷한 취향을 가진 선배들과의 만남, 공포영화 관련 글이나 서적을 읽으며 배웠다.

이를테면 『옥스퍼드 세계영화사』, 루이스 자네티의 『영화의 이해』, 김영진 평론가의 『영화가 욕망하는 것들』, 『박찬욱의 오마주』, 백문임의 『월하의 여곡성』, 필립 루이에의 『고어영화』 등의 저작물은 내 지식들의 근간이 된 것들이

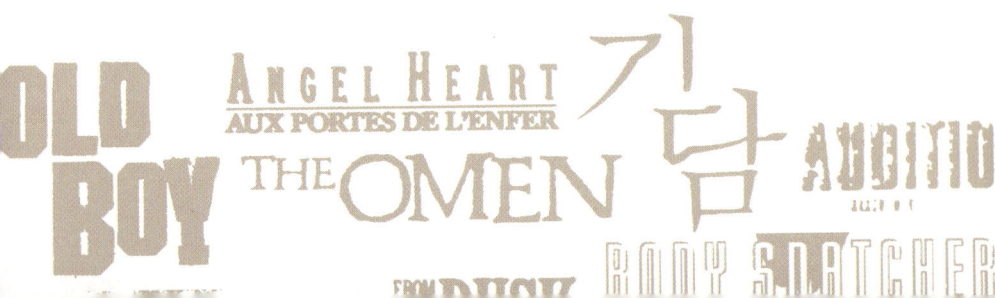

다. 얼굴도 모르는 그들 모든 스승들에게 감사의 마음을 전한다.

또한 공포영화 감상의 든든한 동지였던 동생과 그리고 무엇보다도 나의 아내에게 감사한다. 그녀는 책쓰기라는 과외활동에 신혼기간의 중요한 시간들을 내어주면서도 싫은 소리 한마디 없이 나를 지지해주었다. 마지막으로 나를 응원해준 모든 이들과 이 글을 읽어줄 이들에게도 감사의 마음을 전한다.

2009년 5월, 김시광

# [ Contents ]

## 기타 THE OTHERS

### Horror Tip

Horror Movie

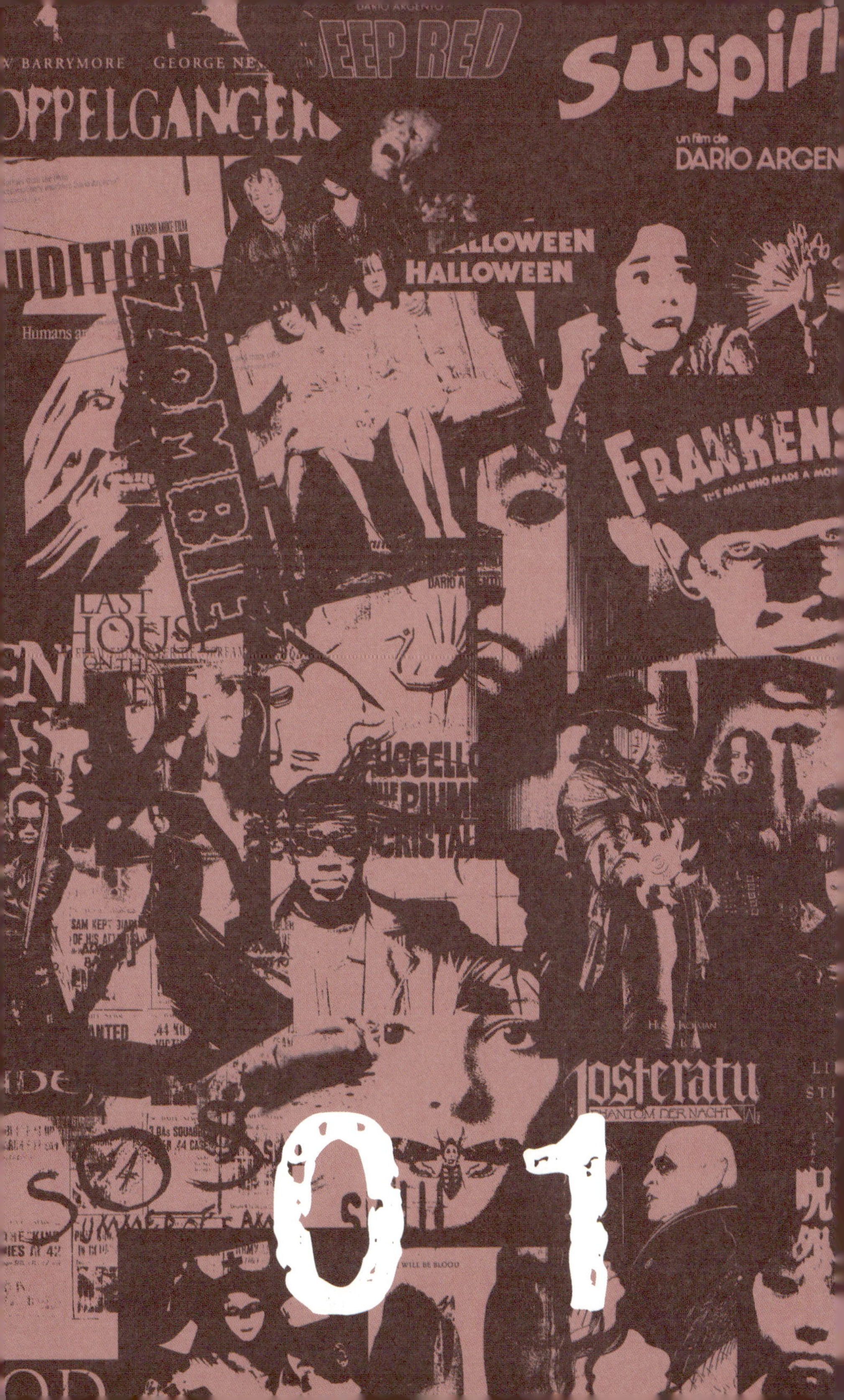

BARRYMORE
HALLOWEEN
HALLOWEEN
un film de
LAST
01

# 나는 공포영화를
# 좋아한다!

국내에서 발간된 공포영화를 전문적으로 다룬 몇 안 되는 서적 『고어영화』(필립 루이에 지음)에는 이런 내용의 역자의 말이 실려 있었다. 그 책의 역자는 귀국 뒤 모 대학에서 교양 강의를 맡았는데, 제일 좋아하는 영화에 대해 왜 그 영화를 좋아하는지 직접 분석해보라는 보고서를 숙제로 내주었다고 한다. 그런데 한 학생이 제출한 보고서를 보고 역자는 충격을 받았다고 한다. 그 보고서에는 '공포영화를 좋아하는 데에는 많은 변명이 필요하다'라는 제목이 달려 있었다는 것이다. 그(혹은 그녀)는 자기가 좋아하는 영화를 좋아한다고 말하는 데 용기가 필요한 분위기라면 그건 분명 재고해 볼 필요가 있는 것이라 생각했다고 한다.

나는 숙제를 낸 학생이 조금 소심한 편이라고 생각하지만, 그의 마음을 어느 정도 이해할 수 있다. 왜냐하면 이런 사례는 낯선 것이 아니기 때문이다. 아마도 한국에서 공포영화 마니아를 자청하는 사람들이라면 한 번쯤은 겪어보지 않았을까? 혹여 영화 이야기가 나오던 중 "나는 공포영화를 좋아한다"라고 말하면 도대체 왜 잔인한 장면이나 보여주는 그런 쓰레기 영화를 좋아하느냐는 소리를 듣기 일쑤고, 정작 내게 별 관심도 없는 사람들에게조차 "그런 영화를 보면 이상해진다"는 식의 훈계를 듣는 것도 별난 일은 아니었다. 소싯적에는 그 조롱에 핏대를 올려 맞대응해보기도 했지만, 결과적으로 열을 내봐야 점점 더 이상한 사람이 되는 쪽은 나였다.

그럼에도 불구하고 나는 그 이름 모를 학생이 소심하기 때문에 그러한 편견에 주눅이 든 것이라고 생각한다. 따지고 보면 그 누구도 편견으로부터 자유로울 수 없다. 아무리 리버럴한 사람을 자처한다고 할지라도, 그 역시 편견을 가지고 있다.

공포영화광들이 가진 공통적인 편견 중 하나는 자신을 제외한 다른 사람들은 공포영화를 좋아하지 않는다는 생각일 것이다. 물론 그 편견은 그럴 듯한 이유를 가지고 있는 듯 보이기도 한다. 하지만 세상에 존재하는 거의 모든 편견은 그 정도의 이유를 가지고 있고, 편견이 무서운 것은 그 사실 때문이다.

내가 생각하기에는 마니아들이 느끼는 것보다 훨씬 적은 사람들이 공포영화를 적대시할 뿐, 다른 이들은 그리 심각하게 생각하지 않는 것 같다. 다들 자기 앞가림하기 바쁜 세상을 살고 있지 않은가.

거의 대부분의 경우 내가 공포영화를 좋아한다고 말하면, 듣는 이는 찰나의 호기심을 나타낸 후 그러려니 하고 넘어간다. 공포영화를 좋아하든, 하이틴로맨스를 좋아하든, 드라마를 좋아하든, 자기 행실만 바르면 욕볼 일은 거의 발생하지 않는다. 게다가 공포영화들을 정말로 좋아하지 않는다고 말하는 사람들도 여름이 되면 공포영화 한 편 정도는 극장에서 관람하는 게 보통이다. 그들은 물론 영화에 만족할 경우 환호를 보내는 평범한 사람들이다.

그래서 생각해보건대 엄밀히 이야기하면 그들은 공포영화를 좋아하지 않는다기보다는 공포영화에서 좋아할 만한 것들을 찾지 못했던지, 그도 아니면 좋은 공포영화가 주는 근사한 경험을 아직 하지 못한 사람들인지도 모른다.

모두에게 지지를 받는 것은 불가능하다. 정도의 차이는 있을 수 있겠지만 공포영화에 대한 사람들의 인식 역시 그러하다. 부정적 인식에 맞서는 가장 좋은 방법은 그냥 그러려니 하는 것이다. 그런 걸 왜 좋아하냐고 누가 물으면 여유 있게 답해주면 될 뿐이고, 이상한 사람이 된다는 등의 얼토당토않은 소리를 들으면 대범하게 무시하면 될 일이다.

당신은 공포영화를 왜 좋아하는가? 그것은 공포영화들이 사회적 약자, 혹은 사회적 소수가 전통과 권위, 심지어는 편견마저도 타파하기 때문 아닌가. 긍정적으로 생각하자. 당신은 가끔 만나는 그 편견 속에서 공포영화의 주인공이 될 수 있는 절호의 기회를 얻은 것이다.

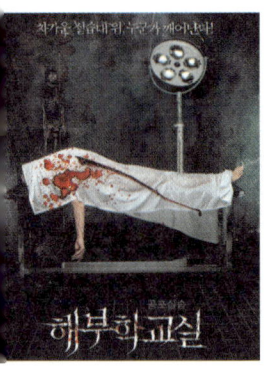
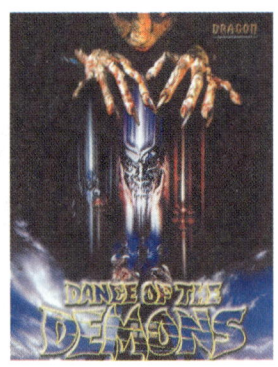
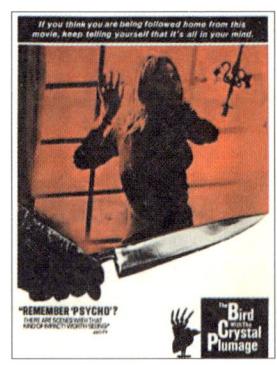

공포영화 블로그를 운영하다보니 이런 덧글을 받게 되는 경우도 가끔은 생긴다.

"주인장님도 가끔씩은 정상적인 작품을 보시는군요."

물론 이런 덧글을 달아주신 이는 대부분 평소 블로그를 자주 방문하며 나와 소통하는 분일 뿐더러, 반농담 삼아 정상적인 작품이라는 표현을 썼던 것을 모르지 않으니 지금 쓰는 글이 행여라도 그 분의 기분을 상하게 만들지 않았으면 한다.

## 공포영화 제대로 즐기는 법

그럼에도 이런 소리를 늘어놓는 것은, 그러한 말에서 뻗친 다른 종류의 이야기가 하고 싶었기 때문이다. 내가 하고 싶은 말을 간단히 하면 나는 호러광이기 전에 영화광이고, 영화광이기 전에 보통의 사람이라는 것이다. 내가 아는 '참된'이라는 수식어를 붙일 수 있는 호러광들은 대다수가 장르를 떠나 영화 자체를 좋아하는 사람들이다. 그리고 공포라는 장르에 특정한 관심을 겸비한 사람들일 뿐이다.

보통의 경우 공포영화만 보는 사람이 공포영화를 더 잘 이해할거라 생각할 수도 있겠지만, 나는 절대로 그럴 수 없을 거라 생각한다. 왜냐하면 다양한 인간의 감정을 접해보고 이해한 사람이 결국 공포라는 하나의 감정에 대해서도 잘 이해할 수 있다고 생각하기 때문이다. 아름다운 것을 모르고 추한 것을 알 수는 없는 법이며, 행복을 모르고 고통을 알 수는 없는 법이다. 물론 머리로만 아는 것보다는 몸으로 아는 게 더 공감의 폭이 크리라는 것은 의심의 여지가 없다.

보통의 경우 시야가 좁으면 좁을수록 쉽게 그것에 질려버린다. 공포영화에서 자극만을 추구하는 이들을 예로 들어보자. 커뮤니티를 운영해본 경험에 근거해볼 때 이런 부류의 사람들의 공포영화에 대한 애정은 대개 오래 가지 못한다. 왜냐하면 인간이란 자극에 쉽게 무덤덤해지기 때문이다.

비슷한 정도의 쾌감을 계속 유지하기 위해서 자극은 기하급수적으로 늘어나야 한다. 이는 경제학에서 말하는 '한계효용체감의 법칙'이 작동하기 때문이다. 하지만 영화를 통한 자극이란 한계가 있는 법이다. 더 이상 그런 자극을 얻을 수 없으면, 그들은 그런 종류의 영화들에 흥미를 잃게 된다. 매일 똑같은 영화들을 본다는 것이 얼마나 지겨운 일이겠는가! 이 단계에서 자신의 시야를 깨고 다른 재미를 찾아내지 못하면, 그들은 장르에서 멀어지게 된다.

그러나 시야가 넓은 이라면 공포영화 안에서 재미를 찾을 수 있는 다양한 부분들을 발견하게 될 것이다. 그리고 재미를 찾을 수 있는 가짓수가 늘어날 뿐만 아니라, 동시에 자극의 크기도 훨씬 커질 수 있다.

예를 들어 김성홍 감독의 〈올가미〉는 남자에게는 정말 재미있는 하나의 영화로 그칠 수도 있겠지만, 결혼을 앞둔 여자에게는 상상도 하기 싫을 만큼 끔찍한 이야기가 될 지도 모른다. 손태웅 감독의 〈해부학교실〉이 가져다주는 공포는 실제로 시체 해부 실습의 경험이 있는 이에게 더 소름끼치는 이야기일 수 있다.

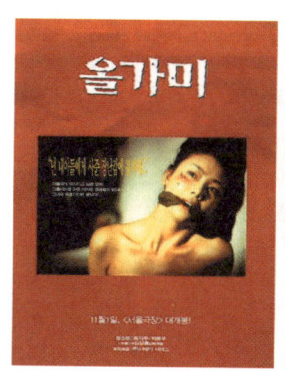
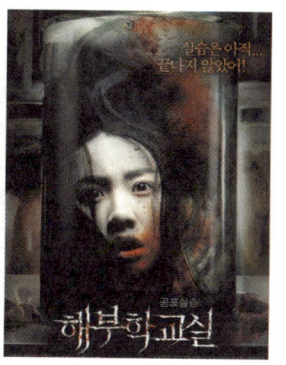
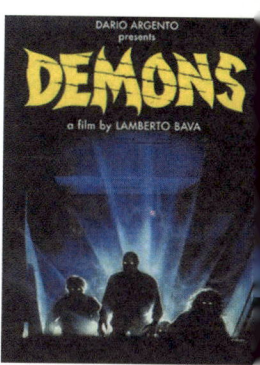

　프레드 굿윈 감독의 〈사탄〉이라는 영화에는 주인공이 차를 몰고 도로 위에 몰려나온 뱀 떼 위를 달리는 장면이 나온다. 처음 영화를 보았을 때 나는 이런 장면에 심드렁했었다. 그러나 비온 뒤 인도를 가득 메운 지렁이 떼 (일부는 꿈틀거리기도 했다) 사이를 까치발을 하고서 끝도 없이 걸었던 경험 이후에 그 장면은 생각하기도 싫을 정도로 끔찍한 장면이 되고 말았다.

　비록 내가 든 예가 조금 극단적인 것은 인정하지만, 우리의 삶이 자극의 강도를 키우고 그것의 끔찍함을 좀 더 잘 이해하게 만든다는 정도를 말하기에 무리는 없다고 생각한다. 경험이 많으면 많을수록 이해할 수 있는 것도 많아지기 때문이다. 물론 공포영화가 다루는 영역이란 매우 넓은 것이기에 공포영화만 주구장창 보면서도 세상을 이해할 수 있게 될지도 모른다. 그러나 그 반대의 경우가 훨씬 빠르고 또 가능성이 높을 것이다. 게다가 직접 경험이란 간접 경험과는 그 정도가 다른 법이니까.

　비슷한 논리로 이 이야기들은 영화라는 하나의 매체로도 확대할 수 있다. 영화는 물론 다른 모든 예술과 형태가 다르기 때문에 카메라의 움직임, 카메라에 포착된 미장센 그리고 장면과 장면의 연결 등을 이해함으로써 영화를 더 잘 이해하게 될 수 있다. 물론 이러한 방법론은 공부를 하고 진지하게 고민을 하며 배울 수 있다. 하지만 영화 역시 그 구체적인 목표에 있어서는 다른 어떤 예술과도 다르지 않다.

결국 인간과 인간의 생각, 인간을 둘러싼 것을 표현하는 것 아니겠는가. 삶이 영화에 대한 이해를 높인다는 이야기는 틀리지 않다. 더구나 영화가 다른 예술과 무엇이 다른지를 겪어보지 못하면, 영화만의 매력을 느끼기도 어려울 것이다. 따라서 영화를 더 잘 이해하려면 영화가 아닌 것 역시 잘 알고 있어야 한다.

이런 식으로 이야기를 확장하다 보면 결국은 원론적인 주장으로 귀결된다. 자신이 어떤 영역을 더 잘 이해하고 싶다고 할지라도, 골방에 틀어박혀서 주구장창 그것만 바라보기보다는 바깥으로도 나가라는 것! 세상 모든 것들은 아는 만큼, 그리고 겪은 만큼 보이는 법이니까.

사람들이 골방에만 처박혀 무언가에 탐닉하는 이를 꺼려하는 이유는 그 (혹은 그녀 그리고 때로는 나)의 취향을 인정하지 못하기 때문이 아니라, 그의 좁은 시야가 짜증을 불러일으키지 않을까 하는 우려 때문일 것이다. 물론 이것 역시 편견의 일종이 될 수 있겠지만.

가만히 생각해보면 나는 어릴 적부터 과학으로 설명하지 못하는 것들에 매료되어 있었던 것 같다. 세계의 미스터리나 UFO 대백과 사전 등의 책을 구입하는 것에 망설임이 없었고, 유치한 괴담들을 묶어놓은 선집을 탐독했으며, 어머니의 등 뒤에서 눈을 어설프게 가리고 전설의 고향을 보았고, 납량특선이라며 자정에 틀어주는 이혁수 감독의 〈여곡성〉을 보지 못하게 하는 부모님과 싸우다가 울며 잠들기도 했다. 그러니 내가 공포영화

## 나의 첫 번째 영화, 좀비오

를 좋아하게 된 가장 큰 이유에는 나의 성향이 반영되어 있을 것이다.

그러나 실제로 내가 공포영화를 좋아하게 된 직접적 경로는 왜곡된 자부심과 당당히 야한 영화를 빌려볼 수 없었던 소년의 호기심 충족 등이 결합된 다소 불순한 것이었다.

이전에도 한국 귀신영화들을 가끔 보기는 했지만, 기억에 남는 첫 번째 공포영화는 스튜어트 고든 감독의 〈좀비오〉였다. 이 작품의 끔찍함은 내 머리 속에 뿌리를 박고 가끔씩 기억 바깥으로 스멀스멀 기어 나오기는 했지만, 이 영화를 처음 보았을 때의 소감이란 '아, 세상에는 이런 영화도 만들어질 수 있구나' 라는 소박한 느낌뿐이었다.

내가 공포영화 마니아로서 거듭나게 된 건 그로부터 조금 시간이 흐른 뒤의 일이다. 친구 집에 모여서 만화책을 보거나 비디오를 보는 일이 잦았던 시절, 나와 다른 친구들은 언제나처럼 그 녀석의 집에 들어갔다. 그 녀석은 막 영화 한 편을 본 뒤였는데 우리를 보자 비디오테이프 표지를 보여

주며, 영화에 대한 강한 혐오감을 드러내며 욕을 해댔다. 우리들은 테이프 표지의 음습한 포스와 대체 뭘 보고 저러나 하는 호기심 때문에 다함께 그 영화를 보기로 결정했다. 그 영화는 몇 년 만에 다시 만난 내 인생의 감독, 스튜어트 고든의 작품 〈지옥인간〉이었다.

과연 친구 녀석의 말대로 끈적거리는 액체로 전신을 감싼 괴물이 여인의 목덜미를 핥아대고, 메스꺼운 괴물과 사투를 벌이는 장면들을 담은 그 영화는 범상한 작품은 아니었으며 영화를 본 친구들의 반응도 먼저 본 녀석과 다르지 않았다. 하지만 나는 덤덤했다. 스튜어트 고든의 영화를 처음 본 게 아니었기 때문이었을 것이다. "재미만 있는데?"

저런 거만한 표현은 사실 부끄러운 기억에 대한 일종의 보상심리에서 나온 것이었다. 나는 겁이 많은 소년이었다.

친구의 집에 놀러갔을 때의 일이다. 무서운 이야기를 정말 실감나게 했던 것으로 기억되는 그러나 지금은 이름조차 기억나지 않는 그 친구는, 자신의 할머니가 실은 여우인데 친구가 집에 찾아온 것을 알아채면 그 친구를 잡아먹는다고 말했다. 유치하기 짝이 없는 이야기임에도 불구하고 나는 너무 겁에 질린 나머지, 누군가가 대문을 여는 소리가 들리자 이불 속으로 숨어버렸다.

겁에 질린 나를 본 친구는 할머니를 이 방에 못 오게 막겠다고 굳게 약속하며 방에서 나갔다. 그런데 잠시 후 드르륵, 방의 미닫이문이 열리는 소리가 들렸다. 그리고 누군가가 방안으로 들어왔다. 나는 너무 무서워서 이불 바깥을 볼 엄두도 내지 못했다. 그런데 방에 들어온 누군가는 코를

킁킁거리며 냄새를 맡기 시작한 것이다. 그러고는 아주 서서히 내 주위로 오더니, 사방을 빙글빙글 돌기 시작했다. 그리곤 이불 속으로 손을 불쑥 집어넣었다. '이제 여우에게 잡혀 먹히는 건가!'

나는 겁에 질린 채로 울면서 뛰쳐나왔다. 그 순간 내가 본 것은 여우가 아니라, 장난을 치고 있는 친구의 웃는 모습이었다. 부끄럽고 화가 난 나머지 냅다 집으로 줄행랑을 쳤고, 다시는 그 친구의 집에 놀러가지 않았다. 별것 아닌 이 사소한 기억은 꽤 오랜 시간 동안 나를 시달리게 만들었다. 나는 겁쟁이구나. 그러니 남들이 무섭다는 공포영화를 나 혼자 잘 보고 있다는 사실이 얼마나 뿌듯했겠는가. 트라우마가 말끔히 씻어지는 순간이었던 셈이다.

그 후로 나는 비디오가게에 가면 공포영화가 몰려 있는 칸을 흘깃거리기 시작했다. 공포영화는 내가 겁쟁이가 아니라는 것을 확신시켜주는 주문과도 같았고, 동시에 사춘기를 겪고 있는 소년에게 하나의 보물단지와도 같았다. 공포영화에는 야릇한 장면들이 꽤나 포함되어 있었던 것이다.

스티브 마이너 감독의 〈13일의 금요일 2〉는 빛보다 빠르게 지나가기는 하지만 여인의 음모를 드러냈고(심정적으로 그랬단 얘기다), 회수 소동을 겪었던 안드리아 비안치 감독의 〈악령 속의 사춘기〉 같은 세미포르노물은 좀 더 과격한 방식으로 소년의 허기를 달래주었다. 그런 이유들로 나의 공포영화 감상 편수는 점차 늘어나기 시작했다. 이와 함께 나는 주위의 어른들을 모두 바보로 만들어버리는 공포영화의 전복적 성격과 에둘러 표현하지 않는 공포영화의 과격한 직설들에 매료되기 시작했다.

무엇보다 내게는 든든한 동지가 있었다. 그것은 내 동생이었다. 우리들은 틈만 나면 공포영화를 봤고 재미있고 좋은 영화에 함께 감동했으며, 나쁜 영화에는 함께 욕설을 내뱉었다. 아무리 지루한 공포영화라고 할지라도 우리들의 욕설 섞인 대화는 늘 재미있었다. 그렇게 우리는 허접영화의 세계에 익숙해졌다.

물론 이것은 다 지난 일일 뿐이다. 지금의 나는 더 이상 소년이 아닌 그렇다고 청년이라고 말하기도 쑥스러운 30대 중반의 아저씨가 되었다. 야한 장면을 보며 키득거리자니 실제로 해도 시원찮을 나이가 되었고, 모든 걸 다 때려 부수겠다는 과격한 표현들에 동조하기에는 잃을 것이 조금씩 생겨나게 되었다.

그러나 중요한 사실은 여전히 공포영화가 내게 매력적이라는 것이다. 세상에 존재하는 불안을 하나의 형태로 재현한 공포영화들은 여전히 내게 삶에 대한 경각심을 일깨워주고, 때로는 삶의 고달픔을 지워주기도 하며, 추억에 빠지게 만들기도 한다.

공포영화에 관심을 가진지도 벌써 20년. 그 오랜 시간을 알고 지낸 친구이자 때로는 연인이었던 이를 왜 좋아하게 되었는지와 같은 계기 따위가 지금 와서 무엇이 중요하겠는가.

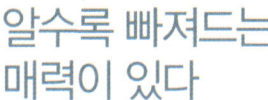

# 알수록 빠져드는 매력이 있다

누가 내게 어째서 공포영화를 좋아하냐고 물으면 보통 이렇게 대답한다. 공포영화는 내가 알고 있는 모든 종류의 영화들 중 흑인, 청소년, 여자 등 사회적 약자를 주인공으로 가장 많이 내세우는 장르라고. 그리고 그 약자들이 혼자의 힘으로 이겨내든 연대의 힘으로 이겨내든 간에, 그들을 핍박하는 거대한 악을 타파하는 전복의 장르라고. 그렇게 설명하면 일부는 내 말에 고개를 끄덕이고, 다른 일부는 이렇게 말한다. "그건 네가 좋아하니까 근사한 이유를 찾아낸 것 아냐? 그러니까 그건 그냥 변명 아니야?"

물론 그의 말이 전혀 틀린 것은 아니다. 애정이란 언제나 그 대상을 왜곡하는 법이며, 그래서 냉정하고 객관적인 판단을 내릴 수 없게 만드는 법이니까. 하지만 나는 조금 다르게 생각한다. 나는 앞에서 말한 것처럼 불순한 의도로 공포영화와 친해지기 시작했다. 그뿐이랴? 처음에 나는 공포영화에서 다루는 폭력과 비현실적인 피의 강렬함에 매료되기도 했다. 그 당시에는 그게 전부였을지도 모른다. 하지만 지금 내게 그게 전부는 아니다.

말투도 괴팍하고 성미도 불같아서 괴짜라고 불리는 친구가 있었다. 어쩐 탓인지 처음에 그 녀석의 이상한 태도가 싫지 않았고, 심지어는 흥미를 불러일으키는 구석도 있어 나는 그와 가까워졌다. 그리고 만나서 이런 저런 얘기들을 나누다보니, 처음에는 이해가 가지 않던 녀석의 행동들이 이해가 되기 시작했다. 그리고 눈에 잘 띄지 않던 장점들도 보이기 시작했다. 그 녀석은 보기와는 달리 따스하고, 생각도 깊은 녀석이었던 것이다. 나는 이전보다 그 녀석이 훨씬 더 좋아졌다. 가끔씩 내 주위의 사람들이 그 녀석 사이코 아니냐면서 그를 욕하기라도 하면, 나도 모르는 새 "에이, 걔가 그래 보여도 알고 보면 착하고 속도 깊은 애예요"라며 변호하게 되었다. 물론 그러한 변호는 내가 그 아이와 친하기 때문에 나온 것이기도 하겠지만, 오래 만난 만큼 그 친구를 속속들이 알고 있기 때문이기도 하다. 영화도 사람과 크게 다르지 않다.

나는 그렇게 생각한다. 대부분의 경우 무언가를 간단히 폄하하는 것은, 실은 그 무언가를 잘 모른다는 것의 반증이라고. 공포영화는 인간의 추한 면을 숨기지 않는다는 점에서 솔직한 장르이고 빙 돌려 말하지 않는다는 점에서 화끈한 장르이며, 과장을 일삼는다는 점에서 웃기는 장르이고, 각종 모순을 타파한다는 점에서 달콤한 장르이다. 또한 안전한 방식으로 공포에 대한 백신을 맞게 한다는 점에서 예방적 장르이기까지 하다. 이렇게 즐거운 영화를 좋아하지 않고 배겨낼 재간이 있겠는가!

영화 잡지를 읽게 된 가장 큰 이유는 살아생전 볼 수 없을지도 모르는 영화들을 글로나마 만나고 싶기 때문이었다. 잡지를 통해 영화 정보를 얻었고, 많은 장면이 잘렸다고 하더라도 출시되었던 적이 있다는 사실을 알게 되면 모든 대여점을 쥐 잡듯 뒤지며 찾아다니기 일쑤였다. 학교 앞의 시네마테크나 영화를 틀어주던 카페, 동아리상영, 그도 아니면 어딘가의 영화제 등을 통해 가뭄에 콩 나듯 접했던 공포영화들은 그 허기를 어느 정도 채워주었지만 늘 충분하지 않았다.

## 공포영화, 진지하게 대하기

비디오를 구하기 위해 외국에 나간 친구들에게 편지를 썼고, 불법으로 복제한 원판 테이프를 사기도 했다 보기 어려운 것들이 너무나 많았기에, 그때는 단순히 '봤다' 라는 가장 기초적인 행태에서도 일종의 권력이 발생하기도 했다. 물론 그 같은 권력들은 결코 바람직한 것은 아니었다.

솔직히 지금은 그 시절에 비하면 축복받은 시절이다. 내가 과연 볼 수 있을까를 궁금해 하던 영화들도 마음만 먹으면 구해 볼 수 있게 되었고, 인터넷의 바다에는 내가 알기를 원하는 영화들의 정보가 차고 넘치니 말이다. 그런데 이상하게도 지금은 그때만큼의 감흥이 없다. 나는 내게 금지된 것을 소망했던 것일까?

'힘들게 구해야 보는 맛도 있다' 라는 말이 있다. 그 말은 심정적으로 어느 정도 사실을 담고 있지만, 꼭 옳은 말은 아니다. 먼저 들었던 이야기들에 현혹되어 과대평가를 하기 쉽고, 감상한 후 허탈해지기도 십상이다. 나도 수집가를 자처하고 있지만, 발품이나 감상을 위해 들였던 애정과 영화에 대한 평가는 별개가 되는 편이 좋다고 생각한다. 원론적으로 영화의 평가란, 영화의 감상을 통해 이루어져야 된다고 믿기 때문이다. 하지만 영화를 쉽게 볼 수 있다는 사실이 그 영화를 쉽게 대하는 태도로 이어지는 것도 좋지 않다고 생각한다. 흡사 한 번도 제대로 듣지 않고 다음 곡으로 넘겨버린 후 제 평가를 받지 못한 MP3의 운명에 처하게 만들어서는 안 된다는 말이다.

사실 영화란 더도 덜도 아닌, 딱 관객이 보고자 하는 만큼만 무엇인가를 제공한다. 영화를 그저 유흥거리로 생각하는 사람에게 영화는 유흥거리 이상의 힘이 될 수 없다. 이건 구태의연한 표현이겠지만, 현자는 바보에게서도 배운다고 했다. 영화를 가벼이 소모하는 사람들, 즉 영화에 대해 가벼운 태도를 보이는 사람들을 탓할 생각은 없다. 물론 내게 그럴 자격도 없고, 또한 그래서도 안 된다. '관객은 언제나 옳다' 라는 것이 나의 지론이다.

얼마 전 임권택 감독의 〈천년학〉이 실패했을 때 누군가는 그 현상을 관객의 수준이 낮은 탓으로 돌렸다. 얼핏 들으면 진실인 것처럼 들릴지도 모르지만 사실 그 방향이 틀렸다고 생각한다. 〈천년학〉이 좋은 영화라는 사실에 우선 동의한다고 하자. 그렇다면 어째서 좋은 영화인지를 설명하며 먹고 사는 사람들이 있음에도, 관객을 설득하지 못했다는 의미 아닌가. 그것은 아마도 읽는 이가 누구인지를 간과하고 자신들만의 언어로 불친절한 소통을 시도했기 때문이거나, 그게 아니라면 그 간의 불신이 쌓인 결과일 것이다. 만약 관객의 가벼움이 나쁜 것이라면 그 책임은 관객이 아닌 영화에 대한 글을 전문적으로 쓰는 사람들(물론 모두가 그런 것은 아니다)에게 적잖게 돌아가야 한다. 물론 배급 상의 문제도 함께 거론되면 더 좋겠지만.

누군가가 '영화는 그저 킬링 타임을 위한 심심풀이 땅콩'과 같은 것이라고 해도, 나는 그 사람의 의견을 존중한다. 머리 아픈 세상을 잠시 잊어보겠다는데, 그 누가 뭐라고 하겠는가. 하지만 그럼에도 불구하고 나는 좀더 진지하게 영화를 대할 것을 권한다. 왜냐하면 영화에는 눈에 보이는 것보다 훨씬 많은 재미들이 존재한다고 믿고 있으며, 그런 재미들을 우려먹는 방법이 좀 더 진지하게 영화를 보는 것이라 생각하기 때문이다.

어떤 재미냐고? 아마도 조금만 적응되면 스스로 찾아낼 수 있을 것이다. 하나의 팁이라면 마음을 다잡는 것과 동시에, 영화에 대한 글들을 접하는 것을 들 수 있겠다. 평론가들은 그냥 그 직업을 얻은 게 아니다. 좀더 많은 경험을 쌓은 사람들의 말에 조금만 귀기울여보자. 물론 전적으로 신뢰할 필요는 없다. 감상은 결국 자신의 영역이니까.

한마디만 덧붙이자면(실은 이게 가장 중요한 말이다) 공포영화도 진지하게 대하면 전에 즐기던 영화와 전혀 다른 영화로 받아들여질 때가 있다는 것이다. 현자는 바보에게서도 배우는 법이라고 했거늘, 공포영화를 만드는 이가 그저 바보가 아니라고 하면 얼마나 얻을 게 많겠는가.

브라이언 버티노 감독의 〈노크 : 낯선 자들의 방문〉을 보고 나온 후 인터넷에서 관련 글을 읽다가 혼란스러워졌다. 아무 생각 없이 클릭질을 하던 중, 내 생각과는 달리 무섭다는 덧글을 꽤 많이 목격했기 때문이었다. 내게는 정말 감흥 없는 지루한 영화였을 뿐인데. '알바'의 소행일까? 천만에. 나는 네이버든 어디든 간에 알바들이 설친다는 생각은 별로 해 본 적이 없다. 설사 알바가 있다고 해도 그 한계는 있을 것이다. 어쨌든 알바논쟁은 음모론적 성격을 가지고 있으니 더 이상 떠들어댈 생각은 없다. '그냥 정말 무서웠으니까 무서웠다고 시간을 내어 몇 자 적었겠지'라는 결론을 내린 것에 어느 정도 설득력을 부여하고 싶은 것뿐이다. 만약 그게 사실이라면 나의 취향은 다른 이들의 취향과 엇갈리고 있는 것이다. 원래 보편적인 취향은 아니었다지만, 이런 식의 엇갈림은 꽤 오래되었고 최근에도 계속되고 있다.

## 너무 많이 본 남자 혹은 꼰대

나는 영화의 작품성이란 결국 그 영화가 마음에 들었느냐, 그렇지 않느냐에 따라 결정되는 것이라고 생각한다. 영화가 마음에 들게 만드는 기준을 한 단어로 정의하자면, 내게는 재미라는 말에 가까울 것이다. 물론 영화는 내용, 연기, 이미지, 음악 등 워낙 다양한 자극을 주기 때문에, 재미라는 게 그리 단순하게 정의될 수 있는 말은 아니지만 그 외에 나는 설명할 방법을 가지지 못하고 있다.

나는 영화가 재미있으면 나쁜 점을 떠올리지 못하고 그냥 지나치는 경우도 많고, 때로는 넉넉히 용서해주기도 한다. 그게 사람 마음일거라 자기 합리화를 하면서. 솔직히 말하면 완벽한 영화보다는 적당히 흠집이 있지만 감싸주고 싶은 영화를 더 좋아하기도 한다. 그러니까 내가 어떤 영화에 실망했다고 말한다면 그건 그 영화가 재미가 없었다는 것을 의미한다. 그런데 내가 알고 있는 영화를 본 주위의 사람들은 대체로 재미있었다고 평가를 내리는 경우가 부지기수다. 또다시 취향이 엇갈린다.

그런데 가만 생각해보면 언젠가부터 내가 내리는 영화에 대한 평가가 기자들의 것과 비슷해지기 시작했다. 영화 잡지를 읽던 시절의 내 모습이 떠오른다. 잡지는 내가 재미없어 하는 영화들에 대해 예찬을 이어갔고, 내가 재미있게 본 영화들을 깔아뭉개기에 여념이 없어 보이는 듯했다. "X같은 놈들. 나 니들 글 안 읽어."

그런데 지금의 나는 그들과 비슷한 모습이 되어버린 것이 아닐까. 물론 내가 전문기자들과 어깨를 나란히 할 정도로 영화를 잘 본다는 말을 하고 싶은 게 아니다. 다만 의도적이든 그렇지 않든 내가 영화를 재미있게 본 사람들의 경험을 훼손하거나, 즐겁게 영화를 보게 될 잠재적 관객의 기회를 빼앗고 있는 게 아닐까라는 생각이 들기도 했다는 것이다. 내 글을 읽고 영화를 선택할 이가 그리 많을 거라 생각하지는 않지만.

그런데 기자와 일반 관객 사이에는 왜 그러한 괴리가 일어나는 것일까? 잘 모르겠다. 하지만 대충 애정과 경험, 그리고 기대의 차이에서 발생하는 게 아닌가라는 생각이 든다. 애정, 경험, 기대라고 말하니 아름답게 들릴지 모르겠지만, 실은 그 반대다. 애정과 경험과 기대가 다른 이의 즐거운 관람의 기회를 빼앗는다면, 그 따위 애정, 경험, 기대는 없는 게 훨씬 나을 수도 있으니까. 평을 하는 자의 가장 큰 존재 이유는 잠재적 관객들을 극장으로 달려가게 만드는 것 아닐까? 그래서 나는 좋지 않은 말을 할 때 훨씬 큰 스트레스를 받는다. 그 스트레스는 악플과는 비교할 바가 아니다.

또 다른 생각이 떠오른다. 정말 솔직하게 예전에는 내가 좋아하는 영화들을 언급하는 기사들이 많지 않았다. 물론 그 결과는 글읽기에 대한 내 노력의 부족이나, 내가 원하는 정보들을 찾아내기 어려웠던 여건 때문이었을 수도 있다. 어쨌거나, 그런 이유로 나는 그들이 보는 영화란 것이 내가 좋아하는 영화와 동떨어진 것이라는 편견을 심하게 가졌다. 그런데 지금 생각해보면 그건 당연한 일이었다. 그들은 극장에 걸리는 영화에 대한 글을 썼고, 나는 비디오키드였으니까.

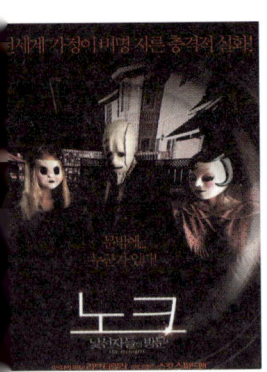

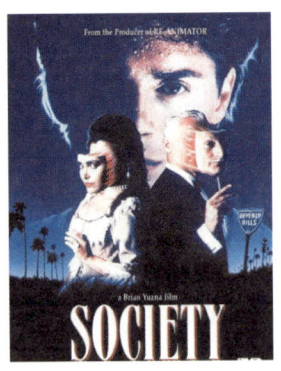

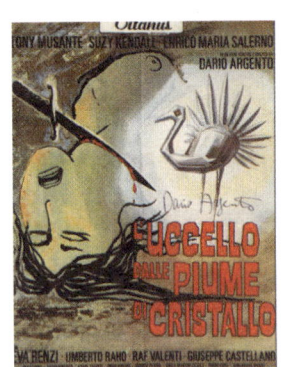

그런데 그 뿐만도 아니다. 적잖은 영화기자들이 나와 비슷한 영화들을 감상한 지금은 내가 좋아하고 열광하던 영화들의 제목이 심심찮게 보인다. 매체의 특집글들에서 브라이언 유즈나 감독의 〈소사이어티〉나 람베르토 바바 감독의 〈데몬스〉, 다리오 아르젠토 감독의 〈수정깃털의 새〉나 루치오 풀치의 〈비욘드〉, 트로마 영화사의 작품들이 언급되는 건 지금은 흔한 일이다. 그러다보니 이런 생각이 든다. 어쩌면 그들은 나와 함께 영화를 본 세대라서 내가 좋아하는 영화들을 입에 올리는 게 아닐까? 그들이 프로그래머가 된 지금 그런 영화들을 영화제에서 소개하는 게 아닐까? 즉 처음 접한 영화들, 그러니까 개인적 경험과 평가 사이에 상관관계가 있는 게 아닐까?

단지 많이 봤기 때문에 그런 거라면, 애정과 기대가 너무 커서 실망하는 거라면, 그래서 그저 그런 영화들에 감흥이 없어진 것이라면, 오히려 다행인지도 모르겠다. 하지만 어쩌면 처음 접했던 영화들이 만들어낸 인상들 속에서 나는 허우적거리고 있는지도 모른다. 예컨대 좀비는 느려야 한다는 로메로 팬들의 변이나, 공포영화는 액션영화가 아니어야 제 맛이라거나 등의 규칙들처럼. 그러한 편견들 속에 갇힌 주제에 내가 떠들어도 되는 것일까? 요즘의 세대는 자신이 처음 접한 좀비물이 빠른 좀비를 다룬 괜찮은 작품들이라, 그것에 익숙해져서 조지 로메로 감독의 팬들이 예찬하는 〈살아 있는 시체들의 밤〉 따위에는 지루함을 느끼지 않을까. 요즘의 세대들이 존 카펜터의 〈할로윈〉을 지루하다고 평가하듯 말이다. 그것이 당연한지도.

얼마 전 이런 이야기를 들었다. 당신의 공포영화에 대한 애정을 이해하지만, 공포영화를 평가하는 데는 조금 기준을 낮출 필요가 있겠다고. 말은 쉽다. 문제는 기준이 높은 것이 아니라, 기준을 모르는 것이다. 만약 그렇다면 나는 꼰대에 불과하다. 낡고 자의적인 기준을 들이밀어 다른 이들에게 이것이 더 좋으네, 저것이 더 좋으네라며 훈계를 늘어놓으려 하는 꼰대.

얼마 전 나는 이런 이야기도 들었다. 극장을 찾는 관객의 절반 이상은 감독의 이름도 모르고 영화를 본다고. 틀린 말은 아닌 것 같다. 그렇다면 나는 과연 누구를 대상으로 글을 써야 하는 걸까? 내 글을 읽는 이는 누구일까? 감독 이름을 모르고 영화를 보는 이가 내 글을 읽을까? 혹시 내 글을 읽는 이가 나와 어떤 점이 다른 이들인지를 안다면 내가 그들을 배려한 글쓰기를 할 수 있을까? 그런데 또 그것이 가능하다면, 내 생각을 읽는 이에 맞추어 함부로 변경해서 글을 써도 되는 것일까? 좋은 영화와 나쁜 영화를 가리는 게 가능하기나 한 일일까? 생각을 하다보면 모르는 것 투성이다.

블로그에 글을 쓸 때는 이런 문제들에 대해 그다지 의식하지 않는다. 그건 나의 자유 공간이기 때문이다. 하지만 다른 공간에 나의 글이 올라가는 경우라면 상황이 다르다. 참 많은 생각이 떠오른다. 나는 자격미달이 아닌가, 내가 잠재적 관객들에게 가이드라인을 제시할 수 있는 걸까. 물론 가장 간단한 방법은 글을 쓰지 않으면 될 일이다. 그러나 문제는 수많은 양심의 가책에도 불구하고 나는 그 일이 즐겁다는 게다. 그래서 지금 이렇게 책 한 권을 쓰겠다고 머리를 쥐어짜고 있기도 한 것이다. 어찌 하면 좋겠는가. 나도 모르겠다. 케세라세라. 그냥 내 꼴리는 대로 쓰는 수밖에. 내가 할 수 있는 유일한 일이란, 나와 다른 이의 취향을 존중하는 것 외에는 없는 것 같다.

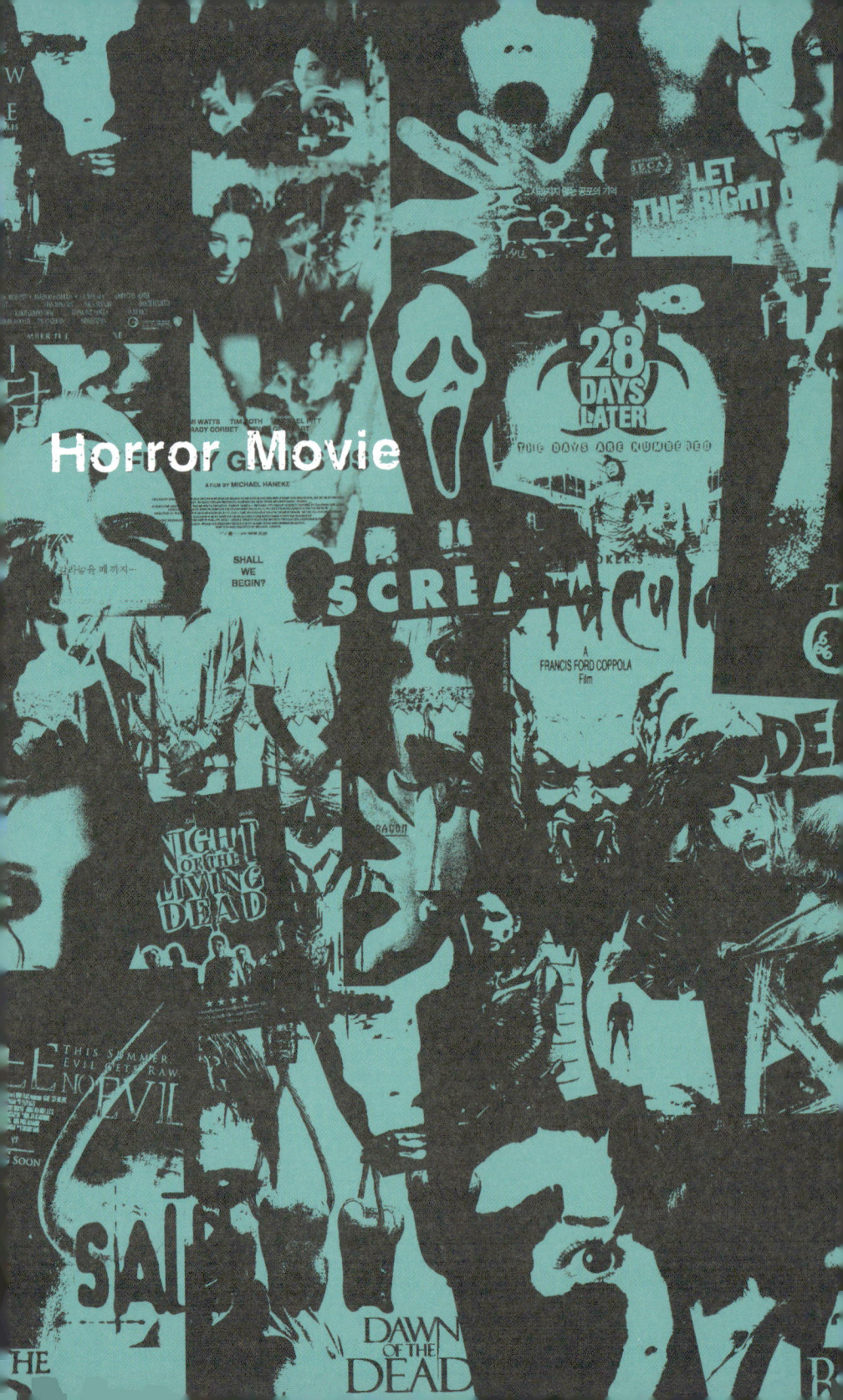

Horror Movie

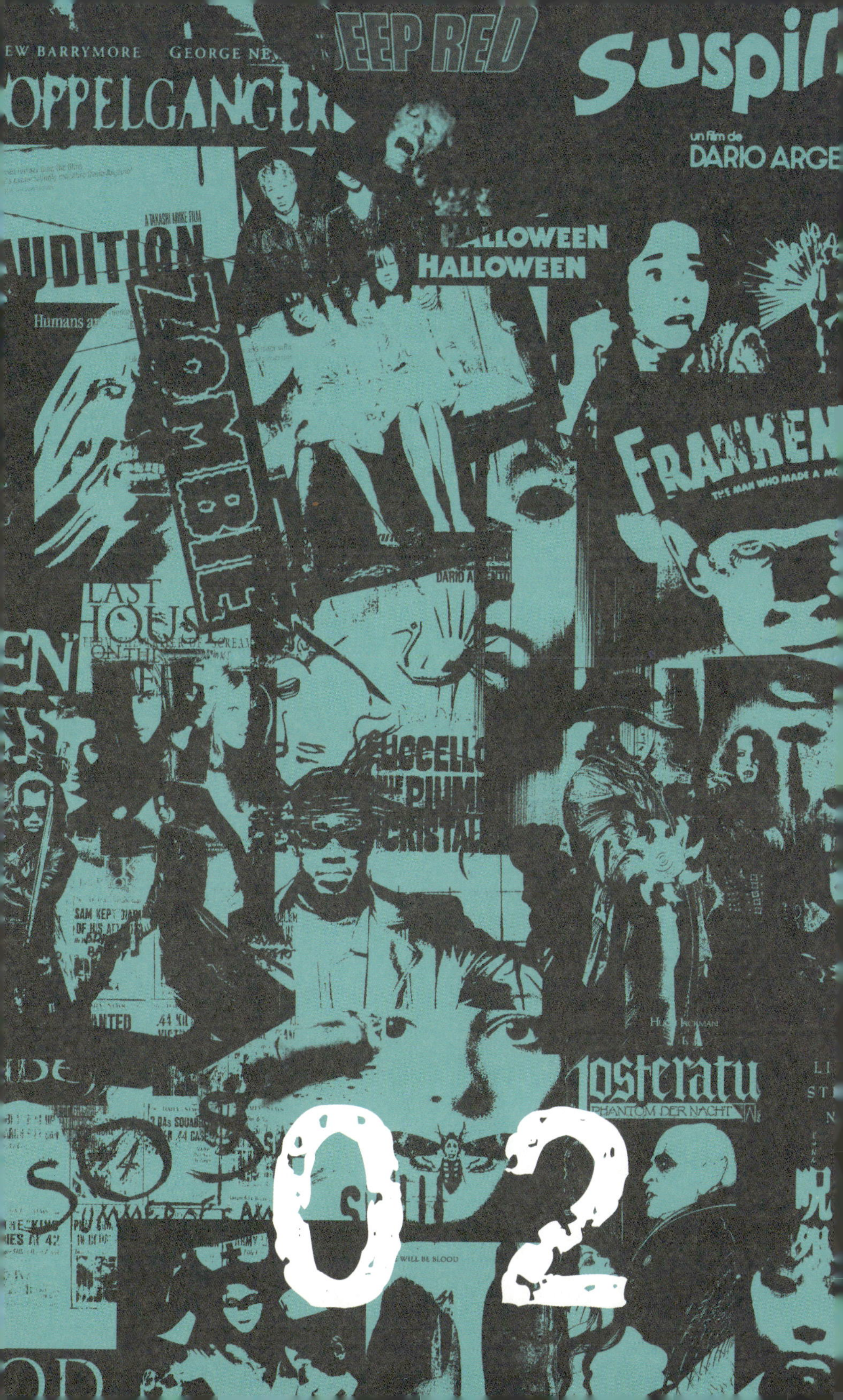

EW BARRYMORE
GEORGE NE
OPPELGANGER
EEP RED
Suspir
un film de
DARIO ARGE
A TAKASHI MIIKE FILM
UDITION
Humans ar
ZOMBIE
HALLOWEEN
HALLOWEEN
FRANKEN
THE MAN WHO MADE A MO
DARIO ARGENTO
LAST
HOUSE
ON THE
UCCELLO
PIUME
CRISTAL
SAM KEPT DIARY
OF HIS AFFAIRS
ANTED
.44 KIL
Nosferatu
PHANTOM DER NACHT
2 DAs SQUAD
.44 CASE
HE KING
IES AT 42
WILL BE BLOOD
02

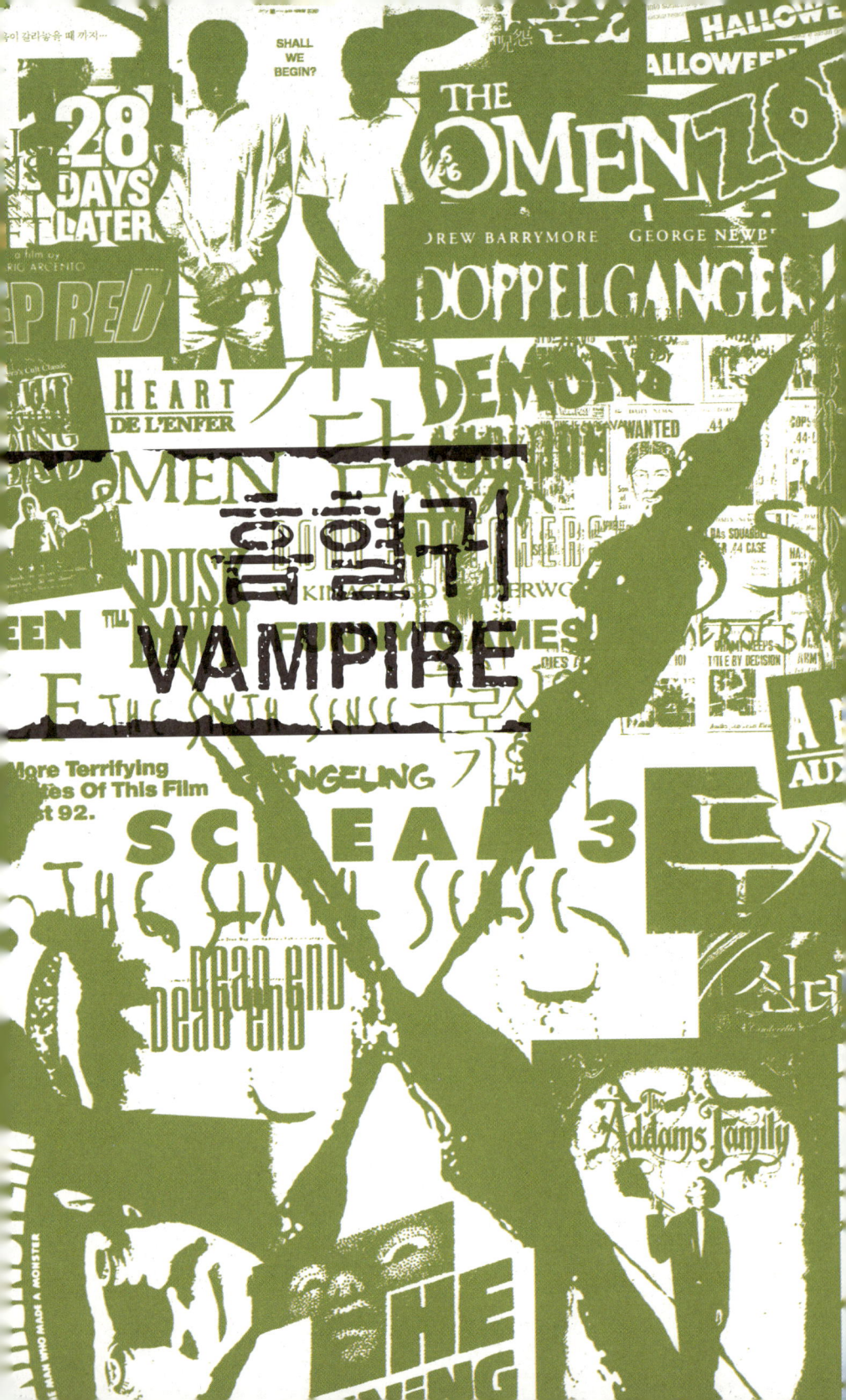

어른에서 아이에 이르기까지 흡혈귀를 모르는 이는 거의 없을 것이다. 심지어 공포영화를 한 편도 보지 않은 사람이라고 할지라도, 그럴 것이라 생각한다. 유행에 따라 수없이 흥망을 경험한 공포영화의 하위 장르의 역사 속에서, 흡혈귀는 가장 무서운 캐릭터는 아닐 수도 있겠지만(특히 한국 사람에게는 더욱 그러할 것이다. 왜냐하면 한국인의 혈관에는 마늘즙이 흐르고 있을 것이기 때문이다), 적어도 가장 꾸준하게 사랑을 받은 캐릭터임은 확실하다.

초기 무성영화 시절의 〈노스페라투〉로부터 유니버설의 흑백영화 그리고 해머영화사의 컬러영화까지 영화의 역사 초기에 대표적인 호러아이콘이었던 흡혈귀는, 1980년대 〈할로윈〉의 계승자들의 천하통일 이후 가면 쓴 살인마에게 그 자리를 내주기는 했지만, 적어도 시대를 불문하고 흡혈귀 영화의 명맥은 끊긴 적이 없었다고 해도 과언이 아니다. 영화에 따라 흡혈귀의 특성은 세부 설정에 따라 조금씩 다를 수 있겠지만, 흡혈귀에 대한 일반적인 인상은 망토를 걸치고 고성에 기거하며, 박쥐나 늑대로 변해 바람처럼 이동하고 우아한 매력으로 여성의 목덜미에서 피를 빨며, 늙지 않는 존재로 그려진다. 그들은 십자가와 성수에 약하며 햇빛에 취약하고, 마늘을 싫어하며 심장에 말뚝을 박으면 죽는 것으로 알려져 있다. 비록 흡혈귀가 가상의 존재임에도 불구하고 흡혈귀의 특징은 상식에 가까우니, 이는 단적으로 흡혈귀가 얼마나 많은 인기를 누리고 있었는지에 대한 반증이라 할 수 있지 않겠는가.

영화 속에서 흡혈귀가 늘 피에 굶주린 괴물로 등장했던 것은 아니다. 제스 프랑코나 장 롤랑의 손을 거친 흡혈귀영화들은 공포보다는 노골적인 성적 판타지와 결합되어 그저 관객의 성적 욕구를 충족시켜주는 데 그쳤고, 슬래셔가 판을 치던 1980년대 구미권에서는 〈후라이트 나이트〉나 〈로스트 보이〉와 같이 흡혈귀물도 하이틴 호러물로 만들어지기도 했다.

그러나 좀 더 드라마틱한 변화는 1990년대를 거치면서 발생한다. 고상한 호러아이콘을 난장판 영화 속의 희생자 대열에 가세시킨 〈황혼에서 새벽까지〉를 넘어, 인간이 아닌 반인반흡혈귀의 손에 흡혈귀들을 학살시켰던 〈블레이드〉를 지나며 흡혈귀는 이전과는 상당히 다른 모습을 가지게 된다.

흡혈귀는 공포영화와 액션영화, 혹은 공포영화와 판타지영화의 융합을 이끌었다. 영화 속 흡혈귀들은 인간보다 우월한 점은 그대로 간직한 반면, 인간의 피를 빨지 않기로 결심함으로써 돌연변이나 초능력자로서 자리매김하고 있었던 것이다. 이러한 경향은 2000년대 들어서도 계속되었는데 〈언더월드〉, 〈반헬싱〉, 〈트와일라잇〉 등의 영화는 그런 추세의 연장선에서 바라볼 수 있다.

그러나 이러한 경향이 눈에 띄게 두드러지고 있음에도 불구하고, 피에 굶주린 흡혈귀를 다루는 정통 공포영화로서의 흡혈귀물은 여전히 만들어지고 있으며 적잖은 팬을 확보하고 있다. 즉 호러아이콘으로서의 흡혈귀가 과거만큼의 위상을 가지고 있지는 못하다고 할지라도 여전히 흡혈귀에게는 매력이 있다는 것이다. 그렇다면 흡혈귀가 가진 어떤 매력이 시대를 초월해서 사람들의 사랑을 받게 했을까?

아마도 그것은 흡혈귀가 불멸의 존재라는 것에 크게 기인할 것이다. 언젠가 죽어야 할 인간에게 불멸이란 허락되지 않은 것이기에, 인간은 그토록 죽어서 남길 이름에 집착하는 것인지도 모른다. 어쨌거나 죽음은 인간의 운명이자, 공포의 한 근원이다.

"죽음만이 모든 사람에게 공평하다"는 말이 있다. 눈부신 의학의 발전은 이 말을 곧이곧대로 받아들일 수 없도록 만들고 있지만, 그리고 언젠가는 인간이 죽음으로부터 해방될 날이 올 수 있을지는 모르지만, 적어도 아직까지 이 말은 사실이다. 그러나 죽음으로부터 돌아올 수 있는 사람이란 존재할 수 없기에, 죽음에 대한 인식은 철저하게 객관적인 경우에 한한다. 즉 죽음에 대해서는 인간이 알 수 없는 영역이 존재한다는 것이다. 알 수 없는 것은 늘 두려움을 자아내는 법이다. 그래서 인간은 누구나 죽음을 피하기를 원한다. 아무리 허튼 소망이라고 할지라도 누구나 죽고 싶지 않다는 욕망을 그 의식 혹은 무의식에 가지고 있다는 말이다.

요즘의 트렌드 '웰빙문화'라는 것도 까놓고 이야기하면 잘 먹고, 건강을 유지해서, 오래 살아야지라는 욕구의 표현 아니겠는가? 게다가 죽고 싶지 않다는 말은, 병마에 시달리면서 행동거지도 제대로 못한 채 구차하게 생명을 연장하고 싶다는 뜻이 아니다. 잘 먹고, 잘 살고 싶다는 뜻이다.

흡혈귀에게는 영원한 생명 외에도 넉넉한 재력과 귀족에게 주어지는 권력, 건강과 젊은 외모, 먹이사슬의 최상위에 위치할 수 있는 특별한 능력들까지 제공된다. 게다가 〈노스페라투〉와 같은 영화들을 제외하면 흡혈귀들은 보통 잘생긴 게 아니다. 그러니 흡혈귀에 대한 동경을 가지는 것은 전혀 이상한 일이 아니다.

죽지 않고 싶다는 것은 달리 말하면, 신의 섭리를 벗어나고 싶다는 말과도 같다. 따라서 그들은 신을 인정하는 자에 의해서 고통을 받는다. 그래서 당시 지배적 종교였던 기독교의 상징인 십자가와 성수 그리고 진정한 믿음에 약하다.

어쨌거나 누군가가 아무리 헛된 소망이라고 할지라도, 그것을 이루었다면 환영할 만한 일일 게다. 그러나 안타깝게도 누구나 좋을 수는 없다. 흡혈귀가 영원한 생명을 누리려면, 무언가의 대가가 필요하다. 그것이 흡혈의 이유이다. 인류 최고의 베스트셀러인 성경에 이런 말이 있다. "피는 곧 생명이니."

그 말처럼 흡혈귀는 생명의 근원인 타인의 피를 마심으로써, 죽지 않는 불사의 몸으로 재탄생한 존재이다. 이러한 설정은 수없이 많은 이들의 희생으로 자신의 이익을 추구하는, 사회에서 쉽게 찾아볼 수 있는 악한들을 떠올리게 만든다. 거창하게 악한을 들먹이지 않더라도, 조금 솔직해지면 그런 유혹은 자신 안에서도 찾아볼 수 있다. 이익을 위해 불의에 잠깐 눈감아본 정도의 경험도 없는 이가 누가 있을까? 물론 그 정도의 잘못이야 귀여운 정도일 뿐이고, 그리 탓할 만한 것이 아니다. 하지만 '소도둑이 바늘도둑 된다'는 말이 있듯 유혹이란 건 인간이 참아내기에는 너무나 가혹한 것이라서 한 번 양심을 어기는 것이 힘들지 그 이후에 같은 잘못을 반복하는 것은 그리 힘들지 않다. 그것을 나타내는 설정이 한 번 피를 빨린 자는 이전으로 돌아갈 수 없다는 설정이다. 이러한 설정은 흡혈귀물에서 유일한 것은 아니지만, 흡혈귀물을 매력적으로 만드는 또 하나의 부분이기도 하다.

앞서 이야기한 것들은 1970년대 이전 많은 흡혈귀물에서 공통적으로 볼 수 있었던 설정들이다. 그러나 모든 흡혈귀물들이 저런 이야기를 하고 있는 것은 아니다. 수없이 많은 영화 속의 몬스터 중 인간을 제외한다면 가장 인간과 닮은 것이 흡혈귀이다. 그들은 한때 인간이었고 인간의 외모를 간직하고 있으며, 인간의 마음 역시 일부 가지고 있는 존재이다. 그래서 흡혈귀는 인간의 다양한 이야기를 표현하기에 편리하다. 착취에 관한 이야기, 사랑에 관한 이야기, 시간에 관한 이야기, 성병에 관한 이야기 그리고 표현하고자 하는 다른 어떤 이야기라도. 아마도 그것이 흡혈귀가 꾸준하게 스크린에 모습을 드러낼 수 있는 가장 큰 이유가 아닐까.

# 과거로부터 온 연인 드라큘라

원제 Bram Stocker's Dracula • 감독 프란시스 포드 코폴라
배우 게리 올드만, 위노나 라이더, 안소니 홉킨스 등 • 제작 1992년 미국

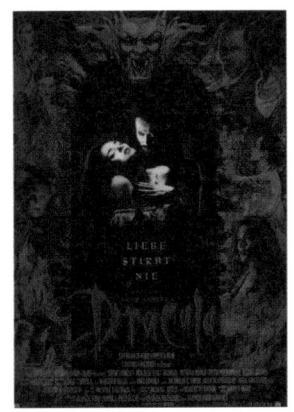

1990년대에 이르러 유니버설 스튜디오의 고전캐릭터들을 스크린에 되살리려는 시도가 이루어졌다. 그 시도들에는 공통적으로 뛰어난 감독과 배우 그리고 상대적으로 많은 자본이 결합되어 있었고, 드라마가 강조되어 있었다.

1994년 현대적 시각으로 늑대인간을 되살린 〈울프〉는 마이크 니콜스 감독, 잭 니콜슨, 미셸 파이퍼, 제임스 스페이더가 출연했고, 같은 해의 〈프랑켄슈타인〉은 케네스 브래너 감독에 로버트 드니로가 출연했다. 각각의 영화들은 물론 좋은 작품들이었지만, 이러한 시도가 성공했는지의 여부는 판단하기 어렵다. 적어도 예전처럼 이들의 후속작이 극장가를 장악한 것은 아니었으니까.

이러한 시도의 선봉장에 있었던 것이 프란시스 포드 코폴라 감독의 〈드

라큘라〉였다. 그냥 드라큘라가 아니라 저리도 긴 제목을 달게 된 이유는 저작권 때문이었다. 딱히 저작권 때문이 아니라고 해도 처음부터 원작에 충실하게 만들겠다는 포부를 밝힌 작품이었으니, 나쁜 제목은 아니라고 생각한다. 코폴라의 〈드라큘라〉에서 드라큘라(게리 올드만 분)는 십자군 전쟁에 참가한 장수로 나온다. 전쟁에서 돌아온 그는 자신을 기다리던 아내가 자신이 죽었다는 거짓 정보로 인해 상심해서 자살을 했다는 사실을 알게 된다. 그러나 자살은 기독교에 따르면 용서받지 못할 죄로 아내는 천국에 가지 못하게 된다. 따라서 그는 신의 이름으로 참가한 전쟁의 참혹한 대가로 인해 분노하고, 신에게 반역한다. 그리고 수백 년 동안 자신의 아내를 잊지 못하며, 자신의 아내와 닮은 여인을 약혼자로부터 빼앗으려는 사랑의 화신으로 그려진 것이다.

그런데 사랑의 화신이라지만 우리가 그에게 무언가를 배우는 것은 거의 불가능하다. 그의 능력이라는 것이 우리보다 월등하기도 하지만 그보다는 그가 인간 관점의 사랑에 폭력적이고 또한 미숙하기 때문이다. 그는 사랑하는 여인을 자신의 곁에 두기 위해서는, 그녀의 모든 것을 자신의 입맛에 맞게 뜯어고칠 수밖에 없다. 그리고 그렇게 뜯어고치지 않으면 여인을 떠나보내야만 한다.

물론 자신이 바라는 모습으로 상대가 변하기를 기대하고 요구하는 정도야 사랑하는 이들이라면 누구나 한 번쯤은 경험해 보았을 테지만, 그래도 그는 너무 지나치지 않은가? 그는 도무지 적당이란 걸 모르는 인물이다. 모름지기 사랑이란 서로 맞춰나가는 노력을 필요로 한다. 그러니까 그는 그 오랜 삶으로도 사랑하는 법을 제대로 배우지 못했거나, 혹은 변화하는 세상을 쫓아가지 못하고 있는 것임이 틀림없다. 어쩌면 흡혈귀가 한 여인에게 정착할 수 없는 이유는 이것 때문인지도 모른다. 피를 빨리는 대부분의 여인이 하룻밤 관계로 사라지는 것이 바로 그 이유 때문인지도 모른다.

드라큘라가 매혹적인 또 하나의 이유, 그것은 아마도 그가 홀로 과거 속을 살아가고 있기 때문인지도 모른다. 사람이란 과거에 얼마나 약한 존재이던가! 중세와 귀족이라는 단어들은 지금 생각하면 한없이 불합리한 한 구세대의 유물이지만, 그러한 단어들이 가지는 감성의 힘은 아직까지도 분명히 존재한다. 나풀거리는 레이스가 달린 가슴이 강조된 드레스를 입은 여인, 근사한 귀족 남자, 이 같은 생각만으로도 뭔가 로맨틱한 느낌이 드는 게 사실이니까.

영화를 봐도 마찬가지이다. 〈드라큘라〉는 신에 반역한 인간을 대표하는

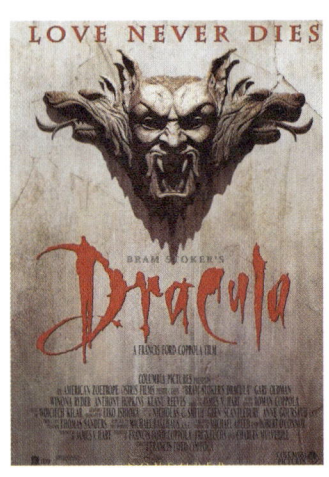 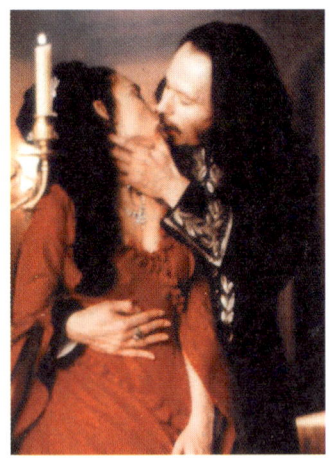

듯 그려질 수도 있었지만, 영화를 통해 보여주는 건 고작해야 죽은 자신의 아내에 대한 미련으로 똘똘 뭉친 모습뿐이다. 즉 그는 과거에 사로잡힌, 그래서 여전히 과거 속에서 살고 있는 남자인 것이다.

수백 년의 기다림이라는 수식어로 자신을 치장하고 있음에도, "이 남자는 내 것이다"라고 외치며 양성애자의 뉘앙스를 풍겨대고, 자신이 집착하는 여인의 친구와도 육체적 관계를 맺는 등 바람둥이의 기질을 십분 드러내는 드라큘라의 뭔가 앞뒤가 안 맞는 듯한 행동은 다소 의아하지만 어쨌거나 그런 식으로 한낱 페스트의 상징에 불과하던 흡혈귀는 과거로부터 온 만인의 연인으로 거듭날 수 있었던 것이다.

『드라큘라』라는 소설이 상대적으로 일찍 산업국으로 진입한 영국에서 나왔고 후진국이었던 동유럽의 시골을 배경으로 하고 있는 점을 미루어볼 때, 선진국의 관점에서 후진국을 바라보는 시선이 담겨 있다는 비판을 받기도 한다.

『드라큘라』의 내용을 정리하면 시골의 한적한 성에 기거하던 후진국의 귀족이 영국에 땅을 사겠다고 건너와서 일어난 사단을 그린 작품이다. 이는 후진국 사람들의 유입을 단순히 불안 요소로 생각했기 때문인지도 모르고, 후진국으로부터 추격당할 은연중의 불안감을 드러내고 있는 것인지도 모른다. 그러나 동시에 나는 산업화로 인해 자신들이 잃어야 했던 어떤 가치들에 대한 막연한 동경이 무의식적으로 표출된 게 아닌가 싶다. 그래서 원작은 그토록 에로틱한 유혹을 담고 있는 게 아닐까?

코폴라의 〈드라큘라〉는 한 가지 거부할 수 없는 미덕을 가지고 있다. 그것은 이 작품이 무척 야한, 그것도 제대로 야한 영화라는 것이다. 모니카 벨루치 일당이 키아누 리브스의 피를 빨던 그 유명한 장면도 그렇지만, 몸매가 다 드러나는 잠옷을 입고 활보하는 위노나 라이더의 모습이나, 게리 올드만이 자신의 가슴에 상처를 긋고 위노나 라이더에게 피를 빨게 하는 장면을 비롯한 수없이 많은 장면들이 성적 에너지를 가지고 있다. 반면 의도적으로 겁을 주려는 장면도 적지 않으나 코폴라의 〈드라큘라〉는 그리 무서운 작품은 아니다.

자신의 영역을 지키면서 연애를 하고자 하는 요즘의 여인들에게는 〈트와일라잇〉의 뱀파이어가 더욱 매력적일지도 모르겠다는 생각이 든다. 그러니까 드라큘라가 과거로부터 온 만인의 연인이라면, 〈트와일라잇〉의 뱀파이어는 요즘 트렌드에 맞는 만인의 연인이다. 한마디로 엄친아. 모두가 좋아하지만 다가갈 수 없을 만큼 잘생긴데다가, 힘도 세고, 운동도 잘하는 남자가 자신을 좋아하는 것도 모자라서, 그는 잠도 안 자고 위험으로부터 항상 지켜주는데다, 심지어는 육체적 관계의 선까지도 잘 지켜주는 매너남이니(이건 마냥 좋아할 수만은 없겠다만) 누가 그를 거부할 수 있으랴. 흡혈귀가 태양을 피하는 이유 역시 피부가 다이아몬드처럼 변해서라니 더 할 말이 없다.

# 시간의 흐름 속으로 뱀파이어와의 인터뷰

**원제** Interview with The Vampires • **감독** 닐 조단
**배우** 톰 크루즈, 브래드 피트, 안토니오 반데라스 등 • **제작** 1994년 미국

인간과 다른 존재로서의 흡혈귀에 대해
서는 많은 영화들이 그려냈기 때문에, 그
렇게 궁금할 것도 없고 조금은 도식화되어
흥미가 덜한 것이 사실이다. 대부분의 흡
혈귀 영화들은 인간의 눈으로 바라본 흡혈
귀에 대한 공포를 그리고 있고, 흡혈귀에
대한 호감을 그리는 경우에도 서로 다른

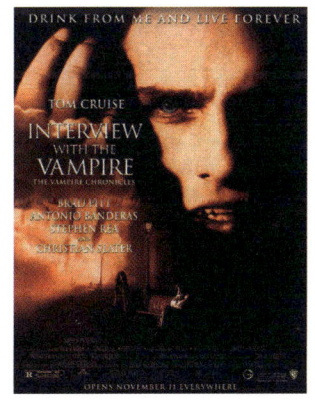

존재를 인정하고 공존하려는 인간의 눈으로 그려지는 것이 보통이다.

반면 〈뱀파이어와의 인터뷰〉는 이야기의 화자를 흡혈귀로 설정했다는
것에서 아기자기한 차이점들을 만들어내고 있다. 덕분에 관객은 흡혈귀의
세상을 훨씬 가깝게 바라볼 수 있게 되었고, 그들의 이야기에 공감과 흥미
와 연민을 가질 수 있게 되었다.

〈뱀파이어와의 인터뷰〉에서 그려낸 흡혈귀들의 세상은 인간 세상과 비

숫하다. 고기를 섭취할 목적으로 다른 짐승을 죽이는 것은 인간에게 허락된다. 그러나 인간을 죽이는 것은 허락되지 않는다. 마찬가지로 이 영화에서 흡혈귀들은 인간을 죽이는 것은 허락하지만 동족인 흡혈귀를 죽이는 것은 허락되지 않는다. 그리고 그들은 외로움 때문에 가족이나 무리를 이루어 살고, 질투도 하고 사랑도 하고 싸움도 한다.

특히 〈뱀파이어와의 인터뷰〉는 그냥 막연히 상상하도록 남겨졌던 시간에 대해서, 다른 작품들보다 훨씬 심도 있게 들어간다. 그것이 내가 〈뱀파이어와의 인터뷰〉를 최고의 흡혈귀물 중 하나라며 열을 올리는 이유이다. 솔직히 시간이라는 개념이 제거된 죽지 않는 자들의 이야기는 좀 김빠진 느낌이 들지 않나.

알망드(안토니오 반데라스 분)는 루이에게 이렇게 말한다. "세상은 변하지만 우리는 변하지 않지. 거기에 아이러니가 놓여있고, 그것이 마침내 우리를 죽이지." 이 대사는 그간의 흡혈귀물이 피상적으로 다룬 시간이 흡혈귀들에게 어떤 의미를 가질 수 있는지를 보여준다. 막연히 생각한 것과는 달리 시간은 그들에게 공기처럼 무한히 제공되는 자원이라기보다는, 구체적 위협이다.

생물학적인 노화가 이루어지지 않음에도 불구하고 그들 역시 시간 앞에 무력한 존재일뿐더러, 살기 위해서는 인간처럼 시대를 따라잡기 위해 부단히 노력해야 한다. 나는 '시간이 한없이 허락된다면 인간은 신에 조금 더 가까이 갈 수 있지 않을까'라는 망상에 빠진 적이 있었다. 내 망상의 근거는 다음과 같다. 인간이란 문자를 사용함으로써 유구한 세월 동안 경험을 축적하는 존재라 할 수 있는데, 문자란 필자와 독자 사이의 갭에 의해 필연적으로 의미전달의 비효율을 낳는다. 그런데 그들은 타인의 머릿속이 아닌 자신의 머릿속에 경험과 교훈을 차곡차곡 쌓아둘 수 있으니, 얼마나 지혜로운 존재가 될 수 있을 것인가. 하지만 그것조차 불가능할지도 모르겠다. 그들은 계속해서 변화하는 시대를 쫓아가지 못하는 낙오자 집단으로 남겨질 가능성이 높기 때문이다.

사람이란 누구나 변하지만 또 다른 의미로는 그렇게 쉽게 변하지 않는 존재 아니던가. 영화 속, 루이를 보라. 그는 결코 변하지 않는다. 다니엘(크리스천 슬레이터 분)의 피를 빨고 난 후 그의 차에서 루이(브래드 피트 분)의 인터뷰 테이프를 듣게 된 레스타트(톰 크루즈 분)는 말한다. "오, 루이 여전히 징징거리는군."

시간에 대한 이야기외는 별개로 〈뱀파이어와의 인터뷰〉는 개봉 당시 동성애와 AIDS에 대한 혐오를 담고 있다는 논란을 불러 일으켰다. 루이와 레스타트가 모두 남자라는 점과, 아이를 흡혈귀로 만드는 것이 그들 세상의 불문율임에도 클로디아(커스틴 던스트 분)를 자신들의 가족의 일원으로 만

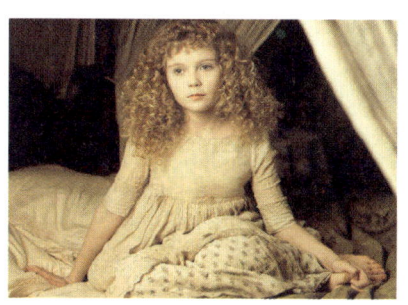

든다는 점은 그들의 외모가 중성적인 느낌을 자아낸다는 점과 함께 그런 주장의 증거가 되었다. 알망드가 루이를 흠모하고 동거자로 점찍는다는 점도 마찬가지.

전통적으로 흡혈행위를 통해 흡혈귀로 거듭나는 것은 체액을 통한 전염병(성병)으로 해석되기도 했고(잘못 알려진 사실이라고 알고 있지만), 동성애와 AIDS 발생과 연관 짓는 움직임이 있었으니 그런 주장에 근거가 없는 것은 아니다.

하지만 동성애에 대한 해석은 그럴싸하지만 그것을 바라보는 혐오적 시각이라는 부분은 동의하기 어렵다. 오히려 저토록 잘 빠진 미남 배우들만 모아놓고 동성애 운운하는 건, 동성애 예찬론에 더 가까워 보이지 않나?

톰 크루즈, 브래드 피트, 안토니오 반데라스, 크리스천 슬레이터, 커스틴 던스트 등의 호화로운 캐스팅을 자랑하는 〈뱀파이어와의 인터뷰〉, 하지만 처음부터 기획된 것은 아니었다. 영화의 주인공으로 처음 거론된 것은 다니엘 데이 루이스였으나 거절했고, 제레미 아이언스, 존 말코비치, 존 트라볼타를 지나고 나서야 톰 크루즈에게 안착되었다.

원작자인 앤 라이스는 톰 크루즈가 영화를 망칠 것이라는 생각에 공개적 비난을 퍼부었다고 하는데, 결국 영화가 완성된 후 톰 크루즈에게 사과 편지를 보내기도 했다고 한다.

인터뷰어의 역할은 내정되었던 리버 피닉스의 죽음으로 인해 크리스천 슬레이터에게 돌아갔다. 감독의 선정 역시 난항을 겪어 리들리 스콧, 데이비드 크로넨버그를 거쳐서야 닐 조단이 선택되었다. 결과적으로 감독과 배우의 조합은 최적이었다는 생각이 드는데, 그런 의미에서 모든 성공에는 아이디어나 노력처럼 인간이 할 수 있는 것과 함께 우연이 깃들어야 하는 것 같다.

〈뱀파이어와의 인터뷰〉의 시각효과는 상당히 훌륭하다. 특히 영화 속 흡혈귀를 흡혈귀답게 만드는 창백한 화장 위에 그려진 푸른 혈관이 그러했는데, 푸른 혈관은 실제 혈관 위에 그려짐으로써 그토록 사실적일 수 있었다. 그러나 실제 혈관 위에 그리기 위해서는 혈관이 잘 드러나야 했고 배우들은 그를 위해 촬영 전 30분씩 거꾸로 매달려 얼굴의 혈관이 튀어나오게 만들어야 했다. 공포영화를 위한 분장은 다른 장르들과 비교할 때, 상대적으로 배우를 괴롭게 하는 편에 속할 것 같다.

# 신념의 상실 황혼에서 새벽까지

원제 From Dusk Till Dawn • 감독 로베르토 로드리게즈
배우 하비 케이텔, 조지 클루니, 쿠엔틴 타란티노 등 • 제작 1996년 미국

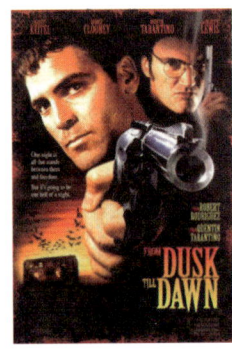

강렬한 인상을 남기기 위한 오프닝이 있는 경우를 제외하면, 비현실적 세계를 등장시키는 보통의 공포물 역시 처음에는 있을 법한 일들로 시작한다. 그러다가 어느 순간부터 조금씩 분위기를 잡기 시작하다가는, 어느 시점부터 현실세계로부터 완전히 주인공들을 격리시킨다. 〈황혼에서 새벽까지〉도 마찬가지이다. 다만 그 어느 시점이란 게 영화가 시작한 후 한참, 그것도 정말 한참을 지나서야 온다는 게 다를 뿐이다.

바로 그 점이 관객의 정서적 충격을 배가했고, 이 영화를 수없이 많은 이들의 입에 오르내리게 만들었다. 한 시간 정도를 전형적인 범죄극이라 생각하며 보고 있는데 어느 순간 돌연 흡혈귀영화, 그것도 피와 유머가 가득 찬 난장영화로 모습을 바꾸니 그렇지 않겠는가.

어쨌거나 〈황혼에서 새벽까지〉는 하나의 영화 안에 두 개의 장르가 각

각의 형태를 온전히 유지하면서 들어가 있다는 점에서 독특했고, 흡혈귀를 난장영화의 대열에 포함시켰다는 점에서 또한 참신했다. 〈황혼에서 새벽까지〉는 흡혈귀의 심장에 대못을 박기보다는 뒤집어진 테이블의 네 개의 다리에 하나씩 흡혈귀를 꽂아버리는 모습을 보여주려고 만들거나 혹은 타란티노가 셀마 헤이엑의 발을 빨아보기 위해 만든 작품이 아닐까 싶을 정도로 철저히 선정성과 유희 정신에 입각해 만든 작품이다. 남자의 거시기를 총으로 만들어 마음껏 난사하거나, 팔다리가 잘려진 인간의 몸통으로 만든 기타를 치고 있는 록밴드를 보여주기 위해 만들었다고 생각해도 과언이 아닌 것이다.

따라서 생각 따위는 잠시 접어두고 화끈하게 즐기는 게 이 영화를 대하는 가장 좋은 태도일 것이다. 나도 그 점을 알고 있다. 그럼에도 불구하고 〈황혼에서 새벽까지〉에 나오는 장소나 캐릭터에 대해서는 한 번 쯤 생각해볼 필요가 있을 것 같다는 생각이 든다.

악당형제 중 동생 리치(쿠엔틴 타란티노 분)는 무분별한 살인마로 그려지는 반면, 형 세스(조지 클루니 분)는 이성적이며 최소한의 인간미를 갖춘 것처럼 그려진다. 리치의 행동은 어느 정도 세스에 의해 통제되고 있으며, 그 통제의 기본 원칙은 이유 없이 사람을 죽이지 않겠다는 세스의 신념이다.

그러나 그 신념이란 인간성에 입각했다기보다는 살인이 자신들을 더 위태롭게 만들 것이라는 이성적 판단의 결과에 가깝다. 그는 그토록 갈망했던 멕시코에 도착하자마자 싸움을 벌였고, 싸움이 커질 기미를 보이자 시비가 붙은 상대에게 신나게 총질을 해댔다. 즉 그는 멕시코에 도착한 후 그 신념을 스스로 버렸다. 아마도 그가 싸움을 하지 않았더라면, 그래서 무희에게 피를 보이지 않았더라면, 그녀는 계속 춤만 추었을지도 모른다. 따라서 영화의 처음부터 끝까지, 난장판의 일등공신은 그들 형제이다.

그가 인질로 잡은 제이콥을 살펴보자. 그는 전직 목사였지만, 아내의 죽음 이후 신념을 잃어버렸다. 그는 기본적인 믿음은 가지고 있다고 스스로 생각하지만 이 역경을 통해서도 신념을 회복하지 못한다. 흡혈귀에게 십자가를 들이대보지만, 그것의 정체는 믿음이 아니라 총이다. 〈황혼에서 새벽까지〉의 십자가 총은 존 카펜터의 〈안개〉에서의 십자가(억울하게 죽은 이들에게 황금십자가를 들이미는데 이것은 '귀신아 물렀거라'의 의미가 아니라, 그들에게 빼앗은 황금을 돌려주는 과거사 청산의 의미를 가진다)와 함께 영화 속에서 가장 인상적이고, 도발적으로 사용된 십자가가 아닐까 한다.

흡혈귀들의 무대인 젖꼭지클럽은 또 어떤가? 많은 범죄영화들에서 그려진 것처럼 멕시코란 법을 어긴 이들의 도피처요, 법이 작동하지 않는 무법지대를 상징한다. 요약하면 영화의 주요 공간과 캐릭터들은 모두 법, 도덕, 종교 등의 신념으로부터 벗어난 것들로 그려진다. 다시 말하면 젖꼭지클럽은 법도, 도덕도, 종교도 먹히지 않는 세상의 축소판이다.

물론 그러한 신념체계라는 것이 인간을 구속하는 것은 사실이겠지만, 또한 그것은 많은 사람들이 살아가는 사회에서 필요로 하는 최소한의 것이기도 하다. 다양한 인간들이 군집한 인간사회에서는 다양한 충돌이 있을 수 있다. 그러한 충돌을 예방하거나, 해소하는 것이 무엇인가? 법과 도덕, 종교와 같은 체계들이다. 이러한 체계가 있어도 제 구실을 못하는 경우가 종종 보이는 판국에, 그것마저도 없다면 어떻게 되겠는가? 뻔하다. 난장판이 될 것이다. 지독해보일 정도로 뻗어나간 영화의 후반부처럼. 즉 인간사회란 여러 가지 종류의 규제 속에서 비로소 안전하게 영위될 수 있었던 것이다.

쿠엔틴 타란티노와 로버트 로드리게즈는 브라이언 유즈나와 스튜어트 고든 이후 최고의 시너지 효과를 냈던 감독들이다. 그들의 영화에서 보이는 장난질들로 인해 그들은 흔히 B급 영화라는 수식어를 달고 다닌다. 하지만 잘난 척하지 않으면서 가끔 인상적인 장면을 보여주는 영화를 B급영화의 한 정의라고 한다면, 진정한 B급영화는 로버트 로드리게즈의 영화에 가깝다.

타란티노는 자신의 영화에 자신이 본 것들을 이리저리 늘어놓기는 하지만 그는 거기에 그치지 않고 영화를 통해 철학을 하려는 경향이 강하다. 한마디로 타란티노는 선정영화를 좋아하지만 선정영화에 대한 예찬을 늘어놓기에는 할 말이 너무 많다는 것이다. 그는 B급이라기보다는 키치적 성향이 강해 보인다.

반면 로드리게즈는 어떤가? 그는 진정한 의미의 잡탕영화들을 유쾌하고 인상적으로 만들어내는 것 이상의 욕심을 부리지 않는다. 물론 두 명 모두 B급 정서에 가까운 감독임을 부정하지는 않는다만, 굳이 말하면 그렇다는 이야기다.

## Horror Tip 01 · B급영화, 제대로 알기

누구나 B급영화를 말하지만 사실 B급영화라는 단어만큼 화자의 자의적 판단에 의거해 사용되는
단어도 없는 것 같다. 하지만 늘 그렇듯 다른 뜻으로 단어를 사용할 때, 의사소통이 제대로 되지 않
는 건 당연한 일이다. 심한 경우 이것은 싸움을 불러일으키기도 한다.

단적인 예로 얼마 전 여름, 심형래 감독의 〈디워〉에 대한 몇 안 되는 긍정적인 평 중의 하나가, 단지
B급이라는 말을 사용한 것만으로 그 영화의 팬들에게 뭇매를 맞는 것을 보았다. 흔히 잘못 이해하
는 것처럼 B급이라는 것은 A급이라고 표현된 다른 영화에 비해 우월하거나 모자란 것은 아니다.
확률적으로는 그럴 수 있겠지만.

B급영화는 미국에서 한때 동시상영용으로 만들어진 저예산 싸구려 영화를 말하는 단어였다. 1930
년대의 대공황으로 관객들의 주머니 사정이 악화되어 극장을 자주 찾을 수 없게 되자, 할리우드의
거대 스튜디오들은 입장수익을 만회하고자 동시상영을 시작했고, 그들은 자사제작 영화들을 걸 수
있는 배급망을 갖추고 있었기에 메인이 되는 영화와 함께 상영할 B급영화들을 선정함에 있어 별다
른 기준이 필요 없었다. 그냥 자신들이 직접 대충 찍어내면 되는 것이었다. 다만 이런 영화들은 메
인영화의 개봉일정에 맞춰야 했기 때문에 영화를 찍는 데 시간을 거의 들일 수 없었고, 심지어는
NG를 내는 것조차 허용하지 않은 경우도 있었다. 당연히 이런 작품들은 각본에도 공을 들일 수 없
었고, 대동소이한 영화들의 양산으로 이어지기도 했다. B급영화들은 스튜디오들이 잘 다루지 않던
SF/호러/뉴스영화 등의 영역에 집중되었고, 당시에는 TV가 없었기에 이런 비슷한 작품들을 흡사
미니시리즈처럼 즐기는 관객들도 있었다고 한다. 물론 모든 법칙에는 예외가 있다고, 당시에도 괜
찮은 B급영화들이 가끔 나오기도 했다. 태생적으로 부차적이었던 이 영화들은 수입 면에서도 당연
히 부차적인 효과를 가질 수밖에 없었다. 할리우드의 시스템들은 적게 쓰고 적게 벌어들이는 B급
영화에 큰 관심을 가지지 않았다. 특히 1948년 스튜디오가 자사의 극장체인망을 가지고 있는 것이
독점금지법에 위배된다는 판결이 있은 이후 대규모 제작사의 B급영화는 사라지게 되었고, 이것은

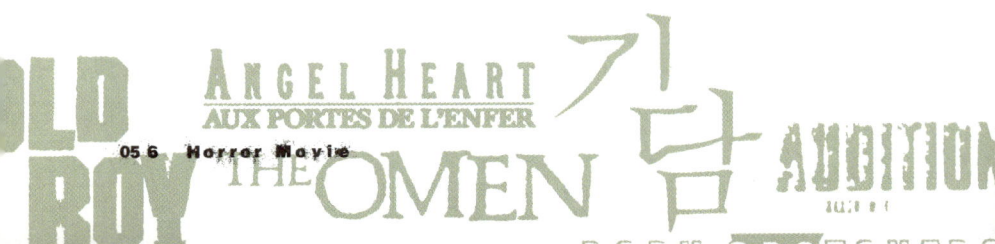

지금껏 말한 의미에 있어서의 B급영화의 종말이었다.

그러나 우리가 로저 코먼 감독을 B급영화의 대부라고 부르는 것처럼 B급영화는 분명히 계속되었다. 대규모 스튜디오들이 B급영화 제작을 포기함에 따라 B급영화만을 전문으로 제작하는 소규모 제작사들이 나타난 것이다. 그들은 A급영화에 종속된 B급영화를 만드는 것이 아니라, B급영화를 동시상영함으로써 모든 수익을 자신들의 몫으로 하겠다는 포부를 가지게 되었다. 그중 가장 중요한 감독은 역시 로저 코먼이었다. 그에 의해서 B급영화는 '잘난 척하지 않으면서 가끔씩 멋진 장면을 보여주는' 영화라고 인식되기 시작한 것이다.

물론 그들의 제작 환경은 여전히 나아진 것이 없었고, 다른 작품들의 필름을 잘라 붙이는 일조차도 마다하지 않았다. 하지만 잘 알다시피 돈은 양날의 검이다. 많은 돈이 들어가는 작품들은 당연하게도 많은 사람을 끌어들여야 하며 그를 위해서 보편적인 무엇을 하도록 강제된다. 실험정신의 결여, 보편성과 보수성.

그러나 B급영화들은 본격적으로 자신의 성향을 부일 수 있었다. 시간이 거의 주어지지 않은 채로 똑같은 작품을 여러 명이 만들어보면, 감독들의 색깔이 가장 극명하게 드러날 수 있다고 생각한다. 마찬가지로 이 같은 토대는 감독들에게 실전 경험을 습득하게 만들 뿐더러, 자신의 색을 충분히 드러내도록 할 수 있었다. 독창적인 생각들이 장려되었고, 그 어느 것도 금기가 되지 못했다. 로저 코먼이 스콜세지에게 한 말이 있다.

"기억하게, 마틴. 뭘 찍어도 좋아. 그러나 10만 달러의 예산을 초과하면 안 돼. 그리고 시나리오 15쪽마다 관객을 자극할 수 있는 성적인 암시를 집어넣어야 돼. 그 두 가지만 지키면 자네 마음대로 찍어도 좋네."

거기에 맞물리는 엄청난 사건이 발생했다. 바로 TV의 탄생이었다. 실은 이것도 대규모 스튜디오들의 수직적 배급이 독점금지법에 따라 깨지면서 스튜디오들의 반발이 무뎌진 바람에 뒤늦게 나타난 TV는 극장을 찾는 관객을 축소시켰다. 그래서 할리우드 영화들은 TV가 보여줄 수 없는 것들을 보여주는 식으로 탈피하려 했다. 당시의 흑백TV에 대항하여 총천연색으로 뒤덮인 영화들로 승부하

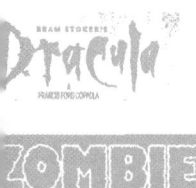
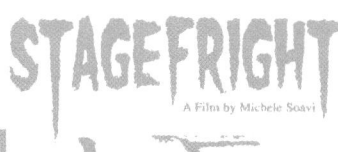
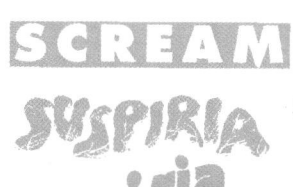
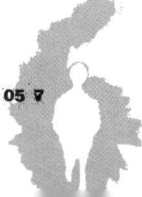

고자 했던 것이다.

하지만 거대한 착오가 있었으니, 할리우드는 이미 새로운 관객들의 욕구를 파악하지 못했다. TV는 전통적인 관람 형태, 즉 극장으로 가족나들이를 나가던 모습을 바꾸어 놓았다. 편안한 가정에서 가족들이 TV에 매달리기 시작하자 극장들은 이제 부모의 눈을 피해 자신들만의 공간을 찾던 청소년들의 것이 되어버렸다. 특히 드라이브인 극장은 더욱 그러했다. 야심을 가지고 덤벼들었던 멋진 대규모 스튜디오의 영화들은 그들에게 크게 어필할 수 없었고, 그들을 사로잡은 건 바로 B급영화였다. 한마디로 선정적이고 반항적인 영화들.

이러한 소재들은 그 태생부터 이미 전복의 기운을 가지고 있었다. 남들이 다루지 않았던 것을 주요 대상으로 했던 B급영화였으니, 남들과 다르게 만드는 것이 어쩌면 당연한 것 아니겠는가? 공포영화와 갱영화, 액션영화에서 눈부신 B급영화들이 나타났고, 1960년대 이후에는 반항적인 히피주의의 정서를 끌어안는 〈이지라이더〉(데니스 호퍼 감독) 등의 영화들이 만들어졌다. B급영화는 관객의 기호에서 멀어져버린 할리우드를 구원하게 된 것이다. 즉 할리우드는 젊은이들의 취향을 알아채게 된 것이다. 덕분에 1970년대는 한마디로 B급영화와 주류영화의 교배가 하나의 트렌드가 되었다.

TV시대가 본격적으로 도래하면서 TV를 위한 영화들이 만들어졌고, 홈비디오 시스템의 발전은 극장에서 상영되지 않는다고 해도 수익을 낼 수 있는 환경을 조성했다. 극장에서 실패한 작품이라도 속편이 만들어질 수 있었고, 수많은 복제들이 나타났다. 예를 들면 스티븐 스필버그 감독의 〈죠스〉에서 영향을 받은 〈식인어 피라냐〉(조 단테 감독), 〈쥬라기 공원〉(스티븐 스필버그 감독 외)의 영향을 받은 〈공룡 카르노사우라〉(아담 사이먼 감독) 등. 이제 저예산 영화들은 극장이 아닌 TV와 비디오(혹은 DVD)의 범주에서 만들어지기 시작했다.

그런데 비디오용 작품들이 B급영화의 한 갈래를 물려받은 것은 사실이지만, 그것만을 그냥 B급영화라고 불러도 좋을까? 이미 B급영화는 두 차례에 걸쳐 그 의미가 변화되었다. 단순한 배급 형태들은 계속하여 바뀌어 가는데, B급영화라는 것이 그 배급 형태에 의해서 정의된다면 아마도 계속하여 의미가 변화할 것이다. 배급 형태가 아닌 영화의 속성 자체에 B급영화라고 할 만한 구석이 있

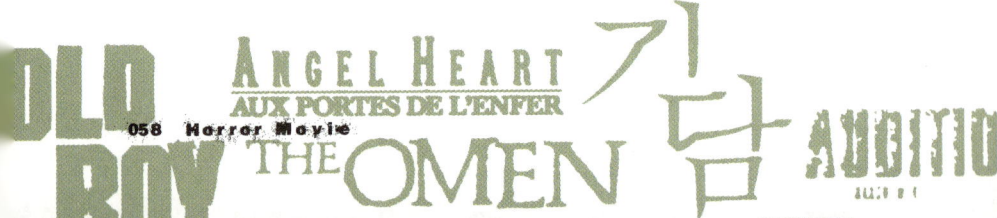

는 것은 아닌가?

B급영화가 극장에서 사라진 오늘날도 B급영화의 유산들은 살아남아 여전히 스크린에서 숨 쉬고 있다. 로저 코먼의 말을 인용하자면, "B급영화는 상품으로 통할 만한 틀을 지키는 선에서 메이저 영화사가 감히 투자하지 않는 창조적이고 독창적인 내용을 다루는 영화이다. 동시상영관과 드라이브 극장이 사라진 지금 B급영화는 사라졌다. 그러나 극장에서 사라졌다는 것이지 B급영화의 정신이 사라졌다는 것은 아니다. 많은 영화감독들이 창조적인 실험을 하고 있다. 쿠엔틴 타란티노 감독은 대작영화에서 B급영화의 정신을 잇고 있지 않은가."

물론 이 말은 자신에 대한 강한 자부심을 표현하는 것이라는 사실을 부인할 수는 없다. 그러나 여전히 우리가 쿠엔틴 타란티노나 로버트 로드리게즈 감독의 영화, 그리고 팀 버튼의 영화를 보고 B급을 이야기할 수 있다면 그것은 우리가 배급망이나 저예산이라는 구체적 형태가 아닌 내적 속성 혹은 정신에 기반을 두고 있다는 것을 인정하게 만든다.

『영화가 욕망하는 것들』의 서사 김영진에 따르면 B급 정신이란 완성도와는 관계없지만 공식적인 미학 규범을 무시하거나 아예 의식하지 않는 천방지축의 패기, 대중문화의 유산을 이리저리 횡단하고 받아들이면서 굳이 예술인 척하지 않고, 이미 봤던 것을 다른 모습으로 가공해 내고 거기서 새로운 돌파구를 찾는 무엇이라고 한다. 나도 그 말에 동의한다. B급 정신이란 바로 흥미 본위적 속성과 잡탕적 상상력 아래에서 규범들을 거스르며, 자신의 색깔로 삶을 해석하고 이야기하고자 하는 '권위에 의지하지 않고, 대중과 함께 호흡하는' 태도가 아닐까. 최근 들어서 B급영화의 위상이 많이 올라갔음을 느낀다. 이제 B급영화는 영화를 많이 봤다고 자부하는 먹물들에게 환호 받는, 키치적 성향과 맞물리게 된 것이다. 그런데 아쉬운 것이 B급영화를 보는 건 여전히 그리 쉬운 일은 아니라는 사실이다. 특히 한국영화에 국한하면 더욱 그러하다. 류승완 감독의 〈다찌마와 리: 악인이여 지옥행 급행열차를 타라〉가 많은 한국영화들을 잡탕으로 섞어놓았다는 사실은 누구나 알고 있지만, 무엇을 섞어놓았는지를 아는 이가 얼마나 될까? 큰 영화가 아니라고 해도, 허접한 영화라고 해도 그것을 보기 쉬운 환경이 확대될 수 있다면 팬으로서 그보다 큰 소원이 없겠다.

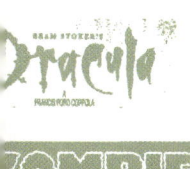
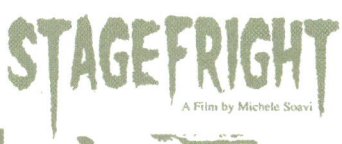
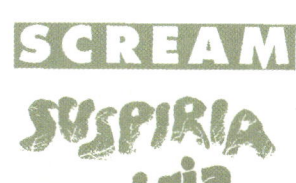
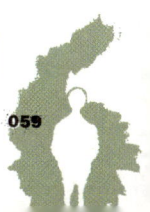

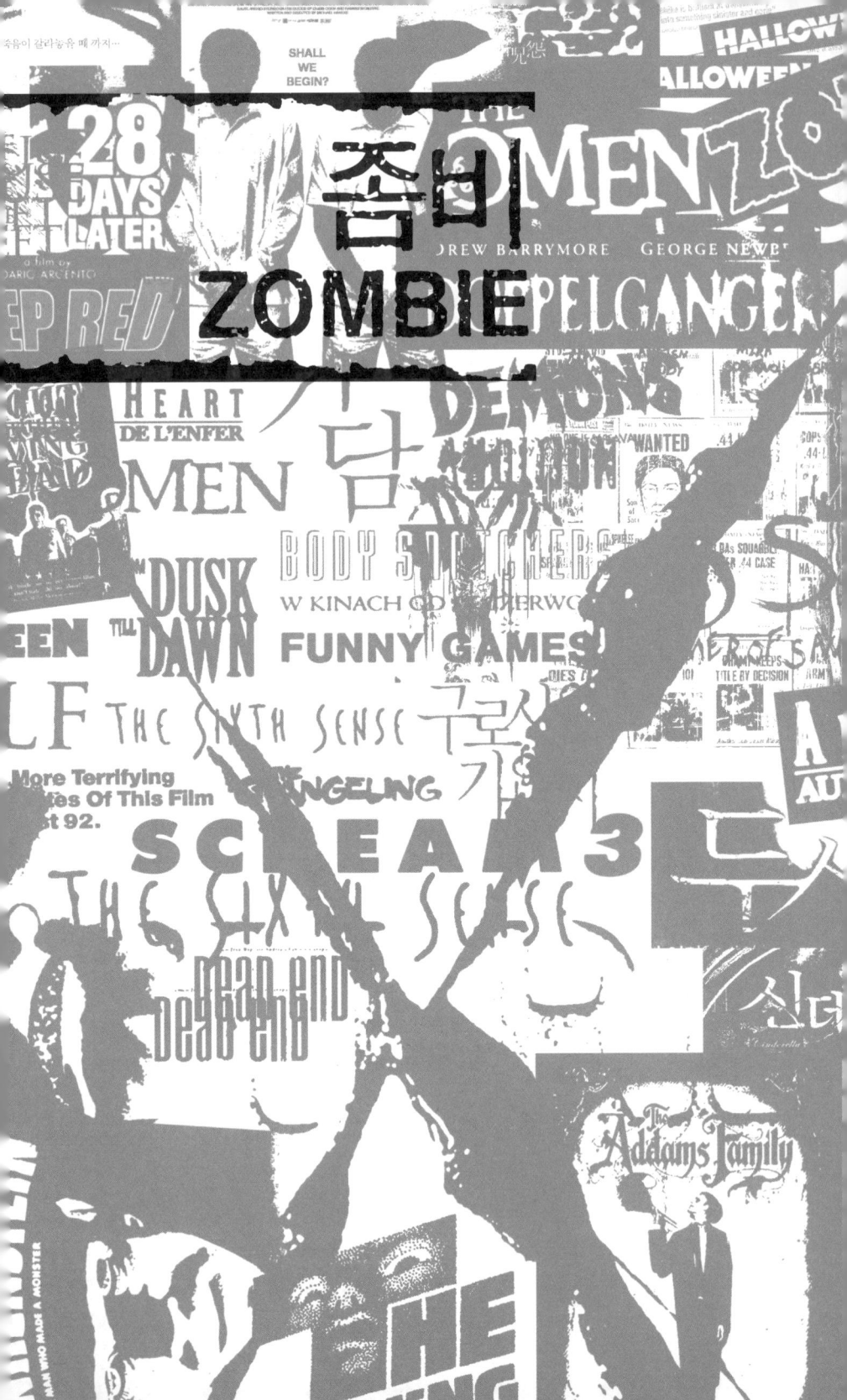

최근 공포영화의 두드러진 경향 중 하나는 좀비의 부활이다. 단순히 전성기를 지난 옛 아이콘이 부활했다고 보기보다는 지금이 전성기가 아닌가 싶을 정도로, 좀비들은 주체할 수 없는 그들의 식욕만큼이나 왕성하게 스크린을 달구고 있다. 〈데드 얼라이브〉(피터 잭슨 감독) 이후로 명맥이 끊겨버린 듯 했던 괜찮은 좀비물들이 얼마 전부터는 1년이 멀다하고 말 그대로 쏟아지고 있는 것이다. 〈새벽의 저주〉(잭 스나이더 감독), 〈새벽의 황당한 저주〉(에드가 라이트 감독), 〈28일 후〉(대니 보일 감독), 〈내 친구 파이도〉(앤드류 커리 감독) 기타 등등.

도대체 좀비에 무슨 일이 발생한 것인가? 좀 더 정확하게는 그것을 보는 관객들에게 무슨 일이 일어난 것일까? 이 이야기를 하기에 앞서 우리가 좀비물을 말할 때 빼놓을 수 없는 인물이 딱 한 명 존재한다면, 조지 로메로 외의 인물을 찾을 수 없을 것이다. 물론 그가 최초의 좀비물을 만든 이는 아니지만, 우리가 좀비영화라고 부르는 대부분의 영화들은 그의 작품에 빚진 바가 있다. 〈살아 있는 시체들의 밤〉 이후 그로부터 자유로운 좀비영화는 실상 얼마 되지 않는 것이다. 그는 현대 영화 속에서의 좀비라는 캐릭터의 속성을 창조했고, 좀비라는 캐릭터 안에 강한 상징들을 응축시켰다.

물론 로메로가 좀비라는 개념 자체를 만들어낸 것은 이니다. 로메로 이전에도 좀비영화는 존재했고, 영화에 등장하기 전에도 좀비의 개념은 존재했다. 좀비에 대한 이야기는 부두교로부터 도래한다. 좀비는 자유의지를 잃고 주술사에게 통제되는 사람을 일컫는데, 좀비를 만들어

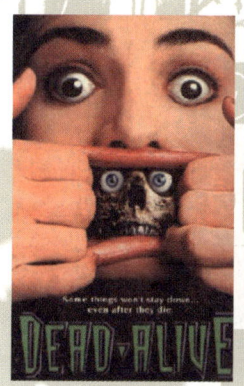

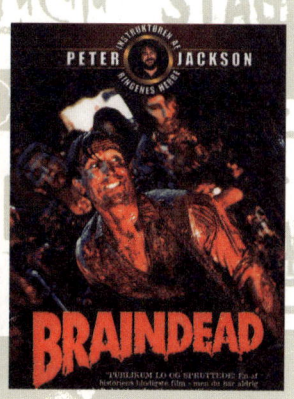

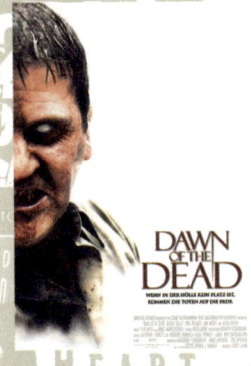

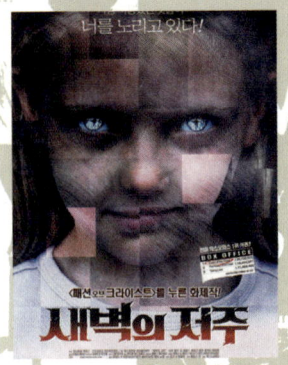

내는 방법은 다음과 같다. 저주를 내리고자 하는 자에게 강한 약을 투여한다. 그러면 그 사람은 일시적으로 가사 상태에 빠지고, 죽은 것으로 판단되어 땅속에 묻힌다. 일정 시간이 지나면 그는 다시 살아나는데 그는 이전의 모습과는 다소 다르다. 결정적으로 살아난 그는 자유의지가 없으며 주인의 명령대로 행동한다. 즉 좀비는 처음부터 자신의 삶을 완전히 빼앗겨버린 희생자를 의미했던 것이다.

반면 로메로의 좀비란 얼마간 부두교를 떠난 듯 보인다. 자유의지가 없는 이들이라는 점, 죽음으로부터 돌아온 자라는 점에 있어서 로메로의 해석은 부두교의 그것과 다르지 않지만, 좀비를 만들어내는 것은 주술사라기보다는 방사능과 같은 현대사회의 폐해이며 그들이 본능을 추구한다는 점이 그러하다. 그 본능이란 구체적으로 식욕이었고, 후속편들을 통해 자신이 살아 있을 적 습득된 행동들로 구체화된다. 또한 이들은 흡혈귀나 늑대인간처럼 살아 있는 인간을 물어뜯음으로써 서로를 전염시킬 수 있다. 그리고 그들은 행동이 느리고 무기력하며, 그들을 제거하기 위해서는 반드시 뇌를 파괴해야 한다.

이러한 로메로의 해석으로 인해 좀비영화들은 크게 몇 가지 특성을 가지게 되었다. 첫째, 살아 있는 사람을 공격한다. 그들은 인육을 소화시킬 기관이 존재하지 않는다고 해도, 본능에 따라 인육을 탐한다. 이러한 개념에 의해 좀비영화들은 상당한 과격성을 가질 수 있게 되었다. 그들은 살아 있는 사람을 찢어발기고, 그들의 몸과 내장을 씹어 먹는다. 이러한 과격성은 얌전한 영화들을 좋아하지 않았던 세대에게 어필할 수 있는 하나의 무기이기도 했다. 동시에 그들이 인육을 먹는 이유가 자신이 빼앗긴 것을 되찾기 위한 것이라는 해석을 가능하게 만들었다. 그들은 죽음으로부터 돌아온 자이며, 자신이 빼앗긴 것을 추구하는 존재이다.

둘째, 전염성으로 인해 그 수가 급속히 늘어나지만, 각각의 개체는 무기력하고 인간보다 열등하다. 그러므로 집단행동을 하지 않는 좀비들은 쉽게 제거되며, 주인공들을 곤경에 몰아넣는 장면들에서 좀비는 항상 떼거리로 등장하게 된다. 빼앗긴 것을 섭취함으로써 되찾고 싶다는 본능과 필연적인 집단행동으로 인해 좀비들은 빼앗긴 자들을 상징하기 쉽다는 사회적 의미를 가지게 되었다. 지금의 사회에서도 한 명 한 명의 서민들은 약하지만 그들의 집단행동은 힘을 가지는 것이 아니겠는가.

로메로가 시체 3부작을 찍었을 때와 지금, 우리를 둘러싼 환경의 차이는 좀비의 해석에 있어서도 약간의 차이를 낳았다. 소득분배가 상대적으로 양호했고 중산층과 서민 사이에 큰 갭이 존재하지 않았던 1980년대 이전과 비교할 때, 지금은 소득분배가 급속도로 악화되었고 중산층이 붕괴되기 시작했다. 따라서 좀비는 집합체로서의 대중으로부터 시민으로 전락했고, 그들이 놓인 상황은 예전보다 더 나빠졌다. 좀비들을 양산함으로써 이득을 보는 계층은 더 소

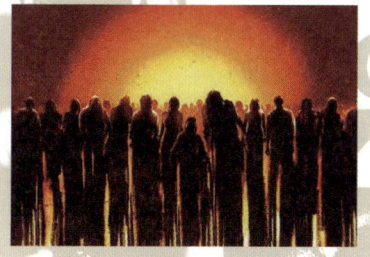
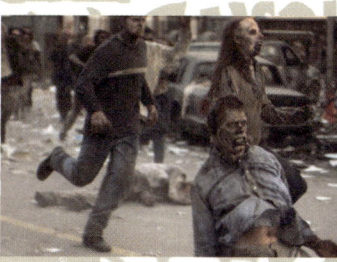

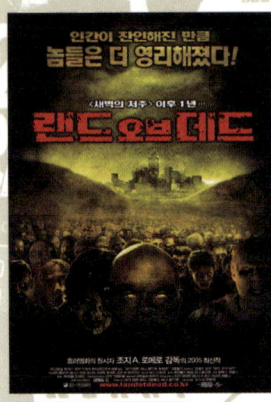
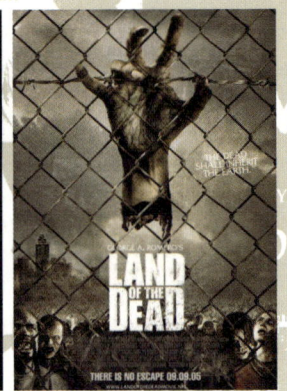

수가 되었고 명확해졌다. 이러한 시대의 변화는 희생자로서의 좀비라는 정체성을 보다 공고히 확립하게끔 했다.

〈랜드 오브 데드〉가 이전 작품보다 단선적인 캐릭터들을 설정한 이유나, 좀비와 인간의 공생이 이루어지는 진보적 결말을 보여주는 작품들이 적잖게 눈에 띄는 까닭은 아마도 그런 변화로부터 나왔을 것이다. 그러나 이와 같은 변화들은 정도의 차이만 있을 뿐, 부두교의 좀비 이래로 좀비들이 빼앗긴 자를 상징한다는 기본 원칙과는 다르지 않다.

그보다 눈에 두드러지는 점은 모든 영화들에서 그런 것은 아니지만 좀비들이 빨라졌다는 것이다. 그들이 빨라진 첫 번째 이유는 말할 것도 없이 빠른 영화를 선호하는 현 세대의 입맛에 맞추기 위한 것이다. 뮤직비디오나 호흡이 빠른 영화들에 길들여진 지금 세대에게 느린 좀비는 지루함을 만들어내기 쉽고, 그래서 그것이 어떤 의미를 전달하고자 하는지 간에 외면당할 가능성이 높다. 게다가 로메로의 작품들에서도 그러했듯 좀비영화는 기본적으로 볼거리에 기댄 바가 없지 않았다. 빠른 좀비들은 이전보다 훨씬 역동적인 장면들을 만들어냄으로써 관객들을 사로잡았다.

또 다른 이유도 있다. 세상이 변했다는 것이다. 로메로 좀비물 초기에 보였던 시체들의 무기력함은 분명 삶에 찌든 현대인의 초상처럼 보였다. 삶에 지쳐 아무런 활력 없이 그저 살아가는 것 자체도 힘에 부치는 사람들의 서글픔과 같은 것이 좀비에게서도 느껴질 수 있었던 것이다. 그러나 상황은 더 나빠졌다. 지금은 어기적거리면서는 최소한의 생활을 위한 기본적인 삶조차 꾸려가는 것이 불가능하다. 효율을 강조하는 이 시대에는 좀비조차도 행동거지가 빨라야 살아남을 수 있는 것이다.

요즘의 서민들을 보라. 항상 빨리 움직일 것을, 그리고 성과를 거둘 것을 종용받고 있지 않은가. 이런 빡빡한 삶 속에 자신을 구현할 시간을 찾기란 어려운 법이다. 그들이 모두 같은 모습을 가지고 집단행동을 하게 되는 것은 그들이 무지하거나 의지가 없기 때문이 아니라, 그렇게 될 수밖에 없었던 이유가 있는 것이다.

어쨌거나 이러한 특성들이 좀비영화를 이해하기 위해 기저에 깔려 있는 기본 정서라고 할 수 있다. 자세한 이야기들은 관련 영화에서 조금 더 해보도록 하자.

# 나는 전설이다 조지 로메로의 시체 3부작

**원제** Night Of The Living Dead, Dawn of the dead, Day of the Dead
● **감독** 조지 로메로 ● **배우** 두안 존스, 주디스 오디, 칼 하드먼 등(살아 있는 시체들의 밤)
● **제작** 1968년, 1978년, 1985년

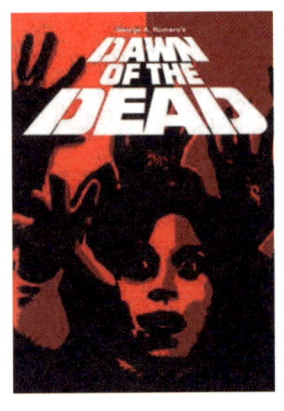

허접한 고어영화 〈피의 향연〉을 찍은 허셀 루이스 고든은 몇 가지 의미에 있어 공포영화사에 지대한 공헌을 했는데, 그중 가장 중요한 것은 그들이 비할리우드 영화감독의 선구자 역할을 해냈다는 것에 있다.

다시 말하면 그들의 영화를 상영할 수 있는 배급시스템(드라이브인 극장, 대학 극장, 독립 시네마테크와 예술 전용 극장)의 고안으로 인해 훗날 허크 하비의 〈영혼의 카니발〉, 웨스크레이븐의 〈왼편 마지막 집〉, 토브 후퍼의 〈텍사스 살인마〉, 데이비드 크로넨버그의 〈쉬버스〉, 데이비드 린치의 〈이레이저 헤드〉 등의 영화들이 개봉될 수 있는 기회를 제공했다는 것이다.

물론 〈살아 있는 시체들의 밤〉 역시 그와 같은 수혜를 입었다. 〈살아 있는 시체들의 밤〉을 만든 이미지텐(조지 로메로와 그의 친구들)의 멤버 중 공포영화를 좋아하는 이가 한 명도 없었음에도, 그들이 첫 작품으로 공포물을 택한 것은 순수하게 상업적 이유로부터 나왔다.

그들은 최악의 경우 지방의 드라이브 인에서 영화를 상영하더라도 투자비를 건질 수 있을 것이라고 생각했던 것이다. 그러나 조지 로메로는 허셀 루이스 고든과 같은 허접한 영화를 만들기를 원하지는 않았고, 실제로 결과물 역시 그러했다. 〈살아 있는 시체들의 밤〉은 허셀 루이스 고든의 과장스러운 고어보다는 자신의 영화를 사실적으로 그려내기 위해 고어를 사용했고, 유희의 대상이라기보다는 정치사회적 우화에 가까웠다.

시체들에게 점령당한 농장 이야기를 그린 〈살아 있는 시체들의 밤〉에서 로메로는 농장을 세계의 축소판으로 그려냈다. 즉 좀비로 인해 외부와 단절된 사람들이 우왕좌왕하는 것에 주목했다는 것이다. 무엇보다도 도움이 절실했던 시기에 사람들은 분열되고 갈등을 보인다. 그 안에서 과학자나 군인은 어떠한 도움도 되지 못하고, 가족주의는 해체되며(좀비가 된 딸이 부모를 먹어치운다), 인물들의 논리는 평행선을 달린다. 그러한 위험 속에서 살아남은 인간이 죽음을 맞이하는 엔딩은 더욱 참혹하다. 그들은 좀비로 오인되었던 것이다.

사실 이 결말에서 로메로는 자신이 그려낸 좀비가 인간과 다르지 않음을 암시한다. 그러한 이유로 〈살아 있는 시체들의 밤〉은 전설이 되었고, 좀비영화의 뿌리를 확립했다.

조지 로메로는 〈살아 있는 시체들의 밤〉을 찍고 난 후 이 영화의 속편을 만들기를 원했다. 그의 아이디어는 좀비가 나라 전체로 번식했고, 몇몇 생존자들이 쇼핑센터에 은신처를 발견한다는 것이었다.

그는 시나리오를 쓰면서 공동제작을 통해 제작비를 마련했고, 그로 인해 영화를 위해 필요한 자금 150만 달러를 구할 수 있었다. 전작 〈살아 있는 시체들의 밤〉에 총 11만 4,000달러의 제작비가 들었음을 생각해보면, 이는 영화를 만들기에 충분한 액수였다. 그는 더 이상 흑백으로 영화를 만들 필요가 없었다. 컬러로 만들어진 그의 후속작은 강렬한 피와 고어로 인해 미학적으로도 더욱 풍요로워졌으며, 좀비 사냥을 즐기는 인간들의 과격성, 바깥세상과는 아무런 상관이 없다는 듯 풍요로운 백화점의 모습, 죽어서도 백화점을 어슬렁거리도록 만든 소비 사회의 은유 등 설정 면에서 차이점을 보였다.

특히 백화점을 어슬렁거리는 좀비들은 좀비의 본능이라는 것이 단순히 식욕뿐만 아니라, 자신이 살던 시기의 행동일 수 있음을 상징함으로써 후속작을 통해 좀 더 정교한 좀비의 특성으로 자리 잡게 된다. 그러나 내용상 〈시체들의 새벽〉이 전작보다 풍요롭다고 말하기는 어렵다. 하지만 좀

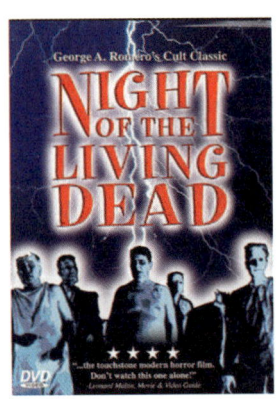
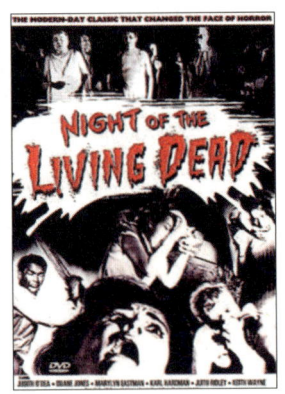

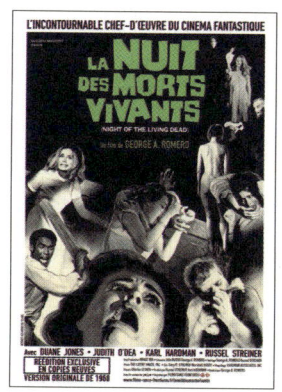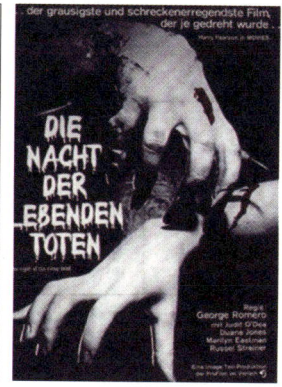

더 볼거리가 많아졌고, 감독의 염세관이 조금 누그러진 감이 있다. 아무도 살리지 않았던 전작의 결말과 달리 두 번째 작품에서는 만삭의 여인 프란과 흑인 피터의 탈출을 허락하는데(자살하려는 피터의 마음을 돌린다), 이는 연료가 거의 없다는 절망적인 상황임에도 불구하고 희망의 여지를 남기는 엔딩이라고 생각할 수 있다.

그러한 엔딩은 〈시체들의 낮〉에서도 마찬가지이다. 구석에 몰린 듯한 여인으로 시작되는 오프닝부터 〈시체들의 새벽〉의 인상적인 몇 장면과 이야기의 기본 얼개는 〈시체들의 낮〉에 그대로 사용된다.

장르란 반복을 통해 이야기의 구조나 관습적인 부분들을 형성해낸 것이라고 생각할 수 있다. 장르의 좋은 점은 관객에게나 영화를 만드는 이에게나 많은 부분들에 대한 설명은 장르 자체에 맡기고, 중점적으로 강조하고자 하는 부분들에 공을 쏟을 수 있다는 점일 것이다. 물론 좀비영화가 다른 공포영화들이 구축해놓은 장르에서 무관하지 않은 건 사실이겠지만,

좀비의 창시자로서의 로메로는 다른 모든 사람들과 마찬가지로 좀비에 대해 잘 알고 있지 못했다. 즉 그는 영화를 하나하나 만들어가면서 좀비를 더 알게 되었던 것이다.

그간 영화 속의 좀비의 행동을 통해 좀비에 대한 규칙을 짐작하게 만들었던 로메로는, 〈시체들의 낮〉에서 구체적으로 그들의 특성을 정리한다. 프랑켄슈타인이라는 별명으로 불리는 로건 박사는 동기, 주의력, 인식력 등을 상실하고 뇌만 있으면 움직인다는 좀비의 특성과 그들은 음식이 아니라 본능에 의해 인육을 원한다는 사실을 밝혀낸다. 위장이 없어 소화를 할 수 없을지라도 조건 반사적으로 인육에 달려들었던 것이다.

또한 그는 좀비가 생전을 기억할 수 있음을 알아내고, 그들을 교육할 수 있음도 알아냈다. 그리고 좀비를 교육하면서 던진 한마디의 말로 좀비가 결국 착한 인간들이었음을, 속아 넘어간 희생자였음을 깨닫게 만든다. "좀비들이 쉽게 속는 것 알지? 원래 착한 놈들이 쉽게 속는 거야. 어떤 미래의 보상 때문에 우리가 속았듯이."

로메로는 좀비의 발생 원인이 과학의 폐해라고 상정하기는 했지만, 좀비가 가진 정치적 성격에 비해 그 발생 원인에는 상대적으로 관심을 두지 않았다. 무엇인가가 이런 비극을 낳았다는 것을 암시하게끔 하기는 했지만, 구체적 악을 형상화하지 않음으로써 좀비에 대한 연민을 구체적으로 불러일으키지는 않았던 것이다. 그러나 그는 3부작의 2편에서 좀비를 사냥의 대상으로, 3편에서는 연구의 대상으로 전락시키며 그들에 대한 연민을 이야기하기 시작한다. 통상 4, 5편으로 불리는 작품들 역시 마찬가지.

비록 전편의 놀라운 성과들로 인해 〈시체들의 낮〉이 과소평가 받는 경향이 있는 것은 사실이지만, 좀비 3부작을 통해 로메로는 미학적으로나 내러티브 면에서나 괄목할 만한 발전을 보였다. 〈시체들의 낮〉의 캐릭터들은 전편들보다 단순하게 정의되기 어렵고 누구 하나 모자람 없는 인물은 존재하지 않는다.

〈시체들의 낮〉의 주인공은 사라(로리 카딜 분)이지만 영화 속에서 가장 중요한 인물은 헬기 조종사 존(테리 알렉산더 분)이다. 그는 인간의 다양함을 인정하고 있다는 점에서 민주주의자의 표상이고, 현실에서 한 발짝 발을 떼려고 한다는 점에서 자유주의자의 표상이며, 자기 임무 외에는 전혀 신경 쓰지 않는다는 점에서 분업을 강조하는 자본주의자의 표상이다.

그는 또한 세상에 넘쳐나는 모든 정보를 알 수 없다는 것을 인식하고 있다는 점에서 인간적이고, 그들에게 허락된 것은 시간 외에는 없다는 점을 알고 있다는 점, 또한 사람만 있으면 다시 시작할 수 있다는 점에서 현명하다. 그러나 그는 마지막 누군가를 위해 행동하기 전까지는 현실에 대해 지독히 무력하다.

영화 속의 복잡한 갈등구조는 개인의 성격과 집단의 이해에 의해 치밀하게 만들어진다. 같은 과학자인 로건과 사라는 과학적 방법론에 의해 다투고, 사라와 헬기조종사 존은 개인이나 사회 전체의 해석에 있어 엇갈리고, 사라와 그의 애인 미겔은 사태의 대응에 있어 감정적으로 상반된 모습을 보이며 서로를 비난하고, 사라와 로즈는 여성과 남성이라는 차이에 의해 갈등을 겪는다. 또한 영화의 연출도 훌륭하다. 하나의 사건을 그려내기 위해 감독은 차곡차곡 개연성을 쌓아두었다. 군인 로즈가 비록 독재자의 모습을 보이기는 하지만 과학자를 처단하는 것은 그가 좀비에게 전우의 시체를 주었기 때문이었으며, 미겔이 요새의 문을 열고 좀비들의 난입을 허용하기까지의 심리적 변화 역시 그럴 듯하게 그려냈다.

게다가 영화 최고의 명장면으로 손꼽히는 좀비 버브의 로즈 사살 장면도 그러하였다. 그는 단지 엄마의 복수를 한 것뿐이다. 영화 속에서 몇 번 등장하는 사라의 악몽 역시 영화와 동떨어지지 않았다.

비록 모든 인물들에 날을 세우고 인간들의 노력에 회의적인 관점을 보이지만, 로메로는 또 다시 흑인과 여인, 그리고 한 명의 백인을 탈출시킴으로써 희망의 여지를 열어둔다. 불안한 상황에서 끝맺음한 2편과 달리 3편은 그들에게 한적한 섬에서의 휴양을 허락함으로써 더욱 희망적으로 그려진다. 존이 말했듯 사람만 있으면 다시 시작할 수 있는 것이다. 그러기에 그들의 탈출은 노아의 방주처럼 느껴진다.

존은 좀비를 신이 내린 심판이라고 말했다. 이미 지나간 잘못을 돌릴 수는 없다. 그 결과를 떠안는 것이 고작이다. 그러나 지금부터 잘해볼 수는 있다. 그것이 자신도 모르는 사이에 좀비의 세상을 만든 우리들이 할 수 있는 마지막 선택일 것이다.

〈살아 있는 시체들의 밤〉은 로메로와 그의 친구들이 설립한 이미지텐에서 만들어졌다. 그중에서도 특히 시나리오를 담당한 존 루소와 조지 로메로가 이 영화에 지대한 영향력을 가졌다고 할 수 있는데, 그들은 첫 작품 외에는 함께하지 않는다.

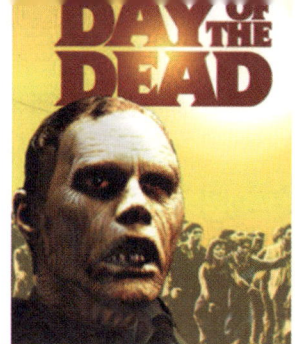
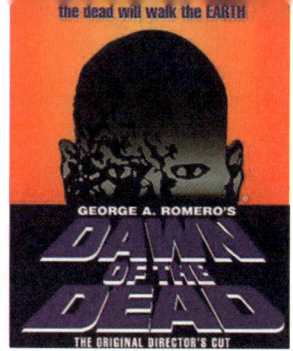

〈Night of the living dead〉의 후속편임에도, 조지 로메로 작품의 제목들이 〈Dawn of the dead〉, 〈Day of the dead〉처럼 'the living dead'라는 제목을 사용하지 않은 건 그 탓이다. 그 제목의 권리는 존 루소에게 주어졌기에, 그가 참여한 영화 〈바탈리언〉은 〈Return of the living dead〉라는 제목을 쓸 수 있었다. 〈살아 있는 시체들의 밤〉에서 벌어진 일들을 하나의 사실로 천명하고 시작한 점과 군부대 진압 이후의 내용으로 이어지는 연계는, 분위기는 전혀 다르지만 오히려 〈바탈리언〉 쪽을 정통성을 가진 후속편에 가깝도록 만들고 있는지도 모른다.

〈시체들의 낮〉은 조지 로메로와 루벤스타인의 회사인 로렐 제작사가 영어 사용국과 남미 쪽에 대한 모든 권한과 최종판을 갖고, 다리오 아르젠토와 알프레드 퀴오모가 전 세계 나머지 국가에 대한 권리와 최종편을 갖기로 약정했다. 그런 이유로 이 영화는 두 개의 버전이 존재한다.
미국식 〈시체들의 낮〉보다 1년 앞서 이탈리아에서 개봉한 〈좀비〉는 고블린의 음악을 좀 더 사용하고 호흡이 더 빨랐는데, 그러한 차이로 인해 마니아들은 이 두 편의 영화를 전혀 다른 작품으로 간주하기도 한다.

# 그 남자 흉포하다 좀비 2

원제 Zombi 2 ● 감독 루치오 풀치
배우 티사 패로우, 이안 맥컬로크, 리차드 존슨 등 ● 제작 1979년 이탈리아

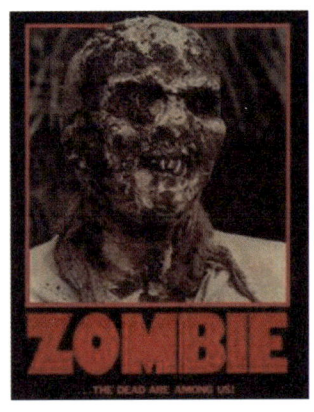

〈시체들의 낮〉의 다른 버전인 〈좀비〉가 개봉되고 난 후, (특정 장르의 영화가 인기를 얻으면 그 장르영화들이 스크린을 휩쓸어버렸던) 이탈리아에서는 좀비영화들이 우후죽순 만들어지기 시작했다. 이것은 충분히 예견 가능한 일이었다. 다리오 아르젠토가 〈좀비〉의 제작에 가담했을 때 그 역시 속편을 염두에 두고 있었던 것이다.

그러나 이탈리아 좀비영화의 선구자라는 영광은 다리오 아르젠토에게 돌아가지 않았다. 루치오 풀치가 〈좀비〉의 개봉 이후 잽싸게 〈좀비 2〉를 만들어냄으로써 아르젠토는 정통성 있는 속편을 찍을 기회를 놓쳐버린 것이다. 아르젠토는 이에 기분이 상했고, 그리하여 이탈리아의 두 호러 거장은 상당 기간 동안 불편한 관계에 놓이게 된다.

# WE ARE GOING TO EAT YOU!

어쨌거나, 〈좀비 2〉의 성공으로 인해 이탈리아 영화계는 적어도 2년 동안 좀비를 우려먹을 수 있었다. 하나의 장르가 인기를 얻으면 그것을 바닥까지 재생산하는 이탈리아영화의 전통은 다양한 시도들을 낳았고, 그중 극히 일부는 자발적으로 협동하는 좀비(〈베리얼 그라운드〉)나 빠른 좀비(〈나이트메어 시티〉) 등의 참신한 설정들을 보여주기도 했다.

그러한 결과물은 무리 속에서 리더가 정해졌던 〈랜드 오브 데드〉나 달리는 좀비를 그려낸 〈28일 후〉보다 20년 이상을 앞선 것이었지만, 특유의 허접함에 의해 평가받지 못했다.

어쨌거나 풀치의 좀비는 이탈리아 좀비영화의 전형을 제시했다. 그의 좀비는 로메로의 것과는 조금 달랐는데, 우선 그는 좀비의 기원을 과학적 폐해와 같은 인간의 잘못이 아닌 부두교의 것으로 돌렸다. 그러나 부두교는 구차한 설명에 불과했는데 그의 좀비는 부두교 좀비의 특성이 나타나지 않았으며, 또 발생 원인이 달라진다고 해서 딱히 변할 것도 없었다. 그저 미신이라면 무엇이든 상관없었던 것이다.

향후 두 편의 영화들에서 좀 더 구체화되지만, 그가 좀비를 통해 원한 것은 말세의 분위기를 표현하는 것뿐이었다. 따라서 로메로의 좀비가 정치적 아이콘으로서의 무거운 역할을 부여받았던 것과는 달리 그들은 별다른 영향력을 가지고 있지 못했다. 또한 그의 좀비들은 로메로의 좀비가 너무 말끔하다고 느껴질 정도로 지저분했다. 로메로의 좀비가 사후경직 상태로 표현될 수 있다면, 지아네토 드 로시가 작업한 좀비들은 이미 부패되기 시작하거나 심지어 뼈만 남은 것들도 있었다. 얼굴의 구멍들로는 벌레

# ZOMBIE

...THE DEAD ARE AMONG US!

들이 기어 나오고, 썩은 물을 뚝뚝 흘리며 스크린을 활보했다. 그의 좀비들은 말 그대로 무덤 속에서 일어난 자들이었다.

〈좀비 2〉는 걸작은 아닐지 몰라도 결코 나쁜 작품은 아니다. 영화의 대부분을 담당하는 이국적인 섬은 그 자체만으로도 훌륭한 공간을 제공했으며, 섬의 무더위는 부패한 시체들의 외관과 더할 나위 없이 잘 어울렸다. 삶과 죽음이 역전된 섬에서 죽은 자들은 땅 위로 기어 나와 살아 있는 자들을 공격하고, 살아 있는 자들은 그들을 제압하지 못한 채 무력하게 죽어나간다.

미국인 의사로 대표되는 합리는 미신적인 것들을 물리치지 못한다. 미국에 팔아먹겠다는 목적의식을 가지고 뒤늦게 삽입된 도입부와 엔딩부의 뉴욕 장면들은 결과적으로 종말의 전주곡으로서의 이미지를 그럴 듯하게 그려내고 있으며, 로메로의 신체 훼손을 그저 귀여운 수준으로 만들어버릴 정도로 인상적인 고어 효과들은 내러티브의 빈약함을 덜어내고 있다. 파비오 프리지가 참여한 음악 역시 고블린에 뒤지지 않는다.

물론 〈좀비 2〉가 단점을 많이 가지고 있다는 주장은 풀치의 열혈팬을 자처하는 자라고 할지라도 수긍할 수밖에 없을 테지만, 다른 영화들에서 경험하기 힘들 만큼의 인상적인 장면들을 가지고 있다는 사실 역시 풀치의 안티팬이라도 부인하기 어렵다.

둘러갈 것 없이 풀치의 영화가 세간에 거론되는 직접적 이유는 강한 고어 효과에 근거한다. 그리고 〈좀비 2〉의 경우 머나드 부인의 운명을 그린 장면이자 장차 풀치의 장기로 자리 잡게 되는 눈알 훼손 장면이 거기에 해당한다.

좀비가 방의 바깥에서 나무로 된 벽을 연신 두드려대고, 벽의 일부가 깨어지기 시작한다. 깨어진 나무의 파편은 위협적으로 여인을 향한다. 그 부서진 부분으로 좀비가 들어올까 염려한 여인은 부서진 벽을 가구로 막으려하지만 그 순간 여인은 바깥에서 불쑥 침입한 손에 의해 머리를 잡힌다. 머리를 잡히면서 저도 모르게 감겼던 눈이 떠지는 순간 그녀의 눈은 공포에 의해 커지고, 카메라는 줌을 통해 그녀의 눈동자를 클로즈업하기 시작한다. 갑자기 카메라가 부러진 나뭇조각으로 휙 넘어가고 또다시 줌을 통해 나뭇조각의 모서리를 클로즈업하기 시작하면, 관객은 저 나뭇조각이 여인의 눈을 훼손할 거라고 쉽게 짐작할 수 있다. 약간의 리듬감과 함께 결국 풀치는 관객의 기대에 응답한다. 한 치의 주저함도 없이 친절하고 상세한 클로즈업으로.

〈안달루시아의 개〉에서 영향을 받은 것이 분명한 이 장면은, 비명과 함께 충분히 긴 시간 동안 지속된다. 그것이 끝이 아니다. 여자 머리의 무게를 감당할 수 없는 나뭇조각을 부러뜨리는 세심함까지도 잊지 않았다. 풀치의 과도한 고어는 물론 상업적인 어필을 위한 것이었지만, 또한 여러 장르를 배회하면서도 한 번도 최고인 적이 없었던 그에게 야심을 이루기 위한 하나의 수단이기도 했다. '어떻게든 후세에 이름을 남기고 말리라.' 결과는 성공적이었다. 그는 '고어의 아버지'라는 별명을 남길 수 있었던 것이다.

그러나 이러한 작업들 속에서도 풀치는 나름대로의 세계관을 드러냈다.

사실 세계라는 것은 같은 것을 꾸준히 반복하면서 생겨나기 마련이다. 엄밀한 의미에서 좀비물이라고 말하기는 어렵지만 분명히 좀비와 비슷한 존재가 나온다는 이유로 흔히 좀비물로 통칭되는 〈죽은 자들의 도시〉와 〈비욘드〉 연작에서, 그는 좀비들을 지옥과 종말에 대한 불길한 징조로서 등장시켰다.

〈좀비 2〉의 결말부에 주인공들은 좀비와의 대결에서, 그들을 불로 태우는 생소한 장면들을 오랜 시간 동안 늘어놓는다. 이어지는 〈죽은 자들의 도시〉의 결말부 역시 그러하다. 이는 그의 좀비들이 지나치게 부패했다는 사실과 결합되어 묘한 해석을 낳는다. 그는 더러운 것을 불로 정화시키려는 일종의 종교적 시도들을 단행하고 있었던 것이다.

비록 〈좀비 2〉에서는 그 느낌이 덜하지만 그 이후 만들어진 풀치의 좀비물은 대단히 종교적인 느낌을 자아낸다. 적그리스도를 상징하는 신부의 자살 장면으로 시작하여 좀비들의 정화로 끝이 나는 〈죽은 자들의 도시〉나, 십자가에 박힌 선지자였던 화가로 시작하여 지옥이 열리는 것으로 끝이 나는 〈비욘드〉는 정말 그러하다.

따라서 〈좀비 2〉는 작품 자체의 재미나 완성도를 넘어, 풀치와 이탈리아 좀비영화의 서곡으로서 충분한 의의를 가지고 있다고 말해도 지나치지 않을 것이다.

〈좀비 2〉에는 정말 황당한 장면이 하나 있다. 수많은 이들에게 언급되는 좀비와 상어의 뜬금없는 결투 장면이 그것이다. 〈죠스〉와 〈모라타우의 좀비〉를 표절함으로써 만들어진 시퀀스는 제정신을 가진 이라면 그 누구도 이런 장면을 찍지 않을 것이라는 점에서 독창적이기도 했지만, 또한 텍스트로부터 완전히 자유로울 수 있는 영역이기도 했다.

풀치는 내러티브를 구축할 줄도 몰랐지만, 또한 내러티브에는 크게 관심을 두지도 않았다. 점 하나 찍고 나왔다고 아내를 못 알아보는 어떤 드라마에서처럼, 컬러렌즈 했다고 아내를 못 알아보는 〈원 온 탑 오브 디 아더〉의 전략을 보면 그의 성향은 좀 더 명확해진다. 세면대에 떨어지는 컬러렌즈와 함께 효과를 극대화시켜 보겠다고 흐르는 음악의 유치함이란. 시대를 감안해도 당황스럽다. 물론 그의 영화 모두에서 이야기가 나빴던 것은 아니지만, 대체로는 형편없었다고 말해도 틀리지는 않는다. 하지만 그의 연출력을 논하는 것은 그와는 전혀 별개의 이야기다.

# 성난 얼굴로 돌아보라 28일 후

**원제** 28 Days Late ● **감독** 대니 보일
**배우** 킬리언 머피, 나오미 해리스, 크리스토퍼 에클리스턴 등 ● **제작** 2002년 미국

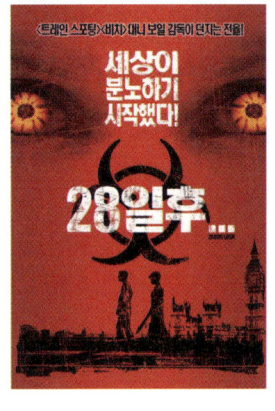

〈28일 후〉가 도발적인 영화라는 사실은 영화의 도입부만 보고도 명확해진다. 원숭이로부터 발생한 분노바이러스가 인류를 점령한다는 이야기는, 다시 말하면 원숭이조차 분노하지 않고서는 버틸 수 없는 사건들을 매일같이 접하고 있음에도 불구하고 인간들은 아무 일 없었다는 듯 잘 살아가고 있다는 것에 대한 조롱이 아니겠는가?

그렇다고 〈28일 후〉가 무작정 분노라는 것을 찬양하고 있는 것은 아니다. 그는 눈 먼 분노의 한계 역시 잘 알고 있다. 즉 분노란 그 방향을 왜곡하기 쉽다는 것이다. 영화 속의 좀비들은 자신을 좀비로 만든, 그러니까 분노를 만들어낸 경찰과 공권력에 대항하는 것이 아니라, 멀쩡히 잘 살고 있는 사람들을 공격한다. 그리고 좀비가 되지 않은 이들은 좀비를 만들어

낸 자들이 아닌 좀비 자체에게 공포를 느낀다.

좀비와 아직 좀비가 되지 않은 이들의 공적은 어디론가 가버리고, 오십 보백보인 자들의 대립이 계속하여 다루어진다. 좀비가 되느냐 그렇지 않 느냐를 결정하는 것은 우연 이외의 다른 것에 의해 결정되지는 않는다. 좀 비가 되지 않은 자란, 재수가 억세게 좋아 물리지 않은 사람일 뿐이다.

사실 좀비가 주는 원초적 공포란 '나는 저들처럼 되고 싶지 않다' 는 것 이다. 그것은 흡사 거리의 노숙자를 보면서 "공부 안하면 저렇게 된다"며 아이에게 겁을 주는 어른들의 유치한 협박과 유사하다. 물론 지금 당장 나 를 죽이겠다며 좀비들이 달려드는데 다른 생각할 여유가 어디 있냐고 반 문할 이가 많음을 모르지 않는다. 그러나 그건 영화 속의 캐릭터들이 처한 환경일 뿐, 다행스럽게도 우리들은 거기에서 한 발짝 떨어져 있음을 감안 해 기리를 좀 두고 생각해보지.

당장 달려드는 좀비들 때문에 좀비를 만들어내는 자들에게 향해야 할 분노를 잊고 있는 것과, 당장의 불편함 때문에 정당한 파업을 반대하는, 그럼으로써 자기도 모르는 새 불공정한 이들의 편에 서게 된 다른 직군의 노동자들과 뭐가 다른가?

좀비를 제거하는 것은 임시방편일 뿐, 해결책은 아니다. 적어도 제거하 는 만큼의 좀비가 새로이 만들어질 것이기 때문이다. 따라서 좀비가 주는 좀 더 본질적인 공포란 끝이 없다는 것이다. 인해전술보다 더 무서운 건 없는 법이다. 그럼 어떻게 해야 그 공포로부터 달아날 수 있겠는가? 답은 하나다. 좀비를 만들어내는 세상을 바꾸어야 한다. 그럼 어떻게?

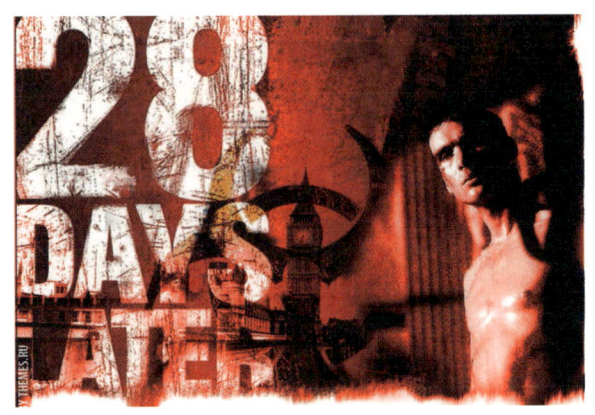

〈28일 후〉는 영화를 통해 제기한 문제에 대해 답을 제시하지는 못하는 듯하다. 대니 보일이 주력하는 것은 답을 내어놓는 것이 아니라, 상황에 대한 풍자를 늘어놓는 것이다. 어쩌면 그는 영화를 통해 불의에 입을 다물거나, 방향이 엇나간 분노가 판을 치는 현실에 대해 팔짱을 낀 채 그저 시니컬하게 떠들어대고 있는지도 모른다.

결말부에 이르러 낙관적인 자세를 취하며 희망을 제시하는 듯하지만 갑자기 태도를 돌변해봐야 그 희망이라는 게 반갑게 느껴지지 않는다. 그런데 그가 그럴 수밖에 없는 것도 내심 이해가 간다. 생각해보자. 누가 답을 제시할 수 있겠는가? 명확한 해결책이 존재한다면 절대로 세상이 이 모양일 리가 없지 않은가?

물론 완벽한 답안을 작성할 수는 없을지라도, 그 문제에 대한 누구나 알 만한 한 가지 확실한 사실이 존재하기는 한다. 싸워야 할 상대를 제대로 알아야 한다는 것. 그러니 세상을 요지경으로 만든 참 대상을 향해 성난 얼굴로 돌아보라.

대니 보일 역시 이 정도는 알고 있다. 그는 로메로 영화의 가장 큰 깨달음인 "어떤 종류의 인간이 더 무섭다"를 그대로 가져왔고, 노골적으로 그 생각을 스크린에 늘어놓는다. 라디오 방송으로부터 흘러나오는 말만 믿고 좀비로부터 자유로운 곳을 찾아간 주인공들은 그들의 약속은 거짓이었고, 그들은 단지 위안부를 얻고자 했다는 사실을 알게 된다.

〈시체들의 날〉에서 유일한 여인이 군인들의 언어적 폭력을 참아내야 했던 것과 비교하면 〈28일 후〉 쪽은 훨씬 악질적이다. 영화 속 주인공들은 좀비를 피하려다, 더 무서운 군인과 싸우게 된 것이다. 좀비가 들끓는 미친 세상을 목격하고 있으면서도, 이전에도 살육을 자행했으니 지금도 정상이라고 말하는 군인을 보라. 엄밀히 생각해보면 그 말이 맞는지도 모른다. 공포영화를 보며 무서워하기에는, 우리는 너무 무서운 현실을 살아가고 있는지도 모르는 것이다.

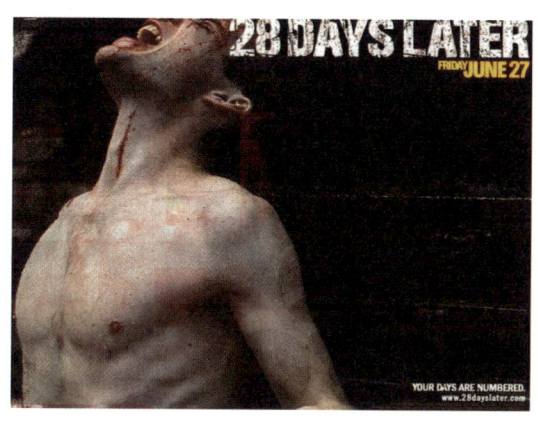

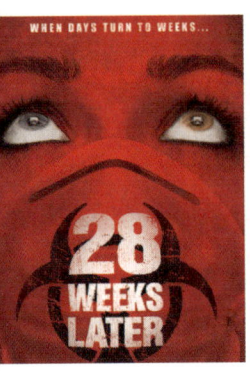 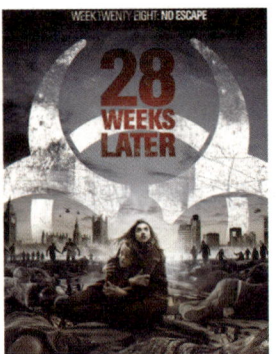 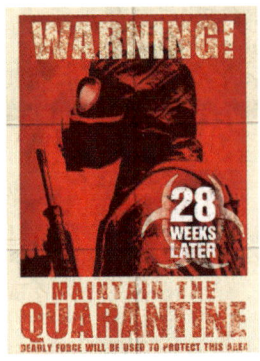

〈28주 후〉(후안 카를로스 프레스나딜로 감독)에는 분노 바이러스에 면역을 가진 이가 나온다. 면역을 가지고 있어 좀비의 신세는 면했다지만, 생긴 건 좀비와 별반 차이가 없다. 애당초 인간과 좀비의 구별이 크지 않았으니, 그 가운데 지점에 속할 면역자가 좀비와 별다른 차이를 보이지 않는 건 당연한 이치.

그런데 생각해보자. 면역이란 무엇인가? 그것은 바이러스를 일부 몸속에 주입하여 항체를 만들어내는 작업이다. 전작의 후반부에서 남편은 좀비들에게 포위된 아내를 구할 엄두도 내지 못하고 그녀를 버린다. 아내는 좀비에게 둘러싸인 채로 좀비에 대한 공포가 아닌 남편에 대한 분노에 휩싸인다. 그 분노가 그녀를 분노바이러스로부터 보호했다. 원숭이의 분노 바이러스가 사회에 대한 폭력을 다룬 영상으로부터 왔음을 생각해보면, 이는 작은 개인적 분노로 인해 더 큰 사회적 분노를 느끼지 못하게 되는 상황과도 같은 것이다.

개인의 결정들이 누적되어 사회적 결정이 이루어지는 민주주의 사회에서 이는 굉장히 슬픈 결과를 초래할 수 있을지도 모른다. 영화 전체로 보면 전편만 못하지만 〈28일 후〉가 무서운 이유는 그 탓이다. 외부에서 주입된 분노에 휩쓸린 영화 속 좀비들이 불쌍하기는 해도 그들은 적어도 제대로 된 감정을 가지고 있다는 점에서는 오히려 더 인간적으로 느껴진다. 〈28일 후〉의 도입부에 이미 천명한 것이지만, 분노해야 할 상황들에 대해 분노조차도 못하게 되는 상황이란 영화 속의 좀비가 판을 치는 상황보다 몇 곱절 이상은 무서운 것이다.

최근 좀비영화들, 특히 코미디 성향을 노골적으로 드러내는 영화들은 좀비와 인간의 공생에 대해 접근하고 있는 듯 보인다. 〈새벽의 황당한 저주〉에는 친구에 대한 인간적 도의에 의해 그의 거처를 마련하고 함께 게임을 하는 결말이 나오며, 〈내 친구 파이도〉에서는 자발적으로 좀비가 되기를 원하는 주인공을 등장시키며 또한 좀비를 사랑하는 그의 어머니, 그리고 주인공의 아버지의 자리를 대신한 좀비로 이루어진 새로운 가족을 구성하며 결말을 맺는다.

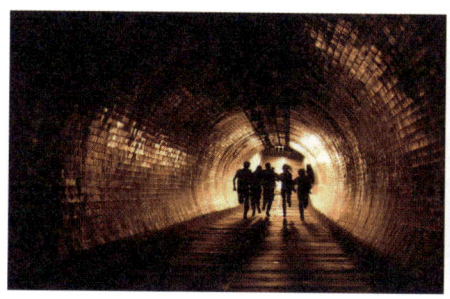
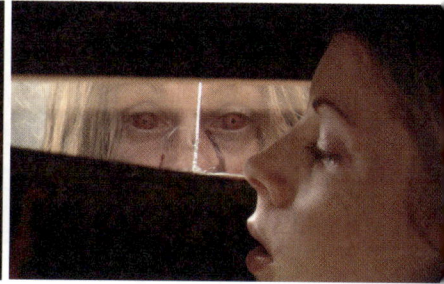

좀비를 얼마나 많이 소유했는지가 부의 척도 중 하나이며, 돈을 많이 벌어두지 않으면 죽어서 좀비가 되어 노동력을 제공하게 된다는 참신한 설정들을 내보이고 있는 〈내 친구 파이도〉는 특히 경제력과 좀비를 밀접히 연관시킴으로 인해 가장 급진적으로 시대 상황에 맞게 좀비를 재해석한 영화라는 감탄을 불러일으킨다.

이러한 좀비와 인간의 공생은 결국 좀비와 인간이 같은 계급에 놓여 있다는 사실을 이해한 진보적이고도 멀리 나간 결말이 아닐 수 없다. 이러한 이야기에 좀 더 많은 지면을 할애하고자 하였으나, 각각의 영화들이 보이는 재해석이란 기존 좀비 영화의 관습을 따르거나 전복함에 의한 것이다 보니 앞서 설명한 내용들과 겹치는 부분이 너무 많아 제외했다. 어쨌거나, 21세기 좀비물이 공포영화라는 장르를 풍요롭게 만들고 있음에 대해서는 추호도 의심의 여지가 없다.

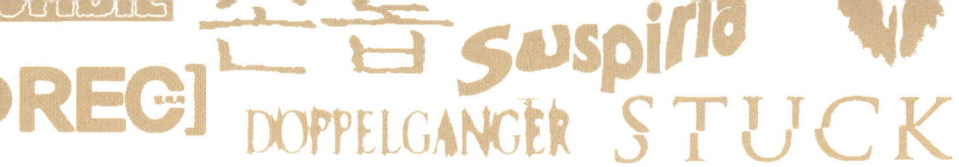

## Horror Tip 02 · 장르? 장르!

사실 장르 구분이란 참으로 어려운 일이다. 특히 내게는 더더욱 그러한데, 왜냐하면 나는 전혀 이 장르에 해당하지 않는다고 여겨지는 영화들이, 되려 공포영화라고 생각되는 경우가 많기 때문이다. 예를 들어 아름다운 영상미로 유명한 이와이 순지의 밝은 영화들 역시 내게는 공포영화로 여겨진다. 그중 〈러브레터〉는 성격이 완전히 다른 자신이 접근함에 따라 아프기 시작했다가 그들이 만나지 못했기에 살아난다는 점에서 전형적인 '도플갱어' 이야기(또 다른 자아를 보게 되면 죽는다는 설화가 있다)이며, 〈4월 이야기〉는 본질적으로는 '스토커' 에 대한 이야기이지만 주인공이 마츠 다카코이기 때문에 발생 가능한 사랑에 대한 이야기이다.

다른 예도 많다. 팀 버튼 감독의 〈가위손〉은 '프랑켄슈타인' 이야기의 반복에 불과하고, 장 피에르 주네 감독의 〈아멜리에〉 역시 주제넘게 타인의 삶을 간섭하는 '침입자' 에 대한 이야기이다. 물론 이 영화들의 정서가 공포영화의 것과는 확연히 다르다는 사실은 알고 있다. 하지만 공포영화가 무서움을 주는 것을 목적으로 하는 장르영화라고 한다면, 즉 감정에 의한 분류가 가능하다고 한다면 대체 어떤 영화가 무서운 영화이며 또 누구에게 무서움을 주어야 무서운 영화인지에 대한 혼동이 발생할지도 모른다.

만약 감독의 의도가 공포를 주고자 하는 것이었다는 식으로 분류를 하자면, 세상의 그 누가 감독의 의도를 완전히 알겠느냐는 반문이 따라올 것이다.

게다가 요즘의 영화들은 엄밀한 의미에서 하나의 장르영화라고 보기 어려운 경우도 많다. 공포영화 특유의 연출은 다른 장르의 영화들에서도 쉽게 찾아볼 수 있다. 나는 폴 토마스 앤더슨 감독의 〈펀치 드렁크 러브〉를 보면서 어떤 공포영화를 보는 것보다 더 깜짝 놀라기도 했으며(이 영화의 음악은 더 가관이다. 눈 감고 보면 공포영화로 착각할 것이라 장담한다), 이마무라 쇼헤이 감독의 〈우나기〉에서의 아내 살해 장면보다 더 무서운 장면을 보지 못했다. 통 안에 담은 시체를 도로에 흘려버리는 마이클 베이 감독의 〈나쁜 녀석들 2〉 같은 영화들은 어지간한 공포영화보다 끔찍하다.

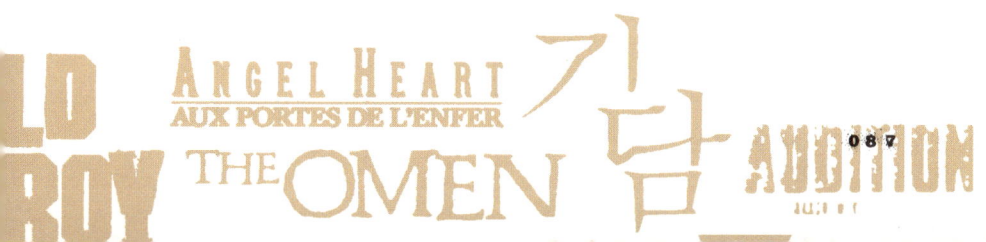

특히 장르 간의 경계가 모호해진 것은 더욱 난해함을 더한다. 조나단 드미 감독의 〈양들의 침묵〉이나 박찬욱 감독의 〈올드보이〉, 혹은 폴 앤더슨 감독의 〈레지던트 이블〉이나 스티븐 노링턴 감독의 〈블레이드〉 같은 영화는 어떤 장르로 구분해야 할까? 솔직히 잘 모르겠다. 전부 공포물이라면 공포물이고, 아니라면 아닐 수도 있을 것이다.

일반적으로 공포영화라고 인정되는 영화들 중에서도 그 하위 장르를 구분하는 게 상당히 어렵다. 물론 구분하는 이가 주관을 가지고 일정한 방법으로 분류하면 되겠지만, 이러한 개념들이란 자의적이고 모호한 구석들을 갖출 수밖에 없는 것 같다. 극단적인 예를 들면 내게 거의 모든 공포영화는 초자연적인 현상을 다루고 있기 때문에 오컬트 영화의 범주에 들어간다. 물론 그것은 내가 하위 장르의 구분법을 잘 모르기 때문에 발생한 일인지도 모르겠다.

그러나 그런 자의성이나 모호성에도 불구하고 누구나 장르영화라는 말을 들으면 그 순간 즉시 떠올리게 되는 몇 가지 사실들이 있다. 그러니 장르라는 말은 일종의 약속이자 참고문헌과 같은 것인지도 모른다. 장르는 특정 층의 관객을 목표로 한다. 다시 말하면 장르영화의 관객들은 어느 정도 가치와 두려움을 공유하고 있다. 그러기에 관객도 그 정도는 알고 있을 거라 확신함 감독은 자질구레한 설명을 생략할 수 있게 된다.

즉 장르는 기존에 만들어진 영화들의 전통 속에서 막대한 양의 문화적 내용을 종합함으로써 감독에게 상당한 정도의 설명을 생략할 수 있도록 만들어준다. 따라서 그는 러닝타임 동안 자신이 관심을 가진 생각을 그려내는 데 더 많은 역량을 기울일 수 있는 기회를 가지게 된다. 장르영화의 감독들은 결코 출발선에서 시작하는 것이 아니다. 이 얼마나 효율적이란 말인가.

물론 장르영화에는 단점도 있다. 그것은 영화들이 모방적이 되기 쉽고, 진부한 반복으로 가치를 잃어버리기 쉽다는 것이다. 그러나 그것은 대개 말하는 이의 문제일 뿐, 장르 자체의 문제는 아니다. 또한 장르 간의 우열은 존재하지 않는다. 감독의 화법에 우열이 존재할 뿐이다. 보통 하나의 장르가 다른 장르보다 열등하다는 시각은, 해당 장르가 소홀히 다루어진 것으로부터 나온다. 예를 들어 초기의 영화 비평가들은 슬랩스틱 코미디가 유치한 장르라고 생각했지만, 오늘날 영화 비평가들

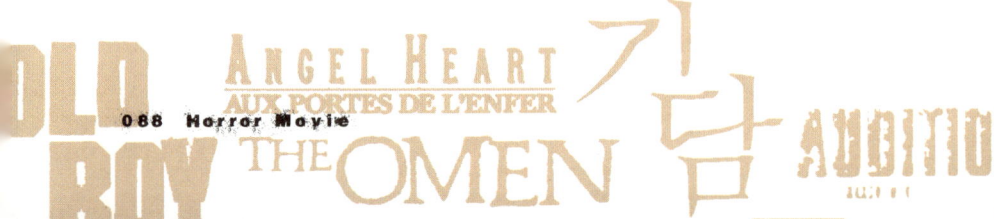

WOLF THE SIXTH SENSE 구로스리

The Only Thing More Terrifying
than The Last 12 Minutes Of This Film
Are The First 92.

THE CHANGELING 가요시

중 누구도 이 장르를 비난하지 않는다. 왜냐하면 그 장르 속에 수많은 걸작이 존재하기 때문이다. 이는 공포영화의 경우에도 마찬가지다. 공포영화 역시 수많은 걸작들을 만들어냈다.

흔히 듣게 되는 말 중에 무능한 감독은 그저 반복할 뿐이지만, 유능한 감독은 재해석을 한다는 말이 있다. 뛰어난 장르 감독은 자신의 취향과 아이디어를 통해 장르의 규칙을 살짝 벗어나기도 하고, 새로운 시대에 맞추어 적용하기도 한다. 하지만 세상에는 뛰어난 감독보다는 그저 그런 감독이 더 많은지도 모른다. 그 결과 장르영화는 그게 그거라는 푸념을 듣게 되기도 하는 것이다.

랜덤하게 공포영화를 한 편 뽑으면 그 영화가 별로일 가능성이 상당히 높을지도 모른다. 제목만 다를 뿐 언젠가 보았던 영화와 똑같거나 혹은 그보다 못한 영화인지도 모른다. 물론 장르의 규칙으로부터 벗어나는 것이 장르영화의 살 길이라고 주장하는 것은 아니다. 관습을 조롱하는 것이 오히려 진부한 경우도 있다. 충직하게 장르를 재현하는 것이 정서적 힘을 극대화하는 경우도 있다.

만병통치약이란 없는 법이다. 그러면 잘 만들어진 장르영화와 못 만들어진 장르영화를 어떻게 구분하느냐? 그거 나도 잘 모르겠다 그러나 한 마디만 하자며 대체로 소문난 잔치에는 그럴만한 이유가 있더라는 것이다. 그러니 걸작이라 불리는 장르영화들을 만나보고, 그 다음에 그 장르를 평가해도 늦지는 않다.

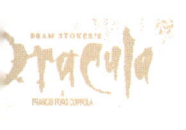
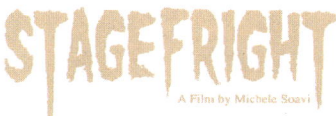
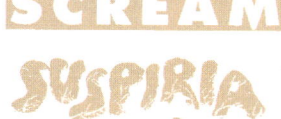
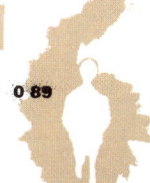

STAGE FRIGHT

A Film by Michele Soavi

SCREAM

SUSPIRIA

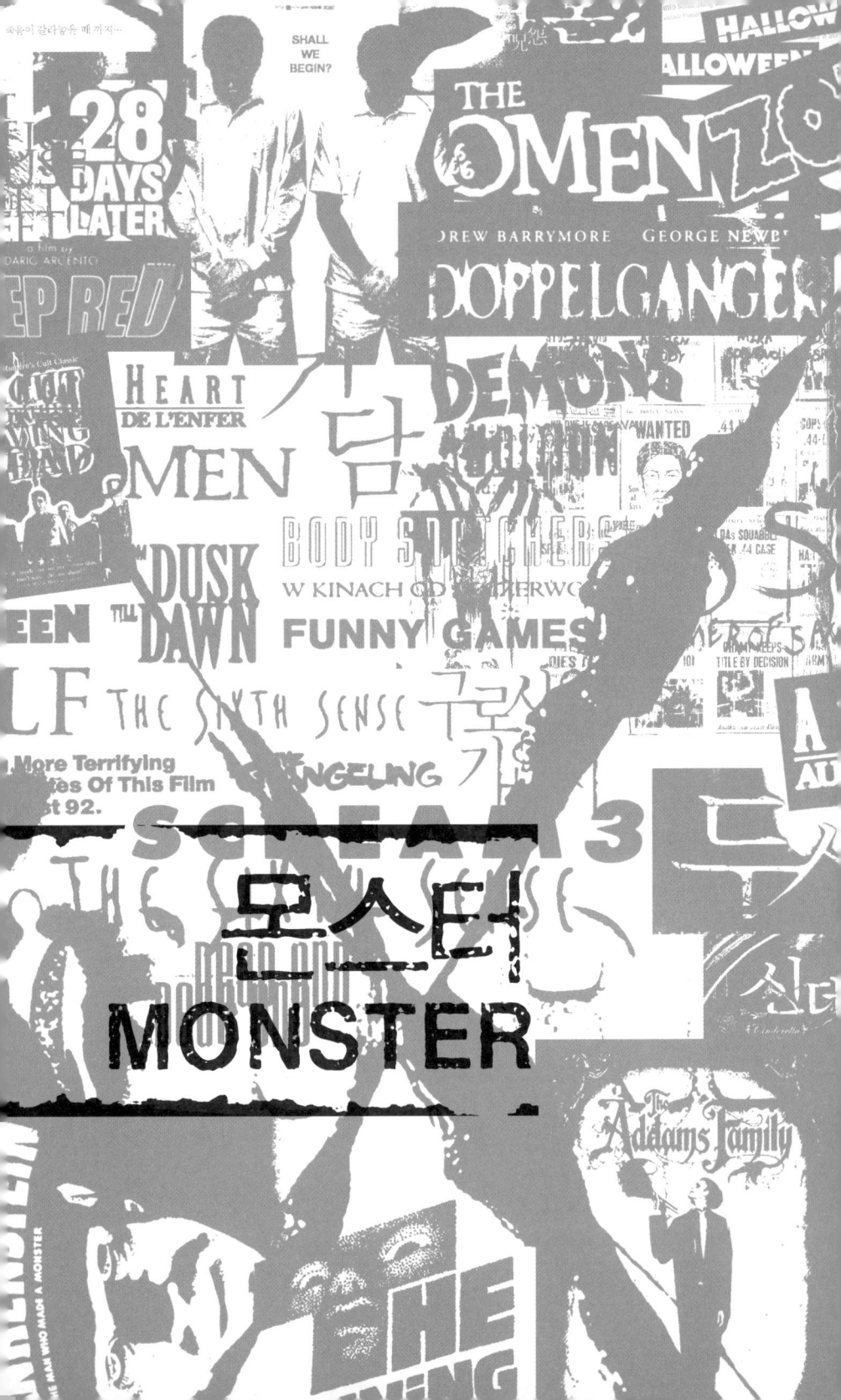

몬스터는 사전적으로 생태 시스템의 규범으로부터 벗어난 존재를 의미한다. 죽음이라는 생물의 절대적인 운명을 벗어난 뱀파이어나, 죽음으로부터 돌아온 좀비나 미라, 늑대인간, 지나치게 큰 악어나 상어, 먹지 않아야 할 것을 주식으로 삼는 곤충 등의 돌연변이, 과학에 의해 탄생된 보이지 않는 투명인간 그리고 창조된 생명 프랑켄슈타인, 미지의 영역으로부터 온 외계생명체나 심해의 괴물까지 몬스터들은 그 종류를 하나하나 열거할 수 없을 만큼 다양하다. 물론 몬스터라는 표현은 인간에게도 사용되었는데, 이 경우 단어의 의미는 외형적 모습이라기보다는 윤리적인 측면과 강하게 결부되어 있었다. 흔히 표현하듯이 인간으로서 하지 못할 행동을 일삼는 인간을 괴물이라고 부르기도 했던 것이다.

따라서 할리우드 영화 초기에 가장 자주 등장하던 몬스터 중 하나가 미친 과학자일 수도 있다는 말은 받아들이기에 조금 의아할 수는 있으나 그리 이상한 것은 아니다. 결국 좁게 볼 때 몬스터는 자연법칙을 위반하는 존재이지만, 넓게 보면 도덕법칙을 위반하는 존재까지도 확장될 수 있는 것이다. 몬스터란 형태가 없는 속성들을 구체적이고 가시적인 것으로 현실화하여, 그것을 보다 쉽게 풀어내고 제어하려는 노력의 산물이다. 특히 규범이라는 것이 한 사회가 바람직하게 생각하는 가치관, 혹은 암묵의 약속이라고 할 때 그것에서 벗어난 존재라는 몬스터의 사전적 의미는 몬스터가 어떤 금기들을 집대성한 것이라는 사실을 자연스럽게 받아들이게끔 만든다.

장르의 특성상 공포영화가 주로 어둡고 사악한 이야기를 다룬다는 점에서도 이와 같은 속성들은 소멸되어야 할 대상으로 나타나기 쉽다. 그렇기에 몬스터물은 어느 정도 계몽적인 속성을 가진다. 예를 들면 늑대인간에 대한 이야기는 인간 내면에 숨어 있는 악을 보이는 형태로 끄집어낸 후, 그것을 단죄함으로써 악에 대항하도록 만들어진 이야기이다.

또한 이들 속성의 대부분이 인간에게 속한 것이라는 점을 생각해 볼 때, 몬스터에 대한 이야기는 결국 다른 모든 이야기들처럼 인간에 대한 이야기로 귀결된다고도 볼 수 있다. 즉 몬스터는 인간이 원하는 영생과 생명의 창조, 인간이 이미 가지고 있는 내면의 악, 혹은 인간의 잘못된 행동으로부터 나온 것이기에 그 특이한 외형과 어울리지 않게 인간에 대한 보편적 이야기를 다루기에 적합하다는 것이다. 『드라큘라 그의 이야기』의 저자 레이몬드 맥널리는 이렇

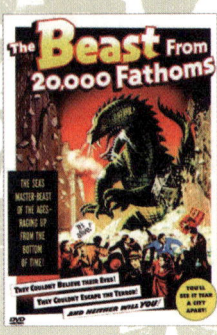
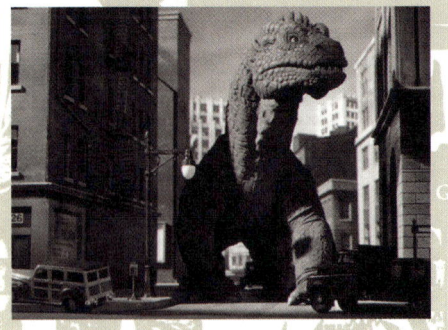

게 말한 바 있다.

"결국 우리 이야기죠. 불사신 이야기가 아니에요. 관심을 끌려면 사람들의 욕구를 이해해야 하는데, 같은 사람끼리는 그런 이야기를 주고받기가 꺼려지는 부분들이 있어요. 그래서 뱀파이어에게 여러 가지 특성을 부여하고 사람들은 그 뱀파이어들에게 영생과 젊음, 건강에 대한 욕구를 털어놓는 것입니다."

뱀파이어가 가진 특성이 꼭 그것만은 아니지만, 분명히 이것은 타당한 이야기이다. 같은 맥락에서 몬스터 영화들은 은유를 즐기는 꽤나 점잖은 이야기일 수 있었던 것이다.

앞서 말했듯 규범에서 벗어난 존재, 즉 금기를 깨는 것은 죄로 받아들여질 수 있으며 이것에는 필연적으로 단죄가 뒤따른다. 그래서 몬스터 영화들은 사회적 금기를 벗어난 인간의 욕망을 좌절시키고, 인간의 노력에 대해 비극이나 실패라는 결과를 돌려준다. 또한 몬스터들이 제거되어야 할 존재라는 점에서 생각해보면, 그들을 퇴치하는 방법을 고안하는 것 역시 중요한 문제로 자리매김한다. 몬스터들이 생물학적으로 인간보다 우월한 힘을 가지고 있음을 생각해볼 때, 그것을 퇴치하기 위해서는 특별한 방법이 필요하다. 늑대인간에게는 은색 탄환, 흡혈귀에는 십자가와 마늘과 대못 그리고 기타 등등. 이러한 속성들은 어떤 몬스터가 등장하던지 간에 몬스터물을 비슷비슷한 영화들로 보이게 만들기도 한다. 그럼에도 불구하고 몬스터들의 다양한 외형들은 그 특징에 따라 조금씩 다른 속성에 초점을 맞출 수 있도록 만든다. 이를테면 뱀파이어의 경우 권력피라미드의 최상위층에 초점을 맞추어 이야기를 풀어내기가 용이하다면, 반대로 좀비의 경우는 피라미드의 최하위층에 속한 이들에 대한 이야기를 풀어내기에 편한 구석이 있다. 두 개의 종을 드나드는 늑대인간의 이야기는 인간 내면에 잠재한 악을 상징하는 동시에 어디에도 속하지 못하는 인간들에 대한 이야기로 풀어낼 수도 있다.

한편으로 몬스터물은 해석하기에 따라 매우 슬픈 이야기로 받아들여지기도 한다. 결국 인간이 잘 알지 못하는 무한하고 가변적인 존재를 현재의 사회적, 제도적 토대로 재단해 악으로 규정하고 틀에 맞추고자 하는 이야기이니까. 그래서 몬스터 영화는 일견 공포스럽지만 동시에 연민을 자극하는 영화들이기도 하다. 아무리 우리의 삶이 고달프다한들, 그 존재 자체부터 허락받을 수 없는 괴물들만 하겠는가.

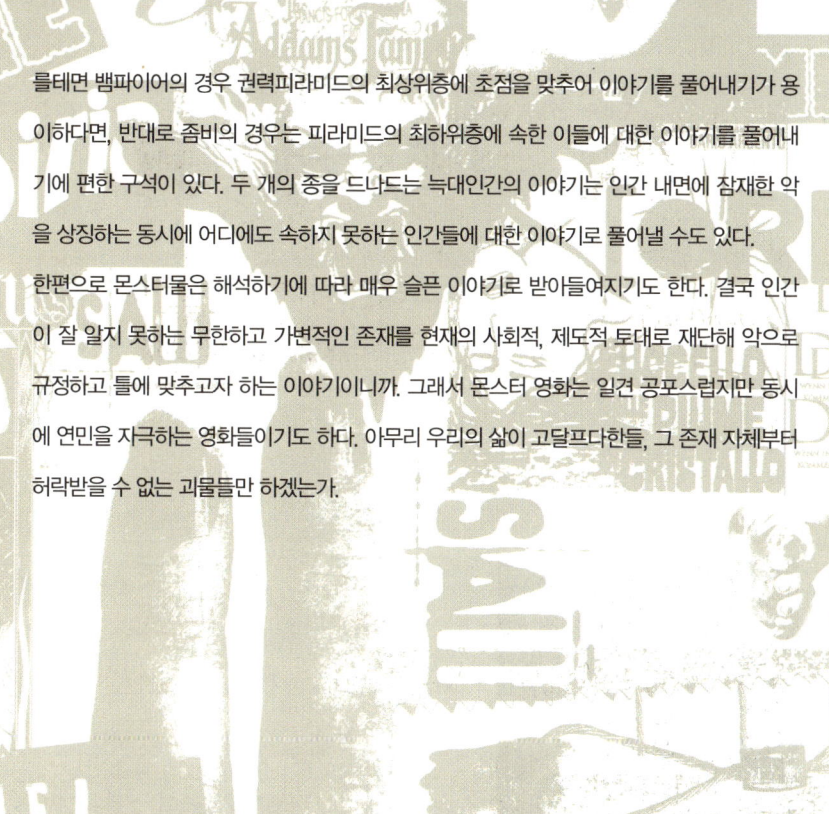

# 인간은 괴물을 만들었다 프랑켄슈타인

**원제** Frankenstein • **감독** 제임스 웨일
**배우** 콜린 클리브, 매 클락, 존 볼즈, 보리스 칼로프 등 • **제작** 1931년 미국

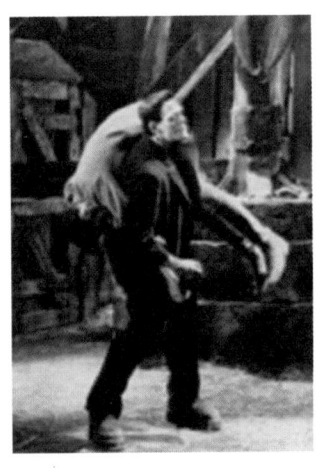

허름한 풍차 안에 프랑켄슈타인 박사는 자신의 거처를 만들고 연구에 몰두한다. 그가 원하는 것은 생명을 만들어내는 것. 그는 무덤을 파헤치고, 시체들을 마음대로 가져가고, 의학 세미나에 사용된 인간의 뇌를 훔치는 등 재료를 조달하여 연구를 계속해나간다. 그가 만들어내려는 새로운 생명이 시체들의 짜깁기라는 사실은 매우 재미있다. 그러니까 대부분의 창조라는 것처럼, 그 역시 신이 이미 만들었던 것들을 이리저리 잘라 붙이고 모방함으로써 그와 같이 되기를 원했던 것이다. 그리고 어느 날 그는 외친다. "신이 된다는 건 이런 거야." (이 대사는 신성모독이라는 이유로 TV 방영 시 삭제되었다.)

프랑켄슈타인에 대한 이야기와 괴물은 너무 유명해서, 누군가 프랑켄슈

타인을 묻는다면 1초도 지나 지 않아 머리에 너트가 달린 거대한 육체의 괴물을 떠올릴 수 있을지도 모른다. 그러나 영화 속 프랑켄슈타인은 박사 의 이름일 뿐, 괴물의 이름은

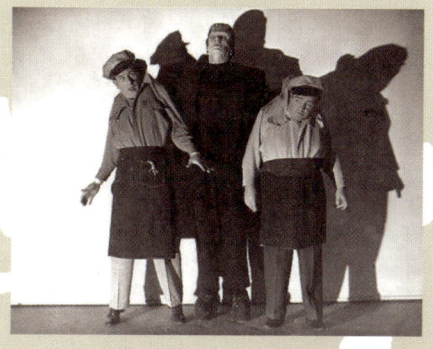

아니다. 실제로 괴물에게는 이름조차 주어지지 않았다. 이름을 준다는 것 은 그것이 인간에게 어떤 의미를 가지는지를 알고 있다는 뜻이기에, 다시 말하면 그것을 인간이 통제할 수 있다는 의미이기에.

프랑켄슈타인 박사는 오직 신만이 생명을 창조할 수 있다는 자연의 섭 리에서 벗어나려고 행동하는 교만한 자이며, 자신의 목표를 위해 공동체 의 규범으로부터 벗어나려는 이기적인 존재이다. 그래서 영화는 그의 노 력을 좌절시킨다. 이는 매우 슬픈 이야기로 받아들여질 수 있다. 첫째, 영 화 속의 주인공은 아무리 바둥거려 봐야 인간이라는 한계를 벗어날 수 없 는 운명에 놓여 있기 때문이고, 둘째, 신에 대한 반역의 시도가 신이 아닌 같은 처지에 놓인 순종적 인간들에 의해서 좌절되기 때문이다. 게다가 프 랑켄슈타인 박사는 자신의 욕망을 추구한고로 매드사이언티스트의 대명 사가 되고 말지만, 그는 지적으로 매우 순수할 뿐이다(영화 속에서 그는 다소 비윤리적으로 그려지지만, 그리 사악하게 그려지지는 않다. 조금 거만할 뿐이다).

영화의 전반부가 신의 섭리에 대항하여 생명을 창조하려고 한 박사의 이야기에 초점을 맞추고 있다면, 괴물이 만들어진 후의 이야기는 박사의

의도를 벗어나는 괴물의 이야기를 다루고 있다. 즉 주체만 바뀌었을 뿐 이야기는 반복된다. 신과 박사와의 관계는 정확하게 박사와 괴물의 관계로 오버랩 된다. 신은 인간을 만들었고, 인간은 괴물을 만들었다고나 할까. 그래서 자신을 창조하고 결국 자신을 버렸던 조물주에게 비극을 안기는 괴물의 스토리는, 인간을 창조하고 인간을 버린 것처럼 보이는 창조주에 대한 이야기로 해석될 수 있다.

그 탓에 〈프랑켄슈타인〉은 괴물을 스크린에 등장시키면서도 끔찍하다기보다는 연민을 불러일으킨다. 영화 속의 괴물은 그 존재조차 허락받지 못하지만 자신이 원해서 태어난 것도 아니고 내면의 순수함(그는 실제로 순수하다)과는 달리 끔찍한 외모를 부여받았으며, 심지어는 태어나면서 이미 살인자로 예정되기까지 한다(괴물에게 이식된 뇌는 살인자의 것이었다). 이 얼마나 슬픈 이야기란 말인가. 이는 인간의 운명과도 다르지 않다.

영화 속에서 괴물이 저지른 범죄는 그리 많지 않다. 자신을 괴롭힌 사람을 목 졸라 죽인 것, 자신을 실험체로 사용하는 이를 목 졸라 죽인 것, 소녀를 물에 던진 것, 그리고 자신에게 괴로움만을 준 창조주를 풍차 아래로 집어던진 것. 아마도 이는 괴물에게는 굉장히 자연스러운 행동이었는지도 모른다. 괴물은 하지 않아야 할 것을 모르는 갓 태어난 생명체에 불과하지 않은가. 박사와 마찬가지로 괴물 역시 순수했던 까닭에 역사에 길이 남을 호러아이콘이 되고 만 것이다. 특히 소녀를 물에 던지는 장면은 이 영화 최고의 명장면인데, 소녀가 예쁜 꽃을 물에 던지며 즐거워했던 것처럼 예쁜 소녀를 물에 던지며 즐거워하고 싶었던 괴물의 모습은, 때때로 폭력으

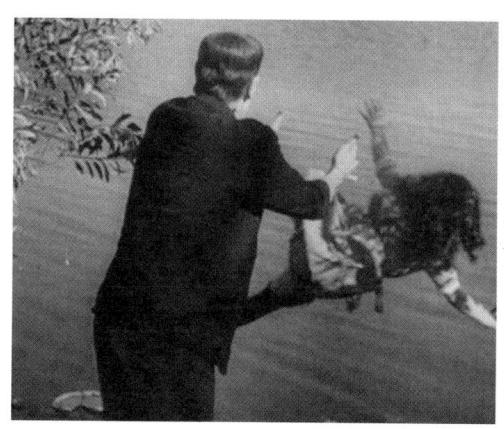

로 이어지는 그의 순수성을 극단적으로 그려내고 있다.

프랑켄슈타인 박사의 괴물로 열연한 보리스 칼로프의 연기는 정말 대단했고 대스타가 될 수 있었다. 무성영화에서와 마찬가지로 대사도 없는데다가 두터운 분장을 하고 있었지만 표정만으로 지극히 자연스러운 순수함을 표현해냈기 때문이다.

그는 여자아이를 물에 던지는 장면을 찍고 싶어 하지 않았고, 대본이 바뀌기만 학수고대했다고 한다. 괴물의 순수성을 보이고자 하는 목적에는 아이와 노는 장면의 삽입만으로 충분할 것이라며 감독에게 대본의 수정을 요구했는데, 제임스 웨일은 이를 허락하지 않았다. 이 장면은 당시에는 삭제되었지만(삭제로 인해 더욱 잔인할 수 있었다. 괴물과 노는 다음 장면이 물에 빠진 아이의 시체를 들고 있는 아빠라니, 잠시 끊어진 감정의 흐름만큼 정서적 충격도 컸을 것이다), 지금에 와서는 손꼽히는 명장면으로 남게 되었다.

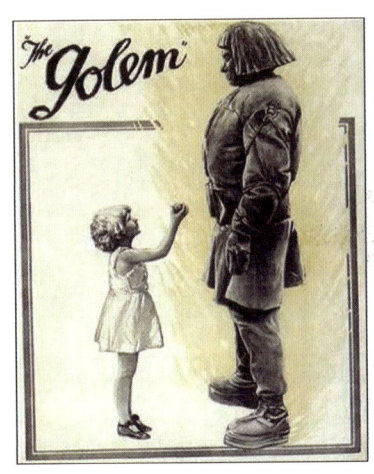

영화 〈프랑켄슈타인〉이 아니라도 프랑켄슈타인 이야기는 상당히 많은 작품들에서 변용되어 사용되었다. 생명 창조를 원하는 박사가 좀비를 만들어낸다는 노골적인 작품의 패러디 〈좀비오〉와 안드로이드들이 조물주를 찾아가 자신의 생명을 늘려 주기를 요구하려던 〈블레이드 러너〉, 가까이 가고자 했지만 오히려 모두의 적이 된 〈가위손〉까지. 물론 프랑켄슈타인 이야기도 자아가 없이 박사의 조정대로 움직 이는 몽유병 환자가 나오는 〈칼리가리 박사의 밀실〉, 인간이 만든 괴물이 생명을 얻고 모든 것을 파괴한다는 내용의 〈골렘〉과 같은 초기 독일 공포영화들의 영향을 받았다.

같은 소재의 영화들의 차이점을 만들어내는 것은 바로 프랑켄슈타인 박사이다. 원 작 소설에서 잘못된 실험 결과를 후회하는 철모르는 젊은이에 불과했던 박사는 제임스 웨일의 〈프랑켄슈타인〉에서 거만한 성인 남자로 그려졌고, 테렌스 피셔의 〈프랑켄슈타인은 여자를 창조했다〉에서는 여성의 몸에 남성의 영혼이 깃들게 함으로써 억울하게 죽은 연인들을 일심동체로 부활시켜 복수를 꿈꾸게 만들었으며, 심지어 앤디 워홀의 〈프랑켄슈타인〉에서는 시체성애자처럼 그려지기까지 한다.

보리스 칼로프를 스타로 만든 프랑켄슈타인 박사의 괴물 역에 처음 캐스팅되었던 것은 벨라 루고시였다. 그 당시 괴물의 모습은 진흙 같은 피부나 머리 모양새까지 〈골렘〉과 대단히 유사했다고 하는데, 그는 대사도 없고 분장도 힘든 괴물 역을 꺼려했던 것으로 알려진다. 프랑켄슈타인 역을 맡은 보리스 칼로프에게 호러계의 왕좌를 내어준 벨라 루고시는 뒤늦게 〈프랑켄슈타인, 늑대인간을 만나다〉에서 프랑켄슈타인 역을 맡는 굴욕을 맛보게 되는데, 쇠퇴의 끝에 놓인 쓸쓸한 호러아이콘 벨라 루고시의 말년 모습은 팀 버튼의 〈에드우드〉에서 엿볼 수 있다.

# 늘대는 괜히 울지 않는다 울프

원제 Wolf • 감독 마이크 니콜스
배우 잭 니콜슨, 미셸 파이퍼, 제임스 스페이더 • 제작 1994년 미국

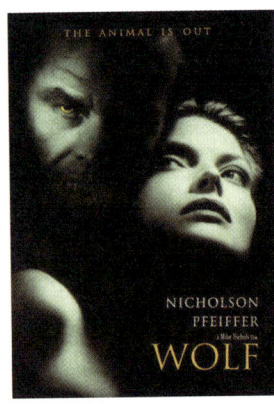

보름달이 뜬 밤, 어두운 숲 주위로 난 길을 달리는 한 남자가 있다. 가로등도 없이 헤드라이트만 의지해 달리던 그는 미처 도로에 나와 있던 늘대를 확인하지 못하고 차로 들이받고 만다. 자신이 차로 받은 것이 무엇인지를 확인하려던 남자는 늘대의 시신을 확인하고, 그것을 도로 바깥으로 치우려다가 늘대에게 물리게 된다. 이것이 〈울프〉의 시작이다. 그는 의도하지 않았던 자신의 죄에 의해 그들과 똑같이 되고만 것이다.

늘대에 물린 윌(잭 니콜슨 분)은 치고 올라오는 스튜어트(제임스 스페이더 분)에 밀려 자신의 자리를 잃게 된 편집국장이다. 비겁한 술수로 자신의 자리를 빼앗은 녀석이 아무것도 모르는 척 자신을 위로하려는 것도 짜증나는데, 얼마 지나지 않아 그가 자신의 아내와 염문을 뿌리고 있다는 사실까지

알게 된다. 어떻게 참겠는가? 윌은 스튜어트에게 선전포고를 한다. "그 자리에서 너를 끌어내리고 말 거야."

결국 윌은 자신을 물었던 늑대와 똑같이 반응한 것이다. 나를 건드렸으니 너도 당해보아라. 이러한 감정은 갑자기 생긴 것이 아니라 그때까지 참고 억눌러왔던 것이 그 사건을 계기로 터져 나온 것에 불과하다. 윌은 자신이 관리하던 작가들을 부추겨 새로운 출판사를 차리겠다며 사장을 협박한다. 그래서 그 자리를 되찾는다. 즉 스튜어트와 똑같은 술수를 부려 그를 끌어내리는 데 성공한 것이다.

이 장면은 의미심장하다. 불의로부터 보호받지 못하는 개인은 빼앗기고 조용히 살아가던가, 아니면 똑같은 방법으로 돌려줄 수밖에 없지 않겠는가. 물론 세상에는 보호받지 못하는 사람들이 무수히 많다. 그리고 늑대처럼 반응하는 이도 그와 비례하여 많아질 것이다.

영화 속 한 장면, 텅 빈 공간에서 윌은 늑대 울음소리를 낸다. 그러자 어둠에 묻힌 도시의 곳곳으로부터 수많은 늑대들의 울음소리가 화답한다. 마이크 니콜스의 〈울프〉는 많은 늑대인간 영화들이 탄생의 비밀을 그저 늑대에게 물린 하나의 사건이라 말하는 대신 사회, 좀 더 정확하게 말하면 인간의 본성과 사회와의 관계에 직접적인 원인을 전가하는 태도를 취하고 있다. 현대인들은 늑대가 되기를 강요받고 있는 것이다. 영화 속에 나오는 늑대인간 연구의 권위자는 말한다.

"물린다고 해서 모두가 늑대인간이 되는 건 아니야. 늑대와 비슷한 구석을 가지고 있어야 해. 때로는 물릴 필요도 없지, 늑대의 열정만으로도

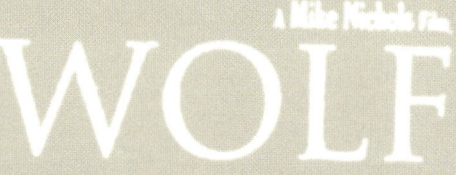

충분하거든."

늑대인간의 본성에 대해 다가가는 방식은 조금 더 새롭다. 조만간 죽음을 눈앞에 둔 늑대인간의 권위자는 윌에게 자신을 물어달라고 부탁한다. "죽는 대신 저주를 받겠다는 거냐"며 윌이 묻자, 그는 말한다. "저주받는 게 아니지, 늑대인간이 되고 나서 기분이 좋아지지 않았나?" 물론 그랬다. 실제로 영화 초반 무기력하고 심드렁해보이던 윌은 차츰 유쾌하고 왕성해진다.

다시 한 번 질문! 인간 내면에 늑대와 같은 본성이 존재한다면 그것을 나쁘다고 할 수 있겠는가? 사회가 인간을 늑대로 변하게 한다면, 비극적 사건들에 대한 책임을 모두 늑대인간에게만 돌리는 것이 온당한가? 그렇지 않다.

마이크 니콜스 역시 그렇게 생각하고 있지 않은 것 같다. 그러나 늑대에게 죄를 묻지 않자니, 한 가지 윤리적 문제가 발생한다. 어떤 이유를 막론하더라도 사람을 죽이는 것은 인간세계에서 허용되지 않는다는 것이다. 그러면 이 문제를 돌파할 해법은 무엇일까? 그들이 인간을 죽이지 않으면 된다. 인간을 죽일 수 없는 곳으로 떠나면 된다. 즉 사회를 벗어나면 된다는 것이다. 그것을 허락함으로써 마이크 니콜스는 분노에 불타던 늑대인간들에게 행복한 결말을 선사한다(온갖 불법을 늘어놓으면서도 사람을 행복하게 만들었던 전작 〈졸업〉을 생각해보면 당연한 결과인지도 모르겠다. 물론 〈졸업〉의 결말이 온전히 행복한 결말이라고 생각하지는 않는다. 버스 안 두 연인의 엇갈리는 시선은 어딘가 불길해 보이는 구석이 있다, 어쨌거나).

스튜어트와 사투를 벌인 월은 2만 5,000년 밖에 되지 않는 인간의 짧은 역사를 거부하고 오지로 떠나 늑대의 삶을 택한다. 그리고 월과의 사투 끝에 늑대가 된 로라(미셀 파이퍼 분) 역시 상황을 마무리 짓고 월이 기다리는 곳으로 떠난다. 둘은 자신을 옭아매는 사회를 떠남으로써, 늑대의 장점을 온전히 간직한 채 행복을 추구할 수 있게 되었다. 그러므로 늑대인간은 저주가 아니었던 셈이다. 〈울프〉의 결론은 다음과 같다. '세상이 맘에 들지 않는다면, 내가 세상을 거부해주겠어.' 이런 결론은 얼마간 비현실적이고 또 도발적이지만, 군더더기도 없다.

늑대인간에 대한 전설이나 설화는 그 예를 하나하나 열거할 수 없을 정도로 저변이 넓다. 또한 『빨간 모자』와 같은 동화에서도 비슷한 이야기를 발견할 수 있다. 이러한 늑대인간은 스튜어트 워커의 1935년 작 〈런던의 늑대인간〉과, 조지 와그너의 1941년 작 〈늑대인간(The Wolf Man)〉 이후 영화에서도 오랫동안 사랑받는 호러아이콘으로 존재했다.

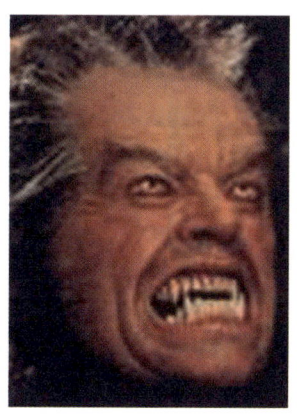

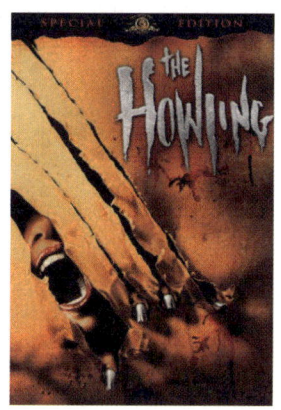

일반적으로 그들은 늑대에게 물리거나 저주를 받은 후 늑대나 늑대와 유사한 괴물로 거듭나고, 보름달이 뜨면 자신의 의지로 거역할 수 없는 힘에 굴복되어 야수로 변하며 사람을 해친다. 늑대인간이 된 자는 결코 이전과 같이 돌아갈 수 없다. 늑대인간은 오직 은으로 만들어진 지팡이나 총알 등으로 죽여야만 되살아나지 못하는데, 그 이유는 아마도 은이 가진 해독성으로부터 나온 것이라 생각된다.

우리 식탁에 놓이는 은수저도 그런 맥락에서 만들어진 물건이다. 조선시대 임금의 수라에 독이 들어 있었는지를 검사할 목적으로 사용하기 시작한 것이니까. 그러나 이러한 특징들은 버전에 따라 달라졌다. 예를 들면 1941년작 〈늑대인간〉의 경우 은지팡이로, 조 단테의 〈하울링〉의 경우 은총알로 늑대인간을 제거하지만, 존 랜디스의 〈런던의 늑대인간〉이나 마이크 니콜스의 〈울프〉 등의 작품에서는 은이 아니라고 해도 늑대인간을 제거할 수 있다.

늑대인간들은 자신이 죽일 사람을 미리 알게 된다는 설정을 가지고 있었는데, 이러한 설정은 유니버설의 늑대인간 후속작에서 '자신이 가장 사랑하는 사람을 살해한다' 라는 설정으로 바뀌어 연민을 자아냈다. 비극적 운명 속에서 늑대인간이 된 자는 자신이 죽기를 갈구하게 되었다.

그러나 이 역시 꼭 그런 것은 아니어서 〈런던의 늑대인간〉에는 자신이 사랑하는 사람까지도 살해하게 될 것임을 알게 되지만 자신에게 죽음을 당한 친구의 자살하라는 권유는 묵살하는 주인공이 나온다. 그리고 〈울프〉에서는 자신과 무관하거나 자신이 싫어하는 사람을 죽이고, 사랑하는 자는 죽이지 않는 늑대인간이 등장한다.

늑대에 한 번 물리면 절대로 늑대인간의 저주에서 벗어날 수 없다는 설정까지도 심리치료에 의해 깨어지기도 한다. 그러나 심리치료라는 설정은 결국 살아남지 못했는데, 그 이유는 현실적인 것이었다. 인기 있는 캐릭터의 후속작을 만들기 어려워지는 방식은 제작자가 선호하지 않았다.

〈스크림〉 이후 공포영화의 법칙과 같은 우스갯소리는 무수히 많은 이들의 공감을 얻었지만 '모든 법칙에는 예외가 있다' 는 것만이 공포영화의 유일한 법칙일 수 있는 셈이다.

# 사랑이라는 이름의 폭력 캣피플

원제 Cat people ● 감독 폴 슈레이더
배우 나스타샤 킨스키, 말콤 맥도웰, 존 허드, 아넷 오툴 등 ● 제작 1982년 미국

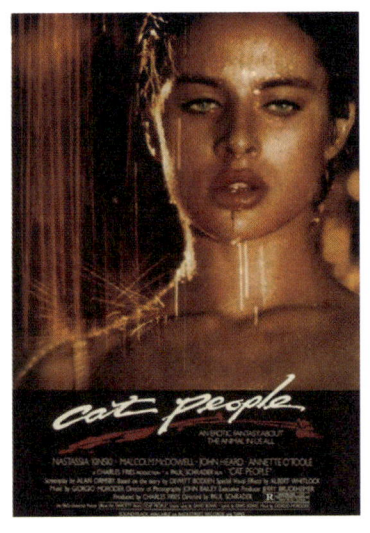

나는 늑대인간이라는 말에 남성을, 캣피플이라는 말에 여성을 떠올린다. 늑대인간이나 캣피플을 소재로 한 영화들에서 야수로 변신하는 자들이 성별과 아무런 관계가 없음에도, 그 편견을 버리지 못하는 가장 큰 이유는 아마도 론 채니 주니어와 나스타샤 킨스키 때문일 것이다.

캣피플은 겉은 인간이되 그 속에는 야수가 살고 있다는 늑대인간의 설정으로부터 출발한 몬스터이다. 그들은 늑대로 변하는 대신 표범으로 변한다. 그들이 왜 표범으로 변하게 되는 저주를 받았는지에 대한 이유는 직접적이기보다는 모호한 신화적 설명으로 대체된다. 그들은 인간과 맺어질 수 없으며 인간과의 관계에서 성적

인 자극을 받게 되면 표범으로 변신한다. 그것이 다른 몬스터들과 캣피플을 구분 짓는 가장 큰 차이점이다.

자크 투르뇌의 1942년작 〈캣피플〉(이하 원작)은 '키스하면 할퀴어 죽이겠다'라는 광고 문구처럼 키스에 의해 표범으로 변한다는 설정을 간직하고 있기는 하지만, 성적인 긴장보다는 심리적 불안함에 더 큰 비중을 두고 있다. 주인공이 질투, 분노 등의 감정에 의해 표범으로 변할 수 있다고 믿기도 하는데다가, 긴장 상황 역시 그녀가 남편의 직장 동료에게 질투를 느끼면서 시작되기 때문이다.

반면 폴 슈레이더의 리메이크작은 좀 더 노골적으로 성과 폭력을 결부시켜 그려냈다. '키스에 의해 표범으로 변한다'는 순진한 설정은 섹스로 대체되었고, 폭력의 묘사는 좀 더 적나라해졌다. 그래서 우아했던 원작과는 달리 리메이크작은 자극적인 영화로 기억에 남았다.

그러나 리메이크작이 나쁘다는 뜻은 아니다. 리메이크작은 리메이크작 대로의 매력이 있다. 지극히 고양이스러운 외모에 전라의 모습으로 스크린을 당당히 활보했던 이리나(나스타샤 킨스키 분)가 전작과는 다른 리메이크작의 가장 큰 요소임을 부인할 수 없지만, 전작에는 존재하지 않았던 이리나의 오빠 폴(말콤 맥도웰 분)의 캐릭터는 근친의 설정을 추가하며 리메이크작을 좀 더 색다른 영화로 만들었다.

폴은 영화 속에서 가장 많은 사람을 해하는 인물이다. 그런데 그는 사실 사람을 해치는 것을 즐기지 않는다. 게다가 사람을 죽이는 것은 그 자신을 위험에 처하게도 만들기 때문에 꺼리는 편에 가까울 것이다. 하지만 안타

AN EROTIC FANTASY ABOUT
THE ANIMAL IN US ALL

NASTASSIA KINSKI    MALCOLM McDOWELL    JOHN HEARD    ANNETTE O'TOOLE

107

깝게도 그는 성관계를 하고 나서 다시 이전의 삶을 영위하려면 사람을 죽여야 하는 반인반수의 운명을 타고 났다. 그러한 운명이지만 섹스 없이 살수는 없는 것 아닌가. 그에게 살인이란 부득이한 일이다. 하지만 그에게는 희망이 있다. 자신과 동족인 동생만큼은 육체적 관계를 맺어도 괜찮은 것이다. 그래서 그는 최소한의 욕구를 해소하는 것으로 만족하면서, 동생이 자신과 같아질 그 시점을 기다려왔다.

폴의 근친은 우리가 생각하는 도덕적 차원의 무엇이라기보다는 살기 위해 반드시 필요한 것이었던 셈이다. 그러나 폴이 아는 그 사실을 이리나는 아직 모르고 있다. 따라서 폴이 이리나를 잘만 설득할 수 있었더라면 이 이야기는 '오빠와 동생은 행복하게(?) 잘 살았습니다' 라는 결론으로 끝났을지도 모른다. 하지만 폴은 마지막 설득에 공을 들이기에는 지나치게 오래 참아왔고, 그 탓에 그는 파국을 맞게 된다. 그리고 동생 역시 자신에게 허락된 유일한 존재를 잃는다. 첫 번째 비극이다.

만약 폴이 인내를 가지고 더 기다렸다면, 해피엔딩이 가능했을까? 그것에 대해서는 자신하기 어렵다. 왜냐하면 사랑이란 자신에게 허락된 존재에게 느끼는 것이 아니라, 자신이 매료된 대상에게 느끼는 감정이기 때문이다. 그리고 그 두 대상이 일치하기란 기적에 가까운 일이다. '나는 내게 금지된 것을 소망한다' 라는 말도 있지 않은가. 이리나는 성관계를 맺으면 자신이 야수로 변한다는 사실을 알면서도, 다른 이를 죽여야 한다는 사실을 알고 있으면서도, 올리버를 사랑하며 살겠다고 결심한다. 그러한 결심에는 사랑할 수 없다면 인간으로서의 삶을 버리겠다는 단호한 결심까지도

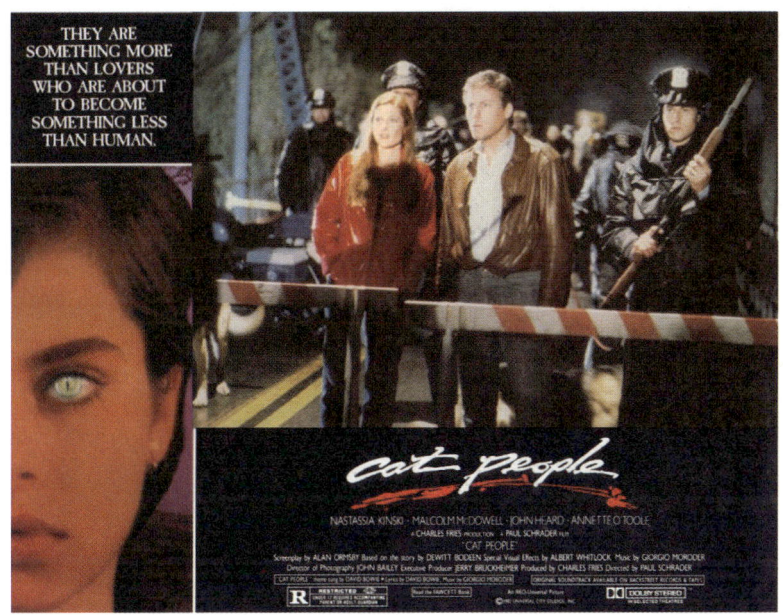

포함되었을 것이다(나 역시 사랑 없는 삶은 인간의 것이 아니라고 생각하기도 한다).

과연 그런 올리버를 두고 그녀가 오빠와 함께 살 수 있었을까? 어쨌거나 여기에서 〈캣피플〉의 가장 매력적인 설정이 나온다. 사랑이란 사랑받지 못하는 누군가의 희생이 있기 때문에 존재하는지도 모른다는 사실이 바로 그것이다. 만일 당신이 사랑하고 있다면, 인지조차 못한 채 배제하고 있을지도 모르는 누군가에게 연민을 던질 여유를 남겨두기 바란다.

모두가 아름다운 작품으로 기억하는 〈시애틀의 잠 못 이루는 밤〉(노라 애프론 감독)을 보면서 나는 그런 생각을 한 적이 있다. 당신과의 결혼을 눈앞에 둔 여인이 갑자기 "우리 결혼 못해요"라고 말한다면, 당신은 과연 흔쾌

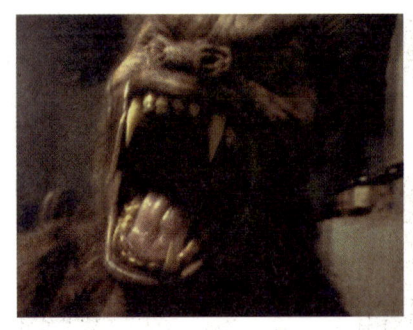

히 보내줄 수 있겠는가? 혼수를 구입하고 난 후 스카이라운지에 앉아 식사를 하려던 참에 그리고 결혼반지를 주던 순간에, 도저히 납득하기도 어려운 이유로. 아마 내가 그였다면 질척질척한 반응을 보였거나, 아무리 냉정한 모습을 보이려고 해도 결코 그처럼 산뜻한 모습을 만들어낼 수는 없었을 것이다. 그런고로 〈시애틀의 잠 못 이루는 밤〉이라는 영화가 아름다운 로맨스로 기억될 수 있는 가장 큰 공은, 샘(톰 행크스 분)도, 애니(맥 라이언 분)도, 조나도 아닌 월터(빌 풀먼 분)에게 돌아가야 할 것이다. 제아무리 아름답고 고결한 사랑이라고 할지라도, 그 뒤에는 역시 누군가의 눈물이 숨어 있는 것이다. 모두가 좋기란 참으로 힘든 일이다.

리메이크된 〈캣피플〉은 원작과 달리 컬러를 사용함으로써 보다 환상적인 분위기를 만들어냈다. 물론 '보여주지 않기'라는 절제를 통한 영상미는 사라져버렸지만, 색상을 적극적으로 사용하여 현실에서는 보기 어려운 세계를 만들어내는 데 성공한 것이다.

내가 리메이크작에서 가장 좋아하는 장면은 오리지널 영화를 그대로 재현한 장면들이 아니라, 이리나가 처음으로 각성할 때의 장면이다. 나신으로 뛰쳐나와 몽환적으로 걷는 그녀는 갑자기 주변 소리가 커지면서 다른 물체들의 움직임이 느려지는 것을 느끼며 세상을 구성하고 있는 것들의 색상이 바뀐다는 것을 알게 된다.

이 장면은 〈울프〉 등의 공포영화에서도 종종 사용되고 있는 장면이기도 하다. 또한 데이빗 보위가 참여한 음악 역시 청각적 만족을 안겨줄 만하다. 그러나 전작의 명장면들을 재현하기 위한 '앨리스에 대한 막연한 적의'와, 올리버와의 로맨스를 위한 '폴의 악역 만들기'는 조금 불만족스러운 구석이 있다.

# Horror Tip 03 · 언어와 공포영화의 상관관계

아마존에서 구입한 〈나보에르〉(폴 슬레딴느 감독)라는 북유럽 영화를 봤다. 결국 모든 게 끔찍한 짓을 행한 자신의 죄를 잊기 위해 주인공이 만들어낸 환상이었다는 정말 뻔한 작품을 보면서 나는 이 영화가 의외로 괜찮다는 생각을 하게 되었다. 〈나보에르〉가 다루고 있는 폭력이나 성적인 묘사가 엄청나게 대단한 것은 아니었기에 분명히 이런 생각에는 과장된 구석이 있었다.

그러다가 예전에 꾸었던 꿈이 떠올랐다. 그 꿈의 주인공은 내가 생각하는 최고의 공포영화 캐릭터이며, 실제로 내 꿈에 등장해 수없이 악몽을 이끌어냈던 〈나이트메어〉의 살인마 프레디 크루거였다. 그런데 그날의 꿈은 전혀 무섭지 않았다. 심지어는 잠에서 깬 후 자지러질 정도로 웃기까지 했다. 꿈속의 프레디가 내게 한국말로 이리저리 떠들어댔기 때문이다.

언어의 낯익음은 공포감을 크게 훼손할 수 있다. 〈스크림〉의 고스트 페이스가 전화를 해서 이렇게 말한다고 해보자. "안녕, 영숙이?"

반대로 언어의 낯섦은 공포감을 크게 증가시키는 듯하다. 언어의 낯설음보다는 그 언어가 가진 분위기가 공포감을 증가시킨다는 것이 좀 더 정확한 표현일지도 모르겠다. 〈옹박〉에서 보았던 것처럼 언어가 가진 느낌에 따라 한없이 우스꽝스러워질 수도 있는 것이니까.

록음악 마니아인 동생이 가끔 듣는 것을 귀동냥했을 뿐인지라 정확한 곡목은 모르겠지만 람슈타인의 어떤 곡은 언어가 가진 힘을 단적으로 보여준다. 그는 그저 숫자를 세고 있을 뿐인데도 더 없이 근사한 느낌을 자아내고 있다. 그것은 독일어가 가진 강렬한 발음에서 나왔던 것이다.

미카엘 하네케 감독의 〈퍼니 게임〉은 그 대표적 예라 할 수 있다. 물론 도발적인 영화 자체가 가진 힘도 힘이지만, 독일어가 가진 강한 발음과 덜 익숙한 유럽영화의 느낌이 결합되면 그 힘의 차원이 달라진다. 자신의 영화를 보다 많은 이에게 알려주기 위해 숏 바이 숏으로 다시 찍은 미국영화 〈퍼니 게임〉과는 비교도 할 수 없는 것이다. 2008년 소리 없는 흥행 속에 평단과 관객의 만장일치의 호응을 이끌어낸 〈렛미인〉(토마스 알프레드슨 감독) 역시 그러한 혜택을 입고 있는 것이 아닐까?

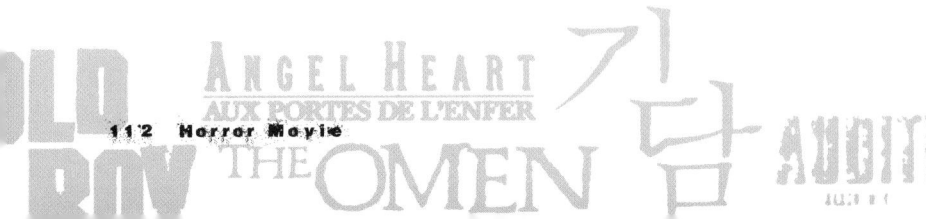

WOLF THE SIXTH SENSE 구로사와 기요시

The Only Thing More Terrifying
than The Last 12 Minutes Of This Film
Are The First 92.

THE CHANGELING

배우 룻거 하우어에 필적할 수는 없지만 그래도 괜찮은 연기를 보여준 배우 박중훈(〈세이 예스〉(김성홍 감독)는 한국판 〈힛쳐〉(데이브 마이어스 감독)에 가깝다)이 어딘가가 부족해 보였던 건 그 이유 때문인지도 모르겠다. 즉 영화 자체가 아닌 언어의 뉘앙스 역시 공포감을 전달하는 데 유리하거나 불리할 수 있다. 그렇다면 어떻게 이런 불리함을 벗어던질 수 있을까?

여러 가지 정답이 있겠지만 선뜻 떠오르는 것은 두 가지이다. 연기를 정말 죽여주게 잘하거나, 아니면 묵묵부답 캐릭터를 등장시키는 것. 물론 어디에나 예외는 존재하는 법이지만 말이 많은 캐릭터가 무섭기는 어렵다. 말을 통해 의사소통이 되면서 캐릭터 자체의 공포가 줄어든다고 해야 하나. 구구절절 잔소리만 늘어놓기보다는 행동으로 보여주는 캐릭터가 더 매력적이고(〈13일의 금요일〉처럼), 우리가 알아듣는 말보다는 우리가 알아듣지 못하는 말을 빠른 속도로 늘어놓는 캐릭터가 더 무섭다(〈기담〉(정가형제 감독) 혹은 황병기의 전위음악 〈미궁〉). 그러고 보니 언어의 뉘앙스가 문제가 아니라, 말이 많은 게 문제인 건가?

★ 그럼에도 불구하고 나는 말 많기로 유명한 두 캐릭터의 피 튀기는 설전, 〈프레디 vs 핀헤드〉를 보고 싶다. 나와 같은 생각을 가진 감독이 이런 영화를 만들어준다면 말이다.

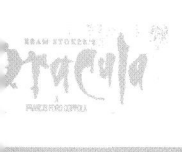
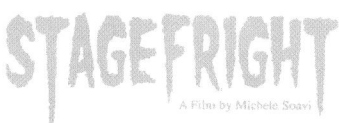
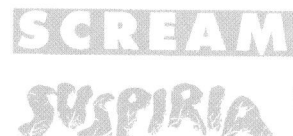

STAGEFRIGHT
A Film by Michele Soavi

SCREAM

SUSPIRIA

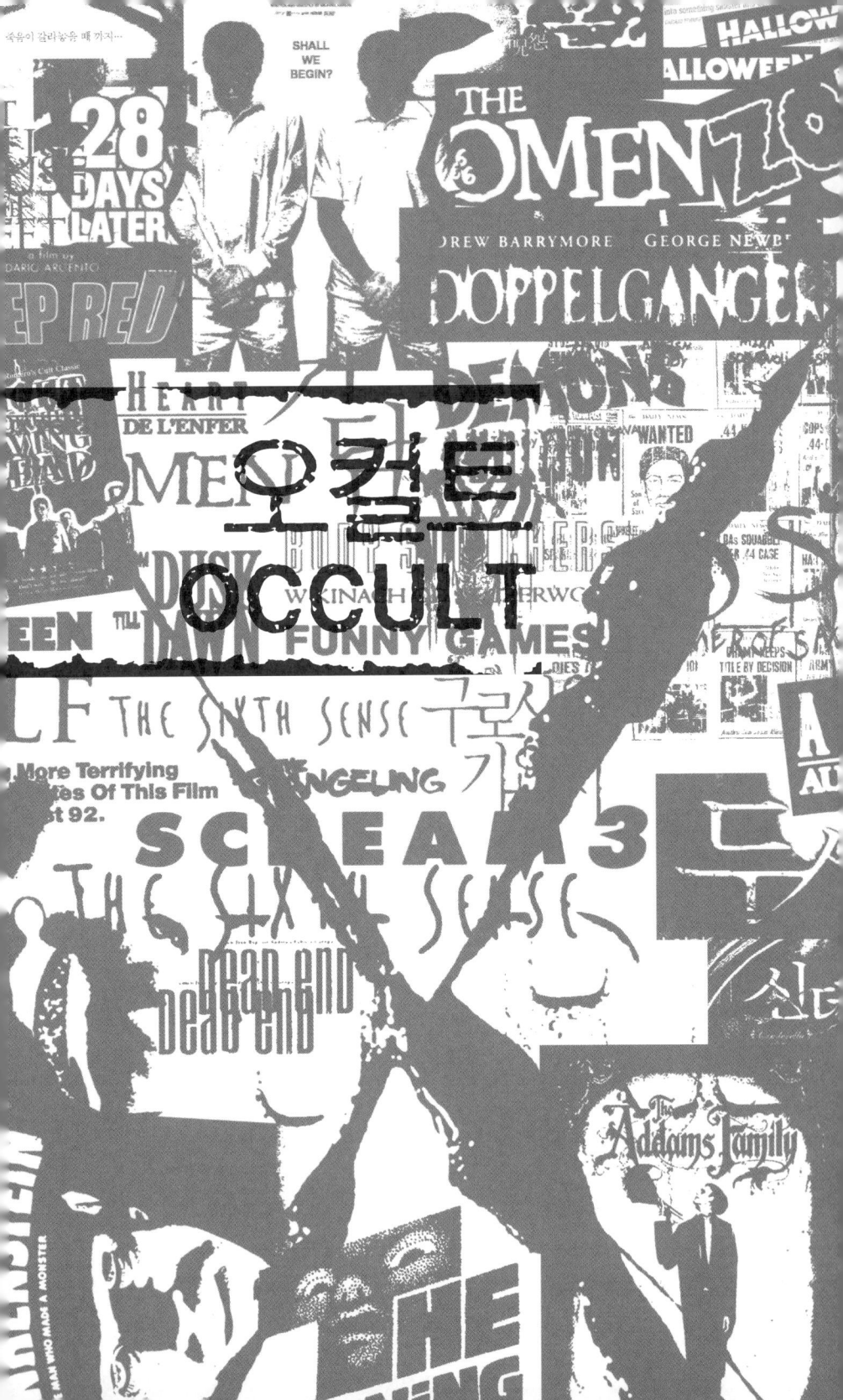

너무나 친숙하여 잘 알고 있는 말처럼 느끼고 있으며 심지어 많은 사람들이 사용하고 있는 말임에도 불구하고, 실제로는 그 누구도 모르고 있는 말처럼 느껴지는 단어가 종종 있다. 내게는 오컬트가 그런 말이다. 막연하게 '초자연적인 현상이나 존재에 대한 지식'이라는 말로 상상하고 쓰고 있었던 말이지만, 과연 그 지식이란 게 무엇인지를 생각해보면 나는 하나도 아는 바가 없다. 그러나 내가 관심을 두는 부분은 그 지식이 무엇인지에 대한 것이 아니라, 어떤 영화들을 오컬트영화라고 부르느냐는 것에 국한된다.

물론 오컬트라는 단어로 분류될 수 있는 대상은 수도 없이 많다. 마법, 연금술, 점성술, 이교도, 악마주의 등등. 그렇게 범위를 넓게 잡으면 아마도 오컬트 속성을 전혀 갖추지 않은 공포영화는 한 편도 없을지도 모른다. 따라서 여기에서는 일반적으로 오컬트영화라고 불리는 작품들을 오컬트영화라고 명명하기로 하자.

일반적으로 오컬트의 효시라고 불리는 작품은 1968년 로만 폴란스키가 감독한 〈악마의 씨〉이다. 〈악마의 씨〉의 성공은 할리우드 공포영화 제작에 새로운 모델을 제시한다. 역량 있는 감독, 훌륭한 배우, 그리고 거대한 제작비.

오컬트라는 소분류 아래에서 나는 이러한 모델에 영향 받아 공포영화사에 이름을 남길 작품이나 비슷한 소재(구체적으로 종교와 악마 그리고 악마주의)를 다룬 작품에 대한 이야기를 조금 늘어놓고자 한다.

어떤 사람은 오컬트영화가 인간 이성 바깥에 있는 존재에 대한 호기심이나 상업적 종말론에 힘입은 흥미 본위의 영화라고 생각할지도 모르고, 또 다른 사람은 오컬트영화는 지독하게 보수적인 작품이라고 생각할지도 모르겠다. 물론 이런 주장은 반은 맞고 반은 틀리다. 오컬트영화들이 혼란한 미국의 사회 분위기로부터 출발하여 세기말적인 정서를 환기시키며 거창한 홍보와 함께 힘을 얻었던 것은 사실이다. 그리고 오컬트영화들은 누구나 악마의 희생양이 될 수 있다고 윽박지르고 있으면서도 결정적 존재 악마 자체는 철저하게 타자화해 우리의 책임 바깥으로 밀어내는 경향도 어느 정도는 존재한다. 이러한 식의 연출은 다소 비겁하게 느껴질 수도 있는데, 세상이 이 모양으로 된 걸 우리 탓으로 돌리기보다는 악마와 같은 외부의 존재 탓으로 돌리는 것처럼 보일 수 있기 때문이다.

때로는 우리가 제어할 수 없는 존재를 설정해두고, 그것을 무찌르는 과정을 그저 불구경하듯이 보게 만들기도 한다. 오컬트영화는 어쩔 수 없이 선과 악이 강하게 대비되기 때문에, 기독교나 전통적 가족 그리고 가치관을 바람직한 것들로 그려낸다는 점에서 다소 보수적인 경향을 가지고 있는지도 모른다. 신이 이기든 악마가 이기든 관객에게 선과 악은 명확하게 구분된다.

그러나 모든 오컬트영화들이 그런 것은 아니다. 우리의 상상을 뛰어넘는 악마를 얼마나 잘 형상화하여 우리를 소름 돋게 만드는가는 매우 중요한 문제지만, 그보다는 갑자기 자신의 세계에 침입해온 악마를 대하는 인간들의 모습을 그려내는 것이 훨씬 더 중요한 문제이다.

신과 악마의 구도가 아닌 악마와 인간의 구도 하에서 오컬트영화는 훨씬 풍요로워진다. 그들은 악마에게 끝까지 저항하는 투사적 인물일 수도 있으며, 신과 악마 사이에서 갈등하는 이들일 수도 있으며, 어떤 이유로 악마에게 동조하게 될 수도 있다. 그들의 심리와 갈등, 결정에 이르는 과정을 얼마나 잘 그려내는가, 그것이 오컬트영화에 있어서의 진정한 핵심 포인트이다. 악마가 아니라 악마 할아버지가 등장한다고 해도 세상 모든 영화는 결국 인간에 대한 이야기이기 때문이다.

# 어머니의 이름으로 **악마의 씨**

**감독** 로만 폴란스키 • **배우** 미아 패로우, 존 카사베츠 등 • **제작** 1968년 미국

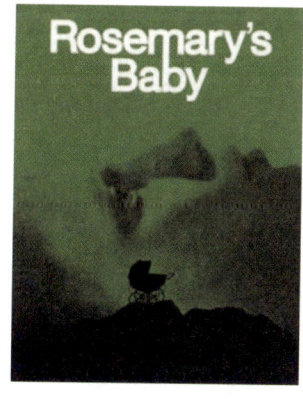

자신이 재능을 갖춘 공포영화 감독이기도 했으며 또한 제작자이기도 했던 윌리엄 캐슬은 자신이 직접 연출할 속셈으로 아이라 레빈의 원작에 대한 권한을 확보했다. 그러나 그의 야심은 파라마운트에 의해 저지되었다. 그들은 장난기 가득한 거구의 사나이가 그토록 진지한 작품을 맡는 것을 원하지 않았던 것이다. 그래서 결국 윌리엄 캐슬은 제작에 그치고 유럽에서 온 전도유망한 젊은이가 이 영화를 찍게 되었다. 그가 바로 로만 폴란스키다.

전작들을 통해 한정된 공간에서 팽팽한 긴장감을 끌어내는 것에 일가견을 보였던 폴란스키는 이 영화에서 역시 자신의 재능을 증명했다. 그는 심리적 긴장감을 끌어내고, 몽환적 분위기를 담아냈으며, 그 누구도 믿을 수 없는 이야기에 진실성을 불어넣었다. 그는 1960년대 미국에 팽배한 불온

한 분위기를 스크린에 담아내면서, 또한 그 실체를 오롯이 표현해내기까지 했다.

영화는 로즈마리(미아 패로우 분)와 남편 가이(존 카사베츠 분)가 맨해튼에 있는 중산층 아파트에 입주하면서 시작된다. 〈악마의 씨〉 이후에 나온 세기말적 분위기에 편승한 몇몇 오컬트영화들에서 악마와 신의 싸움을 불구경하듯 보게 만드는 경향이 나타나는 것과는 달리, 〈악마의 씨〉는 그것을 타자화하지 않는다.

구체적으로 〈악마의 씨〉가 보여주는 악마, 악마를 숭배하는 이, 악마의 자식을 잉태하는 이들이란 바로 현대를 살아가는 우리들이라는 뜻이다. 즉 영화는 막연히 시대적 불안함을 스크린에 옮기는 것을 넘어서, 그 실체를 정확히 표현해냈던 것이다. 우리도 악마가 되고 말거야. 관객은 사회적 치장 뒤로 숨겨져 있던 우리 이웃의 실체와 나아가 우리 자신의 모습을 발견하게 된다. 이는 엄청나게 고통스러운 경험이다. 〈악마의 씨〉는 그러한 고통으로부터 공포를 자아내는 영화이다.

아파트에 기거하는 사람들 중 비교적 악으로부터 거리가 멀게 느껴지고 죽어나가지 않는 인물이란 로즈마리뿐이지만, 그녀의 본성과는 관계없이 그녀의 운명 또한 아파트의 다른 입주자들과 다르지 않다. 완강히 거부해보지만 그녀는 엄마라는 이름으로 다른 이와 같아질 수밖에 없는 것이다. 아이의 눈을 보고 놀라던 로즈마리의 경악에 찬 얼굴이 어느새 희미한 미소로 바뀌었을 때의 정서적 충격이란! 이러한 운명은 공포스럽기도 하지만 무력할 뿐더러 슬프기도 하다. 타인의 위에 서야만 행복할 수 있는 허영에 가득 찬 인물 가이 역시 그러한 운명으로부터 자유롭지 못하다. 관객 역시 마찬가지. 그래서 영화의 초반부에 흘러나오는 음악은 그토록 슬프고 애잔할 수밖에 없었던 것이다.

끔찍한 고통을 직접 겪은 이가 가해자 집단에 편입된다는 이 영화의 마지막은 현대인들의 단적인 모습을 보여주기도 한다. 타인의 부를 착취하는 사람들이라며 부자들에게 손가락질을 하면서도 자신은 부자가 되기를 원하거나, 정부를 비난하며 시위에 나서던 학생운동가가 정치인이 되고난 후에는 그들과 똑같은 모습을 보이는 것과 같은 모습 말이다. 심지어는 자신이 비난하던 여당에 입당하는 경우도 종종 있다.

〈악마의 씨〉는 1960년대 말의 영화지만 지금 봐도 전혀 낡아 보이지 않는다. 적지 않은 요즘의 공포영화들에게 반성을 촉구한다면 또 모를까. 피를 보여주는 것을 극도로 자제하면서 관객을 심리적으로 몰아가는 로만 폴란스키의 연출력은 탁월하며, 미아 패로우의 창백한 외모와 신경질적인 연기는 영화와 완벽히 부합된다. 걸작이라는 말은 바로 이런 영화를 두고 하는 말일 게다.

# 아버지의 이름으로 오멘

원제 The Omen • 감독 리차드 도너
배우 그레고리 펙, 리 레믹 등 • 제작 1976년 미국

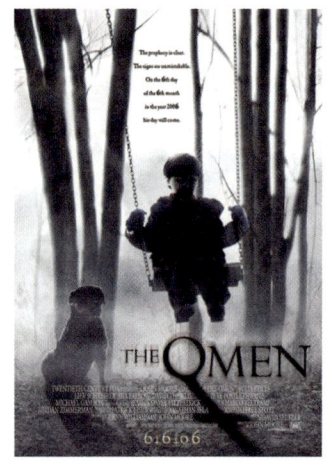

상업적인 측면에서 보자면 〈오멘〉만큼 잘 만들어진 공포영화도 없을 것이다. 당시의 사회적 분위기 그리고 상업적 종말론에 편승한 것이 성공의 주된 원인이기도 했지만, 일단 영화 자체도 말쑥하게 잘 빠졌다. 적그리스도가 이 땅에 강림한다는 비현실적인 이야기, 그리고 그것으로부터 발생하는 공포를 누구나 공감하며 따라갈 수 있도록 자연스럽게 연출한 것만으로도 〈오멘〉은 대단한 영화임이 틀림없다. 제리 골드스미스의 종교적 색채가 짙은 음악은 으스스하면서도 중후한 맛을 더하고, 꼬마아이의 섬뜩한 미소나 가정부의 카리스마 등은 관객의 뇌리에 남아 있을 만큼 강렬하기도 하다.

단적으로 이 영화와 관련한 재미있는 일화가 하나 있는데, 영화를 본 사

람들이 혹시 자기 자식 머리에도 666 표식이 있는지를 확인하기 위해 머리를 깎아보는 일이 다반사였다고 한다. 그러니 이 영화가 얼마나 많은 영향력을 가졌는지는 짐작하고도 남는다.

그런데 그러한 행동을 뒤집어놓고 생각해보면, 그 당시 부모들의 눈에 자기 자식들은 정말 악마새끼처럼 보였는지도 모르겠다는 의심이 든다. 아무런 의심이 없었다면 애당초 확인할 필요조차 없는 것 아닌가. 그래서 〈오멘〉의 성공요인으로는 성공적 마케팅과 영화 자체의 만듦새 외에도 세대갈등이라는 요인이 크게 작용했으리라 생각한다.

물론 세대갈등이라는 건 갑자기 생겨난 이야기가 아니다. 부모세대란 대체로 "우리 때는 안 그랬는데…"라며 자식세대를 못마땅하게 생각하는 집단이기 때문이다. 하지만 1966년 샌프란시스코에서 시작된 히피들의 탈사회적 행동들은 그 정도에서 그치지 않고 부모세대를 경악하게 만들 만한 구석이 있었다. 그래서 향후 세대갈등을 다루는 영화들이 붐을 이룬 게 아닐까?

세대갈등에 대한 은유는 〈오멘〉의 형님뻘 되는 〈악마의 씨〉나 〈엑소시스트〉에도 있었다. 그러나 두 영화들은 자식세대의 문제점은 인정하되, 그것이 자신들의 탓이라는 뉘앙스를 풍기고 있었다. 타인을 밟고서라도 성공을 갈구하는 남자가 악마와 회합하여 악마의 자식을 잉태하게 만들고, 여자는 어머니라는 이름으로 악마의 자식을 돌보게 된다는 〈악마의 씨〉는 '우리 세대가 잘못 살아서 저런 아이들을 낳았구나'라는 자기 반성적 메시지를 담고 있었으며, 딸의 몸을 빼앗고 들어온 귀신을 쫓아내려는

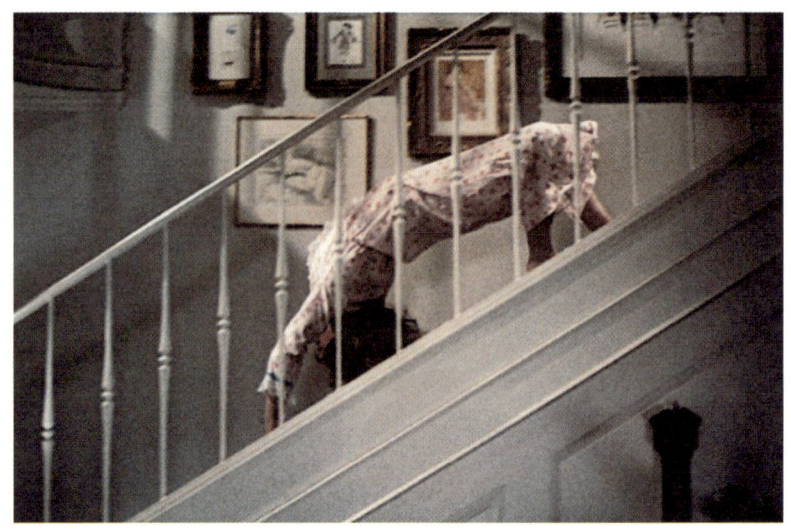

〈엑소시스트〉는 일로 바쁘고 파티를 즐기는 어머니와 딸의 생일을 거들떠보지 않는 아버지(이혼한 인물로 영화에 등장하지 않는다)를 넌지시 보여주며 자식을 방치한 결과로 받아들여질 수 있을 만한 뉘앙스를 던졌다. 영화의 마지막(결과적으로는) 딸을 구하기 위해 투신한 신부의 생사는 확인도 않고서, 자기 자식만 얼싸안고 있는 어머니를 보고 있노라면 자식을 과잉보호한 결과처럼 보이기도 한다. 어찌 되었건 부모가 자식을 제대로 키우지 못한 결과인건 마찬가지다.

반면 〈오멘〉은 그와는 반대 입장을 주로 대변하고 있는 것처럼 보인다. 아이를 죽여야 할 그럴듯한 명분을 불길한 징조(이 작품의 제목이기도 하다)라는 명목 하에 끊임없이 던지고 있으며, 그 아이는 자신이 낳은 자식도 아니고 심지어는 사람의 자식조차 아님을 강조함으로써 죄에 따르는 죄책감까지도 덜어준다. 아니 덜어주는 정도가 아니다. 자식을 죽이는 것이 패륜이라기보다는 세상을 구원할 신의 사명에 가깝게 그려지고 있는 것이다. 오, 주여!

그래서 〈오멘〉은 적그리스도에 대한 영화가 아니라, 아들을 죽이기를 원하는 아버지에 대한 영화이다. 사실 〈오멘〉이라는 영화를 간단하게 정의하자면, 자기 자식을 죽이기 위해 분투하는 아버지에 대한 영화 아니겠는가. 〈오멘〉에서 확고한 주인공의 지위를 누리지 못했던 데미안은 〈오멘 2〉에서 드디어 명실상부한 주인공으로 등극한다. 개인적으로 〈오멘 2〉에서 가장 재미있었던 부분은 데미안과 친하게 지냈던 사촌이 데미안에게서 등을 돌리는 장면이었다. 사촌형제는 데미안의 정체가 적그리스도라는 이야기를 엿듣고는 친한 사촌에 대한 허황되고 비과학적인 말에 즉각적으로 반응하며 데미안을 내치고 만다. 데미안은 얼마나 억울했겠는가.

그럼에도 데미안은 말한다. 비록 정체를 안다 해도 너는 내 형제와 같다고, 넌 내게 그 이상이라고. 그러나 사촌은 그 화해의 의도를 거부하고 이는 필연적인 파국으로 이어진다. 이 장면은 데미안이 운명을 받아들이게 되는, 그럼으로써 적그리스도로서의 자아정체성을 확립하는 결정적 순간 중 하나였다.

그래서 말인데 다소 엉뚱한 이야기처럼 들릴 수 있겠지만, 〈오멘〉은 정말 슬픈 작품이다. 자신이 의도치 않은 운명 때문에 주위에 사람 같은 사람을 단 한 명도 둘 수 없었던 어린 시절, 데미안의 외로움을 생각해보라.

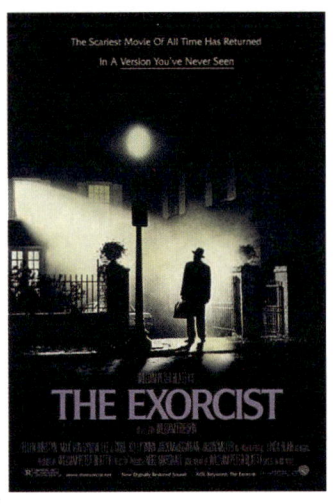

그는 운명에 의해서도, 자라온 환경에 의해서도 빠져나갈 구석을 허락받지 못한 자이다. 그의 주변에 있는 대부분의 사람들(심지어는 부모조차도)은 그를 각성시키기 위한 목적을 띠고 있던 자들이었으며, 그와의 진정한 인간관계를 맺어나갈 수 있을 가능성을 가진 몇 안 되는 사람들에게는 모두 버림받고 만다. 다시 생각해보자. 내 곁에 나를 사람으로 대하는 사람이 단 한 명도 없었다고 한다면 나라고 세상을 저주하지 않겠는가.

데미안이 자신의 운명에 순응하는 과정은 이미 전편들에서 그려졌고, 3편에 들어서는 이미 자신의 정체가 무엇인지를 숨기지도 않기에(정, 재계에서의 위치를 이미 견고히 만들었다) 〈오멘 3〉의 내용은 간단하다. 부제에서 알 수 있듯 최후의 전쟁을 그려내면 되는 것.

그런데 안타까운 점은 이 최후의 전투가 그리 박진감 넘치지 못한다는 것이다. 7개의 칼을 들고 데미안을 처단하려 했던 수도원의 결사대는 한심한 짓을 거듭한다. 예를 들어 주의에 주의를 더해도 모자랄 중대사를 결행하면서 정면으로 들이대는 걸 보고 있자면 실소가 나온다. 아니, 적그리스도를 뭘로 보는 거야? 영화의 엔딩인 데미안의 죽음도 다소 심심하다. 결국 쟤도 사람이었나? 조금 투덜거렸지만 이는 영화가 형편없다는 의미라기보다는, 그저 전편들을 통해 구축해둔 〈오멘〉 시리즈의 기대치에 따른 실망을 토로하는 것이다. 아무리 좋게 평가해도 여러모로 아쉬움이 앞서는 완결편이라는 건 사실이니까. 그럼에도 〈오멘 3〉를 형편없는 영화로 분류하는 것을 불가능하게 하는 이유에는 몇 가지가 있는데, 그중 가장 큰 것은 단연 샘닐의 존재이다. 어두운 동굴에 자신의 신도들을 모아놓고, 신생아들을 살해할 것을 명히는 샘닐의 표정을 잊는 것은 꽤나 어려울 것이다.

아차, 〈오멘 4〉도 있다고? 별로 말하고 싶지 않다. 내 기억에서 〈오멘〉은 3부작 영화이다.

# 타락천사 엔젤하트

**원제** Angel heart • **감독** 알란 파커
**배우** 미키 루크, 로버트 드니로 • **제작** 1987년 미국

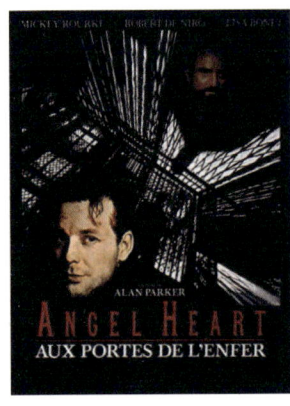

오컬트의 바이블이라고 불리는 『타락천사(Fallen Angel)』를 영화화한 〈엔젤하트〉는 쓸데없이 어려운 영화라는 소리를 듣기도 한다. 물론 거듭되는 으스스한 이미지들 속에서 한없이 나락으로 떨어지는 한 남자의 내면을 그려내는 데 중점을 둔데다가 악마와 부두교처럼 신비주의적인 상징들이 일상적으로 그려지고 있으니 그런 불평에는 어느 정도 이유가 있는 것은 사실이겠지만, 내용을 간략하게 정리해보면 〈엔젤하트〉는 그렇게 어려운 영화라고 보기는 힘들다.

악마와 거래를 한 자니 페이버릿이라는 음악가가 악마에게서 달아나기 위해 과거에 해롤드 엔젤이라는 군인의 혼을 훔쳤다는 것, 그 후 기억상실에 걸려 자신이 누군지도 모르고 살아왔다는 것, 그리고 그것을 알게 된

악마가 직접 해롤드 엔젤을 찾아와 그간 잊고 지냈던 자니 페이버릿의 기억을 되찾게 한다는 것이 주된 내용 아닌가. 즉 〈엔젤하트〉란 자기 자신을 제대로 알지 못하는 한 남자에 대한 이야기이다. 그럼 어떻게 잘못 알았을까?

세계 대전 이후 미국은 자신이 세계 질서의 옹호자라고 생각해왔다. 그래서 딱히 명분이 없는 전쟁에도 참여했다. 베트남전도 그러한 연장선상에서 일어났다. 소련이 개입하기 전 베트남을 자유국가로 만들려고 했던 미국의 야욕은, 무리한 전쟁에의 개입을 낳았고 이는 수많은 미군의 희생을 만들었다. 지지부진한 전쟁 속에서 미국인들은 급기야 수많은 젊은이들을 사지로 몰아넣는 국가를 비난하기 시작했다.

〈엔젤하트〉는 그러한 맥락에서 해석하자면(물론 〈엔젤하트〉의 시대적 배경이 베트남전 이후인 것은 아니다. 만들어진 연도가 그러할 뿐) 훨씬 재미있게 읽힐 수 있는 영화다. 영화 속 캐릭터들의 이름은 이러한 해석이 전혀 동떨어진 게 아니라는 사실에 확신을 더한다. 루이스 사이퍼(로버트 드니로 분)가 루시퍼를 의미하는 말장난임은 명확하니 제쳐두고, 엔젤(미키 루크 분)이 말 그대로 천사를 의미한다고 생각해보자. 그러면 〈엔젤하트〉라는 영화의 이야기는 결국 이렇게 변한다. 천사인줄 알고 살았던 한 남자가 사실은 악마의 하수인(엔젤의 혼을 빼앗은 자니는 악마와 거래를 했던 인물이다)이었다는 것이다. 즉 그간의 미국의 전쟁들이란 부인할 수 없는 악행일 뿐이며(자니는 악마와의 거래를 통해 능력을 얻었다) 수많은 젊은이들을 사지로 내몬 전쟁의 대의명분이란 실상 따지고 보면 자신의 이익을 위한 것(엔젤이라는 미군을 희생시킨 것은 자니

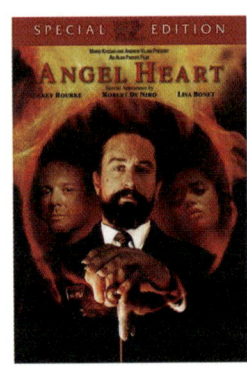 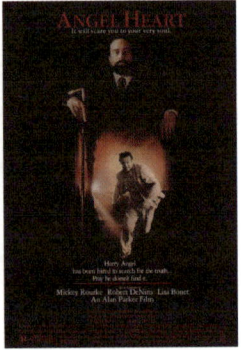

가 악마에게서 자신의 혼을 지키기 위한 것이다)일 뿐이고, 그럼에도 그러한 악행을 인정하지 못한 채 집단기억상실에 걸렸으며 자신을 천사로 위장하기까지 했다는 날선 독설이 〈엔젤하트〉의 본질인 것이다. 그리고 마침내 마주한 자신의 본모습이라는 결론은 결국 미국인들의 반성에 대한 이야기로 볼 수 있게끔 하는 것이다.

또한 〈엔젤하트〉는 반전영화의 대표작으로도 알려져 있다. 자니의 행방을 추적하는 엔젤은 그 과정에서 몇몇 사람의 탐문조사를 펼치는데, 공교롭게도 조사가 끝나고 나면 그 대상은 죽어버린다. 그러한 설정은 미스터리를 발생시킨다. 엔젤이 탐문조사를 할 때마다 흉기에 관심을 두는 장면을 꽤 상세히 잡아주거나, 자니가 엔젤을 없앴던 죄를 끊임없이 상기시키는 집요한 환풍기의 이미지 등은 반전영화를 위한 포석으로 자리 잡고 있으며, 영화 마지막에 준비한 결말은 '결국 네가 그랬지…' 라는 반전 이상의 정서적 충격(〈올드보이〉에 가깝다)을 가지고 있다. 그러니 〈엔젤하트〉가 반전영화라는 설명은 틀린 것이 아니다. 하지만 궁극적으로 〈엔젤하트〉의 반전은 'twisted' 라기보다는 'anti-war' 에 가깝다.

어디에나 죽음이 널려 있는(심지어 교회에서도) 차가운 이미지, 간간히 보이는 섬뜩한 이미지 그리고 음산한 배경음악, 끝없는 추락을 상징하는 엔딩의 엘리베이터 시퀀스까지 〈엔젤하트〉는 불평의 대상이 되기에는 너무나 아까운 영화다.

단적으로 달걀 먹는 로버트 드니로의 모습을 보는 것만으로도 본전은 충분히 할 영화다. 게다가 미키 루크는 아직 아름다운 외모를 자랑하고 있으니(영화에서도 그의 외모는 여성들의 협조를 얻어내는 데 크게 공헌한다), 그의 팬이라면 지나쳐서는 안 될 영화이기도 하다.

보통 이 영화에 대해 이야기할 때 꼭 묶어서 소개하는 영화가 있다. 그것은 애드리안 라인의 〈야곱의 사다리〉라는 영화다. 두 영화 모두 반전(twisted)과 베트남으로 묶여 있는 작품이며 영상이 매력적인 작품들이라는 것에서 공통점을 가지는데, 〈엔젤하트〉는 엔젤을 지옥으로 떨어뜨리며 끝나는 반면 〈야곱의 사다리〉는 제이콥에게 구원을 허락하는 듯 끝난다는 차이점이 있다.

그러나 〈엔젤하트〉에서 단죄를 받는 대상이 실제로는 엔젤이라기보다는 자니라는 점에서 이 둘은 다르지 않은지도 모른다. 즉 두 영화의 모토는 비슷한 것이다. 미국에게는 단죄를, 미군에게는 구원을. 아니 이쪽이 더 가까울 것이다. 미군이 저지른 죄에는 대가를, 미군이 될 수밖에 없었던 사람들에게는 구원을.

## Horror Tip 04 · 여름철 공포영화 광고에 대한 시선

내가 어릴 때 영화에 대한 소식을 가장 먼저 접할 수 있었던 곳은 거리의 벽보였다. 개봉되는 영화들의 개봉일과 극장정보가 적혀 있었던 그 전단포스터란, 만화를 할 때가 아니면 TV를 거들떠보지도 않던 소년에게도 적잖은 환상을 심어주었던 것 같다. 시장을 보러 나가시는 어머니를 혹여 따라가게 될 때면 〈인디아나 존스〉, 〈E.T〉 등의 포스터를 손끝으로 가리키며 "엄마, 나 저거 봐도 돼?"라고 묻고는 했다. 물론 그럴 때마다 돌아왔던 대답은 "넌 어려서 저거 못 봐"였다. 물론 〈E.T〉조차볼 수 없었으니, 어머니의 그 말은 솔직하지 못했던 것이라고 지금의 나는 생각한다.

그 어린 시절의 경험들을 통틀어 생각해볼 때 나를 가장 안타깝게 한 영화는 토브 후퍼 감독의 〈뱀파이어〉였다. 마틸다 메이가 전라로 당당히 도심을 활보하며 키스신공으로 지구인의 영기를 빨아간다는 내용을 가진 미성년자 관람불가 딱지의 작품이라 당시의 내게는 꿈에서조차 볼 수 없는 것이었지만, 인간이란 원래 자신에게 허락되지 않은 것을 소망하는 존재 아니던가.

나는 나체의 여인이 매달린 캡슐이 우주로부터 날아오는 그림 하나만으로도 궁금증에 거의 영혼을빼앗겨 버릴 지경에 이르렀다. 그로부터 오랜 시간이 지난 후 〈뱀파이어〉를 보고 느낀 최초의 감정이란 '이 영화 괜찮구나' 혹은 '이 영화 야하구나'가 아닌, '드디어 궁금증이 해소되었구나'라는후련함이었으니까. 어찌 되었건 예전에도 불특정 다수에게 뿌려지는 공포영화 광고는, 주위에서흔하게 찾아볼 수 있는 것이었다는 말이 하고 싶었다.

공포라는 이름의 문화 토양이 척박한 한국의 마니아들이 주위에서 호러콘텐츠를 만날 일은 불특정다수에 대한 극소수 광고를 제외하면 거의 없는 게 사실이다. 그래서 공포영화가 여름에만 즐기는것이 아니라는 사실을 알고 있음에도 불구하고, 여름이란 어쩐지 가슴이 뛰는 계절이기도 하다. 물론 공포영화 개봉이 많아서 그런 것도 있고, 여름의 영화제들이 으레 공포영화를 몇 편씩 넣어주는이유도 있지만, 나는 그것 못지않게 공포영화 광고가 즐겁기도 하다.

그러나 그 짧은 즐거움을 누리기에는 주위의 시선이 곱지 않은 게 사실이다. "꿈에서 나올까 두렵

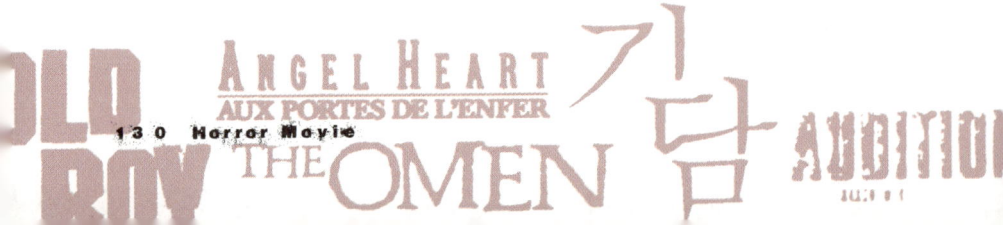

네", "버스에 저런 걸 붙이고 다니는 게 보기 안 좋네" 등.

포스터 정도는 양반이다. 낭만이 있었던 예전의 포스터들과는 달리 인터넷 광고들이란 훨씬 더 자극적이기도 한데다가, 피할 기회가 덜 주어지기에 민폐의 강도도 높다. 스팸메일이야 클릭하지 않으면 그만이지만 무심결에 실행시켜버린 광고를 보지 않기란 불가능한 일이니, 아마도 공포영화 광고란 그것을 좋아하지 않는 이에게는 스팸메일보다는 더 짜증스러울 수도 있을 것이다. 그럼에도 불구하고 나는 저 정도는 용인해줘도 되는 것 아닌가라고 생각할 때도 있다. 어쩐지 내가 좋아하는 것들에 대해 도전받고 있다는 생각이 들 때도 있고. 내가 프레디나 핀헤드 동상이 매달린 호러전용관을 명동 한 구석에 만들어달라는 것도 아니잖나.

가끔씩 호러광들이 모이는 인터넷 커뮤니티들에는 그런 불만들에 대해 토로하는 글들이 올라오기도 한다. 하지만 입장 바꿔보면 광고에 대한 불평에는 누구나 공감할 만한 이유가 있다. 예를 들면 이런 거다. 자가용이 없는 나는 지하철을 타고 다니는 시간이 많다. 그리고 지하철을 타고 다니다 보면 예수 믿으라는 사람들을 자주 만나게 된다. 그들은 험한 말을 입에 담기도 하고, 내 독서를 방해하기도 하기에 나는 그들을 볼 때마다 짜증스러움을 느낀다. 그 짜증스러움을 예수를 믿는 누군가에게 표현하면, 이런 항변이 돌아온다. "쟤들 사이비야." 그럴 수도 있을 게다. 하지만 그 사실은 별로 중요하지 않다. 왜냐하면 사이비든 아니든 내 독서에 방해가 되는 것은 마찬가지이기 때문이다. 불쾌함을 느끼면서 나는 생각한다. "진짜 예수를 믿게 하려면 저런 식은 곤란하지 않은가."

공포영화에 대한 광고도 마찬가지일 것이다. 이런 광고를 내보내는 이들이란 공포영화를 좋아하는 사람들이라기보다는, 자신이 홍보하는 영화의 수익을 중요하게 생각하는 사람들이다. 그러니 이것에 짜증을 보이는 이가 주변에 있다면, 그가 내 즐거움을 인정해주기를 바라듯 그들의 짜증을 위로해주도록 하자. 그들의 짜증은 우리의 취미에 대한 것이 아니라, 자신의 주머니를 생각하는 사이비에게 낚였다는 분노로부터 나왔을 뿐이니까.

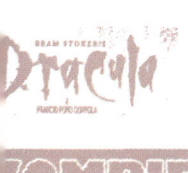
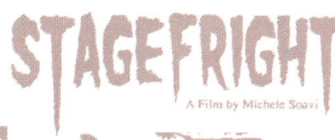
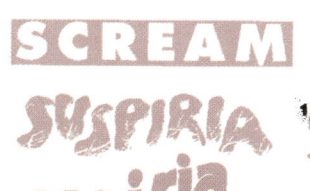
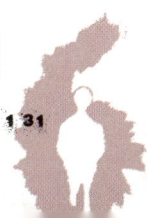

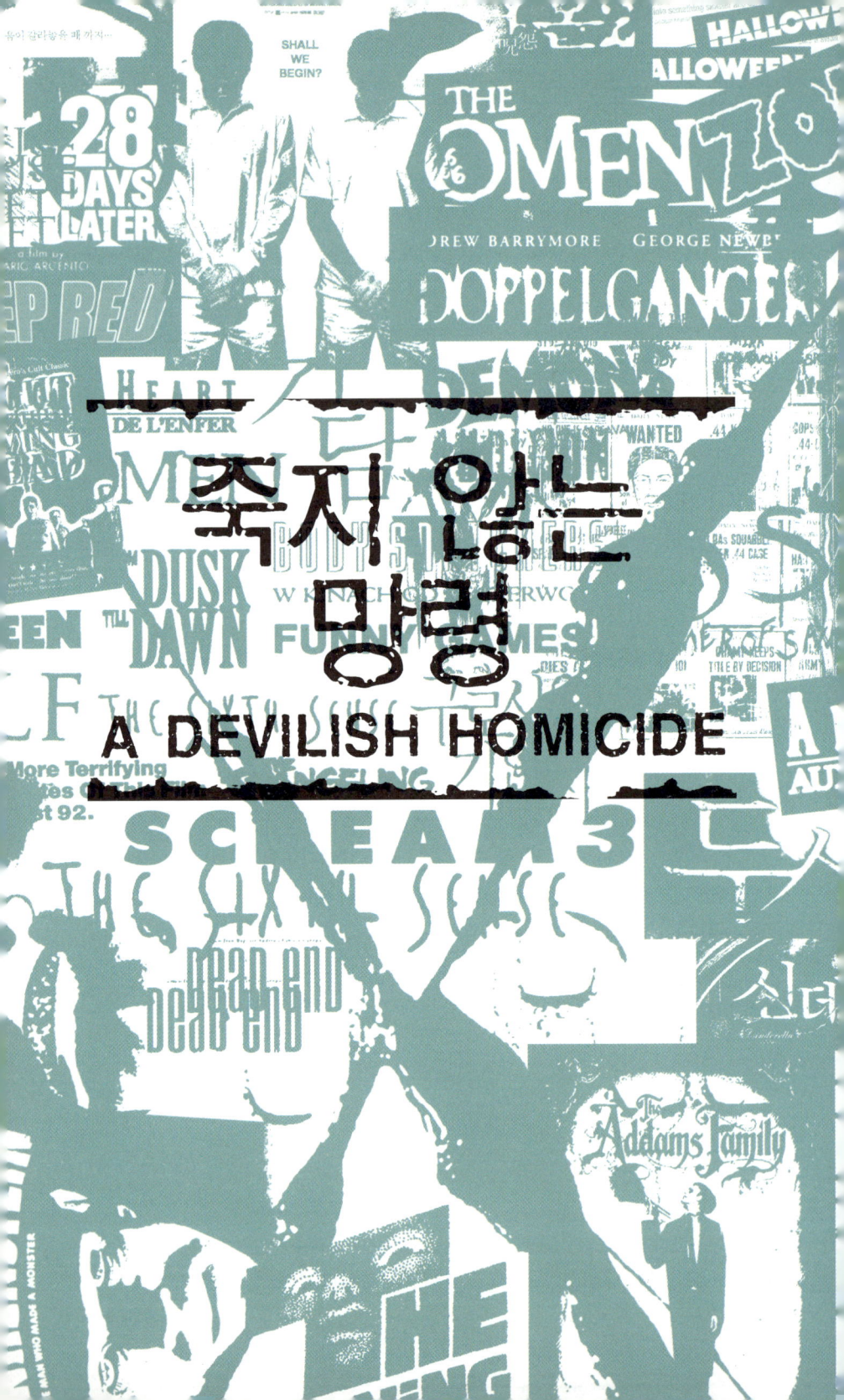

어쩌면 역사란 늘 반복되는 것이다. 물론 매우 오랜 기간을 잡고 분석하면 역사란 늘 나아지는 방향으로 움직이고 있는지도 모르겠지만, 짧게 기간을 잡고 분석하면 정치적으로는 진보와 보수가 패권을 주거니 받거니 하고 있을 뿐인지도 모르며, 경제적으로는 발전과 쇠퇴가 반복되고 있을 뿐인지도 모른다. 그러다보니 유구한 역사 속에서 지워지지 않고 끊임없이 등장하는 것들이 있다. 그리고 그중에는 분명히 나쁜 것들도 있다.

내가 느끼기에 죽지 않는 망령들을 내세운 영화들이란 이런 것들에 대한 이야기이다. 가장 대표적인 죽지 않는 살인마들인 슬래셔의 영웅들은 잠시 무너질망정 결코 죽지 않으며, 다음 편에서는 아무 일 없었다는 듯 다시 나타나서 온갖 악행을 자행한다.

오컬트적 성향이 있는 〈사탄의 인형〉과 같은 영화들은 혼을 인형에 숨기고 다른 이의 몸을 빼앗으려고 어슬렁거리기도 하며, 〈영혼의 목걸이〉(웨스 크레이븐 감독)나 〈악령의 퍼스트 파워〉(로버트 레스니코프 감독) 같은 영화에서는 다른 이의 몸으로 들어감으로써 악한 영혼은 자신의 사명을 거듭한다. 〈공포의 에어리언〉(존 맥노튼 감독)에서는 머리가 쉽게 망가지는 외계인이 타인의 머리를 참수하여 바꿔침으로써 살아간다.

온갖 악으로 구축된 살인마가 죽지 않는다는 설정은, 어째서 잘못된 일이 계속하여 반복되고 있는가에 대한 질문을 내포하고 있는지도 모른다. 그럼 왜 하필 이런 영화들이 1980년대에 들어 유행하게 되었는가?

물론 그 답으로는 굉장히 복잡하고 다양한 이유들이 존재할 것이다. 그러나 내가 제시하는 한 가지 가설은 이 영화들이 1970년대 강력했던 보수주의 운동에 대한 우려를 담고 있었다는 것이다. 1930년대 이후 민주당의 정책들은 미국을 훨씬 살기 좋은 나라로 만들었다. 그러나 1960년대 반전주의자와 히피문화 등에 대한 두려움과, 1970년대 전쟁의 패배로 인한 공산주의에의 두려움, 석유파동으로부터 시작한 스태그플레이션과 같은 경제적 위기들은 살기 좋은 진보의 시대에 균열을 일으키기 시작했으며, 보수주의 운동에 힘을 더하기 시작했다.

그 결과 1970년대 공화당은 다시금 정권을 잡기 시작한다. 그러나 1970년대 미국의 대통령들은 무늬는 공화당이었으나, 상당 부분 민주당의 정책(이를테면 세금 인상, 기업에 대한 규제 강화, 의료보험의 강화)노선을 따르고 있었고 보수주의 운동이 낳은 결정체라 보기는 어려왔다. 보수주의 운동이 낳은 최초의 대통령은 레이건이었다. 그는 레이거노믹스라는 미명 아래 뉴딜을 반대하고 세금인하, 규제완화로 이어지는 경제정책을 펼쳤으며, 대외적으로도 강한 미국이라는 기치 아래 3세계에 압력을 가했다.

당연하게도 이러한 보수주의 정책들이란 기득권을 옹호할 수밖에 없는 것이다. 즉 30년대 이전으로 돌아가고자 하는 보수주의 운동에 대한 반감으로, 죽음에서 돌아온 살인마들이 줄줄이 되살아나기 시작했던 것 아닐까? 슬래셔물의 가면 쓴 살인마들이란 소위 기득권의 결정체이다. 그들은 절대적 힘을 바탕으로 약자들을 무자비하게 도륙하며, 또한 자신이 가진 윤리관에 의거하여 젊은이들(그들 역시 약자다) 강경하게 탄압한다. 섹스를 즐기고, 술과 마약에 찌든 몇몇 젊은이들에 의해 세상의 모든 젊은 세대를 판단하는 살인마는 젊은 사람이라면 누구나 찾아가 위협을 가한다. 그러나 이들 영화들은 궁극적으로 살인마를 처치하며 끝을 맺는다. 아이와 흑인, 여자로 대표되는 희생자들은 종국에 이르러서 자신보다 압도적인 능력을 가진 이들을 처치하게 되는 것이다. 물론 타락한 이에게 죽음을 내린다는 점에서 보수적이라고 할 수도 있겠으나 타락했다고 죽어도 된다는 이야기는 아님을 생각해보면, 그들의 죽음은 자신의 타락에 대한 대가가 아니라 살인마의 과잉에 대한 희생임은 분명하다. 따라서 이러한 영화들이 소망하는 것은 구체적으로 소수의 승리이며, 기득권의 패배이다. 지금부터 이런 내용을 다룬 몇 편의 영화를 살펴보기로 한다. 물론 위와 같은 단순화에는 엄청난 위험이 따른다. 일반론은 일반론일 뿐이고, 각각의 영화들은 조금씩 다른 공기를 품고 있다.

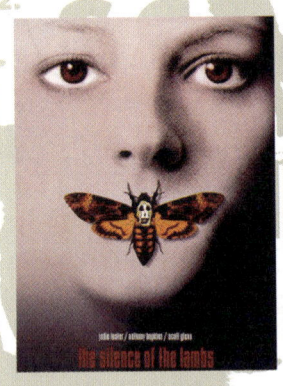
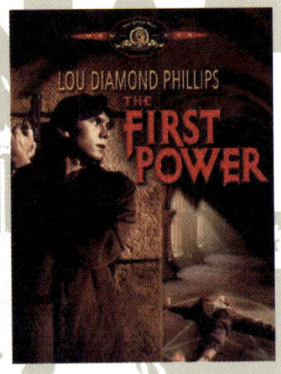

# 마이클, 사이코패스의 초상 **할로윈**

**원제** Halloween • **감독** 존 카펜터
**배우** 제이미 리 커티스, 낸시 카이스, P.J. 솔즈, 도널드 프레즌스 등 • **제작** 1978년 미국

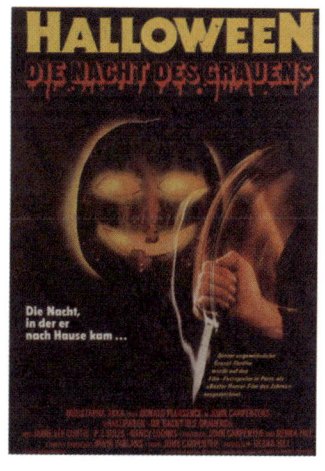

세대갈등을 축으로 한 기득권과 약자의 대결이라는 슬래셔영화의 기본 구도를, 슬래셔영화의 아버지인 〈할로윈〉은 살짝 비켜가고 있다. 마이클은 고작 21세일 뿐이며, 기성세대에 편입하지 못한 사람이라는 특징을 가지고 있다. 따라서 도덕적 심판에 대한 이야기는 〈할로윈〉의 설정을 클리셰(판에 박은 듯한 문구 또는 진부한 표현)로 받아들인 이후의 영화들에 해당되는 이야기이며 이 작품과는 무관하다고 생각해도 좋다.

마이클은 애당초 도덕적으로 문제가 있는 인간을 구분해낼 기준을 가지고 있지도 못하다. 영화가 주목하는 속성은 마이클의 인간성 상실이다. 극중 루미스(도널드 프레즌스 분)는 이렇게 말한다.

"15년 전에 그 소년을 만났어요. 그에게는 판단력, 이해심 등이 존재하지 않았어요. 삶과 죽음, 심지어 선과 악에 대한 최소한의 인식도 가지고 있지 않았죠. 그 여섯 살 난 아이의 얼굴은 창백했고, 무표정이었어요. (중략) 나는 그의 마음에 닿기 위해 8년간 노력했고, 그 후 7년간 그를 격려했습니다. 그의 이면에는 진정한 악이 있다고 믿기 때문이었죠."

〈할로윈〉은 6살에 자신의 누나를 살해한(데브라 힐의 표현대로라면 역사상 가장 사악할) 소년이 15년 만에 시설에서 탈출하여, 자신의 고향으로 돌아와 다시 살인을 자행한다는 극히 단순한 스토리의 작품이다.

그런데 탈출한 마이클이 왜 하필 자신이 살던 곳으로 돌아와야 했는지, 그리고 어째서 베이비시터를 표적으로 삼았는지, 아니 첫 장면에서부터 왜 살인을 해야만 했는지에 대한 구체적 이유는 주어지지 않는다.

그런 맥락에서 〈할로윈〉의 마이클은 사이코패스로 분류될 수 있는지도 모르겠다. 단어상의 혼동은 있을 수 있겠지만, 요즈음의 사이코패스라는 단어의 남용은 결국 그들은 우리와 다른 종이기에 이해할 수 없다는 고백과 다름없기 때문이다.

그런데 〈할로윈〉에는 놓치기 쉬운 매우 재미있는 설정이 하나 있다. 영화 속에서 부모들(혹은 부모의 역할)이 거의 보이지 않는다는 점이다. 오프닝의 살해 장면 후 어찌할 바 모르는 소년을 정신병원으로 보낸 것 외에 영화 속의 부모들은 그 어떤 역할도 하지 못한다. 경찰인 아버지는 딸과 딸의 친구들이 모두 살해되도록 보이지도 않고, 제이미 리 커티스가 맡고 있는(혹은 맡게 된) 두 아이의 부모는 등장하지도 않는다. 대신 영화에서 아이들이 내몰린 건 베이비시터와 TV이다. 그는 혹시 가족주의의 환상에 조롱을 던지고 싶었던 게 아닐까. 돌이켜보면 소년의 첫 살해 역시 부모가 부재한 중에 가족 내에서 일어난 것이다.

〈할로윈〉에서 대부분의 것들은 감추어져 있다. 대신 그는 숨겨져 있던 악을 발견하는 것에 심혈을 기울인다. 영화 속에서 공포를 느끼고 있는 것은 의사와 희생자뿐이며, 따라서 위험을 경고하는 이도 극소수일 뿐이다. 대부분의 사람들은 악을 인지하고 있지 못하기에 무서워할 이유도 없다. 바로 주변에서 일어나는 비극을 인지조차 못한다는 것은 현대의 한 특성이며, 현대사회를 지극히 끔찍한 곳으로 만드는 하나의 이유이기도 하다.

쉴 새 없이 살인마를 넓은 화면의 구석구석에 숨겨두며 긴장감을 일으키는 〈할로윈〉 특유의 기법은, 영화가 강조하고자 한 숨겨짐과 발견이라는 주제와 잘 부합된다. 또한 이러한 사건이 일어난 마을이 일견 평화로운 시골마을(웨스 크레이븐의 〈왼편 마지막 집〉도 이러한 맥락의 설정을 가지고 있다)이라는 사실도 의미심장하다. 그는 정겨운 시골마을과 같은 것 뒤에 숨어 있는 실체를 그리 아름답게 생각하지 않았다.

"이 마을을 알기나 해요? 이곳은 모든 사람들이 사이좋게 살아가고 있어요. 이들이 도살장에 있다는 이야기로군요."

카펜터는 극중의 비아냥거림에 이렇게 대답하는 듯 보인다.

"그렇습니다. 위선적인 모습일 따름이지요."

감추고 있는 것은 악만이 아니다. 영화의 유명세를 생각하면 의아스러울 수도 있는 일이지만, 심지어 이 영화는 피를 보여주는 것까지 아끼고 있다.

데브라 힐이 언젠가 말했듯, 〈할로윈〉에서 가장 중요한 설정 중 하나는 살인마를 죽일 수 없다는 것이었다. 대부분의 슬래셔영화에서 살인마가 죽지 않는 이유(속편의 제작)와는 달리 〈할로윈〉은 절망적인 엔딩(그의 다른 작품 〈괴물〉, 〈매드니스〉 등과 상통한다)이 가장 중요한 속성이었다는 점은 주목할 만하다. 물론 〈할로윈〉 역시 많은 속편이 나오기는 했지만 악이라는 것은 좀처럼 사라지지 않기에, 악의 발견을 더더욱 공포스러운 것으로 만든다.

〈할로윈〉을 추천할 때마다 〈할로윈〉은 "너무 심심하다", 혹은 "뻔하다"라는 대꾸가 많이 돌아온다. 심지어 이 영화를 한 번도 보지 않은 사람도 그렇게 이야기하는 경우를 종종 본다.

잔인한 장면을 즐기는 부류의 팬들에게 이 영화는 심심할 수도 있다. 이 영화를 벤치마킹한 수많은 영화들에서 반복된 클리셰들은 어느 정도 이 영화를 뻔하게 만드는 것도 사실이다. 생각해보라. 〈할로윈〉은 1978년에 만들어져 한 시대를 풍미하던 슬래셔를 이끌어낸 영화가 아니던가. 하지만 그런 부분들을 모두 감안한다 하더라도 〈할로윈〉은 엄청난 매력들을 갖추고 있다. 백 마디 설명보다는 한 차례의 진지한 감상이 더욱 나을 것이라 생각한다.

나는 이 작품을 걸작이라 표현하는 데는 단 1초의 주저함도 필요로 하지 않는데, 그 이유를 대라면 카메라워크라고 할 수 있다. 명백히 다리오 아르젠토의 것에서 영향을 받은 영화의 첫 5분은 이 영화의 장점을 축약해서 설명하고 있다. 마이클과 같은 시점에서 잡아준 카메라를 통해 영화는 엿보기에서부터 집으로의 침입, 범죄도구의 선택 그리고 난도질까지의 범행에 관객을 끌어들인다.

배경음악과 스테디캠 그리고 소년의 발자국 소리와 과장된 거친 숨소리는 더욱 효과적으로 관객이 범행에 직접 가담하기라도 한 것과 같은 찝찝함을 선사한다. 이후 이러한 기법은 수도 없이 재생산되었다. 노골적 모방작 〈부기맨〉에서, 그다지 관계가 없어 보이는 〈맨헌터〉(마이클 만 감독)까지.

〈할로윈〉이 가진 과격함의 대부분은 이러한 카메라기법에 따른 심리적인 것으로부터 도래한다. 긴장을 끌어내는 감독의 연출력은 정말이지 대단하다. 반면 한 두 장면을 제외하고서는 잔인한 장면의 직접적 표현은 거의 등장하지 않는다(얼마 전 각광을 받은 나홍진의 〈추격자〉 역시 이러한 전략을 따르고 있다고 생각한다). 심지어는 난도질 장면을 클로즈업으로 잡아줄 때에도 칼날이 몸을 파고들거나 하는 장면 따위는 보이지 않는다.

또한 카펜터 자신이 작곡한 단순하고 반복되는 기계음향을 배경으로 깔아 준 후 넓은 스크린(Panavision)의 구석구석에 마이클을 위치시키며 마이클의 시점과 혹은 제 3자의 시점에서 추격전을 진행하는 방법은 계속 반복되는데, 넓은 스크린의 사용은 위험이 생겨날 수 있는 공간을 늘려준다는 장점을 가져 효과적이었다. 또한 이는 감독의 취향이 반영된 것이기도 했다. 카펜터는 와이드스크린의 광팬으로 〈다크 스타〉를 제외한 모든 극장용 영화를 와이드스크린으로 찍었다. 물론 그러한 취향이 미학적으로 훌륭한 미장센을 만들어냈다고 생각한다.

# 잠들지 마라 나이트메어

**원제** A Nightmare On Elm Street • **감독** 웨스 크레이븐
**배우** 존 색슨, 로니 블랙클리, 헤더 랜겐캠프, 아만다 위스 등 • **제작** 984년 미국

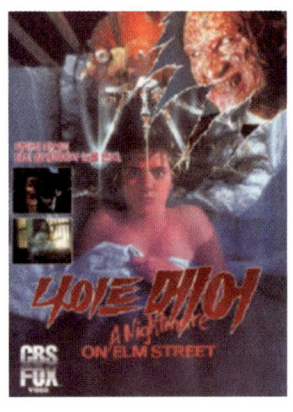

　　한 소년이 창밖을 바라본다. 소년은 직후 얼굴에 심하게 화상 자국을 입은, 줄무늬 스웨터의 부랑자가 서 있는 모습을 보고는 겁에 질려버린다. 그는 나이가 들어 자신을 그토록 무섭게 만들었던 부랑자를 영화 속으로 가지고 들어왔다. 그 소년은 웨스 크레이븐이었고, 그 부랑자는 1980년대를 대표하는 호러캐릭터 프레디 크루거(로버트 잉글런드 분)였다.

　　공포 영화 역사상 가장 인기 있는 캐릭터 중 하나인 프레디의 공포는 상당히 광범위하다. 슬래셔의 기본 공식 중 하나인 '나쁜 짓하면 죽는다'는 제한적인 희생자 개념이나, 크리스털 호수와 같은 특정한 장소를 방문하지 않으면 문제될 것이 전혀 없다는 공간적 제한성을 초월하여 모든 사람들이 죽음에 직면할 수 있는 가능성을 포함하고 있기 때문이다.

나쁜 짓은 하지 않을 수도 있지만, 잠들지 않을 수는 없는 것 아니겠는 가. 따라서 프레디는 모든 사람을 피할 수 없는 영역으로 초대한 후, 그들을 유희의 대상으로 전락시키며 잔혹하게 난도질한다.

웨스가 한 때 "프레디는 자식을 죽이고 싶어 하는 아버지의 자화상"이 라고 말했듯, 프레디는 기성세대의 대표자이다. 그는 생전에 아이들을 유 괴한 후 살해했으며, 그 아이들의 부모의 손에 죽고 난 후에는 꿈속에서 같은 일을 반복한다.

3편에서는 그러한 프레디가 강간의 잉태물이라는 새로운 설정을 더한 다. 이는 상징적 의미이자 일종의 운명론에 가깝다. 죄에 의해 잉태된 자 는 그 죄를 세상에 떨칠 것이라는 운명론, 그리고 그의 살인행각이란 부모 세대에 행해진 죄의 결과라는 상징적 의미 아니겠는가. 기성세대들은 영 화 속에서 삽질을 거듭하는데, 경찰들은 아무런 힘을 발휘하지 못하고 또 한 학교 역시 학생들을 보호하지 못한다.

후속편들에서는 진실에 근접해가는 아이들을 정신병원에 수용하기까 지 하지만 정신병원도 그들을 보호하지 못한다. 그 어른들이 유일하게 하 고 있는 일이란, 아이들에게 잘 것을 강요하는 것이다. 즉 그들은 현실에 눈을 감으라고 종용함으로써, 꿈의 세계(프레디가 현실의 사건 속에서 만들어진 것이니 엄밀히 말하면 부모의 죄에 대한 책임을 자식이 지게 되는 세계이다)에서 활개치 고 있는 프레디에게 아이들을 보내고 있는 것이다. 따라서 이 연결고리를 끊을 것은 고통 받는 어린이뿐이다.

비록 〈나이트메어〉가 살인마의 패배로 끝나고 있기는 하지만 웨스의 다른 작품들과 비교할 때 그리 강한 사회성을 띠고 있는 작품은 아니다. 철학을 공부했던 웨스는 이 영화에서 인식론적 세계관을 끌어온다. 즉 어떤 짓을 해도 무찌를 수 없을 것만 같았던 살인마 캐릭터를, 영화 마지막에서 부인함으로써 사라지게 만들고 있는 것이다.

이것은 잠에서 깨어 현실을 마주대하겠다는 첫걸음일 수도 있고, 영화는 영화일 뿐이라는 웨스의 짓궂은 농담일 수도 있다. 본 것을 부인해버린다면 영화가 주는 공포란 아무 것도 아닐 테니까.

하지만 이러한 결말이란 임시방편일 뿐이다. 진실이 밝혀지지 않은 흉흉한 소문이란 항상 믿는 사람을 만들어내는 법이니까. 따라서 〈나이트메어〉의 결말이란 사건의 종지부가 아닌, 새로운 대상으로의 전환을 암시할 뿐이다.

반면 척 러셀의 3편 〈꿈의 전사〉는 조금 더 나아간 점이 눈에 띈다. 살인마의 힘을 부정하기보다 영화 속의 약자들은 연대함으로써 살인마에게 대항한다. 이는 주인공이 한 명뿐이었던 1편과의 차이점에서 나온 것이다. 하나같이 사회적 약자의 위치에 놓인 다수의 주인공들(여자, 흑인, 앉은뱅이, 마약전과범 그리고 그들의 성실한 멘토, 헤더 랜겐캠프)은 자신들의 강점을 살려 아버지에 의해 만들어진 거대한 악에 대항한다.

한 번쯤 재탕해도 괜찮아 〈나이트메어 2〉, 한번쯤 초능력소녀가 더 나와도 괜찮아 〈나이트메어 4〉, 프레디의 어머니가 한 번쯤 더 나와도 괜찮아 〈나이트메어 5〉, 별로 할 말도 없고 말하고 싶지도 않은 〈나이트메어 6〉으로 이어지는 속편들의 러시 속에서, 〈나이트메어 3〉는 제법 괜찮은 재해석이 가미된 출중한 속편이라고 말해도 결코 과언은 아닐 것이다.

〈나이트메어 3〉를 보고난 후 나는 척 러셀이 1990년대의 호러를 대표하는 감독이 될 거라 믿어 의심치 않았다. 스크린에서 상영되고 있던 〈13일의 금요일〉을 거대 젤리괴물이 뒤덮었던 〈우주 생명체 블롭〉을 찍을 때까지만 해도, "아, 척 러셀이 이 장르에 대단한 포부를 가지고 있구나"라고 확신했다. 그러나 나의 예상은 단적으로 내린 다른 대부분의 예언처럼 빗나가버렸다.

가만 보면 내가 하는 일은 다 그런 편인데, 예를 들면 호러퀸 감으로 내가 찍었던 여자배우 중 진짜 호러퀸이 된 경우는 거의 없다. 그중 최고의 헛방은 임은경, 최근의 헛방은 서영희였다.

웨스의 〈나이트메어〉는 정말 캐릭터가 잘 만들어진 영화다. 깐죽거리고 이죽거리면서 난도질하는 프레디는 제이슨과는 전혀 다른 매력으로 관객들에게 어필한다. 게다가 〈나이트메어〉에는 명장면이 꽤 많은데 침대에서 벽을 타고 천정으로 끌어올려진 후 피범벅이 되어 바닥으로 떨어지는 희생자를 그린 장면의 포스란 절대 잊을 수 없는 유형의 것이다. 또한 불길한 꿈속으로 들어가는 것을 암시하는 '프레디송' 역시 잊을 수 없을 것이다.

오리지널의 감독 웨스는 〈나이트메어〉의 후속편들을 그다지 좋아하지 않았고 망가지는 모습을 더 이상 참을 수 없어 〈뉴 나이트메어〉를 통해 시리즈에 종지부를 찍었다고 알려져 있는데, 〈스크림〉에서는 드루 베리모어의 입을 통해 나이트메어 시리즈는 1편을 제외하면 별로라고 고백하기까지 한다.

# 망령은 죽지 않는다 13일의 금요일 6

**원제** Friday The 13th, Part VI : Jason Lives • **감독** 톰 맥러플린
**배우** 톰 매튜스, 제니퍼 쿡, 데이비드 카건 등 • **제작** 1986년 미국

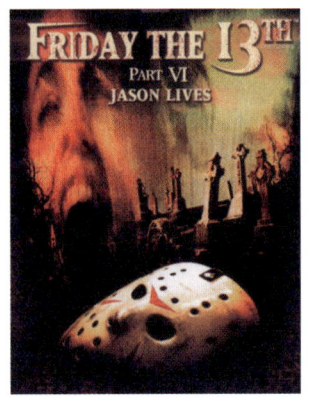

〈나이트메어〉와 〈13일의 금요일〉 그리고 〈할로윈〉을 3대 슬래셔영화라고 말해도 크게 오버는 아니라고 생각한다. 이 시리즈들은 수많은 모방을 낳으며 1980년대 슬래셔의 전성시대를 이끌었지만, 또한 슬래셔의 몰락에도 일조하게 된다. 캐릭터의 매력을 앞세워 안이한 속편 제작을 남발했고, 소위 공포영화의 공식이라는 유머러스한 조롱을 벗어날 수 없을 정도로 진부한 영화들로 자리매김했기 때문이다.

그래도 이 3대 시리즈 전체의 측면에서 가장 덜 망가진 녀석을 하나 고르라면 〈13일의 금요일〉인지도 모르겠다. 대충 이런 느낌이다. 비슷한 사람이 둘 있다면 깐죽대는 놈보다는 우직한 놈이 오래가는 법이고(vs 〈나이트메어〉), 기왕이면 뽀대나는 놈이 더 좋다는 정도(vs 〈할로윈〉)일까?

물론 그 외에도 다른 이유가 있다. 〈13일의 금요일〉은 상대적으로 긴 6편까지 캐릭터의 발전이나, 상당한 재해석으로까지 이어졌다는 것이다. 1970년대 여권신장의 추세 속에서 남성의 불안감을 담고 있었던 여성 살인마가 등장한 1편, 마마보이 아들이 등장한 2편 그리고 엄밀하게 말하면 14일의 토요일과 15일의 일요일이라는 제목이 붙어야 했을 후속편들 속에서 캐릭터들은 모양을 달리했다.

〈스크림〉에서 인용된 것처럼 1편에서 제이슨은 마지막 장면에서야 등장(그 등장은 〈제시카 죽도록 겁주기〉의 마지막 장면을 연상시키는 감이 있다)했으며, 제이슨은 2편이 되어서야 고작 빵 봉투를 쓰고 등장했으며, 4편에 들어와서야 트레이드마크인 하키마스크를 습득했다. 4편이 되어서야 이렇게 멋진 캐릭터를 완성했으니 약속을 깨고 속편을 더 만들 수밖에.

4편은 파이널 챕터라는 부제가 붙여짐으로써 공시적으로 마지막 편임을 천명했다. 특수효과의 달인 톰 사비니는 제이슨의 최후를 그려낼 수 있다는 이유로 이 영화에 가담한 바 있다. 마니아들에게는 이 4편까지가 괜찮은 작품들로 평가받고 있지만, 그럼에도 불구하고 5편과 6편은 상당히 재미있는 설정들을 포함하고 있다.

4편에서 제이슨을 처치했던 소년 토미는 제이슨의 트라우마에서 여전히 벗어나지 못한다. 그는 여전히 제이슨을 목격하고 있다. 그것은 환상일 수도 있고 또한 현실일 수도 있다. 그러나 그것으로 인해 행동이 정해진다면, 분명 그것은 현실의 연장선에 있다고 할 수 있을 것이다. 5편은 토미가 정신병원에서 조금 더 자유로운 수용소로 거처를 옮긴 시점, 구체적으로 트라우마를 다시 떠올릴 수 있는 환경(캠프장과 비슷하다)으로 옮겨감으로써 시작된다.

5편은 의도적으로 말없는 토미의 모습과, 현실과 환상의 경계를 오가는 그의 정신상태, 때때로 폭력성향을 제어하지 못하는 인물로 그려냄으로써 그가 범인일 것이라는 추측을 하게 만든다. 4편의 엔딩에서 제이슨에게 가했던 폭력으로 인해 제 정신을 잃은 듯 보였던 소년을 생각하면 불가능하지도 않은 일이다. 편집 역시 노골적으로 그를 범인으로 몰아가는 것에 힘을 더하는데, 이를테면 살인마가 한 사람을 죽이고 나면 바로 토미의 장면으로 이어버리는 것이다.

그러나 이런 트릭에 속아 넘어갈 만한 순진한 이는 거의 없어 보인다. 게다가 영화는 가짜 제이슨에 대한 충분한 근거를 던지고 있기도 하다. 따지고 보면 시작부터가 우발살인 아니었던가. 그래서 이 작품은 거대한 페이크가 되어버렸다. 없어야 마땅했을 엔딩도 그저 속편을 위한 페이크일 뿐이다. 안타깝게도 그다지 환영받지는 못했지만. 자기 영화 속 캐릭터에 대한 모방범을 시리즈 메인으로 삼다니, 이런 황통한 거짓말이 또 어디 있을까!

6편은 좀 더 나아간다. 극악무도한 살인마 제이슨은 죽었다(4편). 그런데 아직까지도 제이슨의 영향력으로부터 벗어나지 못한 사람들이 있다면(5편), 혹은 비슷한 일들이 계속된다면(6편) 과연 그가 죽었다고 할 수 있는 것일까? 아마도 쉽게 대답할 수 없으리라.

〈13일의 금요일 6〉은 그 질문에 대한 이야기이다. 그리고 그 답은 부제를 보면 명확하게 드러난다. 〈제이슨, 살아 있다(Jason lives)〉, 제이슨의 죽음을 믿지 못하는 토미는 제이슨의 무덤을 파헤친다. 그리고 그는 끝장을 보려고 한다. 제이슨이라는 존재를 완전히 없애버리고자 하는 것이다. 그러나 그 과정에서 제이슨은 되살아난다. 이것은 화근의 불씨가 묻은 채, 완전히 소멸되지 않았음에서 비롯되는 것이다. 참극은 다시 재연된다. 토미는 그 자리에서 달아나 보안관에게 도움을 요청하지만 보안관은 그를 그저 미친 사람으로 취급한다. 이것이 영화의 시작이다.

그동안 마을의 어른들은 제이슨을 전설로 덮어두었다. 자신들이 겪은 그 시대를 다시 떠올리고 싶지 않아서, 그 말을 입에 담는 것조차 용납하지 않았다. 닥쳐, 아무도 그런 말을 듣고 싶어 하지 않아.

그래서 보안관은 토미의 말을 믿으려고 하지도 않는다. 물론 제이슨이 살아났다는 것은 비논리적인 이야기라 믿기 힘들다. 그러나 이것은 영화적인 장치이다. 현실에서도 논리적이지 못한 일들은 늘 일어난다. 단적인 예를 보고 싶다면 9시 뉴스만 찾아봐도 된다.

경험으로부터 교훈을 얻지 못한 자, 똑같은 사건이 발생하는데도 제이슨을 떠올리지 못한 자의 말로는 뻔하다. 토미의 말이 사실이었음을 깨닫게 된 순간, 보안관은 죽는다. 너무 늦었다. 토미의 증언 외에도 위험의 구체적 징후는 있었다. 파헤쳐진 무덤이 있었고, 그곳에는 제이슨이 아닌 다른 이의 시체가 놓여 있었으니까. 그럼에도 무덤지기는 파헤쳐진 무덤을 아이들의 장난으로 여겼고, 관에서 삐져나온 신발에 주의를 기울이지 않았으며, 더 나쁘게도 자신의 관리 실수를 들키지 않게 하기 위해 황급히 그 무덤을 덮어버린다. 사소한 자신의 실수를 가리려고 거대한 위험을 덮어버리다니. 그리고 그게 소위 상식을 가졌다는 어른의 행동이라니. 고등학교까지 나와서 이런 직업이나 가지고 있다는 무덤지기의 자조는 감독의 독설처럼 들린다.

이에 반해 젊은이들은 농담 속에서 의심을 표한다. 만약 제이슨이 살아 있다면? 하지만 제대로 이야기해주는 이가 없었던 탓에 그것의 위험성을 인식하지 못했던 청년들은 그 망령에 대항할 힘을 가지지 못한다. 제이슨 보다 자신이 돌보아야 할 꼬마들을 더 두렵게 여기고 있다니. 당연하게도 속절없이 죽어간다.

반면 그것이 살아 있을 수도 있음을 인지한 두 주인공이 살아나는 엔딩은 흥미롭다. 그것은 결국 여전히 존재하는 망령을 인식해야한다는 말, 늘 경계해야 한다는 말과 다름 아니니까. 그러니까 〈13일의 금요일 6〉은 아직까지도 힘을 떨치는 망령에 대한 이야기이다.

초인간적인 힘을 보여주기는 하지만 그래도 인간의 범주를 벗지 못했던 4편까지의 무차별살인마는 이제 인간의 존재를 넘어선 무엇으로 거듭난다. 죽어서도 맹위를 떨치는 망령, 제이슨. 사투 끝에 그를 수장시키고 이제 모든 것이 끝났다며 두 주인공은 안도한다. 그러나 장소만 바뀌었을 뿐 제이슨이 단지 물 밑에 수장되어 있다는 것에 주목한다면(단, 영화 속 꼬마들은 제이슨을 목격했으니 사정은 좀 나을지도 모르겠지만) 후속편이 더 나올 것임은 자명한 사실이다. 제이슨, 아직도 살아 있다.

화장실을 가기 위해 마루를 지나 신발을 신고 마당의 한 모퉁이를 돌아야만 했던 집에 살았던 어린 시절의 어느 날, 하늘에 떠 있는 달은 더 없이 나를 공포에 질리게 했다. 그토록 공포에 질렸던 이유는 달을 보면 변신을 해야 한다거나와 같은 이유 때문은 아니었고, 단순히 그날이 〈13일의 금요일〉이었기 때문이었다.

물론 어두운 한 구석에 있는 화장실에 혼자 가는 일이 무서운 것에 다른 이유가 필요했던 건 아닐 테지만, 하필 그날이 또렷하게 기억나는 건 〈13일의 금요일〉이었기 때문임이 확실하다. 어쨌거나 불길함의 대명사로 기억되던 날이었던 '13일의 금요일'을 무서워하지 않게 된 계기는 아이러니하게도 영화 〈13일의 금요일〉을 보고 난 이후였다.

당시의 나는 남녀 혼성으로 캠프에 가서 바람직하지 않은 어떤 일들을 하게 될 나이 근처도 가지 못했고, 또한 공포에 질리기에는 그 사건의 공간들이 와 닿지 않는 아주 먼 곳이었기 때문이었을 게다.

그럼에도 영화의 감상 이후 내게 이날은 무슨 크리스마스처럼 설레기도 하는 날이 되어버렸다. 분명히 말해두지만 불길한 사건을 기대하는 건 절대 아니다. 갑자기 시계를 봤는데 5시 55분 55초더라, 혹은 아무 생각 없이 군것질거리를 샀는데 주머니 속의 동전을 1원 단위까지 떨어버렸더라 정도의 소박한 즐거움과 비슷한 의미라고 보면 적당하겠다. 이 사실만으로도 〈13일의 금요일〉의 가치는 충분하다고 생각한다.

# 나는 네가 지금껏 한 짓거리를 알고 있다 스크림

**원제** Scream • **감독** 웨스 크레이븐
**배우** 데이빗 아퀘트, 니브 캠벨, 커트니 콕스 등 • **제작** 1996년 미국

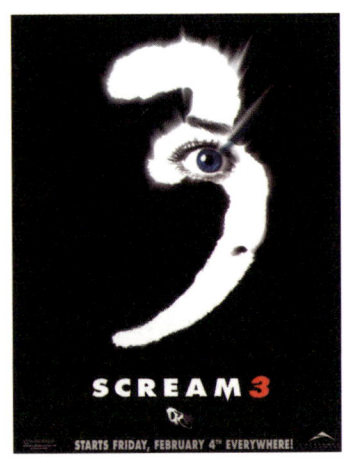

〈스크림〉에 대해 이야기하면서 공포영화의 법칙을 들먹거리는 것은 몹시 지루한 일이지만, 그렇다고 해서 선배 영화들을 참고문헌으로 사용(영화 속에서 실명을 거론한 작품의 수를 세기 어려울 정도다)하며, 일상적으로 인용(어디선가 많이 본 장면들이 널려 있다, 역시 세기 어려울 정도다)하고, 그것들의 일반적 경향에 대해 냉소적인 유머를 던지는 이 작품에 대해 말하면서 공포영화의 법칙을 거론하지 않기도 역시 쉽지 않은 일이다.

〈스크림〉은 슬래셔의 거장 중 한 명인 웨스 크레이븐이 자기 비판적 토대 위에서 새로운 관객을 끌어들이기 위해 차이점을 두려 했던 또 다른 슬래셔영화이다. 물론 그렇다고 해서 〈스크림〉이 전적으로 선배 영화들과

다른 작품이라는 뜻은 아니다. 태생이 다른 영화들에 뿌리를 두고 있는 만큼, 영화의 한계도 명확하다.

예를 들어 설명하면 시드니(니브 캠벨 분)는 공포영화를 보지 않는다고 말한다. 그녀는 그것이 무서워서 안 보는 게 아니라 그냥 다 똑같아서 안 본다며, 멍청한 살인마가 가슴 큰 여자애들이나 뒤쫓고, 걔들은 밖으로 나갈 생각은 하지 않고 2층으로나 도망간다며 한심하다고 말한다. 이런 대사는 희열을 만들어낸다. 그런데 정작 영화에서는 자신도 똑같은 상황에 놓이게 된다. 문이 걸려 있어 2층으로 도망가게 되었던 것이다. 공포에 질린 인물들이 널려진 타인의 시체를 보게 되는 식의 연출이야 참신하게 만들고 싶어도 그리 달라질 것이 없다.

하지만 자신의 약점을 스스로 인정하고, 조금은 다르게 만들기 위해 노력하는 모습을 보여준다는 것 정도는 분명한 차이점이 될 수 있겠다. 공포영화광인 랜디(제이미 케네디 분)는 관객에게 공포영화의 법칙(지난 기간 동안 쌓아온 것)을 알려주는 화자이다.

그가 제시한 법칙이란 크게 세 가지인데 첫째, 섹스를 하면 죽는다. 둘째, 음주나 약물은 금물이다. 셋째, "금방 돌아올게"라고 말하면 죽는다는 것이다. 영화는 이런 점들을 살며시 비켜가고 있는데, 극단적으로 주인공은 처녀가 아니며(물론 랜디는 동정이란다), 술을 가지러 간 여인은 죽지만 술을 마시며 파티를 하던 친구들은 모두 살아서 그 집을 떠나며, "금방 돌아온다"는 대사는 범인만이 내뱉기에 죽고 싶어도 죽을 수가 없다(그러나 종국에는 죽는다).

# SCREAM 3

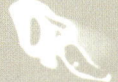

랜디는 〈프롬 나이트〉를 예로 들며 공포영화가 너무 복잡하면 관객을 잃기 때문에 단순한 게 핵심이 될 수밖에 없다고 말하면서 범인을 제대로 짚어내는 놀라움을 보여주기도 하는데, 그는 정작 자신의 뒤에 있는 살인 마에게 신경 쓸 겨를은 없다. 살인마가 자신에게 칼을 치켜드는 순간, 그는 TV 속의 제이미 리 커티스에게 도망가라고 말하고 있다. 그는 영화광에 불과할 따름이다.

또한 〈스크림〉은 (랜디의 말과는 달리) 상당히 복잡한 영화이며, (시드니가 말한) 멍청한 살인마와는 거리가 먼 범인들을 보여주고 있다. 이렇게 〈스크림〉은 법칙을 따르기도 하고, 피하기도 하며 아기자기한 재미를 만들어간다. 파티장을 훔쳐보며 공포영화의 법칙 이야기가 나올 즈음에 게일(커트니

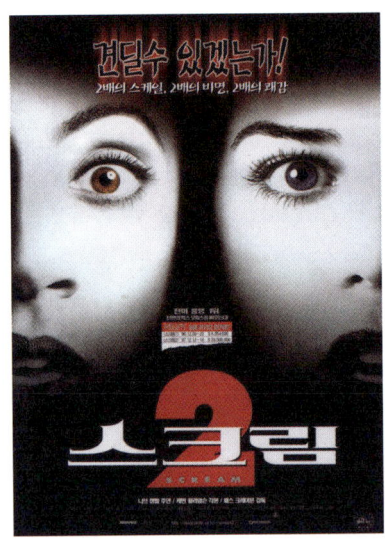
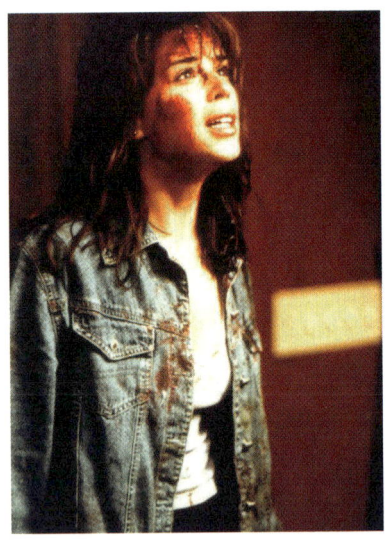

콕스 분)이 던지는 "따분하군!"이라는 대사도 유머러스하다. 이러한 부분들은 명백히 마니아에게 어필하기 쉬운 속성들이다.

그렇다고 해서 일반 관객이 〈스크림〉을 즐거워하지 않았느냐? 그건 아니다. 그리고 〈스크림〉이 환영받았던 가장 큰 이유는 영화가 좋았던 것이지, 공포영화의 법칙을 들먹거렸기 때문만은 아니라고 생각한다. 〈스크림〉은 몇 번을 봐도 재미있는 영화이며, 새로운 장면들이나 대사들이 눈에 들어오는 신기한 작품이다.

〈스크림〉에는 명장면이 상당히 많지만, 그 중에서 하나만 꼽으라면 역시 오프닝에서부터 〈서스페리아〉의 목 매달린 시체의 오마주까지 이어지는 캐시의 죽음을 꼽아야겠다. 사실 이 장면은 매우 도발적이다. 누구나 알 만한 스타배우인 드류 베리모어가 영화 시작 10분여만에 죽어나간 작품은 이 작품 하나뿐 아니겠는가? 살인을 (불공정한) 게임의 과정으로 그려내는 첫 살해 장면도 그렇지만, 늦게 도착하여 자식과 엇갈린 부모가 전화기를 통해 캐시의 참상을 알아채게 되는 식의 연출도 훌륭하다.

TV 속 칼을 들고 있는 〈할로윈〉의 제이미 리 커티스가 누워 있는 스튜어트(매튜 릴라드 분)를 덮치는 장면도 참신하기 이를 데 없다. 사족이겠지만 영화 속에서 노골적으로 늘어놓는 영화와 현실에 대한 이야기도 꽤나 재미있다. 인생은 자신이 장르를 정할 수 없는 한 편의 영화란다. 이 얼마나 멋진 말인가!

영화의 성공은 케빈 윌리암슨의 참신하고 훌륭한 각본과, 장르감독으로서 웨스의 공력과, 호화로운 배역들의 삼박자가 두루 갖춰진 탓에 가능했다. 특히 〈플래닛 테러〉의 히로인 로즈 맥고완의 지난 모습을 보는 것과, 노골적으로 조니 뎁을 떠올리는 스키트 울리히(〈나이트메어〉에서의 조니 뎁과 마찬가지로 그는 여자 친구의 창을 넘기도 한다)의 섬뜩한 연기를 보는 것은 정말 즐겁다.

물론 가장 코믹한 인물을 소화한 데이빗 아퀘트, 악역은 악역인데 그렇다고 악역도 아닌 역을 맡은 커트니 콕스(그녀가 이 영화에 출연한 이유는 시트콤 〈프렌즈〉 이후 악역을 한 번도 맡을 수 없었기 때문이었다) 그리고 은근히 강한 역할을 소화해낸 신세대 호러퀸 니브 캠벨 역시 매력을 발산한다. 〈스크림〉은 웨스가 본래 영화를 잘 만들었지만, 좀 더 좋은 여건이 주어지면 더 나은 영화를 만들 수 있다는 것을 증명한 사례라고 봐도 무방할 것이다.

〈스크림〉의 성공은 물론 예측 가능한 것이었지만, 그렇게까지 성공할

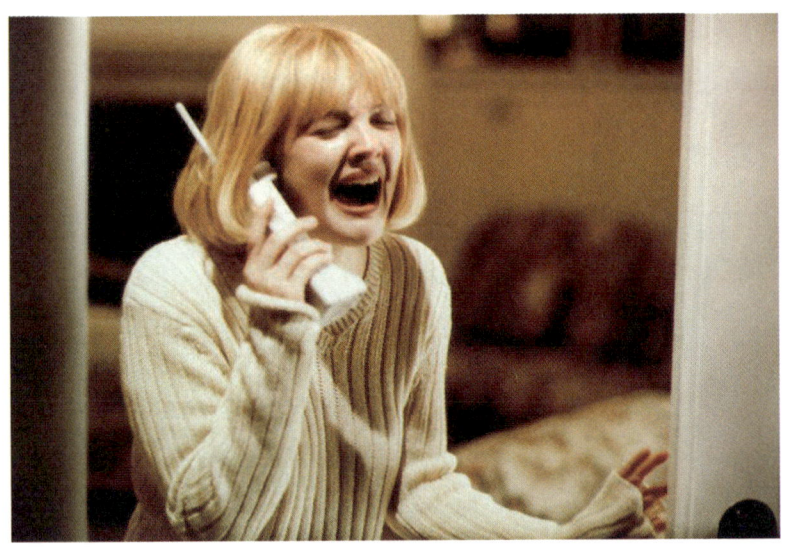

수 있으리라고는 아무도 생각하지 못했을 것이다. 〈스크림〉은 약발이 떨어져가는 듯 보였던 공포영화 제작에 힘을 불어넣은 원동력이 되어 또다시 수많은 아류작을 만들었다.

〈스크림〉의 성공에 대한 공은 일단 각본을 쓴 케빈 윌리암슨에게 돌아가야 할 것이다. 재정 위기에 놓인 채로 골방에 틀어박혀 썼던 그의 시나리오는 시장에 나온 그날로 많은 사람들을 사로잡았다. 그리고 시나리오를 읽은 많은 이들이 영화에 참여하기를 희망했는데, 먼저 웨스가 그러했고 드류 역시 그런 인물 중 한 명이었다. 드류는 가장 먼저 캐스팅된 여배우였는데 의외로 최초의 희생자 역을 맡겠다고 자청했고, 그 결과는 누구나 알고 있듯 대성공으로 이어졌다.

물론 1편 이후 속편들은 전편만 못한 게 사실이고 특히 3편은 좀 더 떨어진다는 게 중평이지만, 처음부터 〈스크림〉은 3부작으로 기획되었다고 한다(나는 세 편 모두에 만족하는 편이고, 특히 〈데몬스〉를 오마주한 2편의 오프닝을 아주 좋아한다). 즉 세 편의 영화가 나왔으니 처음 기획되었던 〈스크림〉은 완전히 끝나버린 것이다. 그러나 돈을 번 영화들이 하나하나 리메이크되거나 속편과 프리퀄이 만들어지는 이 시점, 〈스크림〉이라고 예외가 될 수 없었다.

케빈은 4편을 위한 각색(완전한 신뢰를 보내기에는 아직 무리가 따르는 루머로는 새로운 트릴로지로 계획되고 있다고 한다)에 이미 들어갔으며, 〈원편 마지막 집〉의 리메이크 시사회에 참석했던 웨스는 각본이 1편 정도로 좋다면 감독으로 참가하겠다고 말했다고 한다.

〈스크림〉을 죽지 않는 망령이라는 카테고리에 분류한 건 이 때문이었는데, 가면을 쓴 탓에 범인이 죽어도 다른 이가 그 자리를 대신할 수 있기 때문이다. 나야 뭐 뭉크의 절규를 연상시키는 고스트 페이스의 알듯 말듯 한 몸짓을 좀 더 볼 수 있다는 것이 마냥 즐겁지만. 어쨌거나 새로운 프랜차이즈의 퀄리티가 떨어진다면 이번에는 변명거리가 없을 거라고 생각한다.

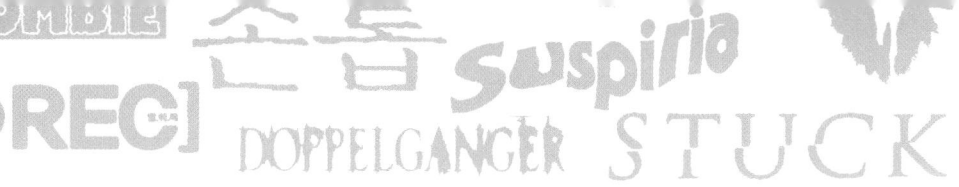

## Horror Tip 05 · 공포영화의 법칙

어느 영화잡지와의 인터뷰에서 김태경 감독은 이런 말을 한 적이 있다. "〈링〉 이후 한국영화에 '사다코의 망령'이라 할 정도로 아류작들이 많았다. 하지만 그것은 시각의 문제. 사실 그런 하얀 소복을 입은 한(恨) 많은 여인이라는 콘셉트는 한 편의 일본영화의 영향이라기보다 오히려 과거 〈전설의 고향〉으로 대표되는 TV시리즈를 통해 우리가 더 익숙하게 봐오던 것이었다. 이야기하는 사람 입장에서는 그런 식으로 정리를 하면 편하겠지만, 비슷한 캐릭터가 있다고 해서 묶어서 이야기하는 건 잘못된 것이라고 생각한다. 그런 분류법으로 인해 한 공포영화 안에 담긴 다른 풍부한 요소들을 놓칠 수도 있는 것 아닌가. 그런 비교 자체가 공포영화 장르를 폄하하는 시각이라 본다."

한국 공포영화에 '사다코의 망령'이 들러붙었다는 표현이 넘쳐나던 시절이 있었다. 우선 밝히자. 나는 '사다코의 망령'이라는 말을 그다지 좋아하지 않고, 그와 같은 단어를 가급적 사용하지 않으려고 노력한다. 그저 가벼이 분위기를 맞추려는 의도가 있는 경우가 아니고서는, 사용하지 않는 편이다.

김태경 감독의 말에는 어느 정도 일리가 있다. 공포영화에는 귀신의 디테일보다 훨씬 더 중요한 코드들이 숨어 있을 수 있기에, 소위 '사다코의 망령'이 영화 전체의 호불호를 결정해버리는 현상은 분명히 억울한 무엇일지도 모른다. 하지만 많은 사람들이 하는 말에는 분명히 이유가 있다는 사실을 알아야 한다. '사다코의 망령'이라는 단어를 처음 입에 담은 사람이 누구인지는 모르겠지만, 중요하고도 확실한 것은 그 단어가 오늘날처럼 빈번하게 사용되는 이유는 많은 사람들의 공감을 받고 있기 때문이라는 사실이다. 그러니까 편하게 정리하기 위해 만든 말 정도로 치부하는 것은 안이한 생각이다. 잘못된 생각이라고까지는 말할 수 없다 해도, 최소한 생산적인 생각은 아닐 것 같다. 적어도 비슷비슷한 영화들에 지친 관객들이 보내는, 더 이상 무시할 수 없는 신호 정도로는 받아들여야 하는 것이다.

관객들은 소복을 입은 한 많은 여인을 '사다코'라고 불렀던 것이 아니다. 그들이 칭한 사다코란 편

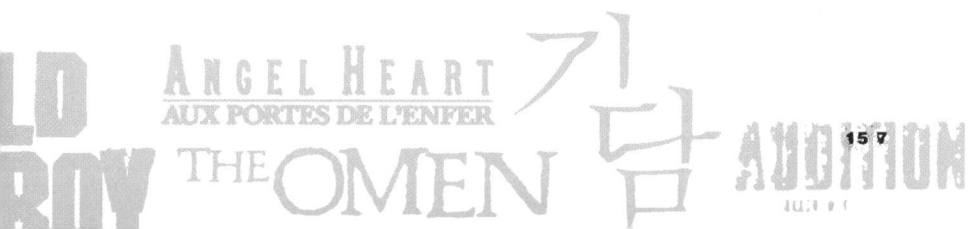

집의 힘을 통해 만들어진 제대로 걸을 줄 모르고, 관절을 유난히 꺾어대던 비주얼적인 특징이었을 뿐이다. 그런 비교는 폄하의 시각이 아니라, 냉정한 평가의 결과이다.

마찬가지로 〈스크림〉이 나온 후 공포영화의 법칙들을 조롱하는 이야기가 거의 모든 사람의 입에서 쏟아지다시피 했다. 〈스크림〉에서는 세 가지의 법칙이 나온다. '섹스하면 죽는다', '술과 마약을 하면 죽는다', '곧 돌아올게라고 말하면 죽는다'.

실제로 공포영화 속에서는 이런 공식을 따르는 연출이 꽤 잦다. 그러면 이러한 공식을 구태여 만들어놓았던 이유는 무엇일까? 웨스 크레이븐 감독이 한 번 말한 적 있듯 〈나이트메어〉의 살인마, 프레디의 본질은 아이들을 죽이고 싶어 안달하는 기성세대의 모습이다. 그에 따르면 슬래셔 영화들의 기본 구도는 세대 간의 갈등으로부터 나오는 것인데, 아버지 세대가 자신의 말을 잘 듣는 이들을 죽이려고 하겠는가? 즉 섹스와 술, 마약은 세대 간의 갈등을 만들어내는 하나의 소재일 뿐이다.

"돌아올게"라고 말하는 이가 죽게 만드는 연출의 의도 역시 명확하다. 죽음의 심적 충격을 극대화하기 위해서 그런 것이다. 많은 공포영화들이 결혼식을 앞둔 연인을 참극의 장으로 데려가며, 즐거이 MT를 떠난 청소년들에게 살인마를 보낸다. 이러한 대비들은 감정의 폭을 키우기 위해 만들어진 설정이다. 세대 간 갈등을 그려내거나 감정의 폭을 키우기 위해 많은 시간을 들이면 감독은 그만큼 러닝타임의 일부를 잃게 된다. 그래서 감독들은 그리 중요하지 않은 부분들에 대해 기존 영화에서 그대로 빌려옴으로써 대체한다.

관객 역시 이러한 설정들은 이미 형성된 일종의 규칙으로 받아들인다. 다만 문제는 그것들 외에 영화가 보여주는 게 없다는 사실이다. 즉 공포영화의 법칙 역시 공포영화가 진부한 모방과 반복을 통해 가치를 잃었다는 인식에서 나온 이야기일 뿐이다. 영화가 좋다면 구태여 없는 시간을 들여 조롱할 이유는 없을 테니까. 공포영화의 법칙에 대한 조롱에 대처하는 가장 좋은 방법이란, 결국 영화를 잘 만드는 것이다.

내가 생각하는 유일한 공포영화의 법칙이란, 모든 법칙에는 예외가 있다는 사실 뿐이다. 수많은 감독들이 장르를 축적하는 동안, 그것에 대한 재해석과 관습에서부터 탈피하려는 시도들 역시 무수

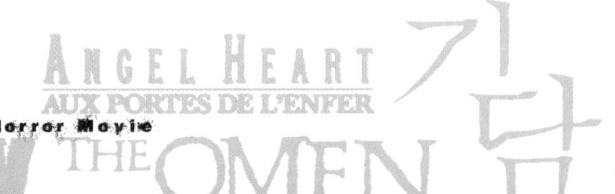

WOLF THE SIXTH SENSE 구로사와

THE CHANGELING 가요시

The Only Thing More Terrifying
than The Last 12 Minutes Of This Film
Are The First 92.

하게 이루어졌다. 누구나 알고 있는 캐릭터에 대한 세부설정도 영화에 따라 조금씩 다르다. 주인공
은 가장 마지막까지 죽지 않는다는 법칙조차 이미 죽은 사람의 독백으로 시작하는 식으로 벗어날
수 있다. 그럼에도 아직까지 살아남은 공포영화의 법칙들이 존재한다면, 그것은 어쩔 수 없는 것인
지도 모른다.

예를 들어 괴물이 여인을 쫓는다고 하자. 괴물은 어슬렁거리면서도 뛰어가는 여성과 거리가 벌어
지지 않는다. 그런데 만약 거리가 벌어지면 어떤 일이 발생하겠는가? 괴물은 카메라에서 벗어난다.
그러므로 아무런 긴장도, 사건도 발생할 이유가 없다. 절대적으로 강한 괴물이 허둥대지 않는다면
어떻게 되겠는가? 아마 관객이 긴장감을 느끼기도 전에 주인공은 죽어 있을 것이다. 그게 무슨 재
미가 있겠나? 그래서 느린 괴물이나 무적의 괴물을 만들어낸 경우, 영화는 때로 논리를 조금 벗어
나기도 한다.

하지만 또 다른 종류의 영화들은 여인만큼 빠른 괴물을 등장시키거나, 망설임 없이 주인공을 죽이
기도 한다. 단언컨대 절대적 법칙이란 없다.

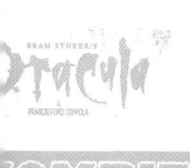 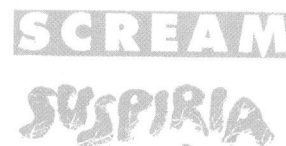 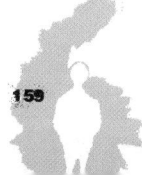

# 귀신들린 집
# HAUNTED HOUSE

공포영화에서 장소란 흔히 사용되는 소재이다. 그 이유는 그 공간에서 있었던 일이란 잊을 수는 있으나, 사라지지는 않기 때문이다. 누군가가 기억하고 있는 한 사실은 잔존한다. 그리고 과거의 일들은 어떤 방식으로든 현재의 일들에 영향을 미친다. 즉 불길한 공간에 대한 이야기는 어떤 방식으로 그려질 수도 있다는 것이다. 그러한 장소들의 대명사쯤 되는 게 바로 집이다. 버려진 집에 대한 흉흉한 소문이란 우리의 주위에서도 흔히 들을 수 있는 이야기들이다. 버려지지 않은 집도 껄끄럽기는 마찬가지다. 사람들은 중고를 그다지 좋아하지 않지만, 현실적인 이유로 인해 집처럼 잦게 중고 거래를 하게 되는 재화도 없을 것이다. 그런데 거기에서 무슨 일이 있었는지 어떻게 알겠는가? 따라서 집이라는 공간에 얽혀있는 다른 이들의 참극 그리고 그것이 낳은 꺼림칙함이란 누구에게도 통용될 수 있는 공포라고 생각된다.

그런 탓에 영화에서 역시 귀신들린 집을 소재로 하는 작품을 찾아보기란 어려운 것이 아니며, 동서양을 막론하고 이와 같은 영화들이 만들어지고 있다. 〈제시카 죽도록 겁주기〉나 〈디 아더스〉(알레한드로 아메나바르 감독), 〈귀신이 산다〉(김상진 감독)와 같은 영화에서는 죽어서도 자신의 집을 지키려는 유령들이 출몰하고, 〈헌티드 힐〉이나 〈아미티빌 호러〉(앤드류 더 글라스 감독), 〈샤이닝〉(스탠리 큐브릭 감독), 〈폴터가이스트〉(토브 후퍼 감독) 같은 영화들은 그 집에서 일어났던 사연들에 주목하기도 하는 등 그 외향은 다양하게 나타나고 있지만.

자, 그럼 지금부터 귀신들린 집을 방문해보도록 하자. 주로 내가 관심을 두고 있는 건 집 자체보다는 그 집에 사는 사람인지라, 후자의 영화들에 대한 이야기가 이어질 것이다. 물론 일반론은 일반론일 뿐이다.

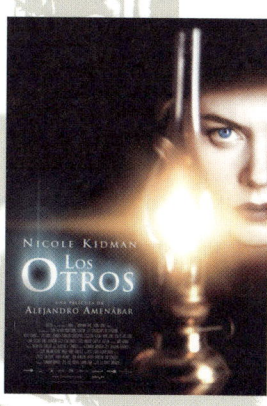
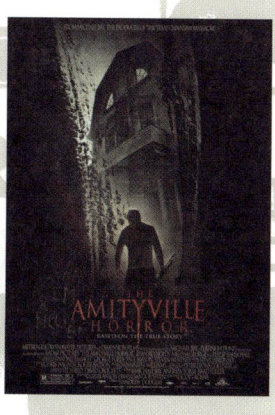
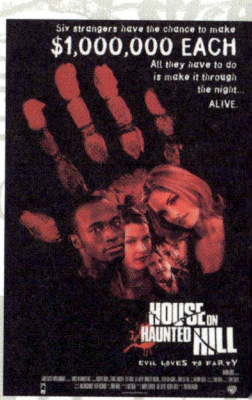

# 유령 들린 집 첸저링

**원제** The Changeling • **감독** 피터 메덕
**배우** 조지 C. 스콧, 트리쉬 밴 데비어, 멜빈 더글라스 등 • **제작** 1980년

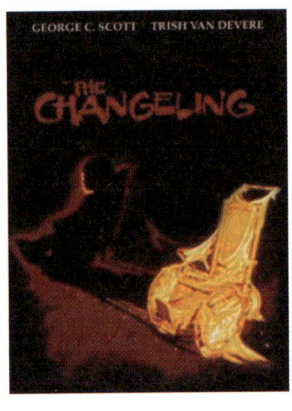

유령 들린 집에 대한 영화를 이야기할 때 자주 거론되는 영화로, 피터 메닥의 〈첸저링〉을 들 수 있다. 여행 중 교통사고로 처와 자식을 잃은 작곡가가 새로운 집에 이사를 가서 일어나는 유령 들린 집에 대한 이야기인 〈첸저링〉의 스토리는 단순하고 직선적이다. 그는 여러 가지 사건들로 인해 그 집에 함께 거주하는 다른 존재를 깨닫게 되고, 그와 동거하는 낯선 존재가 어떻게 죽었는지에 대한 비밀을 풀어가게 된다. 영화의 스토리가 직선적으로 진행되는 반면 〈첸저링〉이 자아내는 긴장감은 템포가 느리다. 유명한 장면인 휠체어 돌진 장면을 포함한 엔딩에서의 폭발은 논외로 하자.

주인공을 맡은 조지 스코트의 연기도 담담하고 절제되어 있으며, 깜짝 놀라게 만드는 효과 역시 그다지 활용되지 않는다. 이 영화의 공포(사실 그

다지 무서운 영화라는 생각은 들지 않지만)를 만들어내는 일등공신은 저택이 가진 음산한 기운이다.

그다지 내세울 것도 없는 이야기임에도 불구하고 이 작품을 굳이 언급하는 이유는, 〈첸저링〉은 영화란 (물론 이야기나 음향효과도 중요하지만) 기본적으로 눈으로 보는 영상물이라는 아주 명료한 사실을 떠올리게 만들고 있는 작품이기 때문이다.

미장센도 미장센이지만 〈첸저링〉은 적극적인 앵글과 렌즈의 굴절을 이용하여 으스스한 건물내부를 만들어내는 것에 주력한다. 예를 들어 처음 작곡가가 저택에 들어왔을 때, 카메라는 떠다니듯 불안하게 움직이며 렌즈를 통해 공간을 왜곡한다. 이와 같은 카메라의 움직임은 영화 곳곳에 나타난다. 이때의 압도적인 느낌은 영화 전반을 지배하는데, 그래서 이후로는 그저 어두운 집 내부를 카메라가 잡아주기만 해도 불안한 기운을 자아낼 수 있었던 것이다. 유령 들린 집에서 흔히 발생하는 초자연현상은 그야말로 양념에 불과한 지경. 그와 동시에 음악과 유령의 시점도 그럴 듯하게 사용되며 영화의 분위기에 일조한다.

초반부에 유령의 존재를 감지하게 되고 중반부까지는 죽은 소년과 관련한 비밀이 대충 풀리기 때문에, 문제가 해결되는 후반부는 다소 심심하다고 할 수도 있다. 하지만 이 후반부는 은근히 묘한 느낌을 자아낸다. 유령은 주인공 존 러셀에게 도와달라는 메시지를 던진다. 그러한 제스처는 유령의 분노가 불특정다수를 향한 것이 아님을 보여준다. 그러나 그를 죽인 아버지는 이미 죽어 있다. 그럼 그는 자신의 죽음을 천하에 공개해달라고

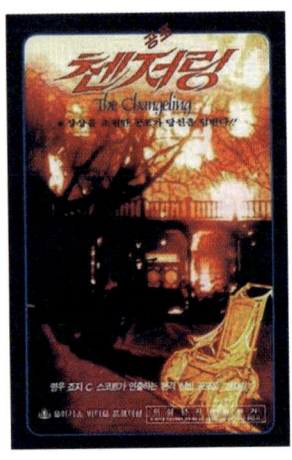

부탁한 것일까? 그것도 아니다.

유령은 자신의 죽음으로 인해 가장 많은 이익을 얻은 사람, 즉 자신의 자리를 대신한 사람에게 칼끝을 겨누고 있었다. 그 사람이 민주적이고도 존경받는 늙은 의원이라는 사실은 매우 재미있는 설정이다. 영화 속에서 유령을 대신한 양아들은 친자의 살인행위를 계획하는 데 있어 어떤 제안도 하지 않았을 뿐 아니라, 아버지의 범죄에 대해서 어렴풋이 눈치를 챘을지는 몰라도 명확히 알고 있지는 못한 것으로 보인다. 그런 그에게 기필코 응징을 내리고 마는 것은 소년이 빼앗겨버린 자신의 아이덴티티를 되찾고 싶었던 탓일까, 아니면 선대의 추잡함 위에 세워진 현세대의 부와 명예 그리고 권력을 부정하고 싶었기 때문일까. 아니면 수동적이었던 그의 태도에 분노했던 것일까? 그도 아니면 그저 나이를 먹지 않고 소년으로 존재할 수밖에 없었던 유령의 유치함(너에게 아버지를 빼앗겼으니 죽어라) 때문이었을까.

〈첸저링〉이나 〈지금 보면 안 돼〉(니콜라스 로에그 감독), 〈죽음의 항해〉(필립 노이스 감독)와 같은 부류의 적잖은 공포영화들은 끔찍한 공포를 겪기 시작하는 시점으로, 가족의 죽음이나 다른 개인적인 상처를 언급하는 경우가 많다. 그러니 어쩌면 살인마에게 목숨을 위협받거나 유령에게 시달림을 당하는 것들은 그저 영화적 표현일 뿐, 실제로는 주인공이 처한 심적 고통을 형상화하고자 하는 것을 주목적으로 하고 있는지도 모르겠다.

내가 생각하는 개념과 부합하는 최적의 예는 닐 마샬의 〈디센트〉이다. 끝없이 하강해가는 이미지들과 주인공이 겪는 사투란 딸의 죽음으로부터 벗어나지 못한 어머니의 내면과 다름 아니다. 사실 〈디센트〉는 동굴 속에서의 일들 모두를 환상으로 치부해버릴 수도 있는 영화인 것이다.

〈첸저링〉 때문에 람베르토 바바의 〈언틸데스〉가 〈첸저링 2〉라는 제목을 달고 있기는 하지만 후속편은 아니다. 물론 망자의 복수라는 공통점을 가지고 있기는 하지만 〈언틸데스〉는 〈포스트맨은 벨을 두 번 울린다〉나 〈생매장〉 부류의 치정극품을 이탈리아풍으로 그려낸 호러물로 성향이 완전히 다르다.

# 시간에 사로잡힌 소녀 장화, 홍련

**감독** 김지운 • **배우** 임수정, 문근영, 김갑수, 염정아 등 • **제작** 2003년 한국

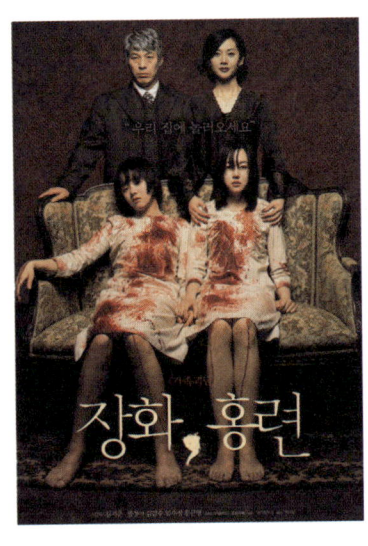

〈시간을 달리는 소녀〉의 한 장면. 자신을 좋아한다는 소년의 고백이 쑥스러운 소녀는 자신에게 주어진 능력을 이용해서 고백 이전의 시점으로 타임워프를 한다. 하지만 아무리 시간을 뛰어 넘는다 해도 자신이 의도하는 결과를 가져올 수는 없고 (인간사가 그리 단순하게 얽혀있는 것은 아니기에), 그 소년이 소녀를 좋아한다는 마음 자체도 변하게 할 수는 없다. 능력을 갖추고 있다고 하더라도 그녀는 다른 대다수의 인간들처럼 시간에 무력하다. 그래서 그녀가 할 수 있는 것은 현재를 살아가며 미래를 준비하는 것뿐이다.

〈장화, 홍련〉은 소재 면에서 〈시간을 달리는 소녀〉와는 비교도 할 수 없

을 만큼 어둡지만, 사실 그 내용에서는 별로 다르지 않다. 바로 과거는 변화시킬 수 없다는 것. 문제는 그녀가 그럴 능력이 없음에도 자꾸만 시간을 거슬러 올라가려고 한다는 것으로부터 출발한다. 그녀는 계속하여 고통스러운 과거로 타임워프를 시도하고, 그 결과 계속 똑같은 고통의 경험을 반복한다. 시간과 함께 달려야 할 소녀가 과거 속에만 머무름으로써, 무간지옥에 빠져버린 것이다.

사람이란 제아무리 바르게 살기 위해 노력했다고 할지라도, 인생의 곳곳에 오점을 남기기 마련이다. 그리고 이후의 삶에 지대한 영향을 미치게 되는 그 오점이란, 다른 모든 일과 마찬가지로 결코 없어지는 법이 없다. 그래서 누구나 이런 생각을 한다. '시간을 되돌릴 수만 있다면…' 그게 그냥 푸념이라면 그래도 괜찮겠지만, 누군가는 그 순간에 사로잡혀 남은 인생을 망치게 될지도 모른다. 영화 속의 수미(임수정 분)처럼. 즉 〈장화, 홍련〉은 죄의식 때문에 과거 속에 사로잡힌 소녀의 이야기이다. 수미에게는 한 순간의 자존심 때문에 동생을 지키지 못했다는 지울 수 없는 오점의 순간이 있었다. 그리고 그 순간의 기억은 한 시도 떨어지지 않는다.

"제일 무서운 게 뭔지 알아? 정말로 잊어버리고 싶은 게 있는데, 그걸 잊어버릴 수 없다는 거야. 그런데 그게 항상 따라다녀, 유령처럼."

자신이 어쩔 수 없는 일 때문에 계속하여 고통을 받아야 한다니, 얼마나 슬픈 이야기란 말인가? 수미의 행동이 어리석어 보인다기보다는 공감이 가는 것이라고 받아들여지는 순간, 〈장화, 홍련〉은 슬픈 공포로의 정체성을 획득한다. 사실 수미뿐만 아니라 영화에 등장하는 모든 인물들이 불쌍

한 사람들이라고 할 수 있다. 그 누구도 그런 결과를 바라지는 않았을 테지만 순간의 잘못된 결정들이 비극을 낳았고, 그 비극은 되돌릴 수 없을 뿐더러 평생 떨어지지 않을 유령이 되고 말 것이니.

영화의 감정적인 힘은 꽃밭 날리는 벽지나 전원 저택의 이미지 그리고 동화에나 나올 법한 두 소녀의 이미지에 힘입은 바가 크다. 그러나 그 못지않게 중요했던 것은 이병우가 담당했던 영화음악이다. 나의 경험상 한국 공포영화에서 OST가 귀에 들어온 것은 〈장화, 홍련〉이 처음이었고, 그 이후로도 그리 많지 않았다. 사실 〈장화, 홍련〉은 여러 가지 의미에서 웰메이드 작품이라 칭할 만한데, 눈에 보이는 영상과 귀에 들리는 음악만으로도 충분히 멋질 수 있다는 사실을 실감하게 만든 작품이었던 것이다. 게다가 영화의 내용 역시 논리정연해서 쾌감을 자아냈다.

〈장화, 홍련〉은 영화를 이끌어나가는 방식이 당시 유행했던 반전영화들과 비슷하다. 소녀의 행동이 처음이 아니었음을 짐작하게 하는 같은 옷이나 다이어리와 같은 소품들의 신경질적인 나열, 언니와 동생, 새어머니의 정체성에 힌트를 주는 같은 생리일자, 아이가 연기하듯 유치해 보이는 새어머니의 나이와 걸맞지 않는 행동들은 관객에게 단서를 제공했고, 또한 관객이 예상하지 못했던 충격을 주는 결말이 뒤따랐다. 그리하여 〈장화, 홍련〉은 2000년대 한국 공포영화의 위대한 성공사례로 남게 되었다.

3년 전의 어느 날이었던 걸로 기억한다. 개인적 친분이 있는 공포소설작가와 MSN 메신저로 대화를 하던 도중, 이런 말이 나온 적이 있었다. 공포영화 시나리오 작업 요청이 몇 번 들어온 적이 있는데, 제작자들은 하나같이 슬픈 공포를 요구하더라고. 슬프면 슬프고 무서우면 공포지, 대체 슬픈 공포가 뭐냐고. 그의 말대로 최근 한국에서 나온 호러영화 중 무서운 영화는 얼마 되지 않았다. 하나같이 호러보다는 드라마가 강했던 작품들이었다(이것은 때로 코미디영화에도 적용된다. 코미디영화를 통해 나는 감동보다는 웃을 수 있기를 바란다).

흔히 이러한 영화들의 제작 러시는 〈장화, 홍련〉으로부터 비롯되었다고 말한다. 외견상 그 말은 맞는지도 모른다. 그러나 슬픈 공포에의 집착이라는 고질병의 원흉으로 〈장화, 홍련〉이 지목되는 것은 조금 억울한 일이다. 그것은 〈장화, 홍련〉의 책임이라기보다는, 뒤따른 영화들의 책임일 뿐이다.

후배가 근무하던 영화사에서 만들었던 모영화가 개봉하기 전, 가편집본으로 모니터링을 할 기회가 있었다. 후배가 나를 찾기에 나는 공포영화 마니아의 의견이 필요한가보다 생각하며 그 자리에 참석했다. 하지만 그곳에 모여 있었던 대부분의 모니터 요원들은 장르를 그다지 좋아하지 않는 사람들이었다. 왜? 제작자들이 타깃으로 삼은 것은 공포영화의 마니아층이 아닌, 여름이 되면 의무감으로 극장에서 공포영화 한 편 쯤은 감상하는 관객들이었기 때문이다. 사실 마니아층이야 늘 실망하면서도 제 발로 극장을 찾아주는 우량고객 아니던가. 대부분의 기업은 제 발로 찾아오는 고객에게는 세심한 주의를 기울이지 않는 편이다. 그와 동시에 한국의 공포영화 마니아층이 상당히 엷기 때문에 그들만으로는 수지타산을 맞추는 것이 쉽지 않다고 생각했기 때문이다.

마니아층이 엷다 보니 제작자들은 그들을 위한 영화를 만들기를 꺼린다. 반면 여름이 되면 의무감처럼 극장에서 공포영화 한 편 쯤 감상하는 관객은 적지 않다. 그러다 보니 그들이 공감하기 쉽도록 드라마가 강한 슬픈 공포물을 찍어야 한다는 강박관념을 가지게 되었던 것이 아니었을까?

〈장화, 홍련〉은 200~300만의 관객이 호러영화에서도 동원될 수 있음을 보여준 사례였다. 그래서 제작자들은 그것을 벤치마킹하기를 원했다. 그러나 이러한 제작자들의 현실인식이란 안이하기 짝이 없는 것이었다. 너도 나도 할 것 없이 그를 따르다 보니 관객에게 여름철 한국 공포영화는 한 편이면 족했고, 따라서 먼저 개봉하면 성공한다는 일종의 속설이 만들어졌다. 게다가 시장은 협소한데 너도나도 기백만을 꿈꾸는 것은 애초부터 정상은 아니다. 이것은 공포영화뿐만 아니라 한국영화 전반의 문제인지도 모르겠다. 그런 의미에서 대중의 평가와는 별개로 〈실종〉과 같은 작은 규모의 상업 공포영화들의 등장은 충분히 반가운 것이다.

# 노 웨이 아웃 주온

**원제** 呪怨 • **감독** 시미즈 다카시
**배우** 오키나 메구미, 이토 미사키, 우에하라 미사 등 • **제작** 2002년 일본

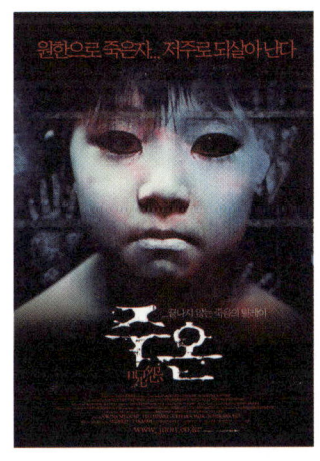

〈링〉이후 저주의 전염성에 대한 영화들이 꽤 많이 만들어졌다. 이것은 명백히 디지털 시대의 빠른 복제와 전파라는 추세를 반영하고 있는 것이며, 이후 일본공포물의 한 트렌드를 이루었다. 비디오와 소설을 매개물로 한 〈링〉은 휴대전화를 매개물로 한 〈착신아리〉(미이케 다카시 감독)나 〈폰〉(안병기 감독) 그리고 공간을 매개로 하는 〈주온〉 등의 영화에 영향을 미쳤다.

〈주온〉은 원망하는 마음을 품고 죽은 사람은 저주를 낳아, 그 장소에 들렀던 사람을 죽게 만든다는 설정을 다루고 있다. 따라서 〈주온〉의 공포는 불특정 다수를 대상으로 하는 것이다. 그러니 참으로 막막하다. 어디에 있는지도 모를 저주의 장소를 피하자면, 자신의 발끝을 항상 걱정하는 수밖

에 더 있겠나. 그뿐이 아니다. 그런 논리에 의하면 저주에 의해 죽은 이 역시 저주를 낳게 될 것인데, 그렇다면 저주의 장소는 거의 무한대로 만들어질 수도 있지 않을까? 만약 그렇다면 어디로 가면 안전할 수 있겠는가? 아마도 탈출구는 없는 것으로 보인다.

극장판 〈주온〉의 마지막에서 카메라는 사람이 보이지 않는 일본의 거리를 비춰주고 있는데(이는 명백히 구로사와 기요시의 〈큐어〉나 〈회로〉에서 영향을 받은 장면이다), 이러한 엔딩은 지독할 정도의 염세관과 현대 일본에 대한 불안감이 묻어나는 장면이라 할 수 있을 것이다.

물론 누군가는 〈주온〉이 그렇게 진지한 영화가 아니라고 말할지도 모른다. 그것은 사실이다. 〈주온〉의 시작은 공포라는 장르에 매료된 감독이 일정한 트렌드 아래에서 자신이 집착했던 주변의 어두운 이미지를 스크린에 옮겨놓거나, 아니면 해보고 싶었던 연출을 모두 해보기 위해 단편영화들을 찍듯 에피소드 별로 짧게 나누고 자신이 내키는 대로 뭐든 해본 작품에 가까웠을 것이다.

문제는 그렇게 야심 없었던 작품(정확하게는 비디오판)이 너무 대박이 나버렸다는 거다. 그는 단숨에 제이호러의 적자가 되었으며, 할리우드에까지 진출하게 되었다. 그리고 여기서 또 다른 문제가 발생했다. 시미즈 다카시는 비록 센스는 있었지만, 다른 제이호러의 거장들처럼 내공으로 충만한 이가 아니었다는 거다. 인기에 힘입어 무리하게 빠른 속도로 두 편의 극장판까지 만들고 난 시점에 이르렀을 때 그는 더 이상 여분의 카드를 가지고 있지 못했고, 〈환생〉에서는 자신의 한계를 드러내고 말았다. 그때 그에게

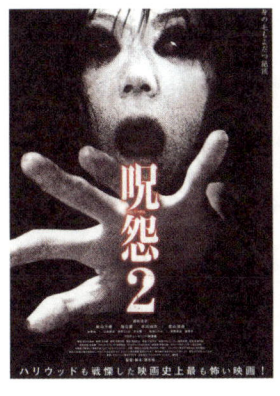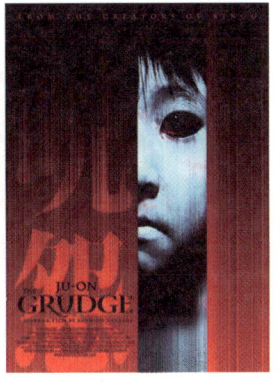

가장 필요했던 것은 대박신화가 아니라 시간이었던 셈이다.

〈주온〉은 입소문만큼 무서운 작품은 아닐 수 있을지라도, 매력적인 부분들을 많이 가지고 있었다. 특히 전편에 걸친 시간의 재구성은 참신한 연출(극장판 〈주온 2〉에서의 여성 리포터의 죽음은 꽤 훌륭했다)을 가능하게 만들었고, 또한 〈주온〉의 최대약점인 단순한 얼개의 내용을 가려주었다. 그리고 에피소드 형식의 전개는 많은 사람이 얽히는 것을 가능하게 함으로써 자연스럽게 〈주온〉이 지닌 최고의 미덕인 깜짝 효과를 많이 첨가할 수 있었다. 물론 시미즈 다카시는 놀래키는 것뿐만 아니라 토시오의 살해 장면에서처럼, 관객의 상상에 기대는 방식의 연출도 하고 있다. 처음 말했듯 이것저것 해보고 싶은 건 다해봤다고 하면 맞을 것이다.

깜짝 효과에 너무 많은 부분을 할애하는 작품들이란 대체로 혹평을 피하기 어려운 게 현실이나, 사실 놀라지 않겠다고 마음먹고 있는 관객을 놀라게 하며 짜릿한 경험을 주는 것은 절대로 쉬운 일이 아니다. 예를 들어 비디오판의 벽장 시퀀스를 떠올려보자. 한 여자가 벽장 속에서 소리가 들린다는 생각을 하게 된다. 그래서 그녀는 벽장 안을 뒤지기 시작한다. 그녀가 벽장의 문을 열고 머리를 그 안에 집어넣기까지 영화는 긴장감을 끌어내며, 관객이 귀신의 습격에 대한 마음의 준비를 하게 만든다. 그러나 아직 귀신은 나타나지 않는다. 조금 더 깊숙이 몸을 집어넣어보지만(이쯤에서 누군가는 '이런 바보야 거길 왜 자꾸 들어가?' 라는 생각을 할 수도 있을 것이다) 어두워서 아무것도 보이지 않는다.

관객은 슬슬 조급해진다. 도대체 언제 나오는 거야? 벽장 안을 밝히기 위해 라이터를 찾을 즈음에 관객은 거의 확신을 가진다. 이제야말로 귀신이 나오겠구나. 두근거리는 가슴과 함께 작은 불이 켜지지만 기대와는 달리 아무 것도 보이지 않는다. 휴, 이번에도 아니구나. 안도감을 가지려는 찰나! 귀신은 순간이동을 하듯 불쑥 그녀에게 들이닥친다.

이러한 절묘한 타이밍의 맛이 비디오판에는 있었다. 그리고 비디오판까지는 아직 토시오나 가야코가 그리 익숙하지도 않았다. 게다가 적당히 열악한 화질이 공포감을 배가시키기도 하였다. 그러나 극장판에 이르렀을 때 대부분의 관객들은 저주의 모녀에게 너무 익숙해진 상태였다. 상대적으로 너무 좋은 때깔이 공포감을 어느 정도 걷어냈으며, 연출 역시 타이밍보다는 물량공세에 치중했다. 그 결과 극장판의 공포는 다소 반감되었다. 시미즈 다카시는 비디오판에서 다루지 못했던 공간들이 가지고 있는 어둠의 이미지(이를테면 자신이 덮고 있는 이불 밑)에까지 세심한 주의를 기울였지만, 아쉽게도 비디오판을 넘어서는 호응을 끌어내는 데는 실패했던 것이다.

사람을 깜짝 놀라게 만들기 위해서는 마음의 준비를 단단히 하고 있는 관객의 타이밍을 빼앗아야 한다. 어지간한 비주얼을 가지고서 관객이 예상한 순간에 승부를 보려 들면, 당연히 실패할 가능성이 높다.

〈셔터〉(반종 피산다나쿤 감독)에는 그런 의미에서 괜찮은 장면이 있다. 여주인공이 남자의 집에 들어간다. 집에는 아무도 없다. 전화를 하고 온 것이기에 그가 없을 리가 없다고 생각하는 여자는 거듭 남자의 이름을 불러보지만 대답은 들려오지 않는다. 그런데 잠시 후 그녀의 눈에 사진 현상실의 문틈 아래로 빨간 빛이 새어나오는 것이 들어온다. 관객은 이제부터 본격적으로 시작이라는 사실을 감 잡고 타이밍 싸움에 들어간다. 바깥에서 불러도 대답은 없고, 문은 안쪽에서 걸려 열리지 않는데, 방 안의 인기척은 있으니, 당연하게도 그녀는 문틈 밑으로 현상실 안을 들여다보기 위해 몸을 굽히기 시작한다. 이에 따라 관객들은 자연스럽게 여주인공의 얼굴이 땅에 닿을 만큼 내려가면, 뭔가가 튀어나올 것이라는 생각을 무의식적으로 하게 될 것이다. 그리고 심호흡을 하고 닥쳐올 쇼크에 준비한다. 그런데 정말 갑자기! 문의 손잡이(아주 작은 변화가 생겼지만 아직 관객이 예기치 못한 타이밍)쯤 얼굴이 지나고 있을 때, 덜컥하고 겁을 줘버리는 것이다.

이런 아주 작은 타이밍 싸움에, 관객은 놀라게 된다. 힘주라고 말해두고, 힘주기 전에 때리는 효과라고 할까. 반면 관객이 예상한 시점이 한참 지나서까지 긴장감을 끌어가면, 관객은 지쳐서 나가떨어지게 된다. 물론 이 경우에도 색다른 묘미를 느낄 수 있을 것이다. 위와 비교하면 힘주라고 해놓고 힘 빠진 다음에 때리는 효과 정도? 당연하겠지만 뭐든지 줄 듯 말 듯해야 감질이 나는 법이다. 홀딱 벗고 돌아다니는 영화가 결코 야하지 않은 것과 같은 맥락인 것이다.

## Horror Tip 06 · 판의 미로

길예르모 델 토로 감독의 〈판의 미로〉를 생각하고 글을 읽기 시작할 분에게 먼저 죄송하다는 말부터 해두어야겠다. 지금부터 하려는 이야기는 그것과는 전혀 관계가 없는 이야기이다. 우리가 흔히 어떤 영화에 대해 이야기할 때, 우리는 같은 영화를 본 것으로 생각하고 대화하게 된다. 그런데 솔직히 나는 내가 보았던 것이 다른 이가 보았던 것과 같다는 확신을 가지지 못한다. 그것은 내가 극장이나 시네마테크를 열심히 돌기보다는, 시간 나는 대로 비디오 보기에 열중한 비디오키드에 가깝기 때문이다. 최근에도 내 성향은 그다지 변하지 않아서, 극장보다는 집에서 DVD를 보는 경우가 훨씬 많다. 내가 본 것은 영화를 보고 말하는 누군가가 본 영화가 아닌지도 모른다. 매체와 환경의 문제를 말하고자 하는 게 아니라, 본질적으로 영화가 달라진 경우에 대해 말하고 싶은 것이다. 꼭 집어서 말하자면 그것은 바로 판(Edition)의 미로이다.

내가 루치오 풀치를 처음 만났을 때 그는 영화를 지루하게 만들어내는 감독이었고 그다지 기억하고 싶지 않은 감독이었다. 소위 그의 베스트에 꼽히는 작품들도 마찬가지. 물론 지금은 각별한 애정을 품고 있는 감독 중 한 명이다. 그 근본적인 이유는 정평이 난 풀치의 가학성이 국내에 출시된 작품에서 삭제되었다는 것이지만, 그것이 전부였다고 생각하기는 어렵다.

구체적으로 〈비욘드〉를 예로 들어보자. 〈비욘드〉의 첫 부분에 비쩍 마른 한 남자가 나온다. 생긴 것만으로도 영화의 분위기를 감지하게 해줄 법한 이 남자는 호텔방에서 혼자 황량한 지옥을 그리고 있다가 횃불을 들고 나타난 많은 사람들에게 잡혀간다. 그리고 그는 자신을 잡아간 이들에게 못 박히고, 채찍에 맞아 죽는다. 과거의 일임을 알려주기 위해 그 이후의 천연색 색감과는 전혀 다른 색감이 10분여에 이르는 이 시퀀스는 관객의 흥미를 잡아 둘 만큼 인상적인 고어의 연출도 나오지만, 그보다는 이 작품이 일종의 예언적 분위기를 가지고 있음을 상기시킴으로써 그의 영화가 종말에 대한 묵시론적 영화가 될 것임을 암시한다.

그 시퀀스를 비디오판과 국내 출시된 DVD에서는 볼 수 없다. 그저 검은 바탕에 흰 글씨로 '1981

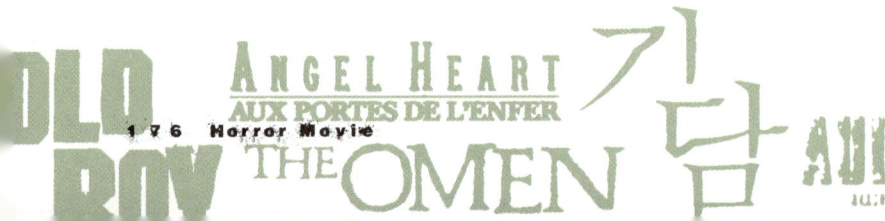

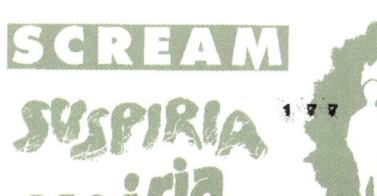

The Only Thing More Terrifying Than The Last 12 Minutes Of This Film Are The First 92.

루이지애나' 라는 문구가 딱 뜨더니, 낡은 호텔을 재개장하려는 여인을 등장시키며 영화를 시작한다. 만약 첫 시퀀스가 있었더라면 호텔을 다시 만들려는 일이 무척이나 위험한 무엇을 건드리는 것이라고 생각할 수 있었을 것이고, 그곳에서 발생할 사건들에 대한 기대감도 만들어낼 수 있었을 것이다. 영화의 후반부에 그 호텔의 지하에서 못이 박혀있는 부분을 찾아냈을 때, '저기에서 시체나 백골 혹은 괴물이 튀어 나오겠구나' 라는 짐작도 할 수 있게 된다. 그러나 비디오판에서는 그 부분이 없어 '이게 웬 뚱딴지같은 경우야' 라는 생각을 할 수 밖에 없다.

감독의 의도적인 제거였다면 궁금증을 점차 증폭하는 효과도 있을 수 있을 테고 영화의 결말부에서 비슷한 추론을 하게 될 수도 있겠지만, 그것이 감독의 의도가 아닌 경우에는 문제가 생긴다. 삭제는 영화를 다른 영화로 만들어 버린다. 내가 보아온 수없이 많은 영화가 이 범주에 놓여 있다. 무삭제로 영화를 보고서는 "그 장면 죽이지 않았어?"라고 말하는 비슷한 취향의 친구들에게 나는 이렇게 말할 수밖에 없었다. "그런 장면이 나왔나?" 책임은 삭제한 누군가가 아닌 애꿎은 기억력 탓으로 돌아간다. 때로는 이런 대화도 이루어진다. "그 영화 정말 좋던데.", "지루하던데?" 물론 같은 영화를 보고 다른 이야기를 하는 일은 일상다반사이다.

하지만 다른 영화를 봐서 다른 이야기를 하는 경우라면? 그것은 다른 차원의 문제이다. 〈비욘드〉원판을 처음 봤을 때의 내 감정이란 이루 말할 수 없는 것이었다. DVD의 경우에도 삭제의 문제는 여전할 수 있다. 하지만 이 시대는 또 다른 다름을 만들어낸다. 〈엑소시스트〉 DVD를 가지고 있다고 해도 판본에 따라 그 유명한 스파이더 워킹을 볼 수도 있고, 보지 못할 수도 있는 것이다. DVD 시대의 새로운 추세는 바로 디렉터스 컷, 그러니까 감독판이다. 이러한 형태의 버전은 감독의 의도에 대해 좀 더 잘 알 수 있다는 장점이 있어 솔깃하기도 하지만, 이 역시 영화를 본질적으로 바꾸기도 한다. 공백으로 두어 미묘한 감정을 만들어냈던 극장 버전과는 다른 친절한(때로 친절하다는 말은 유치하다는 말과 맥락을 같이 한다) 장면의 추가로 영화의 맛이 싹 달아나버리는 예가 많다. 〈시네마 천국〉(쥬세페 토르나토레 감독)은 그 대표적 예라고 할 수 있겠다. 물론 감독판을 극장판보다 더 좋아하는 경우도 있을 것이다. 영화를 총책임하는 것은 감독이겠지만, 영화라는 게 편집의

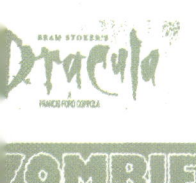

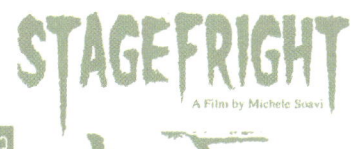

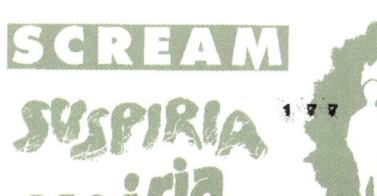

예술이라고 불리기도 하는 데는 다 이유가 있기 마련이다. 물론 자신이 찍은 장면을 공개할 수 없다는 것은 감독에게는 고통일 것이다. 자신이 만든 것에 애착을 갖지 않는 창작인은 거의 없지 않겠는가. 그런데 중요한 문제는 공동 작업을 한 이들의 의견수렴 과정에서 그 장면이 오히려 작품성을 저해한다는 이유로 제거된 경우가 많다는 사실이다. 좀 더 객관적이고 냉정한 사람들의 의견이. 물론 검열이나 다른 이유로 삭제되어 그 장면의 복원으로 인해 즐거워지기도 하지만, 적지 않은 경우에는 없는 게 더 나았다는 생각이 들기도 한다. 그런데 그것이 정말 말 그대로 감독이 의도한 편집이라는 제목을 붙이고 있을 때는 별 문제가 안 된다. 그보다 더 큰 문제는 감독판이라는 저 명칭이 그저 DVD를 더 팔아먹기 위해 의례적으로 만드는 행위가 될 수도 있다는 사실이다. '남는 필름 아까우니 편집 한 번 다시 해서 우려먹어볼까' 라는 생각, 혹은 '극장에서 본 사람이라면 뭔가 달라야 사지 않겠어?' 라는 생각에서 나온 편의적인 행위가 될 가능성이 있다는 것이다.

감독 본래의 의도를 알려주고 싶다는 그 명분은 상술에 의해 변질될 수 있다. 그래서 나는 감독 코멘터리와 삭제 장면이라는 서플 메뉴를 감독판보다 훨씬 좋아한다. 물론 삭제 장면 이어보기 메뉴가 있으면 금상첨화. 극장에서 한 번 본 관객에게 DVD를 사게 하기 위해서 얼터너티브 엔딩을 포함시키는 것에서 나아가 극장판과 다른 결말만을 수록한 버전도 돌아다닌다. 2개 판본을 함께 수록한 형태로만 판매해 단가를 높이는 경우도 찾아보기 어려운 것이 아니다. 미카엘 하프스트롬 감독의 〈1408〉도 그렇다. 별 기대 없이 DVD를 감상했다가 의외로 괜찮다는 생각을 하고 난 후, 남들은 어떻게 느꼈나를 찾아봤다가 나는 깜짝 놀라고 말았다. 영화와 관련한 글들은 내가 본 것과 내용이 달랐기 때문이다.

매체가 비디오라거나, 감독판이라는 구체적 명칭을 달고 있는 DVD라면 그나마 낫다. 그냥 그렇겠거니 하면 되니까. 더 큰 문제는 소리 소문 없이 이루어지는 삭제와 편집이다. 다리오 아르젠토 감독의 〈페노미나〉 비디오 출시판은 영화의 가학성에도 불구하고 의외로 삭제 정도가 적다. 비디오 커버와 인터넷 영화 데이터베이스(IMDB)의 러닝타임이 달라서 순전히 호기심에서 둘을 동시에 틀어놓고 감상한 적이 있었는데, 별반 차이를 느끼지 못했을 정도다. 재미있는 것은 병원이 나오는

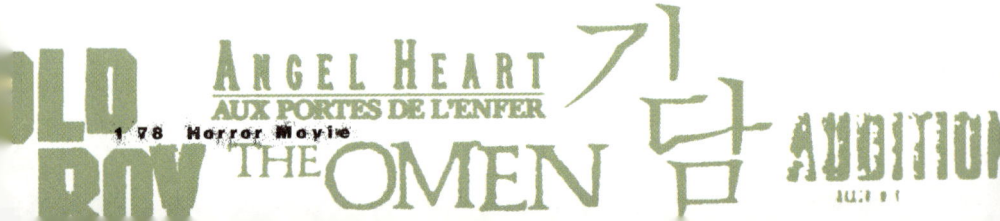

WOLF THE SIXTH SENSE 무도스페 기요시

The Only Thing More Terrifying
Than The Last 12 Minutes Of This Film
Are The First 92.

THE CHANGELING

시퀀스가 서로 다르게 붙어 있다는 것이었다. 먼저 알고 보는 것과, 나중에 알고 보게 되는 것. 어차피 중간에 나오니까 같은 거라고 말할 수 있을까? 무언가가 바뀌었는데 뭐가 바뀌었는지 어지간해서는 알아챌 수 없다. 그거 알아낼 시간이면 영화를 한 편 더 보고 말겠다 싶기도 하고. 알고 있다고 해서 뭐가 드라마틱하게 달라진다는 뜻은 아니지만, 알고 있으면 감안이라도 할 수 있다는 의미이다. 색감도 영화를 다르게 만든다. 다리오 아르젠토 감독의 작품들 경우 적잖은 이들이 색감이 풍부한 메두사의 판본을 더 좋아한다고 말한다. 그러나 나는 앵커 베이의 조금은 어두운 듯한 색감을 더 좋아한다. DVD는 제작사의 판본에 따라 색감이 다를 수 있다. 영화를 보고 누군가는 다리오 아르젠토의 색감이 정말 좋았다고 말했는데, 누군가는 색감이 별로였다고 말할 수도 있을 게다. 당연한 결과이다. 다른 작품을 봤으니까.

이것들을 단순히 취향 차이로 치부할 수 있을까? 색의 풍부함, 음질의 풍부함, 모두 영화를 다른 작품으로 만드는 데 일조한다. 물론 화면비도 여기에서 벗어날 수 없다. 조금 더 엄격해지자면 원어를 수록하지 않은 더빙 역시 문제일 수 있다. 게다가 자막이 가리고 있는 화면 역시 느낌을 망가뜨린다. 길게 쓰기는 했지만 정작 내가 하고 싶은 말은 간단하다. 내가 본 영화에 대해 글을 종종 쓸 일이 생기는데, 그것이 다른 사람이 본 작품이 아니면 어쩌나 하는 걱정이 최근 들어 부쩍 커졌다는 말이다. 이러한 문제들은 공포영화와 같은 장르에서는 더욱 심각한 상황을 초래할 수 있다. 그리고 혹시라도 판이 엇갈릴 때 그 기준점이 되는 것은 극장이니 극장들 자주 가시라는 말 또한 하고 싶었다.

말도 많고 탈도 많았던 서울 충무로 영화제의 〈서스페리아〉(다리오 아르젠토 감독)였지만, 나는 그것을 보면서 가슴이 쿵쿵 뛰고 즐겁기 짝이 없었다. 아르젠토의 가장 큰 협력자였던 클라우디오 시모네티의 음향을 집에서 그 크기로 들을 가능성은 거의 제로에 가깝지 않겠는가.

마지막으로 한마디 더. 누군가와 같은 영화에 대해 말을 하다가 의견이 엇갈릴 때, 혹 취향의 차이를 인정하지 못하는 경우라도 그가 나와 다른 것을 보았다고 생각할 수 있는 상황이 있다면 자신과 다른 생각을 훨씬 용인하기가 쉬울 것이다.

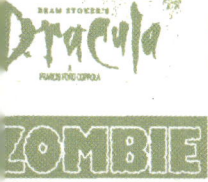
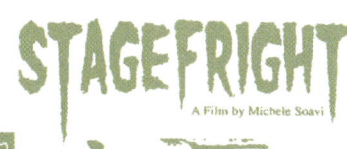
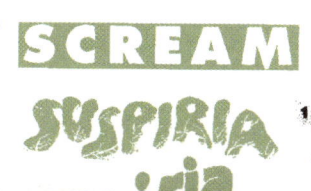

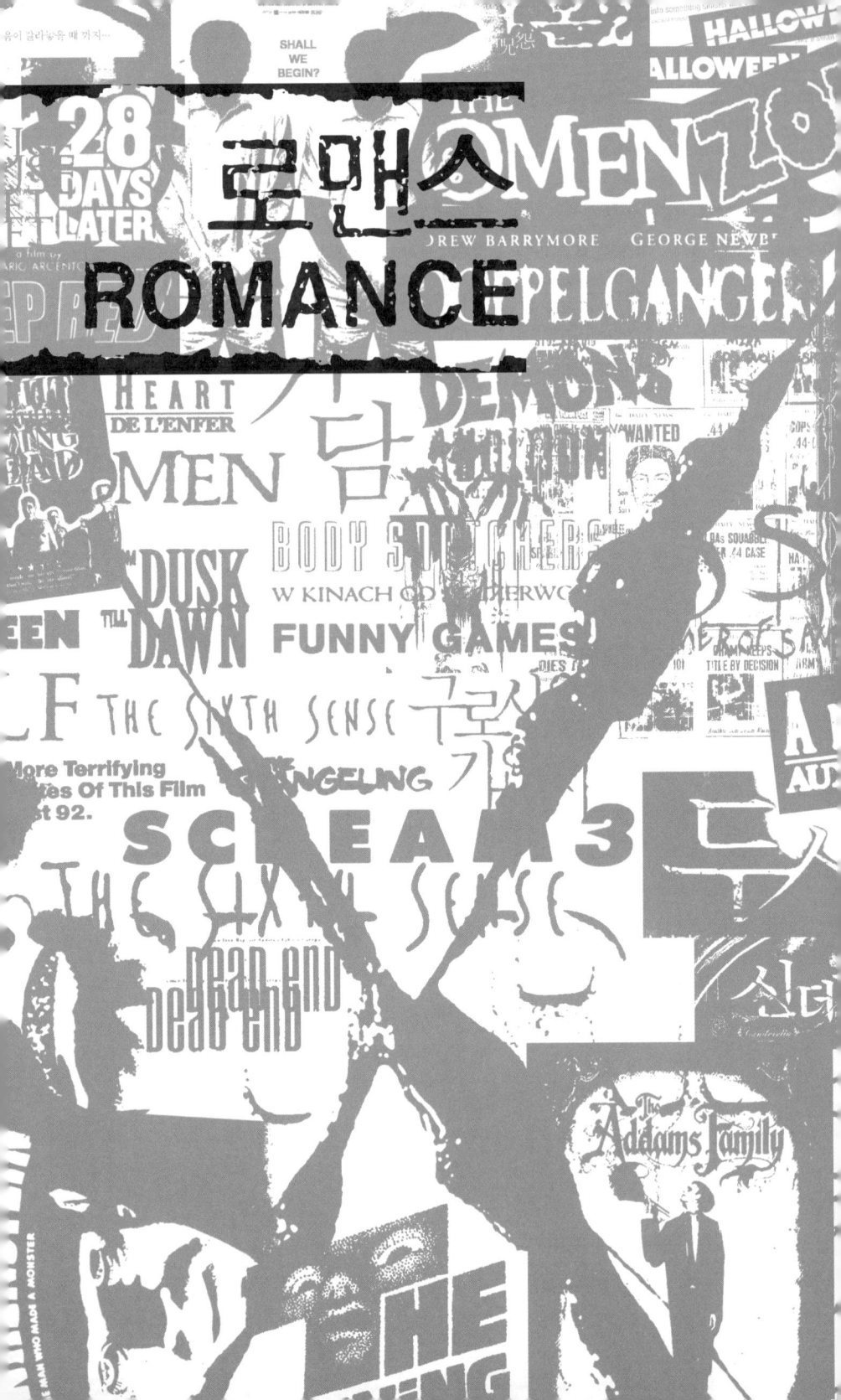

태초부터 사람이란 공명정대함과는 거리가 있을 수밖에 없는 존재인지라, 누군가를 좋아하기 시작하면 다른 누군가에게는 소홀해질 수밖에 없다. 따라서 로맨스라는 것은 대상을 좁히고 보면 아름다운 둘의 관계이지만, 시야를 조금 넓혀 생각해보면 일종의 제로섬 게임에 가깝다. 즉 한 사람에 대한 사랑이란 그 대상이 될 수 없었던 이(혹은 자신)의 희생을 반드시 필요로 한다는 것이다. 그래서 로맨스의 숨겨진 일면은 잔혹극일 수 있다. 사랑하는 이의 모든 것을 가지고 싶다는 연인들의 가장 기본적인 소망조차도 꽤나 폭력적일 수 있는 것 아니겠는가? 그러한 속성들 때문에 로맨스는 달콤하게도 그려지지만, 때로는 치정극이나 복수극으로 그려지기도 했다. 게다가 누구도 사랑하지 않고서는 살 수 없는 법이니, 이런 종류의 폭력이란 피해갈 수도 없다.

그렇기 때문에 로맨스는 장르를 가리지 않는다. 물론 공포영화라고 해서 꺼릴 이유가 없다. 만약 공포영화라는 장르적 외피를 두른다면 유혈이 낭자한 이야기로 그려내면 그만인 것이다. 영화가 현실을 좀 더 극적으로 그려낼 수 있음을 고려해보면, 이러한 속성은 더 받아들이기 쉬울지도 모르겠다. (잘 기억은 안 나지만) 〈헤더스〉(마이클 레만 감독)에 이 비슷한 대사가 나온다. "좋아하는 여자에게 선물을 사주는 것과 그녀를 위해 사람을 죽여주는 게 뭐가 달라?"

물론 누구나 그 둘이 다르다는 걸 모르지는 않는다. 하지만 영화 속의 인물들이 그 두 행동을 통해 얻고자 하는 목적은 같은지도 모른다.

또한 로맨스란 당사자 둘을 제외하고서는 이해할 수 없는 부분들을 많이 가지고 있다. 그러기에 기이한 이야기일 수 있으며, 그 기이함 속에서도 보편적인 공감대를 끌어낼 수 있다는 점에서 다양한 인간사의 모습들을 축약하여 보여줄 수도 있다. 나아가서는 로맨스에 놓여 있는 인물들이 어떠한 성격을 가지고 있는지 혹은 그 인물들이 어떠한 정치적 계급에 놓여 있는지에 따라, 단순한 두 남녀의 관계를 넘어 사회 전체에 대한 이야기로까지 확장시키는 것도 용이하니 하고자 하는 말을 늘어놓기 위해 감독이 선택할 수 있는 더 없이 좋은 수단이 되기도 할 것이다.

# 소년, 소녀를 만나다 렛미인

**원제** Let The Right One In • **감독** 토마스 알프레드슨
**배우** 카레 헤레브란트, 리나 레안데르손 등 • **제작** 2008년 스웨덴

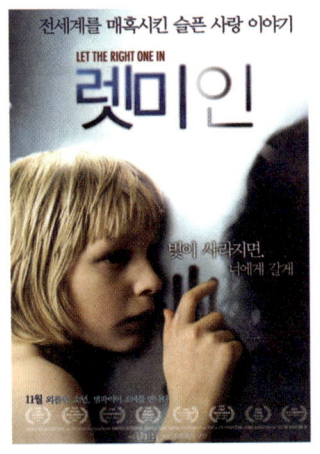

반드시 초대를 받아야만 흡혈귀가 인간의 공간으로 들어갈 수 있다는 설정(이는 희생자가 스스로 악마를 불러들일 때만 악마가 다가간다는 트란실바니아의 전설을 차용한 것으로 흡혈귀 영화들에 종종 등장하는 설정)은 무척 매력적이다. 누군가가 흡혈귀를 인간의 공간으로 초대하지 않으면, 흡혈귀는 인간과 관계를 맺을 수 없다는 뜻이기 때문이다. 이 설정 덕분에 일종의 먹이사슬로 얽혀 있을 흡혈귀와 인간은 일종의 공생관계를 이루고 살아가는 존재로 변모한다.

그러한 공생관계를 로맨스로 표현한 것이 바로 〈렛미인〉이다. 흡혈귀와의 사랑이란 결국은 누군가의 피를 전제로 한다. 거기에는 살아가기 위해서라는 누구도 부인하기 어려운 이유가 있다. 그러나 그와 동거하는 인간

은 어떻겠는가? 흡혈귀라는 존재는 인간의 윤리로부터 자유로울 수 있지만, 인간은 그러한 윤리로부터 자유로울 수 없다. 따라서 이 설정은 상당히 매력적이며 동시에 도발적인 설정이다. 그래서 순수한 연애담을 보면서도 마냥 가슴이 따스해지기보다는, 어딘가 서늘한 정서(영화 처음 날리는, 흡사 북유럽 특유의 눈발과 온도가 같은)가 맴돌게 된다.

〈렛미인〉은 눈에 언뜻 들어오는 것만큼 아름다운 작품은 아닌 것 같다. 연애담이라기보다는 소년의 성장담에 가깝고, 구원에 대한 이야기라기보다는 타락에 대한 이야기에 가까워보인다. 따지고 보면 〈렛미인〉은 자신에게 행해지는 폭력과 외로움으로 신음하던 한 소년이, 악을 자신의 공간 속으로 불러들이고 급기야 그것과 동일시된다(혹은 동거하게 된다)는 이야기 아니겠는가.

매력적인 소녀(엄밀히 말해 소녀는 아니다)를 악이라는 단어로 설명한 것에 대해 유감을 느낄 누군가가 있으리라고 생각한다. 그러나 철저하게 인간의 입장에서 생각해보면, 인간의 피로 살아가는 그녀는 악한 존재가 틀림없다. 게다가 영화를 통한 오스칼(카레 헤레브란트 분)의 변화를 생각해보자. 그는 자신을 괴롭히는 아이들 때문에 마음속에서 점차 분노가 커져가고, 칼로 나무를 찌르면서 돼지처럼 꽥꽥거리라면서 소리를 지르며 화풀이를 하기도 한다. 소녀가 처음 들었던 소년의 목소리는 이것이다. 하지만 그는 아직 순수한 소년이라 자신을 괴롭히는 이들에게 실제로 위해를 입힐 용기도 능력도 그리고 폭력성도 가지고 있지 못하다. 하지만 이엘리(리나 레안데르손 분)를 만난 후 그는 달라지기 시작한다. 그녀는 요구한다. "받은 것보

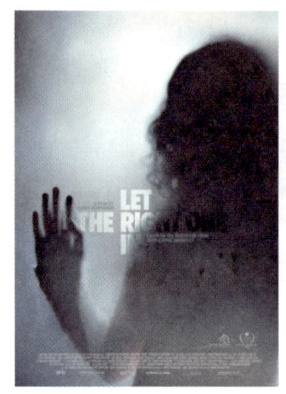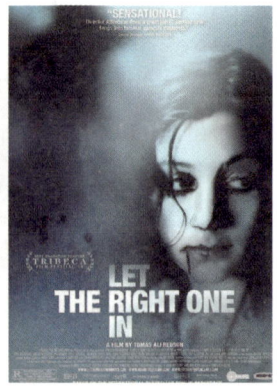

다 더 세게 돌려줘."

　따라서 이엘리와 오스칼의 만남(심지어 흡혈귀 소녀는 소년이 만들어낸 허구, 혹은 나약한 소년의 다른 자아인지도 모르겠다는 생각마저 들기도 한다)이란 오스칼이 변화하는 계기, 즉 피로 얼룩진 소년의 사춘기라 명명할 수 있겠다.

　이는 매우 쓸쓸한 성장담을 담고 있는지 모른다. 스스로를 지키려는 목적으로, 마음에만 두고 있었던 폭력을 실제로 행할 수 있게 되는 것이 성장이라고 생각하고 있는 것인지도 모르겠다는 뜻이다. 물론 소년의 행동을 이해하지 못하거나, 혹은 비난하는 것은 아니다. 다만 조금 슬픈 것뿐이다. 생각해보라. 처음 악을 행하는 건 쉽지 않다. 하지만 어떤 명분에 의해서든 한 번 악을 접하게 되면, 그 이후로 같은 행동을 반복하는 것은 일도 아니다. 심지어는 점차 행하는 악의 크기가 커지다가 나중에는 악에게 잡혀먹게 될지도 모르는 일이다.

　자신을 보호하겠다는 소년의 명분처럼 소녀 역시 자신이 살아야 한다는 명분을 가지고 폭력을 휘두른다는 점에서 둘은 공감대를 조성한다. 그리고 그러한 공감대는 네가 언제 어디에 있든 내가 너를 돕겠다던 말을 행동으로 실현한 수영장에서 극대화된다. 소년은 자신을 지켜주기 위해 나타났던 소녀를 보고 웃음 짓는다. 그러나 그는 잠시 후 무슨 일이 일어났는지를 알게 되고, 압도적인 폭력이 이루어진 그 현장에서 어찌할 바를 모르고 눈물을 흘린다. 그리고 칠흑처럼 어두운 눈 내리는 밤이 지나고 난 후, 소년은 그 모든 폭력들을 자신의 삶 속에 받아들일 것임을 결심한다. 그 후에 소년은 어떻게 될까?

나는 그가 영화 속에서 자세히 설명하지 않았던 이엘리의 동거인과 같은 운명(그는 오스칼에게 질투를 느끼는 듯한 뉘앙스의 말을 던지기도 한다)에 놓이게 될 것 같다는 생각이 든다. 언젠가는 흘러가는 시간 속에 무력하게 홀로 늙어버리고, 마지막 제 생명 외에는 소녀에게 줄 것이 없어지는 순간 버림받게 될지도 모른다고.

〈렛미인〉은 심도가 얕은 클로즈업, 주관적 카메라의 구사 등 그 표현에서는 감독의 의도가 강하게 드러난다. 그럼에도 불구하고 〈렛미인〉을 지

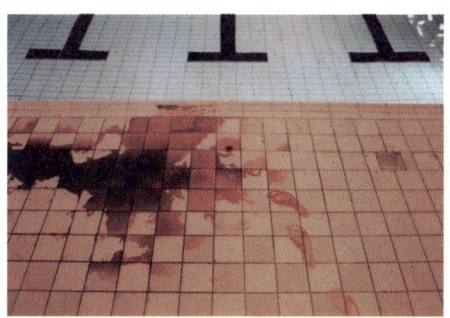
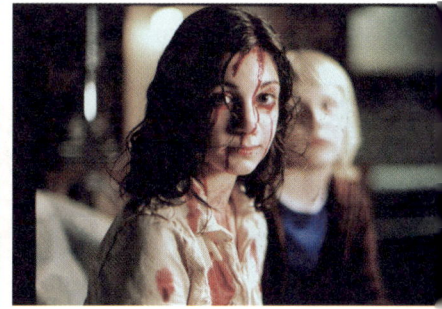

배하는 것은 주입된 정서라기보다는, 덤덤하고도 관조적인 느낌이다. 이는 느린 템포로 인해 관객의 사고를 위한 충분한 시간이 부여되었기 때문인 동시에 구구절절 설명하지 않음이라는 태도로부터 나오는 것 같다.

솔직히 말하자면, 〈렛미인〉에는 좀 더 의미를 부여받을 수 있음에도 그저 스쳐지나가는 캐릭터나 관계들이 존재한다. 그러나 이러한 점들이 영화를 망가뜨리기보다는 오히려 해석의 여지를 풍부하게 하고 있으니 결과적으로 〈렛미인〉은 현명한 영화가 아닐 수 없다. 참으로 반가운 영화다.

물론 〈렛미인〉이 연애담임을 부정할 수는 없다. 소녀가 자신의 동거인으로 피를 구해오기 쉬운 어른이 아니라, 아이를 택했다는 점을 미루어보면 소녀가 단순히 대체자를 구하기 위해 소년을 택한 것이 아니라는 이유만큼은 명확해 보인다. 하지만 함께 늙어갈 수 없는 둘의 호감이 얼마나 지속될 수 있을까? 한 순간만 떼어놓고 보면 이 세상 모두가 영웅일 수 있듯, 한 순간만 떼어놓고 보면 모든 관계는 아름다울 수 있다. 그러니 시간이라는 변수를 고려하지 않은 흡혈귀의 사랑이란, 어딘가 좀 심심한 구석이 있는 게 사실이다.

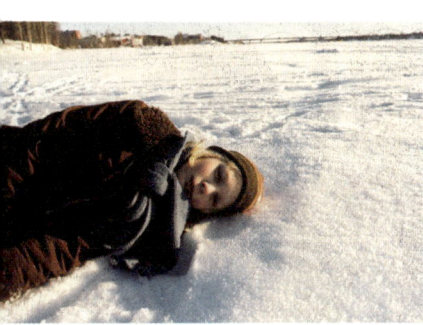
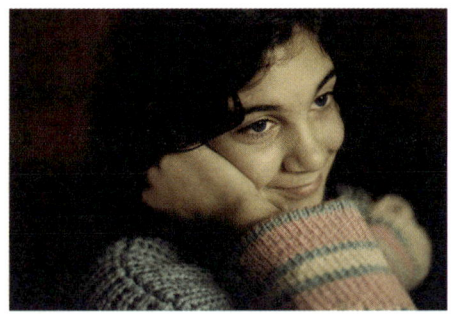

# 위험한 관계 오디션

**원제** オーディション ● **감독** 미이케 다카시
**배우** 료 이시바시, 시이나 에이히 등 ● **제작** 1999년 일본

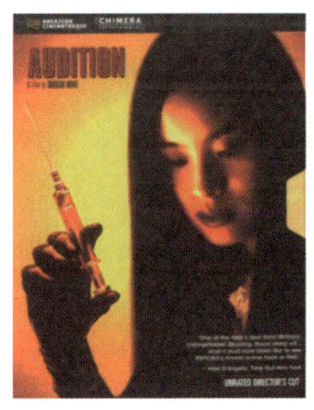

부잣집 딸에게 데릴사위로 들어오라는 게시물을 올린 한 결혼정보업체가 있었다. 충분히 예측할 수 있겠지만 수도 없이 많은 남자들이 줄을 섰다고 한다. 물론 그러한 경우는 일반적인 예는 아닐 것이다. 하지만 영화 속에서처럼 자신의 아내를 구하기 위해 실제로 오디션을 보기까지는 않는다 하더라도, 적지 않은 경우 결혼을 전제로 사람이 사람을 만나는 과정은 오디션을 보는 것과 크게 다르지 않다는 점을 인정해야 할 것 같다. 물론 결혼을 전제로 하지 않는다고 해도 대부분의 관계란 비슷한 속성을 내포하고 있다.

사람을 판단하는 최소한의 조건은 외모(이력서의 사진)와 그 사람이 내뱉은 자신에 대한 조금의 정보(자기소개서)이며, 그 사람의 존재를 키우는 것은

자신의 망상이다. '열심히 발레로 12년간을 수행한 사람이니, 이런 사람일 거야.'

아무리 상대가 진실만을 이야기한다고 한들 듣는 이는 자기 마음이 끌리는 대로 듣게 된다. 아무 것도 하지 않고 계속 전화를 기다렸다고 이야기한들, 영화 속의 여인처럼 정말 전화만 기다렸다고 들을 사람이 어디 있겠는가. 참고로 이 장면은 〈오디션〉이라는 영화에서 가장 소름 돋는 장면이었다.

게다가 사람에 대한 평가라는 것은 그 사람이 가진 매력에 따라 달라지는 법이다. 일단 마음에 들면 다소 어두운 부분이 있다고 하더라도 그녀는 역경을 이겨낸 훌륭한 사람이 되는 거고, 마음에 들지 않으면 '그녀의 어두운 과거가 혹여 그녀를 이상하게 만들지는 않았을까' 라며 편견에 사로잡히게 되는 거다. 슬프지만, 어느 정도는 그게 사실이다. 남녀관계에서 때론 그러한 판단은 성관계를 맺기 전과 맺고 난 후의 차이가 되기도 한다.

물론 〈오디션〉은 무척 가학적인 영화이다. 하지만 이 영화가 정말 무서울 수밖에 없는 이유는 가학성보다는 보편성에서 나온다. 즉 〈오디션〉은 대부분의 인간관계가 위험성을 내포하고 있다는 사실을 일깨워준다. 〈오디션〉에는 평범치 않게 성장한 그래서 어두운 과거를 가지고 있는 여주인공이 등장한다. 살아왔던 길이 달랐기 때문에 그녀의 사랑법은 다른 사람과는 다르다.

그녀는 정말 쉽지 않은 방법, 자신만을 사랑할 것을 요구한다. 장담컨대 그것은 아마 목사가 예수를 상대로도 할 수 없는 일일 게다. 하지만 그렇게까지 극단적으로 몰아치지 않아도, 이 영화의 공포는 통용될 수 있다. 일단 자신이 상대의 과거를 직접 겪지 않은 이상 그게 어떤 의미인지를 온전히 아는 것도 불가능하고, 설사 안다한들 사랑이란 개인적 영역이기에 모두에게 통용되는 보편적 방법론이 존재하지 않을 테니까. 그래서 올바른 사랑법이란 맞춰가는 것밖에 없다. 하지만 우리는 상대를 잘 알지도 못함에도 타인을 자신의 잣대로 규정하고, 자신의 틀 안으로 끌어들이기를 원한다. 그것은 일종의 폭력이다.

영화는 그러한 폭력을 상당히 가학적으로 표현한다. 예를 들어 '다리를 자르면 어디로 못 가겠지', '다른 걸 다 없애면 나만 사랑하겠지'와 마찬가지로. 더 극단적으로 표현하자면 그것은 사랑이라기보다는 사육이다. 토사물을 받아먹는 짐승을 만들어놓고서 어찌 사랑을 기대할 수 있겠는가.

〈오디션〉은 분명히 사랑에 대한 영화이다. 서로가 원하는 것을 온전히 얻을 수 없는 사랑이야기는 필연적으로 지독한 외로움의 정서를 품고 있을 수밖에 없다. 그 외로움은 블루톤의 색감 덕에 더욱 도드라진다. 영화를 이끌어가는 또 하나의 색은 붉은색이다. 아사미(시이나 에이히 분)의 계부를 만나던 장면이나, 엔딩부의 가학적 장면은 붉은 색으로 그 불안함을 배가한다.

〈오디션〉은 결코 앞뒤가 틀어짐 없이 들어맞는 류의 영화는 아니다. 그러나 이 영화는 그 각본을 뛰어넘는 무엇인가를 품고 있다. 평가절하 되는 것이 아쉬운 미이케 다카시의 걸작이라 생각한다.

# 사랑에 관한 세 가지 이야기 기담

감독 정가형제(정식, 정범식) • 배우 진구, 이동규, 김태우, 김보경 등 • 제작 2007년 한국

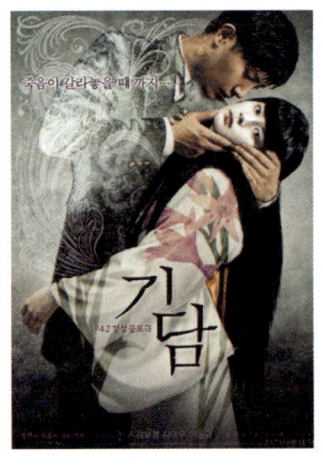

내게 세상의 모든 영화들은 세 가지 부류로 나뉜다. 첫째, 단점이 있든지 없든지 간에 그게 눈에 들어오지 않는 영화, 둘째, 흠이 있다고는 한들 장점이 많아 보듬어주고 싶은 영화, 마지막으로 단점들이 너무 거슬려서 짜증스러운 영화이다.

내가 정말 좋아한다고 확신할 수 있는 영화들이란 대체로 두 번째 부류의 영화들이다. 장점만을 좋아하는 게 아니라 단점까지 싸안으며 그 존재 자체를 사랑하는 것 같은 생각이 들기 때문이다. 내게 〈기담〉은 두 번째 부류에 속하는 영화이다. 즉 〈기담〉이 단점이 없는 영화라는 뜻은 아니다. 그럼에도 〈기담〉은 적어도 최근 몇 년간 나온 한국 공포영화 중 가장 괜찮은 작품이라 할 만하다.

빛과 어둠의 근사한 활용, 미술적 시각효과는 관객의 넋을 빼놓기에 부족함이 없을 만큼 아름다운 것이었으며, 이는 병원의 철거와 과거 경성이 자아내는 아련한 분위기(사람은 보통 지나간 일은 아름답게 생각하는 법이다)와 복고적 소품들, 그리고 예쁜 화면과 맞물려 진한 감정을 자극한다.

영화의 느린 호흡 역시 관객에게 생각할 여유를 많이 허용함으로써, 정서적 공감대를 만들어내는 데 일조한다. 또한 옴니버스로 구성하여 각각의 에피소드를 짧게 가져감으로써, 조금은 취약한 내러티브라는 약점을 극복했다. 오히려 짧은 에피소드를 아기자기하게 그려내고, 다른 에피소드를 연계하는 작은 부분들을 꼼꼼하게 그려냄으로써 식상할 내용마저도 참신하게 보이게 만들 지경이다.

영화 〈기담〉은 내용은 상당히 평이하다. 〈식스센스〉를 떠올리게 하는 도입부의 트릭(부녀의 대화를 잘 보라. 교복 입은 학생과는 눈도 마주치지 않는다. 이런 트릭은 세 번째 에피소드에서도 사용되는데, 정남과 관계를 맺고 있는 사람이란 인영 외에는 아무도 없다)과, 〈아메리칸 뷰티〉를 연상시키는 "나는 오늘 죽었다"라는 대사만 들어도 영화 전체를 얽는 액자가 어떻게 생겼는지는 알 수 있다. 환상적인 분위기의 첫 번째 이야기는 신선하다고 인정하더라도, 두 번째 이야기와 마지막 이야기는 창의적 이야기와는 거리가 멀다. 사실 이 영화의 시나리오에 대한 각광은 귀신을 등장시킨 그간의 한국 공포영화들의 시나리오가 얼마나 삐걱댔는지에 대한 반증이라고 볼 수도 있겠다.

물론 평이한 이야기가 꼭 나쁜 것은 아니다. 자신이 하고 싶은 바를 표현하는 데 충분하다면 이야기는 그것으로 족하기 때문이다. 너무 많이 꼬

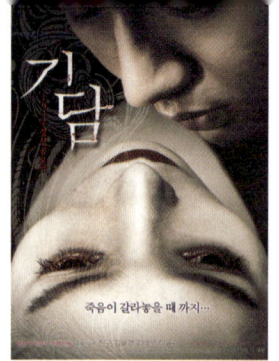

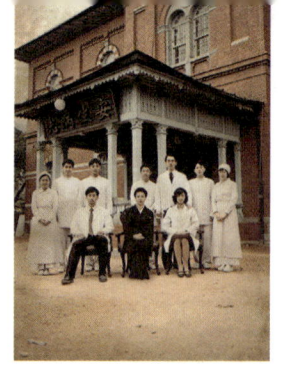

아놀은 영화도 때로는 피곤하지 않은가. 〈기담〉의 많은 장점은 보여준 것
으로부터 나온다. 구태여 빛과 어둠의 콘트라스트를 살려주고 전체적으로
영화가 화사한 느낌을 가지게 만든 ENR 현상(전체 화면을 탈색시키는 현상법)이
나 공들인 세트와 시대적 고증에 의한 시각적 즐거움에 대해 말하지 않아
도, 영화에 등장한 중얼귀신(흡사 황병기의 '미궁'을 연상케 한다. 간만에 등장한 정
말 무서운 귀신이었다)이나, 다 자신의 잘못이라며 눈물과 콧물을 뚝뚝 흘리던
〈블레어 윗치〉의 명장면이 부럽지 않도록 만드는 아사코(고주연 분)의 눈물
연기처럼 매력적인 장면들을 한국 공포물에서 본 기억이 별로 없다.

　세 번째 에피소드에서 아내의 그림자가 없음이 발견된 직후 서서히 앞
으로 다가오는 인영(김보경 분)의 모습은 충분히 섬뜩할 뿐만 아니라 어떤
귀기를 품고 있는 것처럼(흡사 공중부양을 하고 다가오는 느낌마저 든다) 느껴지기
도 한다.

　동시에 〈기담〉은 보여주지 않기의 미덕을 실천하는 영화이기도 하다.
영화를 감상하고 난 후 기억을 돌려보면, 압도적으로 아름답고 쓸쓸하다
는 느낌 뒤로 〈기담〉은 의외로 파격적인 설정들을 담고 있는 영화라는 사
실을 깨닫게 된다. 첫 번째 에피소드의 예를 들어보자. 한국영화에서 감히

시체와의 정사를 소재로 다룬 영화가 얼마나 있었는가? 세 번째 에피소드에서처럼 죽음에 이르기까지의 아이를 그토록 오래 잡아주며 긴장을 끌어낸 경우도 흔하지는 않다. 이런 소재들이 자연스럽게 받아들여질 수 있었던 이유는 영화가 자극적이거나 직접적으로 그 장면들을 표현하지 않기 때문이었을 것이다. 정가형제는 눈에 보이는 것보다는 훨씬 과격한 사람들일지도 모르겠다는 생각이 든다.

어쨌거나 〈기담〉은 기이한 세 가지 사랑의 이야기를 담고 있다. 사랑이란 사실 당사자들의 비밀로 가득한 것이며, 타인들의 그것을 훔쳐볼 경우 항상 이해가 되는 부류의 것은 아니다. 그리하여 사랑이란 언제나 기담일 수 있다. 같은 이유에 의해 사랑은 때로 슬프고, 잔혹하며, 어리석고, 집요할 수도 있다. 왜냐하면 사랑이란 인간의 삶 그 자체이기 때문이다.

호평과 나쁘지 않은 흥행에도 불구하고 개봉 3주차 이후로 급격히 개봉관 수가 줄고 생색내기에 불과한 교차상영에 의해 영화를 볼 기회가 줄어들자, 소수관객을 중심으로 〈기담〉을 볼 수 있게 해달라는 서명운동이 벌어지기도 했다. 그 결과 〈기담〉은 몇 개 상영관에서 추가상영이 확정되는 소박한 승리를 거둔 바 있다. 그런데 돌이켜 생각해보면 소비자의 선택권을 지키고자 하는 행동이란 분명 바람직한 일이지만, 〈기담〉 정도의 퀄리티를 가진 상업영화가 개봉할 상영관을 가지지 못한다는 현실은 의아스럽다 못해 암울하기 짝이 없다. 그 많은 상영관은 다 어디로 갔나? 〈기담〉보다 더 스크린을 잡기 어려울 작품들은 어디로 가야 하나?

## Horror Tip 07 · 공포, 소설 그리고 김종일

공포소설이 다루는 인간의 어두운 면은 공포영화의 소재와 다르지 않기 때문에, 보통 공포영화의 팬이라면 또한 공포소설의 팬일 확률이 높다. 게다가 공포소설이 공포영화의 소재가 될 수 있다는 점에서 공포소설에 대한 애정은 좀 더 근본적인 무엇인지도 모른다.

그러나 한국의 공포소설은 공포영화보다 처지가 더욱 좋지 않아 아직까지 제대로 된 시장을 만들어 내지 못하고 있다. 그럼에도 불구하고 나는 외국 공포소설보다 한국 공포소설을 훨씬 더 좋아하는데, 그 이유는 국내 저자의 소설은 외국 저자의 그것과 비교할 때 훨씬 많은 공감대를 가지기 때문이다. 특히 공포장르에서는 더더욱 그러하다. 어릴 적 나는 흡혈귀를 두려워하지 않았는데 그 이유는, 첫째 한국인의 피에는 마늘이 흐를 것이며, 둘째, 한국에는 흡혈귀가 살 만한 고성이 없었기 때문이었다. 또한 비슷한 이유로 제이슨도 무섭지 않았는데, 그것은 내가 크리스털 호수에 갈 가능성이 매우 낮기 때문이었을 것이다. 즉 소재와의 거리가 멀어질수록 공포는 반감된다. 그런 의미에서 우리의 바로 옆에 있는 것들이 소재로 사용되는 한국소설의 경우, 공포와 흥미 모두가 배가된다.

비록 한국의 공포문학이 이제 시작되고 있는 수준임을 인정할 수밖에 없지만, 그래도 주목해도 좋을 작가는 있다. 내가 좋아하는 작가는 김종일이다. 김종일의 책을 권하기 위해 "공포문학이 살아야 공포영화도 삽니다" 혹은 "한국 공포문학을 위해서" 등의 거창한 명분을 들먹일 필요까지는 없다. 왜냐하면 그의 책을 설명하는 데는 "재미있습니다"라는 한마디면 충분하기 때문이다.

황금드래곤 문학상 당선작이었던 『몸』을 처음 읽었던 순간부터 나는 그의 글에 매료되었다. 『몸』은 소재의 친숙함으로부터 전혀 친숙하지 않은 신체 훼손까지 극단적으로 독자들을 몰아간다. 그는 어설픈 기교보다는 흡입력을 내세워 독자를 압도했고, 그의 거친 문체는 신체 훼손을 표현하는 데 주저함이 없었으며, 또한 기왕 갈 것 확실하게 가보겠다는 혈기까지 내보였다. 그 탓에 작품은 현실을 떠나 초현실적 영역까지 뻗어나가고, 탁월한 묘사력에 의해 그로테스크한 분위기를 만들어내는 데 성공한다.

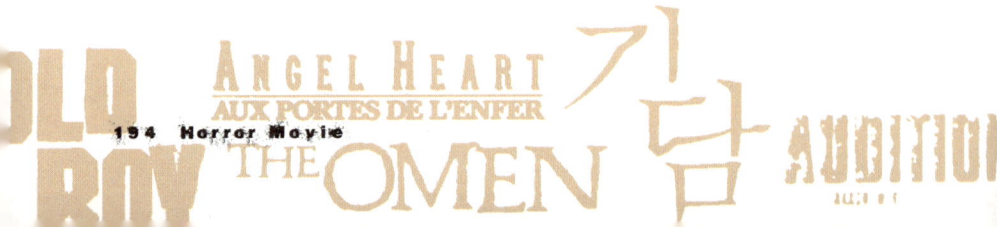

WOLF THE SIXTH SENSE 구로스케

The Only Thing More Terrifying than The Last 12 Minutes Of This Film Are The First 92.

CHANGELING 가요시

식상할 정도로 친숙하기도 하고 지나치리만큼 사소하기도 한 계기들은 조금 정형적이고 상투적인 느낌을 자아내기도 하지만, 그것으로부터 공포를 발전시키는 능수능란한 전개는 그 묘사만큼이나 감동적이다. 몇몇 에피소드는 신체 부위와 전체의 충돌 혹은 현실에 대한 진지한 접근을 담고 있지만, 전반적 에피소드들은 메시지를 추구하기보다 순수한 공포를 추구하는 것에 가깝다. 언젠가 한국 공포영화에 대해 이야기를 나누던 중 그는 "왜 공포가 슬퍼야 합니까? 무서워야지"라며 열변한 적이 있었는데, 이 글은 그의 그런 가치관과 한 치의 어긋남도 없어 보인다. 원래 단편으로 썼던 글들을 모아 장편으로 묶는 과정에서 일종의 어색함이 발생했다는 것이 『몸』의 유일한 단점일 것이나, 단편으로서 『몸』은 더할 나위 없이 깔끔하다.

그가 장편에서도 재능을 가지고 있다는 사실은 『손톱』을 출간하고 난 이후에 밝혀졌다. 서로의 꿈에 의해 얽혀 있는 열 명의 빙의된 자들이 나오는 이 복잡한 이야기가 얼마나 치밀하고 정교하게 엮여 있는지를 확인하게 된다면, 아마도 이러한 내 의견에 동감할 것이라 믿는다. 그와 동시에 작가 특유의 흡입력 역시 힘을 잃지 않고, 가학적인 폭력의 묘사와 진절머리 나는 상황에 대한 적나라한 표현들 역시 여전하다.

『손톱』 역시 전작 『몸』에서처럼 인간 혹은 관계에 대한 어떤 불쾌한 시선이 느껴진다. 그러나 『손톱』은 그럼에도 희망이 있을 수 있다는 것을 역설한다는 점이 조금 새롭다. 그것도 자신의 죄를 마주하고 죄의식으로부터 탈출하여 새 삶을 얻자는 아주 착한 주장을 담고 있는 것이다. 작가의 주장이 명확히 드러나는 점은 분명 그가 작가로서 한 걸음 전진했음에 대한 증거일 것이다. 나는 그가 다음에는 어떤 말을 할지 궁금하다. 소설과 영화의 영역 모두에서 그의 이름을 자주 볼 수 있기를 기대한다.

★ 이렇게 노골적으로 빠심을 드러내도 될까에 대해 잠깐 망설였다. 그러다가 이 책의 본질이라는 것이 내가 좋아하는 영화와 감독들에 대한 빠심을 드러내는 것이라는 사실을 깨닫고서는 혼자 웃어버렸다. 파이팅! 김종일!

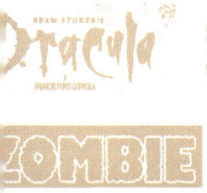
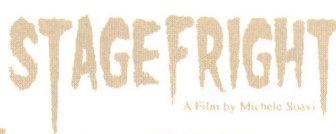
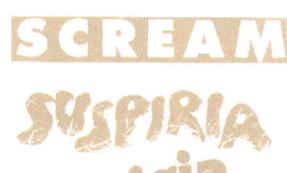
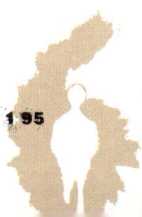

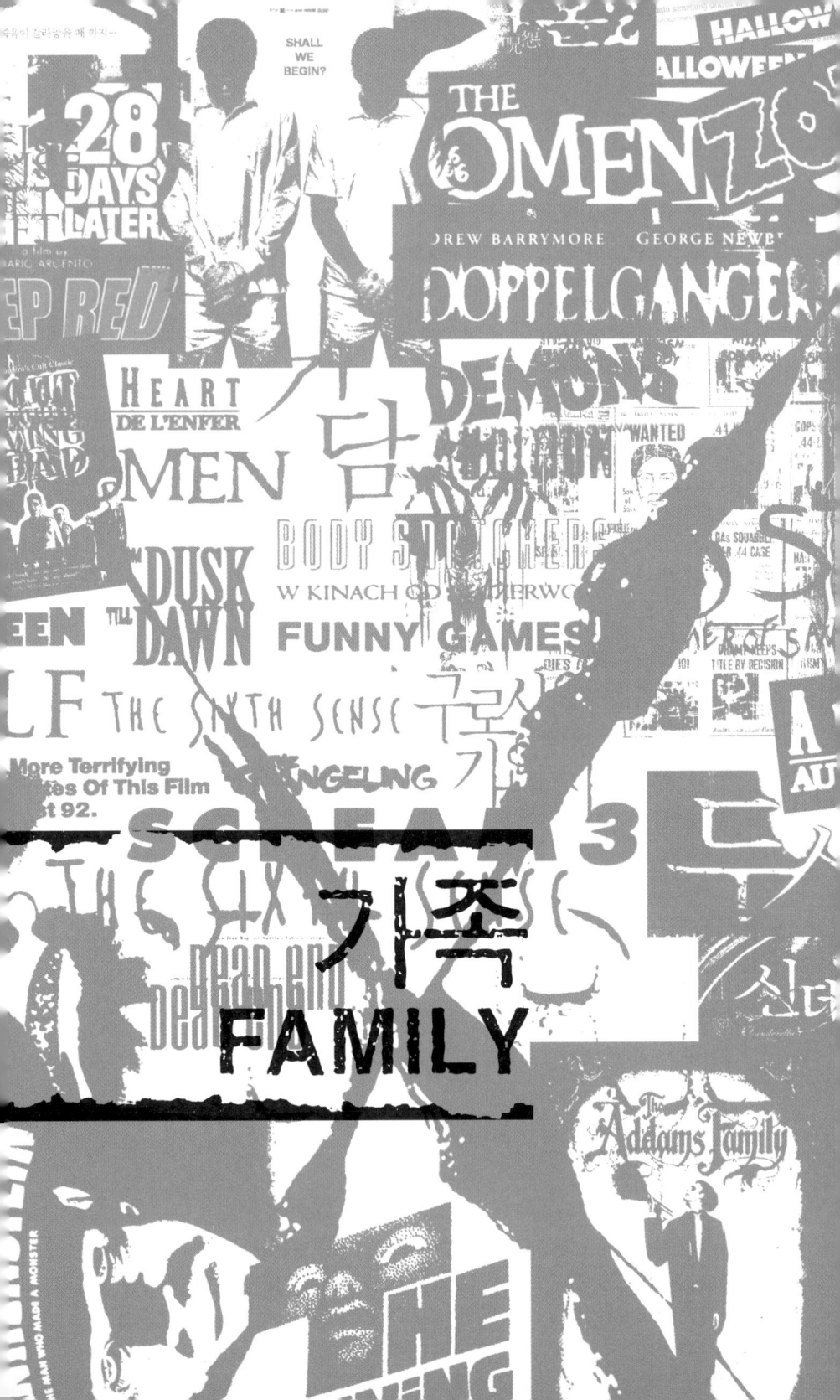

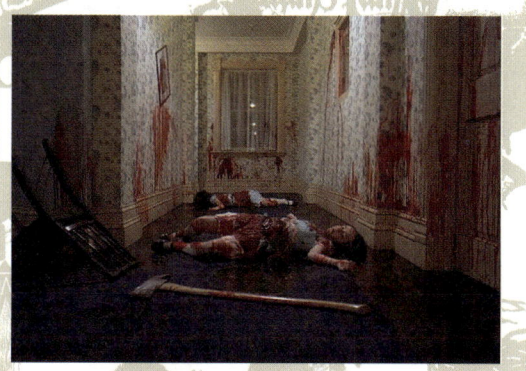

현대 사회에서 가장 작은 단위를 이루고 있는 것은 가정이다. 그리고 그 가정을 구성하는 것은 가족이다. 가정은 아이를 출산하고, 아이를 교육하고, 사회활동을 위한 재충전을 담당하고 어쩌고저쩌고 등의 역할이 주어지는데, 그런 것들을 모두 무시하고 내가 중요하게 생각하는 요소란 두 가지이다.

첫째, 가족이란 내 마음대로 선택할 수 있는 것이 아니며 또 그들의 행동 역시 내 맘대로 결정할 수 있는 것이 아니라는 점, 둘째, 미우나 고우나 함께 사는 경우가 엄청나게 많다는 점이 그것이다. 가족은 가장 어려운 때 힘을 주는 최후의 보루이기도 하지만, 누군가에게 가족이란 뗄 수 없는 질긴 인연에 불과한지도 모른다.

항상 부대끼다보니 갈등 역시 만들어지기 쉽고, 또한 갈등이 있다고 한들 가족이라는 이름으로 함께 묶여 있을 수밖에 없는 굴레일 수도 있다는 것이다. 즉 모든 이에게 그렇지는 않더라도 누군가에게 가족은 공포일 수 있다. 적지 않은 수의 사람들이 갑갑한 가족을 떠나기 위해 결혼을 택한다고 말하기도 한다. 그 말을 그대로 믿는 것은 아니지만, 저런 말이 그럴 듯하게 들리는 걸 봐서는 어느 정도 수긍할 만한 구석이 있기는 한 모양이다.

어릴 때 나는 대부분의 가정은 화목하고, 사연 있는 가정은 극소수라고 생각했다. 하지만 뒤에서 수군거리는 아주머니들의 잡담을 엿들으면서, 믿을 수 없는 이야기들이 나의 삶 가까이에서 일어나고 있다는 것을 알기 시작했다.

나이가 어느 정도 들고난 후 나는 아무런 문제가 없어 보이는 가족들도 차마 드러내지 않을 뿐 자신들만의 갈등과 문제를 가지고 있다는 사실을 알게 되었다. 그리하여 가족을 공포의 소재로 삼은 이야기들은 대다수의 이들에게 일정 정도의 공감을 불러일으킬 수 있다고 생각한다. 또한 지금 현재 아름다운 가정을 유지하고 있는 사람이라면, 가상의 가족을 관찰함으로써 나의 것이 깨어지면 어떻게 될까에 대한 숨어있는 불안함을 끄집어낼 수도 있다. 그리하여 가족을 공포로 한 영화들도 세상에는 많이 존재한다.

사실 한국에서 만들어지는 소위 아침 드라마들(유독 아주머니를 대상으로 한 드라마들만 막장인 것은 아니다. 단 아주머니들이 남자보다 가정생활에 대한 비중이 높다 보니 가족사에 대한 비화나 자극적 소재들이 그녀들에게 호소하는 바가 좀 더 큰 것뿐이다)에서 보이는 가족들이란 그 그로테스크함이 공포영화를 우습게 넘어버린다.

보통 가족을 공포로 한 영화들에서 가장 많이 희생되는(악의 상징으로 그려지는) 존재는 아마도 아버지(〈샤이닝〉, 〈계부〉)일 것이다. 아버지가 요구하는 가부장적 질서는 사회 전체를 움직이는 이데올로기와도 적잖이 닮아 있기 때문이다. 그러나 어머니라고 해서 예외는 아니고 (고부갈등이 심한 한국영화들에서는 유독 못된 시어머니가 많이 등장한다), 아들이라고 해서 예외가 아니며(〈오멘〉이나 〈굿 선〉), 딸도 예외는 아니다(〈죽음의 무도회〉). 애완견(서양에서는 가족처럼 받아들여진다) 역시 예외가 될 수 없다.

가족의 공포란 결국 가장 가까운 자로부터 오는 것이다. 그리고 가장 친숙한 자로부터 발견된다. 그렇기 때문에 머나먼 나라의 연쇄살인마보다 훨씬 더 무섭게 느껴진다. 적어도 가족에 대한 공포를 말하고자 하는 영화라면, 나는 한국영화가 가장 무섭다. 제도 자체가 가장 친숙하기도 하고, 혈연에 대한 집착이나 가부장적 질서에서라면 우리나라도 보통 수준은 넘을 것이기 때문이다. 오죽하면 「대한민국에서 장남으로 살아가기」라는 책도 나왔겠나.

# 댁의 아빠도 이렇습니까? 계부

**원제** The Stepfather • **감독** 조셉 루벤
**배우** 린제이 본, 쉘리 핵, 안나 헤이건, 게리 헤더링톤 등 • **제작** 1987년 미국

위대한 미국의 개척 정신이란 것에 대해 외부인의 시각으로 독설을 퍼부어보자면, 미국인들이 광야에 집을 짓고 울타리를 침으로써 원주민들의 땅을 빼앗은 것에 불과하다. 남의 땅을 강탈했으니 그들은 언제 습격 받을지 몰라 불안해하지 않았을까? 게다가 황야의 무법자들도 설쳐댔으니 말이다.

따라서 그들에게 가장 중요하고도 우선적인 것은 가족의 보호였다. 기병대는 가끔 한 번씩 지나갈 뿐이었기에 그러한 보호는 건장한 어른 남자의 손에 맡겨졌다. 총기 소지는 자신의 안전을 위해 당연하게 받아들여졌고, 가정을 지키는 것에 최우선 순위가 주어졌다. 즉 미국인들의 가족주의 숭상은 폭력으로 세워진 역사의 유산이다. 많은 할리우드 영화들이 이러한 가족주의를 기저에 깔고 있는 이유도, 가족주의에 대한 보편적 공감대가 형성되어 있기 때문이다. 정도는 다르지만 다른 나라의 경우라고 해도 크게 다르지는 않을 것이다. 지킨다는 것만큼 폭력을 정당화하는 수단도

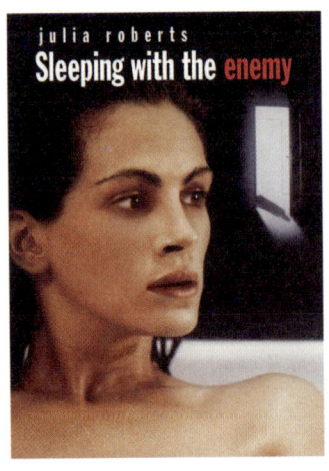

없기 때문이다.

　어쨌거나 그러한 가족주의는 때때로 맹렬한 비판의 대상이 되기도 하는데, 이토록 지고지순한 가족이라는 개념을 가장 끔찍하게 생각하는 감독은 아마도 조셉 루벤일 것이다. 〈적과의 동침〉에서 편집증적 증세를 가진 정신병자 남편을, 〈굿 선〉에서는 〈나 홀로 집에〉의 맥컬리 컬킨(엘리야 우드가 사촌으로 캐스팅되었다)을 공포의 대상으로 탈바꿈시키는 것을 주저하지 않았던 조셉 루벤의 이력은 거슬러 올라가면 〈계부〉로부터 시작된다.

　완전한 가족을 만들기 위해 아이가 있는 여인을 찾아 그녀와 결혼한 후 화목한 가정에 대한 자신의 환상이 깨지기 시작하면 돌연 변신해 모든 가족을 몰살시키고 다른 반려자를 찾아 떠나는 연쇄살인범에 대한 이야기를 다룬 〈계부〉는, 완전함이 없는 세상에서 완전함을 추구하는 것은 오로지 정신병자뿐이라는 사실을 일깨워주는 독설 가득한 작품이다. 불가능한 것을 강렬히 원해봐야 피곤한 건 자기 자신이며, 주위에 민폐만 끼칠 뿐이다.

　〈계부〉는 아버지가 가진 질서와 다른 이들이 생각하는 관계가 다를 경우에 일어나는 일을 과장해 보여주고 있다. 실은 가족 구성원이 요구하는 것은 모두 다른 것인데, 거기에서 발생하는 마찰을 용인하지 못한다면 그 가정이 파탄나지 않을 방법이 없을 것이다.

게다가 한 번 실패하면 다른 곳으로 이주하여 다른 대상을 물색한다는 것도 재미있는 설정이다. 이러한 설정은 현대인들이 가진 리셋에 대한 은근한 욕망을 부각시킨다. '다시 시작하고 싶다' 혹은 '나 다시 돌아갈래' 등의 욕망. 이들 욕망들은 현실에 대한 불만과 자신이 생각하는 완전한 모습에 대한 집착으로부터 나온다. 누구나 이런 경향을 조금씩은 가지고 있다. 골치 아프게 얽힌 일들에 피곤해지면 관계를 정리해버리기 일쑤이며, 끝까지 읽지 못한 대부분의 책들이 처음 부분만 너덜너덜해져 있지 않던가.

지극히 단순한 내용에 단선적인 캐릭터 설정으로 스릴러의 묘미를 느끼게 하는데 무리가 있는데다가, 잔혹한 장면의 수위도 낮고 미학적 표현이 훌륭한 것도 아닌 〈계부〉를 훌륭한 B급영화라 치켜세울 수밖에 없는 이유에는 테리 오퀸의 믿을 수 없는 연기력이 많은 부분을 차지하고 있다. 처음에는 갖은 노력을 다하다가(눈에 들어온 여자는 다 꼬셔낼 정도의 에티켓을 가지고 있고, 적어도 자신만큼은 미국인들의 진정한 아버지상을 훌륭하게 소화해낸다) 실망감으로 인해 변해버려 살인을 결정하고 휘파람을 불며 집에 돌아올 때의 표정(그가 연쇄살인범으로 변했다는 신호는 포스터의 '시골경마'를 휘파람으로 불기 시작한다는 것이다)이나, 중요한 순간 광기를 표현하는 테리 오퀸의 연기에는 두 손 두 발 다 들고 입에 침이 튀길 정도로 칭찬을 해도 모자란 감이 있다.

그래서 나는 이 작품을 숨겨진 보석이라 말하고 다니는 편이다(시리즈로 몇 편 더 나왔으나 1편만 봐도 충분하다). 모 사이트의 평가를 인용하자면 "미국의 모든 가정은 제리에게 죽음을 당한다"며 극찬 받은 바 있고, 몇몇 영화제에 노미네이트(일부는 수상)되기도 했으니 객관적으로도 어느 정도 인정받는 작품이라는 말을 덧붙여보자.

많은 공포영화들이 그러하듯 이 믿을 수 없는 이야기 역시 현실의 존 리스트 사건으로부터 아이디어를 얻은 것이다. 복음교회의 열성 신도였던 회계사 존 리스트는 경제적 파탄과, 아이들에 대한 체념(오컬트에 빠진 아이들은 종교적으로 성장할 수 없다) 등의 복합적 사유로 일가족을 몰살시키고 잠적했고, TV 프로그램인 〈America's Most Wanted〉 방영 후 주위의 제보에 의해 잡혔다(그는 종교적 이유로 성형을 할 수 없었다). 주변을 떠들썩하게 만들었던 살인마들은 적어도 한 번쯤은 스크린에서 부활한다고 생각해도 좋다. 한국의 경우도 마찬가지이다.

가만히 생각해보면 조셉 루벤은 갑갑한 가족 관계를 막연히 그려내기보다는, 꽤나 날카롭게 현실적으로 파고드는 구석이 있다. 〈적과의 동침〉의 대사를 보자. 영화의 마지막 즈음 남편은 달아났던 여인의 마음을 돌리기 위해 "난 너 없이 살 수 없어"라고 말한다. 그리고 그 직후 "널 나 없이 살게 할 수 없어"라며 말을 바꾸는데, 사실 이 말에는 조금 찔리는 구석이 있다. 상대방이 없어도 살 수 있다는 정도는 알고 있을 많은 이들에게 "난 너 없이 살 수 없어"의 참뜻이란 "널 나 없이 살게 할 수 없어"일지도 모르기 때문이다. 어쨌거나 쓰러진 전 남편의 손에서 데굴데굴 떨어져 바닥에 놓인 결혼반지를 클로즈업해주는 마지막 장면이란, 결혼에 대한 그의 불신을 극명하게 표현한 장면일 것이다.

# 올가미 목 없는 여살인마

**감독** 김영한 • **배우** 김정철, 김해숙, 곽은경, 배수천 등 • **제작** 1985년 한국

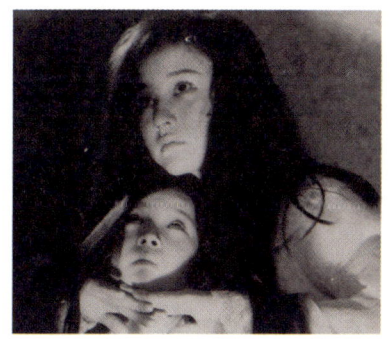

전통적 여귀 이야기의 현대적 버전을 다루고 있는 〈목 없는 여살인마〉는 이용민의 〈살인마〉를 리메이크한 작품이다 〈목 없는 여살인마〉는 그 제목만으로도 카리스마를 뿜어내지만(사실 이 제목은 이용민의 두 편의 영화, 〈살인마〉와 〈목 없는 미녀〉를 단순히 합친 것이다), 실제 영화를 보면 목이 없는 것도 아니고 여살인마도 아니니(귀신이다) 영화를 보기 전에 기대한 것들이 모두 거짓으로 판명된다. 그리고 영화의 많은 장점들은 원작에서 그대로 가져온 것들이니 이 영화를 딱히 훌륭한 영화라고 평가하기는 어렵다. 그러나 몇몇의 훌륭한 장면이 존재하고 나름의 유머감각이 존재하는데다가 원작과는 달리 컬러로 촬영되어 있어 약간 다른 느낌이 들기는 하니 한 번은 볼 만하다는 생각이 든다. 여러모로 〈목 없는 여살인

마〉를 보는 것보다는 이용민의 〈살인마〉를 보는 쪽이 낫다고 생각하기는 한다만.

〈목 없는 여살인마〉를 볼 수 있는 기회 자체가 심각하게 제한되어 있는데, 나도 이 영화의 명성(?)은 진작 들었지만 2006년 영상자료원에서 틀어줄 때까지는(영상자료원에서는 자주 틀어줬는데, 직업을 가진 이라면 시간 맞추는 것이 정말 쉽지 않다. 반면 〈살인마〉는 DVD로 출시되어 있다) 기회가 닿지 않아 보지 못했던 작품이기도 하다.

어쨌거나 내가 본 〈목 없는 여살인마〉는 고부갈등에 대한 이야기를 다룬 영화이기도 하면서, 자본주의 사회에서 일어날 수 있는 어떤 것들에 대한 우려를 담은 영화이기도 하다. 이러한 설정들이란 지금 보면 웃음이 나올 정도로 전형적인 것이지만, 그래도 여전히 고부갈등이 맹위를 떨치는 이 땅에서라면 어느 정도의 공감대 형성은 어렵지 않으리라 생각한다.

영화는 자신의 불륜을 숨기기 위해 가정부와 작당을 하고 며느리를 없앤 시어머니와, 죽은 후 그들에게 복수하러 나타난 귀신에 대한 이야기를 그리고 있다. 영화 속에서 처음 귀신이 나타났을 때 시어머니와 가정부(김해숙 분)는 자신들이 한 짓 때문에 공포에 떨기 시작한다. 그리고는 시목(김정철 분)에게 무서우니 서로 자신과 있을 것을 요구한다. 남자가 아내와 함께 있고자 하니, 어머니가 붙잡는다. "그럼 나는?"

아들은 어느 한쪽의 편을 들게끔 강요받는다. 셋 모두 함께 있을 수는 없었던 것일까? 이것이 고부갈등이라는 문제의 시작이다. 아들을 매개로 한 두 여인의 신경전. 아마 이런 상황들은 전 부인이 살아 있을 때도 계속

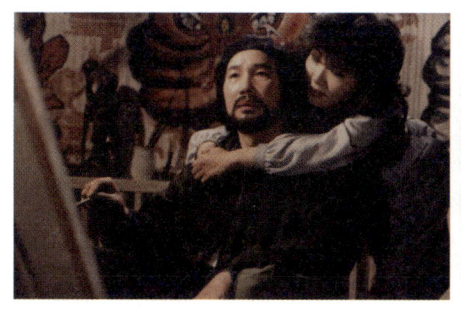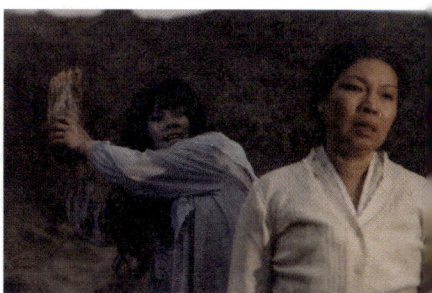

하여 연출되었을 것이다.

　이러한 고부갈등 구도에서 가해자는 주로 시어머니가 되기 쉽다. 왜냐하면 현재 아들을 소유한 아내란 아쉬운 것이 없기 때문이다. 악에 찬 건 자신의 아들을 빼앗긴 것 같은 상실감에 빠진 어머니이다. 물론 시어머니는 그 구도에서 권력자로 그려지기도 한다. 일단 연배상 어른이기도 한데다가, 새끼를 위해 자신의 평생을 희생했다는 것으로부터 권력이 나오기도 하기 때문이다. 영화 속에서 어머니는 더러운 년을 때리는 것은 네 손만 더럽힌다며 아들 대신 며느리의 뺨을 때리기도 하는데, 이 장면은 시어머니의 권력이 어디에서 나오는지를 명확하게 보여주고 있는 장면이다.

　물론 시어머니만 욕하는 것은 쉬운 일이 아니다. 고부갈등이란 사회 진출이 극히 제한된, 그래서 남자의 지위가 여자들에게 그대로 반영되었던 과거의 전반적 분위기가 투영된 것이기 때문이다. 남자들 중에서도 바깥에 나가 외도를 하는 남편보다는 아들을 좌지우지하는 게 더 쉬웠으니, 어머니들은 아들에게 집착했고 공을 들였던 것이다. 자식을 키우는 것만큼 중요한 것이 적당할 때 자식을 놓아주는 것이지만, 당시 어머니들은 자식을 (물리적 혹은 심적으로) 독립시키는 법을 잘 몰랐다. 그 탓에 고부갈등은 이 땅에 뿌리를 박고 말았다.

귀신이 시어머니에게 복수한 후 시어머니로 변하는 것은 그런 의미에서 문제의 본질을 짚은 것이다. 이제 갈등의 주범은 어머니임이 명확해진다. 어머니의 정체를 알게 된 아들은, "저것이 괴물이지만 그래도 내 어미의 형상을 하고 있으니 찌르기가 힘들구나" 하고 고백하는데, 이 역시 중요한 장면이다. 사실 바깥에서 주로 활동했던 아들은 여자들의 관계를 잘 이해하지 못하며, 게다가 어쩔 수 없다고 자신을 변호하며 문제를 외면함으로써 상황을 더욱 악화시킬 뿐 해결하는 데는 별 도움이 되지 못하는 경우가 많다. 설사 누가 잘못했는지를 안다고 하더라도 한 사람의 편을 드는 것이 쉽지 않기도 하고.

따라서 귀신의 복수는 시어머니에게서 그치지 않는다. 그녀가 전 남편의 목숨까지 노리는 이유는 자명하다. 몰랐다는 것이 죄가 없음이라는 의미와 상통하지 않기 때문이다. 전 부인의 죽음과 관련한 모든 비밀이 밝혀진 후 남자는 이렇게 말한다.

"내 어머니가 나만을 위해 산 줄 알았더니 그게 아니었구나. 내게 눈이 있었으나 보지 못했으니 모두 내 잘못이었구나."

영화는 고부갈등의 일차적 원인을 어머니 그리고 이차적 원인을 남편에게 돌리고 며느리에게 면죄부를 부여하는 관점을 택한다. 아마도 일반적인 경우라면 그러할 것이다.

영화의 나머지 부분들은 그릇된 경쟁(신분상승의 욕구)이나 혹은 배금주의

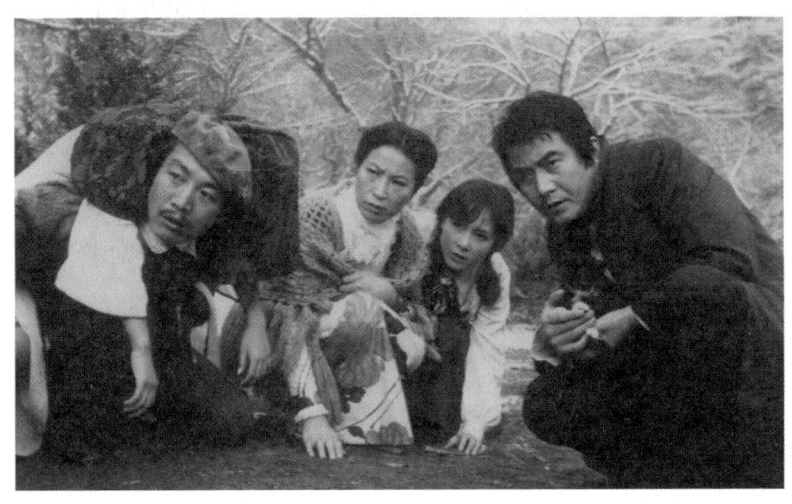

등에 대한 우려를 담고 있다고 볼 수 있다. 실질적 주범인 가정부는 며느리로의 신분상승을 목표로, 그에 공조하는 화가는 유학비용을 목표로 악행과 거짓말을 반복하게 된다. 어디론가 사라져 버린 도덕성으로부터 발생하는 사건들은 한두 가지가 아닐 것이다.

사실 이러한 우려는 어디선가 많이 본 것이기에, 딱히 언급하기도 민망하다. 이러한 설정들은 1985년의 영화가 진지했기 때문에 가져왔다기보다는, 원작인 〈살인마〉에서 그냥 가져온 것이다. 그리고 한국의 여귀들이 기본적으로 가지고 있었던 속성들 중 하나였을 뿐인지도 모른다. 어쨌거나 한국 공포영화의 흔치 않은 걸작으로 평가되는 〈살인마〉는 두 차례에 걸쳐 리메이크 되었는데, 그것의 첫 번째 리메이크인 〈흑귀〉는 아직 감상하지 못했다. 원전을 볼 수 있다는 게 다행일 따름이다.

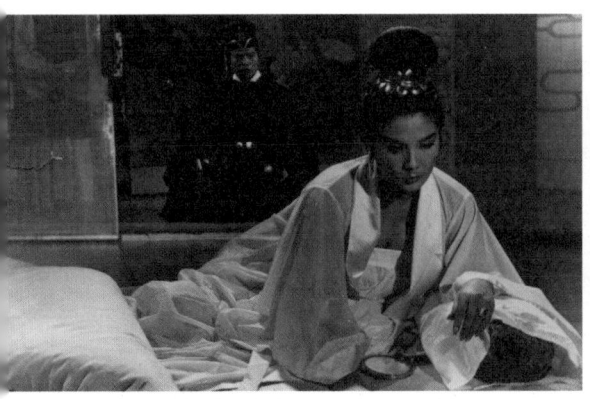
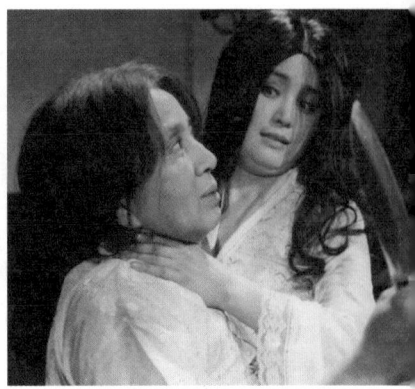

1970~80년대에 한국에서도 적지 않은 공포영화들이 만들어졌다. 그러나 아쉬운 것은 소문은 무성하지만 보기가 어렵다는 것이다. 그것은 공포영화가 아니라고 해도 마찬가지이다. 불과 몇 십 년 밖에 되지 않은 한국영화를 보는 게 독일 표현주의 시대의 영화를 보는 것보다도 어렵다니 이게 말이나 되는가!

그나마 다행인 것은 한국영상자료원에서 관리하는 한국영화데이터베이스 (http://kmdb.or.kr)에 적게나마 VOD가 올라온다는 것이다. 아직까지는 공포영화의 수가 많지 않으나 때때로 업데이트 되니, 희망을 가져볼 수 있다는 것만으로도 큰 수확이다. 장녹수를 귀신으로 만들어버린 신상옥의 〈이조괴담〉이나, 얼마 전 리메이크 되었던 걸작 〈천년호〉, 중을 무서워하는 귀신이 나왔던 〈망령의 곡〉, 한국판 〈엑소시스트〉를 자칭했던 〈너 또한 별이 되어〉, 이용민의 〈목 없는 미녀〉 등이 올라와 있으니 관심이 있으신 분이라면 반드시 둘러볼 것.

# 아메리칸 뷰티 더 로드

**원제** Dead End • **감독** 장 바티스트 안드레아, 페브릭 카네파
**배우** 레이 와이즈, 알렉산드라 홀든, 린 샤예 등 • **제작** 2003년 프랑스, 미국

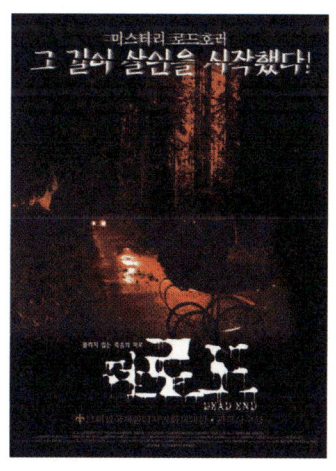

영국의 연극계에서 주로 활동하던 34세의 샘 멘데스는 〈아메리칸 뷰티〉라는 썩 잘 만들어진 작품을 만들어낸 바 있었다. 그 작품의 스토리란 무척 단순했는데, 겉보기에는 번지르르해보이던 미국의 중산층 가정이 알고 보니 완전 콩가루 집안이었다는 것.

〈더 로드〉를 보면서 그 영화가 생각나는 것은 우연이 아니다. 왜냐하면 〈더 로드〉 역시 20년 동안 한 번도 가보지 않았던 지름길로 들어서면서, 가정의 모든 문제점을 발견하게 된다는 내용의 공포영화이기 때문이다. 〈아메리칸 뷰티〉가 약간의 유머를 겸비한 드라마의 외형으로 이야기를 풀어나갔다면, 〈더 로드〉는 공포를 좀 더 부각했다는 것이 다른 점이다. 나는 갑갑한 가정을 그려내는 방법으로

공포만큼 효과적인 표현도 없다고 생각한다.

성탄절 이브, 내키지 않는 아내의 친정을 향해 떠나던 한 가족이 아버지 (레이 와이즈 분)의 졸음운전 덕에 황천길에 거의 근접했던 순간부터 영화는 시작된다. 재미있는 것은 자신이 졸음운전을 했고 가족들의 야유를 듣게 됨에도 불구하고, 아버지는 운전대를 놓으려 하지 않는다는 것이다.

사실 이것은 가부장적인 아버지의 성향을 한눈에 보여주는 장치이다. 운전대를 잡는다는 것은 차가 나아가는 방향을 결정하는 것, 그러니까 탑승하고 있는 가족 전체의 나아갈 바를 결정한다는 점에서 가족 내 권위의 상징이라고 할 수 있지 않겠는가. 아버지는 자신의 다리에 총을 맞은 후에도 운전대를 딸(알렉산드라 홀든 분)에게 양보하려 하지 않을 정도로 권위적 인물이다.

이러한 아버지에 대해 각각의 가족 구성원들은 반감을 가지고 있다. 결정적 순간에는 굴복하지만 툭하면 비아냥거리며 티격태격하는 어머니(린세이 분), 버릇없는 말을 던져대기 일쑤인 불량소년 아들(믹 케인 분). 이러한 가족 내 불화에도 불구하고 이 가족이 유지되기 위해서는 누군가가 중재자 역할을 떠맡았을 것으로 생각되는데(사실 가족 구성원 내에는 이런 역할을 떠맡게 되는 이가 한 명씩은 꼭 있다), 아마도 그 몫은 의대에 들어간 자랑스러운 딸의 존재가 맡았을 것으로 보인다. 자신의 애인이 죽어버려 쇼크에 빠진 상태에 놓였음에도 불구하고 동생에게서 이 사태를 해결해줄 것을 요구받는 장면을 보고 있노라면 그녀의 과한 책임이 가련하다는 생각까지 든다.

차가 한 번 멈추면 한 사람씩 죽게 되는 점점 더 악화일로를 걷는 상황

만큼이나, 이 가족 내부에 잠재해 있던 문제들은 봇물 터진 듯 새어나오기 시작한다. 그간 말하지 않았던 남편의 처가에 대한 불만, 마리화나를 태우는 반항적인 아들, 아들의 실제 아버지는 남편의 친구였다는 어머니의 고백, 아버지의 불륜의 암시, 임신을 했다는 딸(DVD에 수록된 영화의

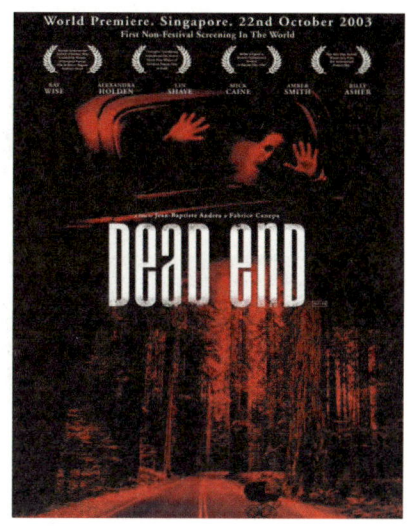

삭제장면을 보면 임신을 하게 만든 장본인은 죽은 애인이 아니었다는 사실을 알 수 있다. 영화의 초반부 프러포즈 하려는 애인의 의도와는 달리, 이별의 말을 준비하는 딸의 모습이 삽입된 것은 그런 이유였다. 즉, 딸의 모습이란 어머니의 모습의 반복이다).

사실 이 지름길이 이 모든 상황을 만들어낸 것은 아니다. 그것들은 원래부터 내재해 있었던 것이었을 뿐이고, 그들이 그런 사실들을 몰랐던 것은 서로에게 이야기하지 않았기 때문이다. 아마도 항상 같은 방법으로 그 가족이 행동했더라면(지름길로 들어서지 않았더라면), 이 가족의 외형을 그럴 듯하게 계속 유지할 수도 있었을 것이라 생각한다. 따라서 이 길은 처가로 가기 위한 지름길이 아니라, 가족의 문제점들을 이야기하고 화해를 끌어내기 위한 가장 빠른 길이라는 상징적 의미를 가지게 된다.

이러한 문제점의 부각들 속에서 살아남은 가족 구성원들은 화해를 모색하게 된다. 어머니의 말을 억지로 부정하는 아버지의 눈물겨운 모습은, 솔

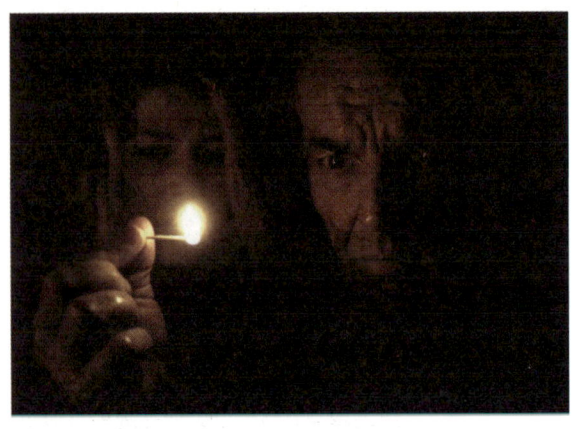

직하게 딸에게 자신의 잘못을 시인하는 모습으로 변모하고, 아들의 취향을 무시하던 아버지는 이 길에서 살아나가면 게임기와 마릴린 맨슨의 CD를 사겠다며 위시리스트를 작성한다. 자신의 친구를 사랑한 아내였지만 딸을 버릴 수 없어 가족을 지켰다며 딸에게 어머니를 변호해주기도 한다. 딸은 아버지의 술을 버리고 그를 격려하고, 아버지는 운전대를 딸에게 맡긴다.

모두 죽어나간 마당이니 너무 늦었다고 생각할 분도 있으리라 생각하지만 그렇지 않다. 정작 중요한 것은 영화 속 인물들의 죽음이 아닐 테니까. 정말 중요한 것은 영화를 보는 우리들의 생각이니까. 〈더 로드〉는 가정이라는 공간은 그리 따스하기만 한 공간도 아니며, 쉴 새 없는 노력이 동반되어야 하기도 하고, 사람이란 언제까지나 참을 수는 없으므로, 이야기를 하면서 살아야 한다는 지극히 당연한 깨달음을 주는 영화인 것이다.

물론 콩가루 집안을 다루는 영화들은 독창적이지 않다. 또한 악몽처럼 계속되는 길의 이미지가 독창적인 것도 아니며, 영화의 반전이라는 것도 그리 대단한 것은 아니다. 어떤 한 부분만을 떼어놓고 보자면 최고라고 말할 만한 부분은 거의 없다. 하지만 〈더 로드〉는 그 어떤 부분도 딱히 모자란 부분이 없는 영화이기도 하다. 솔직히 말하면 평균 이상은 충분히 하고 남는다고 생각한다. 그래서 〈더 로드〉는 소위 '올라운드 호러영화'라고 불러도 될 거라 생각한다.

장 바티스트 안드레아와 페브릭 카네파는 처음에 피나 시체가 전혀 나오지 않는 각본을 썼지만 영화를 진행하면서 사소한 부분들이 바뀌었고 그 탓에 널브러진 시체나 입술을 뜯어 먹히는 동생 등의 조금 더 끔찍한 장면들이 추가되었다. 영어를 할 줄 아는 프랑스인들로 영화를 찍으려고 했지만, 좀 더 나은 스태프를 구하자는 제작진의 의견에 따라 할리우드의 스태프에 의해 미국에서 만들어졌다.

그리하여 좀 더 좋은 여건이 갖춰진 그들에게도 어려움은 있었는데, 미국에서는 한적한 길을 찾아내기가 어려웠다는 것이다. 영화 속의 길은 숲이 무성하고 끝없이 이어지는 길이었지만, 실제로 그 길 주위에는 나무가 다섯 그루 밖에 없을 정도로 별 볼 일 없는 길이었다. 게다가 한쪽 길은 절벽이기도 했는데, 그 탓에 촬영을 할 때마다 차를 돌려야 했다고 한다.

전반적 캐스팅에는 별 문제가 없었으나, 가장 중요한 아버지 역만큼은 선정하기가 힘들었다고 하는데, 감독들이 모든 후보들을 거절하자 캐스팅 감독은 대체 어떤 사람을 원하는 거냐고 물었다. 감독은 "레이 와이즈 같은 사람이요"라고 말했고 그 말 한마디에 레이 와이즈(〈트윈픽스〉)가 선택되었다. 굿 초이스! 국내 출시된 DVD의 메이킹 다큐에는 이런 사연들이 잘 소개되어 있다.

영화의 러닝타임은 80분에서 90분 사이로 매우 짧은데, 가만 돌이켜보면 나는 이 정도 길이의 영화들을 좋아하는 듯하다. 아마도 그러한 성향은 내가 비디오키드였다는 사실에서 나오는 것 같다. 비디오 시절의 많은 공포영화들은 이 정도 길이를 가지고 있었다. 하나의 이유는 당시 영화들의 러닝타임이 그리 길지 않았기 때문이기도 했고, 그보다 더 큰 이유는 검열이나 한 장의 비디오에 담기 위한 목적 등으로 심각하게 영화를 잘라냈기 때문이었다. 당시의 편집 기술이란 정말 대단해서, 음악이 끊어지지 않게 잘라내는 사례(음악을 다시 입혔을지도 모르겠지만, 설마)도 있었다.

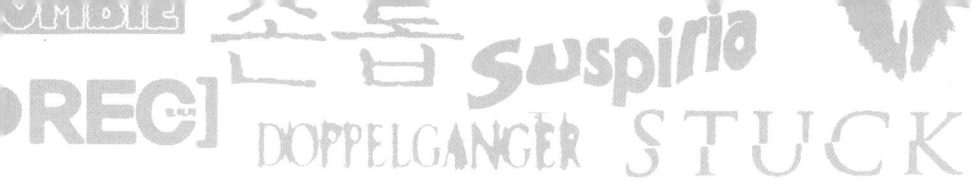

## Horror Tip 08 · 스너프에 대한 오해

부천영화제 〈슬래셔 영화의 흥망성쇠〉(레이첼 벨로프스키, 마이크 보후즈 감독)의 관객 질문에서 한 사람이 스너프에 대한 이야기를 했다. 질문을 듣자마자 엄청난 짜증이 밀려왔고, 다시는 그런 말을 듣지 않으면 좋겠다는 생각까지 들었다. 믹 게리스 감독이 대체 무슨 생각을 했겠는가! 그 질문을 자기 선에서 잘라버린 사회자의 행동은 분명히 바람직했다고 생각한다.

호러물은 판타지 장르이고, 그것은 상상에 의해 관객을 무섭게 하는 것이다. 공포영화 속의 잔인함이란 특수효과를 사용한 트릭이며, 스너프란 실제 살인에 대한 것이다. 어째서 그것이 함께 묶여 질문거리가 된다는 말인가! 스스로는 인지하지 못하겠지만 그 사람의 머릿속에는 분명 어떤 편견이 자리 잡고 있을 거라 생각한다. 단순한 무지의 소산이라면 그나마 다행이겠다. 예로부터 모르면 용감한 거니까.

물론 스너프만큼 영화와 현실의 간극을 좁히는 소재도 없고, 인간을 물신화하는 소재도 없을 것이다. 어디 그뿐이랴, 스너프의 존재는 아무나 살해하던 미치광이 살인마를 돈을 위해 살인하는 다분히 이성적인 사람들로 바꾸어 버렸다. 그래서 적잖은 작품들은 그것을 소재로 다루어왔고, 일부의 영화들은 스스로를 스너프 영화라고 거짓으로 광고를 하면서 추문을 불러일으키기도 했다.

스너프를 소재로 영화를 만드는 것은 물론 나쁜 일이 아니다. 그것은 하고자 하는 말을 표현하는 극단적 소재에 불과할 뿐이니까. 하지만 분명히 알아두어야 할 점은 이런 범죄 행위에 대한 이야기들은 다분히 신화적인 무엇일 뿐이라는 사실이다. FBI조차도 한 건의 스너프 필름조차 입수하지 못했고 대외적으로는 밝힌다(〈기니어피그〉 사태 때 그와 같이 말한 바 있다).

스너프에 대한 사전적(혹은 일치된) 정의는 존재하지 않다고 누군가가 주장한다면 딱히 할 말은 없다. 그러나 서로 다른 개념에 대해 이야기하는 것은 어떤 의미도 낳지 못할 터. 따라서 다소 임의적인 정의라 할지라도 개념을 먼저 정의할 필요가 있다.

『Killing for culture』의 저자 데이빗 케렉스와 데이빗 슬레이트(국내미출시)는 스너프를 다음과 같

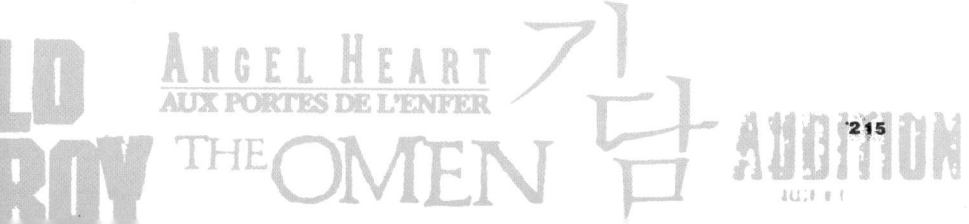

이 정의했다. 이 같은 정의는 통상적으로 유효할 것이라고 생각된다.

"스너프란 사람의 죽음을 그려내고 있다. 그와 같은 사람의 희생은 특수효과나 다른 속임수 없이 영화라는 목적을 위해 보존되고, 오락을 목적으로 소수에게 유통된다."

이 정의에 의해 사고동영상이나 실제 죽음을 찍어둔 기록영상물은 스너프에서 제외된다. 또한 사고로 죽은 것을 찍은 경우도 제외되는데, 이는 찍기 위해 죽인 것이 아니기 때문이다. 당연히 영상이 아닌 사진도 제외된다. 조금 정의를 느슨하게 하면 그나마 스너프에 가까운 것이 동물학살 장면이겠지만, 그것도 사람을 죽인 것이 아니기에 제외된다. 그 외의 스너프 영화라고 부풀려지는 모든 것들은 상업적 이유로 의도적인 잡음을 부추긴 거짓들이다. 실제로 많은 영화들이 그런 전략을 사용했으니 상업적 이유라는 말 외에는 설명할 방법이 없다.

존재하는지에 대한 여부도 알 수 없는 도시괴담을 만들어낸 것의 기원을 찾아 거슬러 올라가면, 미국을 경악에 빠뜨렸던 맨슨 패밀리를 언급해야 한다. 스너프라는 단어가 공식적으로 처음 사용된 것이 에드 샌더스의 책 『The Family: The Story of Charles Manson's Dune Buggy Attack Battalion』(엄밀하게는 개정판)이었기 때문이다. 이 책은 맨슨 패밀리가 사람이 죽는 장면을 영상에 담은 영화(처음에는 'brutality'라고 표현했으나 개정판을 통해 'snuff'로 정정함)에 관여했을 것이라 짐작하고 있다(하지만 발견된 것은 없다).

이런 괴담에 일조한 상업영화 중 일등공신은 1975년의 영화 〈스너프〉(마이클 핀드레이, 로베르타 핀드레이 등 감독)였다. 1971년에 맨슨 패밀리 사건에서 영감을 받아 저예산으로 만들어진 〈The Slaughter〉(마이클 핀드레이 감독)라는 제목의 아르헨티나 저예산 영화는 새로운 엔딩(논란을 낳은 여성의 살해 장면)을 추가하여 1976년에 개봉된다. 그리고 이 영화는 실제 스너프 영화라는 악명에 휩싸이게 되었지만 제작자는 이에 대해 아무런 부인도 하지 않았으며, 그는 잡음을 만들기 위해 의도적으로 실제로 죽은 사람과 관련된 시민이라는 편지를 《뉴욕 타임스》에 보냈고, 신빙성을 더하기 위해 영화의 상영기간 동안 피켓을 든 배우를 고용하여 세워두기까지 했다.

이후 조엘 슈마허 감독의 〈8mm〉 상영 때나 찰리 쉰의 〈기니어피그〉 신고 등의 사건이 있을 때마

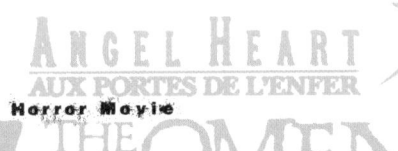

WOLF THE SIXTH SENSE 구로사와 가요시

The Only Thing More Terrifying
Than The Last 12 Minutes Of This Film
Are The First 92.

CHANGELING

다 스너프의 존재에 대한 논쟁이 벌어지기도 했지만, 아직까지 확인된 실례는 없다. 물론 나도 스너프라는 것이 존재할 수 있을지도 모른다고 생각할 때는 있다. 있는 것을 있다고 증명하는 것은 무척 쉬운 일이지만, 없는 것을 없다고 증명할 수는 없기 때문이다. 게다가 (비통하게도!) 모든 일이 가능한 시대를 살아가고 있기도 하고.

하지만 장담컨대 당신이 그것을 볼 확률은 제로이며, 나는 그것을 보고자 하는 행위도 범죄라고 생각한다. 제 정신으로 그것을 보고 싶어 한다는 말인가!

많은 웹페이지들을 검색하면서, 나와 비슷한 생각들을 한 사람들을 발견할 수 있었다. 장황하게 늘어놓았지만 결론은 간단하다. 스너프란 존재하지 않으며, 설사 존재한다고 해도 그것은 당신이 볼 수 없는 영역에 존재한다. 또한 그것은 존재한다고 가정하더라도 악질적인 범죄 행위일 뿐이며, 그것을 보려는 의도 역시 범죄 행위에 일조하는 것이라는 사실쯤은 명백히 인식해야 한다는 것이다.

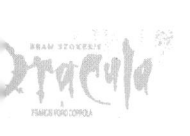
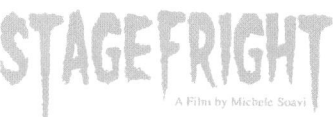
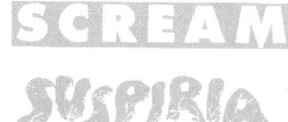
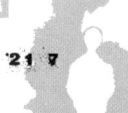
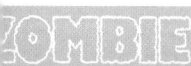

열 길 물속은 알아도 한 길 사람 속은 모른다는 말이 있다. 이 말은 겉과 속이 일치하는 사람이 그렇게 많지 않음에 대한 이야기이기도 하다. 겉과 속이 불일치 한다는 것은 사람에 대한 공포의 근원이다. 인간이란 늘 예측과 판단을 하기 마련인 존재인데, 겉보기와 다른 인간의 내면이란 모든 예측이나 판단의 결과를 엉망으로 만들어버리기 때문이다. 그리하여 그러한 소재를 다룬 많은 작품들이 만들어져 왔다.

인간의 내면에 괴물이 있음을 지적한 〈지킬 박사와 하이드씨〉나 〈늑대인간〉 부류의 영화부터, 〈싸이코〉처럼 다중인격장애나 정신병을 가진 이들의 습격을 받는 작품들, 〈신체강탈자의 침입〉처럼 겉은 인간이되 속은 인간이 아닌 정체불명의 외계인들을 등장시킨 작품들이란 대충 생각해봐도 그 경우들이 수두룩하게 떠오를 것이다. 타인의 정체를 제대로 알지 못하는 것은 아무도 믿지 못하게 만들 뿐만 아니라, 자신을 둘러싼 사방을 위협으로 가득 찬 것으로 인지하게끔 만든다. 모른다는 것만큼 무서운 일은 없기 때문이다.

여기에서 한 발짝 더 나아간다면 자신조차 자신의 본질을 제대로 인식하지 못한다는 사실에까지 이르게 된다. 그것은 당연하다. 아무리 순수한 사람이라고 할지라도 나라는 존재가 온전히 나에 의해서 결정되지 않는다는 사실 정도는 알고 있을 것이다. 나를 결정하는 것은 나와 주위의 관계이다. 그렇다면 주위를 알지 못하는데 자신을 알고 있다고 확언할 수 있겠는가? 또한 자신의 정체를 인지하지 못한다는 것, 즉 다른 정체가 자신의 안에 숨어 있다는 것은 자신의 행동을 제대로 통제할 수 없다는 것과 다름 아니다. 내가 언제 어디서 어떤 악한 행동을 하게 될지도 모른다는 꺼림칙한 생각이 바로 이러한 공포들의 근원에 놓여 있는 것이다.

이러한 자아정체성의 혼란을 다룬 한 예는 도플갱어를 소재로 한 영화이다. 자신과 똑같이 생긴 또 다른 자신은 흡사 완전체를 절반으로 쪼개놓은 것처럼, 극단적으로 다른 내면들을 가지고 있다. 이것은 명백히 분열된 인간에 대한 상징이다. 도플갱어를 보면 죽는다는 설화가 있는데 가만 생각해보자. 한 사람이 그렇게까지 완벽하게 분열되고 살아갈 수는 없지 않겠는가?

노골적으로 도플갱어라는 소재를 그려내지 않는다고 해도 외모는 같으나 철저하게 다른 속성들을 두 명으로 분리한 영화들은 역시 적지 않다. 예를 들면 데이빗 크로넨버그의 〈데드 링

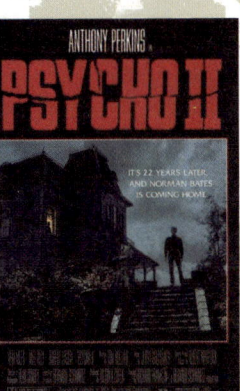
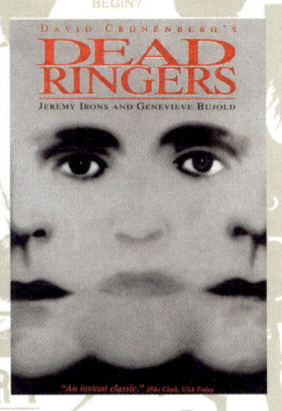
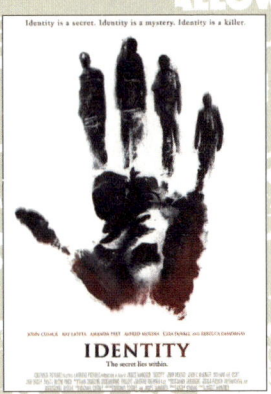

거)에서의 쌍둥이 의사가 그러한데, 이런 부류의 영화들은 내면의 분열을 공포의 대상으로 삼는다. 또한 최근 반전영화의 유행 속에서 "사실은 그랬구나"라는 류의 영화도 적잖게 등장했는데(물론 이런 영화가 최근에만 만들어진 것만은 아니다), 이들 영화에서 주인공은 자신이 사람인지 유령인지 모르며(나이트 샤말란의 〈식스센스〉), 자신이 천사인지 악마인지 모르고 (알란 파커의 〈엔젤하트〉), 자신의 인격이 무엇인지 모른다(제임스 맨골드의 〈아이덴티티〉)는 점에서 역시 정체성의 혼란을 다룬 영화라 할 수 있다.

이런 영화들에서 주로 겉으로 드러난 것은 선하거나 평범한 모습들이며, 숨어 있는 것은 악하거나 우리를 두렵게 만드는 모습이다. 그렇게 그려지는 이유란 우선 보이지 않는 면이 더 무섭게 느껴지기 때문일 것이며, 동시에 많은 이들에게 자신의 본모습을 제대로 마주하는 일이란 상당히 괴로운 것이 될지도 모르기 때문일 것이다. 세상을 우러러 한 점 부끄럼이 없는 이가 얼마나 되겠는가.

# 그것은 외부에서 왔다 신체강탈자의 침입

**원제** Invasion Of The Body Snatcher **감독** 돈 시겔
**배우** 케빈 맥카시 등 **제작** 1956년 미국

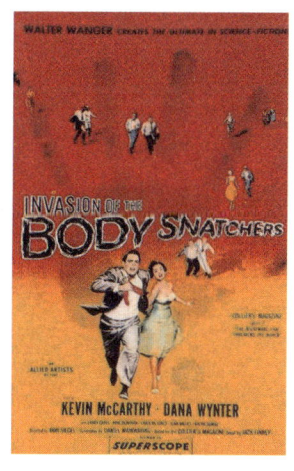

아무리 영화는 영화일 뿐이라고 생각하는 관객이라고 해도 〈신체강탈자의 침입〉이 당시 현실에 대한 은유를 담고 있음은 부정하기 어렵다. 돈 시겔이 〈신체강탈자의 침입〉은 미국의 학교에서 학생들이 선생님에게 공산주의에 대해 들은 것과 조금도 다르지 않았다. 공산주의 사상의 유행은 사람을 확 바꾸어버리는 일종의 감염처럼 받아들여졌고(사상이 바뀌면 사람이 바뀌는 법이다), 자고 일어나면 세상이 어제와는 완전히 다른 것이 되지 않을까라는 두려움을 낳았고(렘수면이 외계인의 복제행위에 도움이 된다는 설정은 이것을 의미한다), 동시에 전체라는 미명 하에 개인이 말살되지 않을까라는 두려움을 자아내기도 했다(외계인은 개인감정에서 벗어나 공동의 선을 추구한다).

특히 미국 정부는 국민들의 이데올로기 통합을 위해 공포를 적극적으로 이용함으로써(소위 매커시즘), 이와 같은 두려움을 확대재생산하고자 했다. 내 주변의 누군가가 비밀스러운 임무를 가지고 사회를 혼란시키려는 간첩일 수도 있는 것처럼 호들갑을 떨었던 것이다.

최초의 〈신체강탈자의 침입〉은 이러한 시기에 만들어졌다. 그러나 그 이후 세상은 다소 달라졌다. 현실에서 공산주의는 실패한 듯 보일 뿐더러, 실패하지 않았다고 하더라도 어느 누구도 더 이상 공산주의가 미국에 대한 강력한 위협이라고 생각하지 않는다. 그러면 이 영화의 약발이 다 했을까? 결단코 아니다. 명백하게도 〈신체강탈자의 침입〉은 세대를 뛰어넘는 걸작이고, 그에 걸맞게 시대를 초월하는 보편성을 가지고 있다.

정체를 알 수 없는 외계인이 인간의 신체를 점령한다는 잭 피니의 소설 『신체강탈자의 침입』은 수차례에 걸쳐 영화로 만들어졌다. 각각의 작품들은 만들어진 시기와 그 시기의 분위기에 의해 작은 차이점들을 가지고 있었다. 작은 시골 마을을 배경으로 그려냈던 돈 시겔의 〈신체강탈자의 침입〉은 공산주의에 대한 두려움을 극대화했고, 도시를 배경으로 그려낸 필립 카우프만의 〈우주의 침입자〉는 자연스레 회색빛 색채를 더함으로써 현대 사회에서의 인간상실의 뉘앙스를 다소 풍겼다. 아벨 페라라의 〈바디 에이리언〉은 군부대를 배경으로 함으로써 공포를 무기로 살아가는 집단에 대한 조소가, 그리고 최근의 올리버 히르비겔의 〈인베이전〉은 사스나 화학테러에 대한 은유가 깔려 있었다.

그러나 이들 영화 모두는 구체적 대상만 조금씩 바꾸었을 뿐, 미지의 것

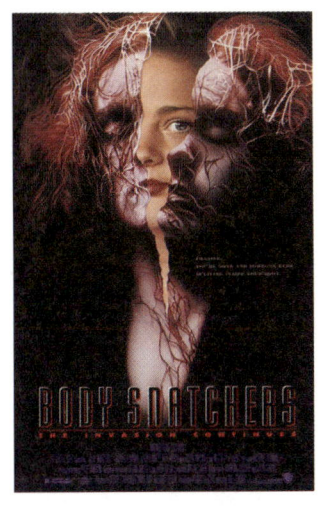

에 대한 두려움, 감염에 대한 공포를 다루고 있다는 점에서는 공통점을 가진다. 사실 구체적인 공포의 대상이란 항상 모습을 달리 할 수 있는 것이다. 세상에서 사람을 가장 두렵게 만드는 것은 모르는 것인데, 사실 모르는 것이란 아는 것보다 더 많지 않은가. 게다가 감염에 대한 공포는 세계화나 정보화로 인해 속도가 훨씬 빨라진 사회에서는 더욱 무서운 것으로 변한다. 즉 이런 부류의 공포는 모습은 달라도 계속하여 영속하고 있는 것이다.

그런 이유로 〈신체강탈자의 침입〉은 15년이나 20년 정도를 주기로 계속 리메이크(돈 시겔 1956년, 필립카우프만 1978년, 아벨 페라라 1993년, 올리버 히르비겔 2007년)되고 있으며, 앞으로 또다시 리메이크될 것이라 기대할 수 있다. (장담해도 좋다.)

〈신체강탈자의 침입〉 속의 외계인이 아름답다기보다는 끔찍하게 생겼고, 영화의 장르가 공포에 속하다보니 그들의 침입은 관객(빼앗기는 자)에게 위협적인 것으로 인식된다. 그러나 영화 속에서 외계인이 된 자들은 실은 자신들이 더 행복하다고 생각할 뿐더러, 개인을 잃게 되지 않을까라는 걱정과는 달리 각각의 개체를 어느 정도는 유지하고 있다(정도에 따라 다르지만 우리가 살아가는 사회 역시 개인을 어느 정도 제한한다).

외계인이라는 말이 상대적이듯(그들에게는 우리가 외계인이다), 그들이 옳은지 그른지에 대한 판단은 편견에 근거한다. 어쩌면 그들은 정말 그들의 주장대로 좀 더 사회통합이 잘 된 사회 속에 살아가는, 좀 더 이타적이고 행복한 사람들이 아닐까? 따라서 감염을 일으키는 원인이 무엇인지 혹은 그것이 선한지 악한지의 여부가 중요한 것이 아니라(영화가 다루는 것이 당시의 시대상이기에 이 작품의 내용 자체는 자본주의적 관점에서 바라보는 공산주의에 대한 편견으로부터 자유로울 수 없다), 주인공들이 직면한 상황이나 감정 자체가 좀 더 중요하다.

그러한 상황이란 구체적으로 설명하면 그 누구도 믿을 수 없고, 무엇도 믿을 수 없다는 것이다. 영화 속의 주인공들은 자신이 사랑하는 사람, 자신의 가족, 미디어와 전문가들, 경찰, 군대 모두를 믿지 못하게 된다. 믿을 수 있는 것은 자신 한 사람과 극히 제한된 동료뿐이다. 얼마나 갑갑하겠는가. 안타깝게도 인간은 사회적 동물이다. 이런 사회에서 개인이 신경과민에 걸리지 않을 방법 따위는 없다. 그 사회가 추구하는 이상이 무엇이든 불신이 만연한 사회만큼 무서운 것도 없는 것이다.

신체강탈자의 침입 류의 아이디어로 만든 영화치고 재미없는 영화는 한 편도 없다는 게 내 개인적인 소견이다. 믿을 수 없는 이와 같은 공간에 있는 것만으로도 긴장감이 만들어지는데, 누가 믿을 수 없는 사람인지조차 가릴 수 없으니 얼마나 불안한 구도란 말인가. 그래서 고전인 〈신체강탈자의 침입〉이 아니라고 해도, 이러한 소재들은 공포영화에서 대단히 자주 등장했다.

존 카펜터의 〈괴물〉(주사로 검사를 한다), 데이빗 크로넨버그의 〈쉬버스〉(이상한 벌레가 몸속으로 들어가면 성적 충동과 폭력적 성향을 제지할 수 없게 된다), 제임스 건의 〈슬리더〉(외계에서 날아온 운석에 의해 한 마을의 사람들이 하나로 합쳐지기 시작한다), 브라이언 유즈나의 〈소사이어티〉(사회를 구성하고 있는 모든 사람들이 실제로는 더러운 욕망에 의해 한통속이 되어 있다) 등은 그러한 소재의 변용으로 받아들여도 무방할 것이다.

〈로스트 보이〉(조엘 슈마허 감독), 〈후라이트 나이트〉(톰 홀랜드 감독)처럼 1980년대와 1990년대에 유행했던 십대 취향에 맞춰 각색된 로버트 로드리게즈의 〈패컬티〉와 같은 영화도 있다. 교무실부터 진행된 외계인의 습격으로 인해 선생과 학생의 적대적 입장은 강화된다.

# 죽음보다 무서운 비밀 식스센스

**원제** The Sixth Sense • **감독** 나이트 샤말란
**배우** 브루스 윌리스, 할리 조엘 오스먼트 등 • **제작** 1999년 미국

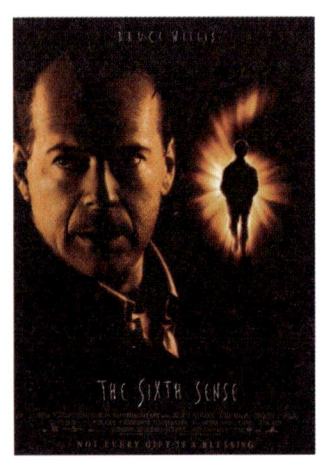

〈식스센스〉라는 영화는 흔히 "브루스 윌리스가 귀신이다"라는 말 하나로 설명되고는 하는데, 그건 너무나도 억울한 처사가 아닐 수 없다. 물론 치밀하게 구축해 놓은 트릭에 이어지는 플래시백으로 때려준 영화의 엔딩이 상당한 파괴력이 있음을 이해하지 못하는 것도 아니고 〈식스센스〉의 성공이 비슷한 영화들의 제작 붐을 이끌었다는 사실을 부인하는 것은 아니다. 하지만 사실 이 작품은 반전을 안다고 해서 그 재미나 힘이 떨어지는 영화도 아닐 뿐더러 의외로 드라마도 상당히 강한 영화이다. 따라서 이 작품을 반전 하나에 기댄 영화로 치부하는 것에는 찬성하지 않는다. 실제로 〈식스센스〉가 하고 싶었던 말이란 다른 것에 있었던 것이다.

시대를 풍미했던 〈식스센스〉의 반전(물론 이러한 반전은 이미 1960년대 허크 하비의 〈영혼의 카니발〉에서 본 적이 있었던 것이니 그리 새롭지는 않다. 그러나 〈식스센스〉가 선보인 트릭은 한 번 쯤 재탕된다 해도 신선하게 보일 만큼 깔끔한 것이었다)은 과연 그럴 만하구나 싶을 정도로 치밀하게 만들어졌다.

군데군데 복선을 깔아두었는데 그 시절 영화를 본 후 아직 다시 본 적이 없는 분이라면, 소년 콜(할리 조엘 오스먼트 분)을 제외하고는 그 누구도 말콤(브루스 윌리스 분)과 눈조차 마주치지 않는다는 것을 알게 된 후 "이것 봐라"라며 혼잣말을 했을지도 모른다.

게다가 처음의 만남 때 소년은 못 볼 것이라도 본 듯 말콤을 피하고, 유령에게 된통 당한 날은 그와 말하고 싶은 기분이 아니라고 말하기도 하고, 병원에서 자신이 유령을 본다며 말콤에게 유령의 특징을 조목조목 이야기해주는 장면에 이르러서는 아예 노골적으로 말콤을 클로즈업으로 잡아주고 음악을 꽝 때려주기까지 한다. 이런 배짱이란! 관객을 이야기 속에 쏙 빠뜨리지 못했다면 이와 같은 힌트를 놓칠 수가 없을 텐데, 나이트 샤말란은 자신의 영화에 상당한 자신을 가지고 있었음이 틀림없는 것 같다.

〈식스센스〉는 유령이 어디에나 존재하고 있다고 말한다. 물건이 없어졌다가 뜻하지 않은 곳에서 찾아지거나, 갑자기 등골이 서늘해지도록 한기가 느껴지는 것은 바로 그들 때문이라며 겁을 주고 있기도 하다. 그런 맥락에서 영화의 제목인 육감이란 이 영화가 주는 공포를 제대로 설명하고 있는 것이라 하겠다. 그러한 설정을 받아들인다면 우리의 삶은 꽤나 오싹한 것이 될지도 모를 일이니까. 사실 영화 속의 유령들이란 도움을 청하기

THE SIXTH SENSE

NOT EVERY GIFT IS A BLESSING

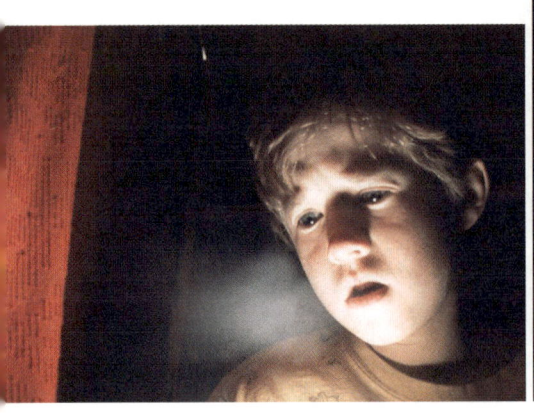
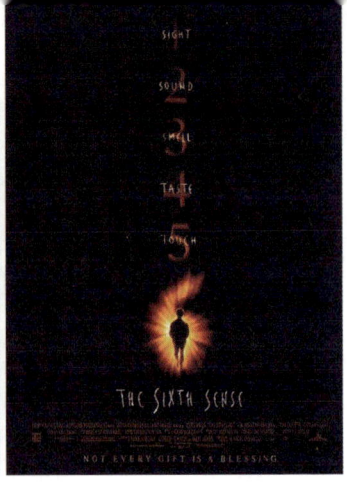

위해 나타난 것이니, 쉬운 일은 아니라도 다소 끔찍한 외모만 견뎌낸다면
그리 오싹할 이유가 없기야 하겠지만. 영화는 누구나 유령에게 둘러싸여
있다고 겁을 주는 데 그치지 않는다. 거기에서 한 발짝 더 나아가 당신들
이 유령이라고 말하기까지 한다. 그런 의미에서 〈식스센스〉는 무척 도발
적인 영화가 아닐 수 없다.

조금 풀어 이야기하자면 〈식스센스〉는 의사소통의 단절에 대해 말하는
영화다. 소년은 끔찍한 모습 때문에 유령이 청하려는 도움에 흔쾌히 답해
주지 못하고, 자신의 이야기를 믿어줄 이가 없을 거라 생각하기 때문에 자
신의 이야기를 엄마에게도 비밀을 털어놓지 못한다. 그건 말콤의 경우도
마찬가지인데 책에서 본 사실보다 자신에게 도움을 청하는 사람의 목소리
가 훨씬 더 중요할 것임에도, 제대로 듣지 않았기에 비극을 맞게 된다. 즉
소통이 원활히 이루어지지 못했던 것이다.

소통을 하지 못하는 사람들, 자기 생각만 하는 사람들은 영화 속의 유령과 다를 게 전혀 없다. 이것이 죽음보다 무서운 비밀이다. 한 맺혀 죽지 않아도 당신은 유령이 될 수 있는 것이다!

영화에서 말한 유령의 특징을 되짚어보자. 유령은 자기가 보고 싶은 모습만 보고, 자기가 듣고 싶은 이야기만 듣기에 자신이 죽은지도 모른다. 그런데 그 특징이란 게 곰곰 생각해보면 우리들 모습 같다. 사람들도 보고 싶은 모습만 보고, 듣고 싶은 이야기만 듣는다. 그리고 믿고 싶은 것만 믿는다. 안 그런 사람이 얼마나 있나? 물론 나도 그렇다. 그리고 그러한 태도들로 인한 이해의 부재는 영화 속 소년의 무수한 상처들처럼, 상대방을 멍들게 하고야 만다. 서로를 이해하지 못하는 사람들이란 유령들보다 훨씬 더 무서울 것이다(유령은 겁을 주지만, 사람은 때린다!). 이러한 맥락에서 영화의 마지막이란 소년에게는 엄마와 비밀을 공유하는 지점, 그리고 브루스 윌리스에게는 자신을 돌아보는 지점에 귀결될 수밖에 없다.

이 작품을 찍을 당시의 나이트 샤말란은 참 행복한 감독이었을 것이다. 브루스 윌리스의 캐스팅도 어렵지 않게 이루어졌고, 할리 조엘 오스먼트라는 천재 배우도 구할 수 있었으니까. 게다가 그 자신도 영화 만들기에 상당 수준 이상의 재능을 가지고 있었으니까. 물론 그것은 어린 시절부터의 단편영화 작업과 같은 경험에서 얻어진 것이고 이후에 그 재능이 쇠해버렸다는 말은 절대 아니다.

1999년의 이 특별한 공포영화는 걸작 호러의 반열에 올려두어도 전혀 모자람이 없을 작품이다. 아마도 〈식스센스〉는 재감상으로 인해 더욱 풍요로워질 부류의 영화일 것이다.

〈유주얼 서스펙트〉와 〈식스센스〉의 성공 이후 스포일러(요즘은 미리니름이라는 말도 많이 사용된다)라는 신조어가 등장했던 걸로 기억한다. 스포일러는 대충 뜻이 통할 정도로만 정의하자면, 영화의 줄거리나 주요 장면을 미리 알려줌으로써 관객의 관람을 망치는 사람 또는 행위 정도로 받아들일 수 있을 것이다.

신조어의 등장 이후 내용 공개에 대한 사람들의 반응은 일종의 강박증처럼 느껴질 정도이다. 어느 정도가 결정적 내용 공개인가의 논쟁을 부끄럽게 만들 정도의 사소한 내용의 공개조차 민감하게 대응하는 이들을 보기 일쑤였다. 받아들이는 자만 강박관념을 가지는 것이 아니다. 쓰는 자 역시 마찬가지다. 솔직한 말로 영화에 대한 글을 쓰려면 아예 '스포일러 있습니다'라는 문구를 삽입해둬야 마음이 편했을 정도니까.

물론 이러한 태도가 전혀 이해되지 않는 것은 아니다. 반전이란 모르고 볼 때 알고 보는 것보다 훨씬 더 큰 충격을 줄 수 있는 것이니까. 그럼에도 내가 느끼기에는 내용 공개에 대한 반응들에는 어느 정도 호들갑스러운 구석이 있다. 게다가 영화라는 것이 내용만 중요한 건 아니다. 내용은 영화의 일부일 뿐이다.

이런 경험을 한 적이 있었다. 일전 극장에서 〈디 아더스〉를 감상했을 때 나는 영화의 숨겨진 반전에 대한 수수께끼를 푸는 것에만 집착했다. 우리가 귀신이었네 부류의 결말은 너무나도 시시했고, 그 탓에 나는 영화에 시큰둥해지고 말았다. 그러나 그 후 DVD로 〈디 아더스〉를 다시 감상하면서 나는 그게 다가 아니었음을 깨달았다. 정말 근사했던 영화의 분위기를 모두 놓쳐버리는 우를 범하고 말았던 것이다.

사실 반전에 대한 집착이란, 반전 외에는 볼 것이 전혀 없다는 고백과 다르지 않

다. 물론 이런 반응에는 반전 외에는 볼 게 없거나 반전만 강조한 영화들이 적잖게

만들어진 탓도 있음을 모르지는 않는다. 하지만 자신의 즐거움을 위해서 내용으로

부터 조금은 자유로워지기를 권한다.

# 드류 베리모어의 이중생활 도플갱어

**원제** Doppelganger • **감독** 애비 네셔
**배우** 드류 베리모어, 조지 뉴번, 레슬리 호프 등 • **제작** 1993년 미국

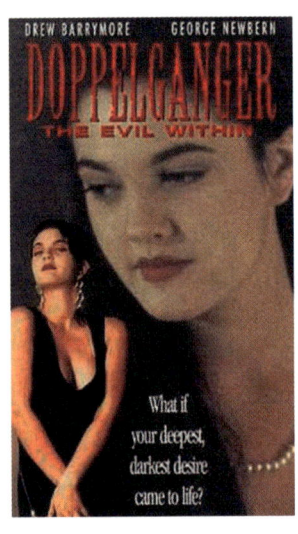

〈아이 엠 샘〉(제시 넬슨 감독)을 보고난 후 모든 관객들과 언론은 1994년생 소녀 다코타 패닝의 매력에 빠져버렸다. 그녀는 벼락스타가 되었다. 그런데 내가 기억하기로 이런 일이 처음은 아니다. 우리 세대에게는 드류 베리모어가 있었다. 〈E.T〉의 거티에게 쏟아진 찬사는 〈아이 엠 샘〉의 루시보다 더하면 더했지 덜하지는 않았다. 드류가 외계인 친구에게 주었던 초콜릿은 3개월 만에 매출이 66%나 늘었으며(역사상 가장 위대한 PPL 중 하나이다), 스티븐 킹은 자신의 단편을 묶은 〈캐츠 아이〉에 드류를 캐스팅하기 위해 각각의 단편들을 묶어내는 이야기를 새로이 쓸 정도였다. 물론 나보다 연배가 더 있는 분이라면 다른 예를 들 수 있을지도 모르지만, 어쨌거나 당시 드류에

대한 애정이 각별했다는 사실 정도야 부정할 리가 없을 것이다. 그녀는 국민여동생 수준이 아니라 전 세계의 여동생(혹은 조카)이었던 것이다.

그러나 그녀는 조만간 방탕한 생활에 빠짐으로써 모두를 경악케 만들었다. 3대째 알코올중독자의 집안에서 태어난 소녀답게(농담이다) 아홉 살에 이미 알코올중독증을 겪었으며, 채식주의자답게(이 역시 농담이다) 대마초 정도는 열 살 때 가벼이 소화했고, 열두 살에는 마약을 하다가 적발되고 열네 살 때는 보호시설에서 재활치료를 받기까지 했다.

물론 그녀의 방황에는 이유가 있었다. 너무 화려한 무대에 일찍 발을 담가 학교에도 제대로 가지 못했던 그녀에게는 또래 친구들이 없어 외로울 수밖에 없었고, 야망에 불타던 어머니의 손을 잡고 늙다리들과 파티를 즐기는 데 익숙했던(영화 〈도플갱어〉에서 그녀는 어머니를 칼로 난자한다), 더 이상 나쁜 환경에 놓일 수 없을 만한 소녀였던 것이다. 한마디로 그녀는 현실보다 영화를 먼저 배웠다.

〈도플갱어〉는 그러한 드류의 양면성, 즉 지금까지도 남아 있는 드류의 순진한 이미지와 그녀의 안에 존재했던 어두운 내면이라는 이미지를 끌어온 영화이다. 그녀 역시 자신의 악한 부분을 떼어낸 후 그것을 없애거나 아니면 바람직한 방식으로 재통합함으로써, 고단했던 어린 날에 안녕을 고하고 싶었을 것이다. 물론 아역 이미지를 벗고 싶기도 했을 테고. 그러니 〈도플갱어〉는 젊은 날에 찍기는 했으나, 미리 한 번 정산한 드류 버전의 〈레슬러〉였는지도 모른다는 생각이 든다. 그래서 지금 그녀의 모습이 무척 마음에 든다. 그녀는 배우를 넘어서도, 꾸준히 성장하고 있는 듯 보인다. 단, 욕심에 비해 영화도 별로였고, 연기력도 달렸다는 게 문제지만.

그 문제 역시 자신의 이미지에서 나왔다. 그녀는 어린 시절과 결별하고 싶었으나, 아쉽게도 그녀는 그리 섹시한 배우는 아니었다. 전형적인 B급 영화답게 15분에 한 번씩 드류를 불순하게 카메라로 훑어주고, 젊은이들 대상의 영화들에 한 번씩 의례적으로 첨가되는 댄스 장면과 피에 젖는 샤워 장면 등이 쉴 새 없이 나오는데도 시큰둥한데다가, 결정적으로 하얀 옷의 그녀와 검은 옷의 그녀가 별로 달라 보이지 않는다. 즉 목표했던 선과 악 역시 명확히 구별한 후 떨어내지 못했다는 말이다. 그러니 소재는 좋았으나 뒤로 갈수록 힘을 잃고 말게 될 수밖에.

게다가 감독이 소재를 표현하는 방식이란 조잡하기 그지없다. 삼천포로 빠진 뒤 안드로메다까지 날아가는 당황스러운 엔딩에 이르면 입맛이 씁쓸해진다. 소수 마니아들에게는 컬트로 칭송 받는 영화이지만, 사실 드류가 아니었다면 그토록 유명할 리가 없었던 영화인 것이다.

그럼에도 어감부터 멋들어진 도플갱어라는 말을 처음 들려주었던 영화이기도 한데다가, 정말 좋아했던 드류가 영화 내내 나온다는 사실과(룸메이트를 구하는 젊은 독신남에게 드류가 찾아와서 "저랑 살아요" 하는데 거부할 남자는 없을 게다) 1990년대 공포영화 특유의 싼 맛(나쁜 뜻이 아니다, 내 취향은 고급스럽다기보다는 명백히 싸구려에 가깝다)을 느낄 수 있어 향수에 젖을 수 있다는 것은 하나의 장점. 추억이란 무서운 거다. 이렇게 불평하고 있지만 언젠가는 또 돌려보게 될 것 같으니 말이다.

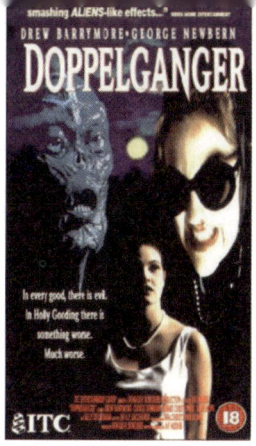

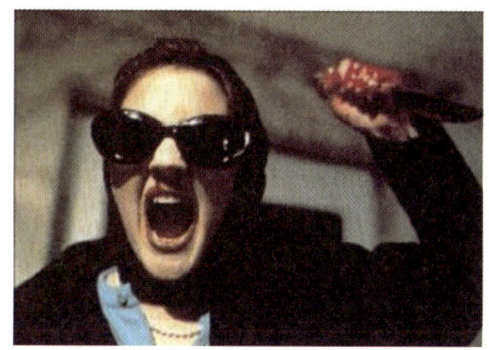

도플갱어를 다룬 영화들에서 또 다른 자신은 악한 모습으로 그려지는 경우가 많다. 이는 본연의 자신이 선, 도플갱어가 악으로 각각 구분되는 전통적 해석이다. 그리고 도플갱어를 보면 죽는다는 해석은 악에 가까워질수록 위협에 놓이기 쉽다는 점에서 자연스럽게 받아들여지기도 한다. 그러나 최근의 해석들은 도플갱어를 단순히 성격이 반대인 존재 정도로 보고 있는 것 같다.

그러한 사실을 극명하게 보여주는 예가 구로사와 기요시의 〈도플갱어〉이다. 영화의 초반부 도플갱어를 보고 죽음에 이르는 한 청년이 나오는데, 그녀의 누나는 죽은 청년 대신 그의 도플갱어와 잠시 살았던 경험을 바탕으로 이러한 해석을 내린다. 그 청년은 자신의 동생이 원하던 삶을 살고 있는 존재였고, 그렇게 완벽한 존재(도플갱어는 현실의 자신과는 다른 자신의 이상형이다)를 보고 난 후에는 더 이상 살의지를 잃을 수밖에 없었기에 자살한 것이라고 말이다. 자신의 분신에게 모든 못된 짓거리를 전담시키고, 자신은 혼자 고고한 척 연구에만 매달리는 주인공을 보고 있노라면 그러한 생각은 확신으로 변모한다. 생각해보자, 누가 더 나쁜가? 악을 사주하는 자? 아니면 손에 피를 묻히는 자?

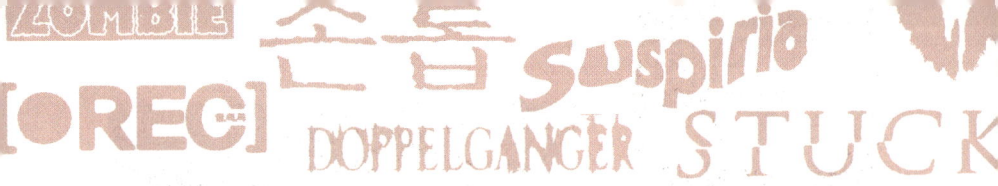

## Horror Tip 09 · 내가 사랑한 감독들 Ⅰ

좋아하는 감독들은 무수히 많다. 나는 마리오 바바를 히치콕보다 위대한 거장이라 생각하며, 김기영을 한국 최고의 감독으로 손꼽는다. 〈고무인간의 최후〉나 〈데드 얼라이브〉에서 보인 피터 잭슨의 발칙함을 좋아하고, 〈이블데드〉에서 보이고 있는 샘 레이미의 유머에 환장하고, 톰 홀랜드의 영화들이 확실한 재미를 보장한다는 것을 알고 있고, 조지 로메로의 이름에 경의를 표하며, 유태인으로서의 정체성을 노골적으로 드러내기 전까지는 훌륭했던 스티븐 스필버그의 〈결투〉나 〈죠스〉 같은 영화를 몇 번씩이고 되돌려보기도 한다.

피해자를 하나 놓치고서는 약이 올라 어쩔 줄 모르는 〈텍사스 살인마〉 래더 페이스를 사랑하고 〈저주의 카메라〉의 변태살인마를 동정하며, 어설픈 고스룩에 일갈을 고하는 〈나이트 오브 데몬스〉의 안젤라를 사랑하고 외모와 어울리지 않게 철학적 대사들로 잔소리를 늘어놓는 〈헬레이저〉의 핀헤드를 존경한다.

〈이노센스〉나 〈얼굴 없는 눈〉이 가진 우아함에 넋을 놓기도 하고 〈위커맨〉이나 〈지금 보면 안 돼〉가 가진 말로 표현하기 어려운 분위기에 매료되기도 했으며, 갈 데까지 가보자는 〈베이비제인에게 무슨 일이 생겼는가〉와 같은 작품들의 긴박감을 즐기기도 한다. 동시에 일본 비디오영화의 허접함에 데구르르 구르기도 한다. 한국 공포영화들이 보이고 있는 사회성들에 공감하기도 하고, 스페인과 프랑스에서 요즘 만들어지고 있는 진지하고 과도한 이미지들에 감탄하기도 한다.

그러나 이들에게는 결여된 것, 아니 이들에게는 아직까지 더해지지 않은 무언가가 있다. 그것은 너무 개인적이라 말하기 어려운 것들을 포함하고 있다. 쉽게 말하면 개인적 취향에 의거한 편견들과 그들을 좋아할 당시의 나의 경험들에 의해 왜곡된 애정이 더해지지 않는다는 뜻이다.

그리하여 내가 사랑한다고 자신 있게 말할 수 있는 몇 명의 감독들에 대해 간략히 소개하고자 한다. 이 감독들의 영화들은 물론 훌륭하지만, 여기에 언급되지 않은 다른 감독들보다 훌륭하다고 말할 수는 없다. 하지만 여기에 언급된 감독들을 더 사랑한다는 것만큼은 확실하다. 나는 데이빗 크

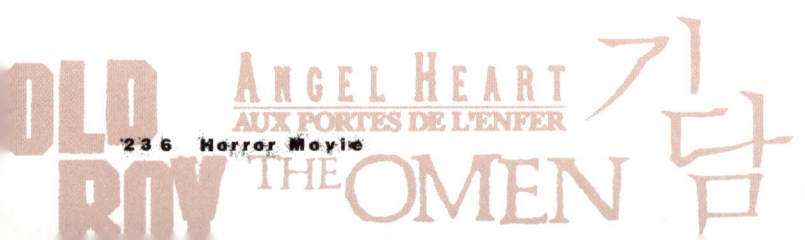

WOLF THE SIXTH SENSE 구로사와
THE CHANGELING 가요시

The Only Thing More Terrifying
Than The Last 12 Minutes Of This Film
Are The First 92.

로넨버그와 존 카펜터, 웨스 크레이븐처럼 진지한 감독들을 사랑하며, 처음으로 공포영화의 세계에 입문하도록 만든 스튜어트 고든을 사랑하고, 과잉의 이미지로 인해 내게는 영웅으로 남아 있는 두 명의 이탈리아 감독 다리오 아르젠토, 루치오 풀치와 그리고 자신은 스릴러적 경향이 강했지만 한국 공포영화 부활의 선봉장이 되었던 김성홍을 사랑한다.

**데이빗 크로넨버그(David Paul Cronenberg, 캐나다)** 내가 아는 감독 중 가장 지적이고 논리적인 감독은 아마도 데이빗 크로넨버그일 것이다. 그렇다고 해서 그의 작품이 감성적인 영역을 건드리지 않는다는 것은 아니지만, 따지고 보면 그의 영화들은 늘 두 개의 이질적인 세계를 충돌시키고 그에 대한 변증법적 고찰을 수행하고자 했다.

장르적으로 그는 분명히 일련의 공포영화를 찍기는 했으나, 그의 작품들은 전형적인 공포영화와는 거리를 조금 두고 있는 비주류에 가까웠다. 사실 그가 보여주었던 이미지들은 컬트에 가까웠고 익숙한 것은 아니었다. 그의 영화들이 길티적인 면모를 넘어 아방가르드의 영역을 지나 결국 주류에 안착할 수 있었던 것은, 그의 유별난 장르에 대한 애착과 동시에 1980년대의 호러장르에 대한 유행이 맞물린 결과였을 것이다.

물론 그가 영화를 잘 만들었기 때문이라는 것은 말할 필요도 없으리라. 그가 보여준 이미지들과 내용은 비록 극렬하게 양분되기는 했지만 초기부터 평단의 관심을 받았으며, 작가로서 인식되기 시작했다. 비주류라고는 하지만 크로넨버그는 CFDC(캐나다 영화개발협회)를 통한 연방정부의 공적 자금 투자의 혜택을 많이 누렸던 감독이다. 그는 정부 보조금을 지원 받으며 그는 몇 편의 실습용 단편영화를 만들었고, 실질적인 장편 데뷔작 〈쉬버스〉를 만들었다.

〈쉬버스〉에서 그는 한 아파트촌을 초토화시킨 괴상한 전염병(괴생물체가 인체에 잠입함으로써 인간의 성적욕구와 폭력적 성향을 극대화한다)을 그린 작품인데, 여기에는 의학실험과 돌연변이 그리고 성병 등 향후 작품들의 근간을 이루는 주제들이 다수 포진되어 있다. 키스를 통해 괴생물체가 전염되었던 〈쉬버스〉가 일종의 좀비물처럼 그려졌다면, 같은 소재를 흡혈귀 버전으로 만든 〈열외

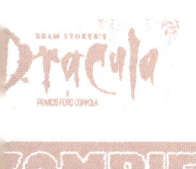
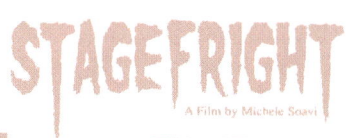
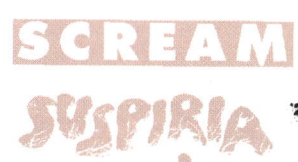
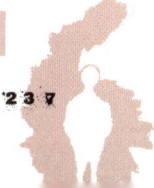

인간〉은 비슷한 이야기를 조금 덜 고리타분하게 그려냈다. 의료수술 이후의 후유증으로 살아가기 위해 피를 필요로 하게 되는 여주인공(포르노 스타였지만 순수한 이미지를 가지고 있었던 마릴린 체임버스가 주연을 맡았다. 원래 염두에 두었던 배우는 씨씨 스페이식이었지만 그녀는 섹시하지 않다는 이유로 탈락했다)은 수술 탓에 일종의 돌연변이가 되고 마는데, 그녀는 상처 부위에 타액을 교환시킴으로써 흡혈증을 전염시켜 성병의 화신으로 거듭났다. 특히 여성의 성기를 닮은 겨드랑이이 인은 흡혈증과 섹스를 노골적으로 연관시키며 AIDS에 대한 그의 공포, 즉 사랑이 죽음이라는 시대적 불안을 담아내었다.

국가의 지원을 받은 그의 초기작들은 마니아층을 형성하기 시작했고 또한 크로넨버그는 재정 흑자로 지원에 보답하지만, 그의 영화들이 갖추고 있었던 혐오스러운 구석들은 정부의 돈이 저런 영화에 투자되어야 하느냐의 논란을 가져왔다. 그의 입지는 자칫 흔들릴 수도 있었으나, 엄청난 상업적 성공은 그가 상업영화 감독으로 안착하도록 만들었다. 동시에 그는 악마와의 거래(대규모 스튜디오와의 느슨한 관계를 스스로 이렇게 표현했다)를 통한 다른 제작비 조달 경로를 찾기 시작했다.

그는 두 정신세계의 링크와 충돌을 다룬 〈스캐너스〉, 현실과 미디어의 링크와 그를 통한 인간의 진화(혹은 죽음)를 다룬 〈비디오드롬〉, 과학에 의한 돌연변이의 비극 〈플라이〉 등 일련의 공포영화들을 성공시키지만, 〈데드 링거〉 이후에 이르러 그는 공포영화라는 장르 자체에 대해서는 관심을 끊기 시작한다. 거기에는 이유가 있었다. 해당 소재에 대해 깊숙이 파고듦으로써 이미 할 말을 얼추 다 했던 것이다.

이를테면 〈크래쉬〉는 결국 〈비디오드롬〉을 다시 찍은 영화이다. 인간의 욕망은 과학기술의 발전(영상이나 자동차 등의 수단)에 의해 점차 증폭된다. 그러나 인간이 감당할 수 있는 욕망은 그 용량에 한계가 있을지도 모른다. 만약 그렇다면 어떤 일이 벌어질까? 그 답의 하나로 인간은 자신의 육신을 버리고 더 용량이 큰 다른 육신을 갈구하게 될지도 모른다. 〈비디오드롬〉에서 외친 것처럼. "새 육체에 새 삶을!" 이것은 〈엑시스텐즈〉까지 크로넨버그의 많은 영화들이 필연적으로 공포영화로 분류될 수밖에 없었던 이유이기도 하다. 새로운 육체는 우리가 알지 못하는 것(미지의 것이란 공포

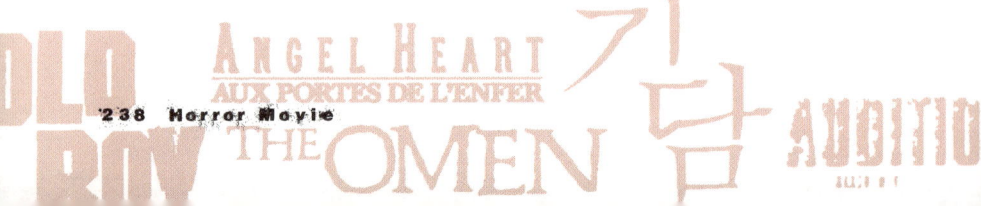

WOLF THE SIXTH SENSE 구도스터 가요시 CHANGELING

The Only Thing More Terrifying
han The Last 12 Minutes Of This Film
Are The First 92.

의 속성을 가지고 있기 마련이다)이며 가지고 있는 육체를 잃는 것(그러니까 어쩌면 죽음, 혹은 종
말)은 인간의 가장 큰 두려움 중 하나이기 때문이다.

그러나 데이빗 크로넨버그의 영화들이 끊임없이 환기시키고자 하는 바는, 인간의 진화(낙관적 예
측)라기보다는 과학기술에 함몰되어 인간 본연의 모습을 상실해가는 그런 시류에 대한 불안함(비
관적 예측)에 가까워보였다.

과학은 하루가 멀다 하고 변해가지만 인간은 그리 쉽게 변하지 않는다. 즉 인간을 둘러싼 환경은
급속도로 변해가지만 그 안에 사는 인간은 그리 달라지지 않는다는 말이다. 극단을 달리는 의학을
습득한 두 주인공이 결국은 내면에 의해 붕괴되는, 그러니까 외적으로는 발전을 거듭했지만 내면
에 소홀한 죄로 파국에 도달한 〈데드링거〉는 바로 이것에 대한 이야기였다. 즉 크로넨버그는 〈데드
링거〉를 통해 신체변형(인간의 외부)과 관련하여 할 수 있었던 모든 이야기를 다 한 셈이었다. 그리
하여 그의 이야기는 훨씬 더 현실에 가까이 가기 시작했다.

최근이 영화들 역시 모르고 있던 이질적인 세계(폭력의 세계)가 우리의 삶 속으로 침입해 들어오는
것을 그려낸 작품들이다. 늘 그가 해왔던 작업에서처럼 그는 우리들이 인지하고 있는 세계(육체)
안에서 혐오스러운 무언가(환상적인 이미지에 현혹되기 쉽지만 실은 그의 연출은 원래 사실적이었
다)를 발견하고 불편하게 만드는 것과 다르지 않았다. 단, 그 이질적 세계가 더 이상 테크놀로지라
던가, 인간이 아닌 괴생명체에 의해 지배되지 않는 세계라는 것이 차이점이다. 즉 그는 인간의 내
면 속의 기억(〈스파이더〉)이나 폭력성(〈폭력의 역사〉) 등으로 관심을 변화시킨 것이다.

그럼에도 불구하고 그의 영화들에서 보이는 섬뜩한 느낌들, 섹스에 대한 묘사들은 기존 영화들을
연상시키는 구석이 있다. 예를 들어 〈이스턴 프라미스〉의 사우나에서의 격투 장면은 흡사 두 남자
의 사투를 섹스 장면처럼 그려낸다. 강렬히 부딪히고, 알몸으로 구르며, 결투를 마친 남자는 막 사
정을 마친 것처럼 거친 숨소리를 내뱉다가, 지친 몸을 쓰러뜨린다. 어쩌면 나는 아직까지도 '섹스
의 왕'이라고 불리던 그의 지난 시절에 사로잡혀 있는지도 모른다.

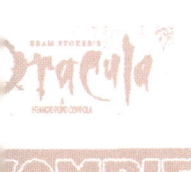

웨스 크레이븐(Wesley Earl Craven, 미국) 웨스 크레이븐은 다큐멘터리 스타일의 악명 높은 작품 〈왼편 마지막 집〉을 통해 공포영화감독으로 자리매김했다. 그가 다큐멘터리 방식을 택한 것은 아마도 그가 아는 것이 다큐멘터리밖에 없었기 때문이었을 것이다(그의 첫 작품은 성교육에 대한 다큐멘터리 〈투게더〉였다). 그 탓에 범행이 이루어지는 와중에도 호수에는 평화롭게 오리가 떠다녔고, 나뭇가지 사이로는 햇빛이 스며들었고, 새들은 지저귀며 날아다녔다.

그러나 추악한 범죄와 아름다운 경관의 대비는 평화로운 시골마을 그리고 중산층 가정에 숨겨진 폭력성을 까발리고자 하는 주제와 효과적으로 맞물렸고, 또한 다큐멘터리 특유의 거친 입자는 실제적인 폭력의 느낌을 더함으로써 대중들의 경악에 찬 반응을 이끌어내게 된다.

〈왼편 마지막 집〉의 성공은 영화에 대해 아무것도 몰랐던 웨스 크레이븐에게 수많은 시행착오들을 통한 경험을 주었고, 향후 그가 나아갈 장르를 고착시키고 말았다. 그는 자신에 대한 추문에 힘입어 미국 사막에 기거하는 식인종 이야기 〈공포의 휴가길〉을 성공시킨다. 자신의 기거지를 지나가는 여행객에게 덫을 놓고 유린하는 이야기는 이후 수많은 공포영화들에 영감을 주었으며 얼마 전 리메이크되기도 했다. 그가 유명해진 것은 두 영화에서 보여준 극악한 장면들에 힘입은 바가 적지 않다. 그러나 그는 TV물 〈스트레인저 인 하우스〉를 통해 피를 한 방울도 보이지 않으면서 환상적인 영화를 찍을 수 있음을 증명했으며, 그로 인해 대규모의 제작비를 만질 수 있게 된다. 그러나 이것이 웨스 크레이븐에 대한 저평가를 가져오기 시작한다.

적지 않은 이들이 웨스 크레이븐을 작가로 인정하는 것에 인색한 편인데, 사실 그는 너무 뛰어난 상업적 감각(이건 나쁜 게 아니다. 산업적 속성을 제거하고 영화를 생각하기는 어려운 것이다) 탓에 오히려 과소평가를 받고 있는 감독이라고 생각한다. 비록 작품에 따라 퀄리티의 부침이 있기는 했지만, 그는 말초적인 재미와 세상에 대한 설교를 동시에 추구하는 부류의 감독이었다.

그의 영화는 늘 상업적이었지만 그렇다고 말초적 재미에 근거하여 자신이 말하고자 하는 바를 숨기지는 않았다. 그는 현실에서 눈을 돌리지 않았고, 그의 설교는 올바른 정치성을 갖고 있었다.

그의 두 영화 〈공포의 계단〉과 〈악령의 관〉에는 그의 정치적 성향이 드러난다. 세입자와 극단적인

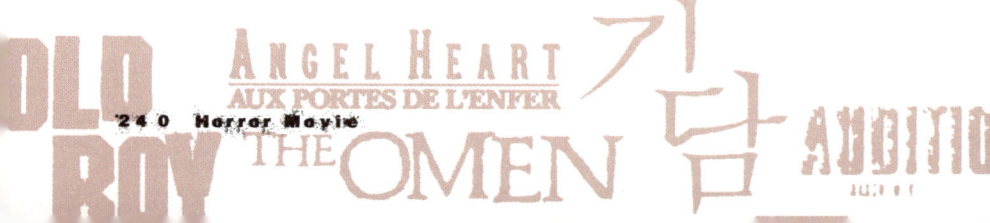

WOLF THE SIXTH SENSE 구도스러

The Only Thing More Terrifying
than The Last 12 Minutes Of This Film
Are The First 92.

CHANGELING 기요시

대립을 겪고 있는 못된 부자인 주인공을 다룬 〈공포의 계단〉은 소위 웨스 크레이븐 시점에서 재해석된 자본론으로, 영화가 담고 있는 주장이란 "모든 세입자여 단결하라"와 다름 아니다.

독재정권에 가담하여 정권에 반대하는 이들을 좀비로 만들어버리는 흑마술사를 등장시킨 좀비물 〈악령의 관〉은 부두교와 좀비 전설을 결합시킨 것처럼 보이지만, 영화를 보고 나면 결국 독재정권의 탄압에 대한 민중혁명의 성공기라는 사실을 알게 된다. 특히 〈악령의 관〉은 지금껏 만들어진 좀비물 중 가장 노골적이면서도 가장 참신한 좀비물로 인식될 수 있을 거라 생각될 정도이다.

그의 가장 위대한 성공작들에서도 재미와 메시지를 병행하는 그의 방식은 마찬가지로 나타난다. 전형적인 틴에이저 무비로 보이는 〈나이트메어〉는 꿈속의 살인마를 등장시킴으로써 '잠들지 마라(현실에서 경계를 놓아서는 안 된다)'라는 자신의 메시지를 명확하게 전달했다. 동시에 〈나이트메어〉는 영화와 현실의 관계(인식론적 세계관), 세대 간의 대립, 기득권과 소외받는 이에 대한 자신의 철학이 묻어 있는 지적인 작품이다.

지적인 것은 〈스크림〉 역시 마찬가지다. 그는 장르영화들을 분석하여 냉소적인 유머를 담아냈고, 또한 영화와 현실에 대한 관계를 다루기도 했다. 그는 말한다. "인생이란 자신이 장르를 선택할 수 없는 거대한 영화"라고. 그 말을 부인할 수 있는가?

**존 카펜터(John Howard Carpenter, 미국)** "아무 생각 없이 그냥 감독 이름만 믿고 공포영화를 보고 싶은데 누구의 것을 보면 좋겠나?"는 질문을 받을 때, 존 카펜터를 첫 번째로 답하는 것은 비교적 안전한 선택일 것이다. 그의 작품들은 퀄리티가 큰 기복 없이 상향평준화되어 있을 뿐만 아니라, B급 감성으로 가득 차 있으면서도 상당히 진지하다. 그는 어설픈 볼거리 위주의 싸구려 작품을 만드는 감독과는 거리가 멀다. 그는 미국의 주류사회에 비판적이면서 다른 어떤 장르보다 공포영화라는 장르 아래 가장 세련된 화법을 구사했던, 그리고 대중적인 찬양에 집착하지는 않지만 강한 자의식을 가진 장르의 진정한 작가 중 한 명이다. 같은 학교에서 공부한 조지 루카스에게 유일하게 열등감을 심어준 존재였다는 이야기는 유명하다. 어릴 적부터 하워드 혹스에 매료된 그는

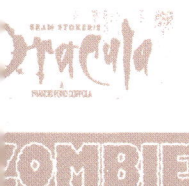
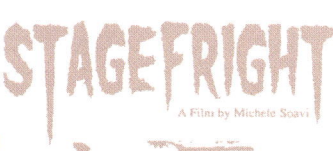
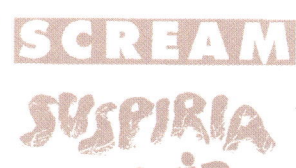

하워드 혹스와 마찬가지로 〈다크스타〉 이후 자신의 거의 대부분의 작품에 '존 카펜터의'라는 수식어를 붙임으로써, 자신의 이름을 천명하고 작품을 만드는 자의식을 보였다.

혹스의 팬답게 졸업 작품을 제외한 첫 영화를 리오 브라보의 저예산 액션 버전으로 찍어낸 후, 그는 드디어 장르감독으로서 그의 입지를 구체적으로 한 〈할로윈〉을 만들어낸다. 가면 살인마의 스크린 러시를 이끈 이 작품은 상업적으로도 성공했지만, 특수효과보다는 이야기와 상상력에 의존하는 연출을 통한 자신의 스타일을 천명했다.

〈할로윈〉은 엄청난 성공을 이루었지만, 그는 이 이야기가 길어지면 지루해질 것임을 명확히 알고 있었다. 그래서 그는 2편에는 각본, 3편에는 제작에 이름을 남기고 있었지만 조만간 〈할로윈〉을 떠나버리게 된다. 〈할로윈〉을 떠난 후 그는 〈안개〉를 통해 청산되지 않은 역사의 산물인 유령들이 구세대의 폭력 속에서 자신의 입지를 공고화한 가해자들을 찾아온다는 작품을 만들었는데, 영화 속 안개의 이미지는 모든 것을 가리고 상상력에 의한 공포를 끌어낸다는 점에서 명백히 카펜터의 입맛에 맞는 소재였다. 그러나 그는 영화를 만든 후 자신의 영화에 실망하여 추가적이고 노골적으로 유령을 보여주는 몇몇 쇼트를 삽입할 수밖에 없었다. 이것은 그가 특수효과를 좀 더 사용하게 되는 계기가 되었다. 그리고 그러한 특수효과들이 빛을 발한 것은 〈괴물〉이었다.

지금의 관객들이라면 도저히 믿을 수 없겠지만, 〈괴물〉은 카펜터가 처음으로 흥행에 실패한 작품이었다. 〈괴물〉의 흥행실패는 전적으로 〈E.T.〉의 흥행 성공에 의한 것이었다(〈블레이드 러너〉 역시 〈E.T.〉의 피해자였다). 외계인 친구와의 우호적 관계에 열광한 사람들에게 외계에서 온 악이라는 설정은 반갑지 않았다. 또한 〈괴물〉은 평단에게도 외면당했다. 특수효과에 기댄 공포의 구축을 카펜터에게 기대했던 평론가는 아무도 없었던 것이다.

처음의 승승장구와는 달리 그는 상당한 부침을 겪었다. 〈괴물〉의 실패 이후 〈크리스틴〉과 〈스타맨〉은 호평을 받았으나, 대규모의 자본이 투여된(그러나 그 자본이 어디에 들어갔는지 전혀 알기 어려운) 〈빅트러블〉의 실패는 그를 제목처럼 큰 곤란에 처하게 만들었다.

그리하여 그는 다시금 저예산 호러물의 세계로 돌아간다. 종교적인 악이 현실로 침입하는 종말론

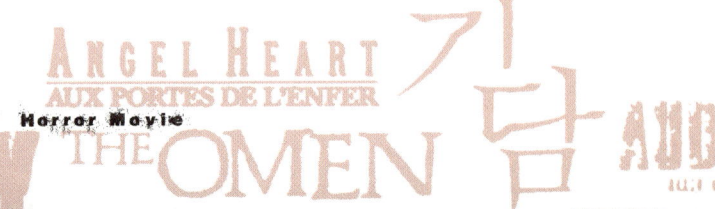

WOLF THE SIXTH SENSE 구로사와 기요시

The Only Thing More Terrifying Than The Last 12 Minutes Of This Film Are The First 92.

THE CHANGELING

적인 작품 〈프린스 오브 다크니스〉와 음모론에 입각한 블랙유머(색안경을 쓰고 바라봐야 사물의 본질이 보인다)를 담은 〈화성인 지구 정복〉은 마니아들의 호응을 얻었지만 상업적 성공으로 이어지지는 않았다. 〈투명인간의 사랑〉의 실패가 있었는가 하면 〈매드니스〉의 작은 성공도 있었고, 〈저주받은 도시〉와 〈LA 탈출〉의 실패에 실망스러울 만하면 〈슬레이어〉와 〈화성의 유령들〉처럼 희망을 보이는 작품을 만들기도 했다.

그는 자신의 작품들을 통해 두 가지 모습을 내비쳤다. 그것은 구체적으로 저예산 액션물에 대한 경배와 저예산 호러물에 대한 예찬이었다. 그의 호러물들은 숨겨진 악을 발견하는 과정에 초점을 맞추는 경향이 강했다. 그의 묵시 3부작(〈괴물〉, 〈프린스 오브 다크니스〉, 〈매드니스〉로 카펜터가 자신의 영화 중 가장 좋아하는 작품들이다)은 특히 더 그러했는데, 각각의 영화는 남극에 숨겨진 외계인의 발견, 종교를 배경으로 한 자연과학적 발견, 종교와 대립하는 인문과학적 발견 등을 종말의 시초로 보았다.

카펜터는 자신이 히치콕처럼 재미있는 영화를 만들 뿐이라고 말하지만, 켄트 존스의 감독뺑저럼 카펜터가 등장인물의 악행이 아닌 악이 현실로 들어오고자 하는 순간, 즉 절대적인 악의 발견을 공포의 근원으로 삼는다는 것은 틀리지 않은 듯하다.

서터 케인의 호러소설을 성경보다 우위에 두었던 〈매드니스〉에서 존 카펜터는 하위문화가 가진 말초적인 영향력(〈매드니스〉에서 보이는 독자들의 과격행위)보다 그 뒤에 숨어 있는 진실과 심층에 주목하기를 원한다. 그 긴박한 순간에 형사들은 단순한 사건들을 보고 있지만, 주인공은 종말의 시작이라는 구체적 본질을 보게 된다. 그것은 자신의 영화를 보는 관객에게 요구하는 것이기도 하다. 그는 자신의 진지함만큼 관객도 진지해주기를 부탁하고 있는 것이다. 관객과의 소통과 해석이 영화 그 자체보다 더 중요하다는 메시지를 담은 영화 〈담배자국〉을 보고 나면, 결코 이 감독의 영화를 가벼이 지나칠 수는 없을 것이다.

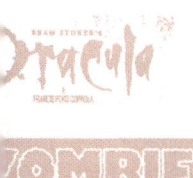
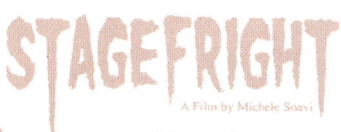
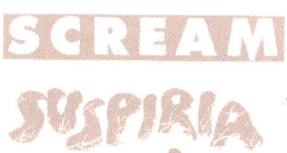

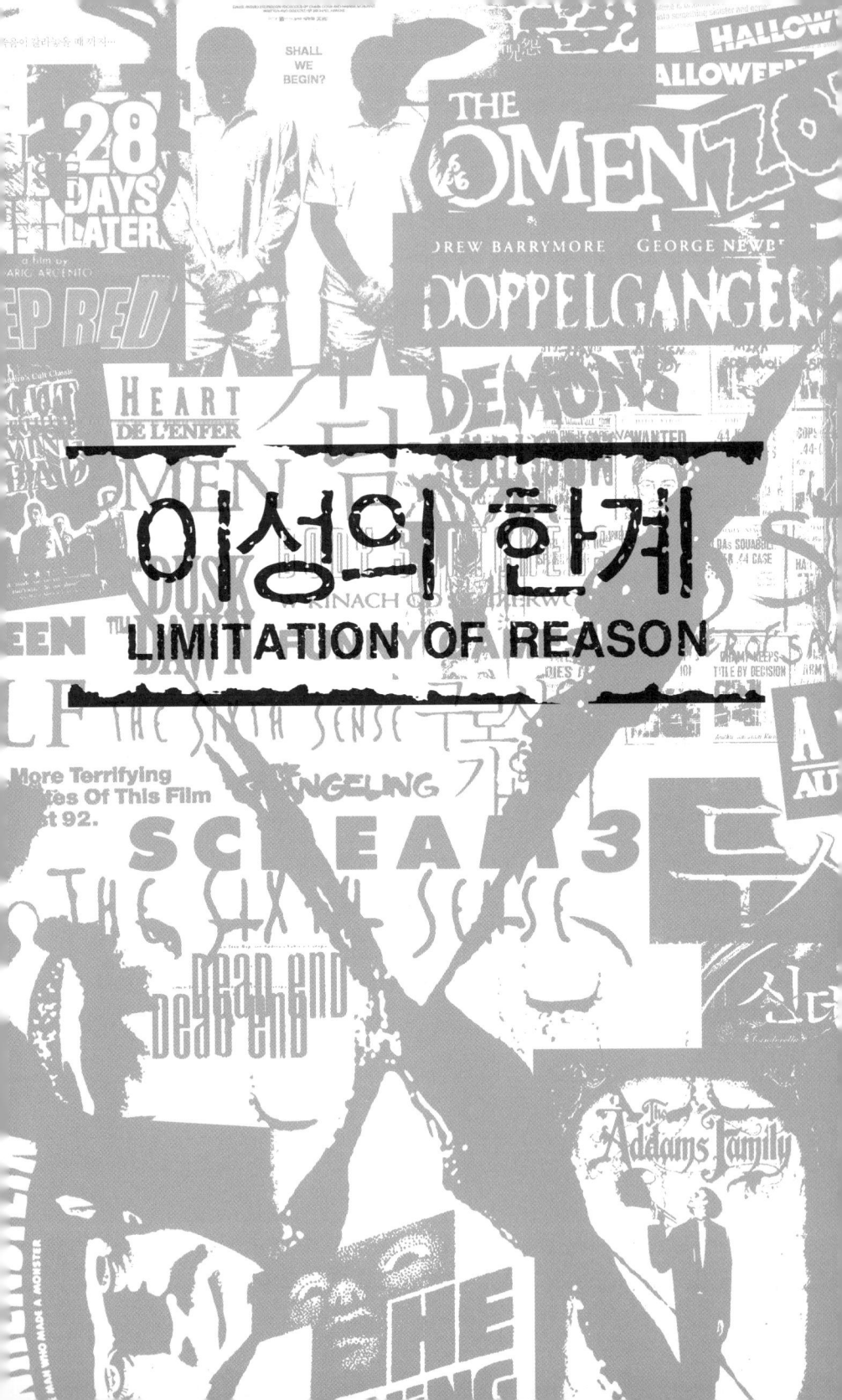

일반적으로 이성이란 인간을 동물과 구별시켜주는 것으로, 그래서 인간의 우월한 속성으로 받아들여진다. 이성이란 감성에 치우치지 않고 사물의 이치를 논리적·개념적으로 생각함으로써 파악하려는 노력을 의미한다. 철저하게 이성적인 사람들이 취하는 행동 방식을 극대화하여 보여주는 것이 과학적 방법론이다. 오늘날 인간 세상의 대부분의 것들은 과학이라는 하나의 방법론에 의거해 있다고 말해도 과언은 아니라고 생각한다.

과학에 대해 간단히 이야기하면, 객관적이고 경험적으로 검증 가능한 사실에 의거해 사물의 본질에 다가가고 예측과 처방을 내리는 방법론을 의미한다. 그것이 다루는 대상에 따라 사회과학과 자연과학으로 나뉠 수는 있지만, 초자연적인 방식이 아니라 자연적인 방식에 의해 설명하려고 노력한다는 점에서는 동일하다.

그런데 많은 공포영화들에서 과학은 두려운 것으로 받아들여진다. 인간의 두려움이 무지로부터 나오는 것과 비교하면, 이와 같은 두려움은 어딘가 모순되는 구석이 있는 것처럼 보이기도 한다. 과학의 발전은 인간이 알지 못했던 더 많은 현상들의 본질에 도달하는 것을 가능하게 만들었기 때문이다. 그리고 그러한 지식을 통해 눈부신 성장을 이루기도 했다. 아마도 공포영화에서 과학을 두려움으로 받아들인 첫 번째 이유는 그러한 지식이라는 가치중립적 존재는 그것을 사용하는 이들에 따라 인류에게 좋은 방향으로도, 그렇지 못한 방향으로도 사용되었다는 것에서 나왔을 것이다.

이것은 공포영화사의 초기에 그려진 과학자들이 음험한 매드사이언티스트였다는 점에서 짐작 가능하다. 또한 여기에는 인간의 한계에 대한 서글픈 인식도 담겨 있었다. 몬스터물에서 과학을 추구하는 이들이란 신의 영역에 도전하는 인간의 거만함을 상징하는 존재이기도 했으며, 죽음이나 삶 등 현재의 지식수준으로 밝혀내지 못한 것들에 다가가는 행위 자체만으로도 위험한 것으로 간주되었다.

요즘 등장하는 많은 영화들 역시 인간의 한계에 대한 인식과 맥을 같이 하고 있다. 하지만 일단의 영화들이 이전 영화들과 다른 부분은 다가가는 행위가 위험한 것이라기보다는, 아무리 다가가 봐야 무력할 것이라는 식의 다소 냉소적인 성찰을 담고 있다는 점이다. 일단의 영화들은 그것을 사용하는 인간의 속성이나, 신에 대한 반역과 같은 식의 두려움을 보이지는 않는다. 다만 그들이 두려움을 보이는 것은 인간의 이성으로 극복할 수 없는 상황 자체에 놓이는 것이다. 이러한 상황에서 전문가적 식견을 가진 과학자들은 헛소리를 늘어놓고, 어떤 일이 벌어질지를 예측했다고 해도 급작스러운 변화에 대응하지 못하며, 아무리 이성적인 모습을 보이려고 하나 무력하기만 하다.

예를 들어보자. 〈투모로우〉(롤랜드 에머리히 감독)의 빙하기 재림은 인간이 제대로 반응하기도 전에 지구의 절반을 얼음으로 바꾼다. 〈투모로우〉의 공포영화 버전인 〈해프닝〉에서는 어느 날 갑자기 인간들이 알 수 없는 이유로 스스로를 말살하기 시작한다. 〈미스트〉는 이성적 인간들의 종말에 대한 묵시론처럼 보이기도 한다. 그들은 이성적인 자세를 고수하기 위해 노력했지만, 마지막에 이르러 제 손으로 최악의 결과를 맞이하고 만다.

그럼에도 불구하고 그 영화들은 인간에게 종말을 안기지는 않는다. 도대체 왜? 아마도 그 이유는 인간이 조금 겸허해지기를 바라는 마음을 가지고 있는 게 아닌가 싶다. 즉 일종의 이성 우월주의에 브레이크를 걸고자 하는 것이다. 이성으로도 도달하지 못하는 것은 늘 존재하는 법이다. 〈투모로우〉, 〈해프닝〉, 〈미스트〉 등이 결국 가족 간의 사랑이나, 남녀의 사랑, 또한 인간으로서의 에티켓에 대해 강조하는 것을 보면 그런 생각은 확신으로 변한다.

인간은 이성과 동시에 감성을 가지고 있다. 그러나 이성의 결과물들은 하루가 다르게 바뀌는 반면, 상대적으로 감성이란 쉽게 변하지 않는다. 그 결과 감성이 이성의 발전을 뒤따르지 못하는 것에 대한 어떤 두려움이 발생한다. 아마도 이성의 한계에 대한 영화들이 진정으로 지적하고자 하는 바는 이것이라고 생각한다. 조금 확장해보자면 영화 속의 살인마들이 최근 철저히 이성적인 사람들로 갈음되는 것도 비슷한 맥락이라 볼 수 있지 않나 싶다.

# 미지와의 조우 해프닝

**원제** The Happening • **감독** 나이트 샤말란
**배우** 마크 월버그, 주이 디샤넬 등 • **제작** 2008년 미국

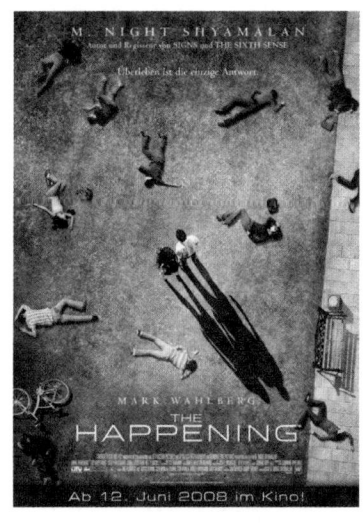

지금부터 읽게 될 이야기는 단지 하나의 가설일 뿐임을 유념해주기 바란다. 내가 뭘 알겠는가? 사람들이 갑자기 자살한다. 떼거리로. 도대체 이게 무슨 미친 일인가? 이유를 알기 원하는 사람들은(호기심은 인간이 가진 가장 강렬한 욕구 중 하나일 것이다. 답이 없는 상황이 태반임에도 그러한 상황을 용납하지 않는다. 그것은 영화를 보기 위해 극장을 찾은 적잖은 관객들에게도 마찬가지인 듯 보인다), 몇 줌 되지도 않는 지식을 동원해 온갖 가설을 세운다.

처음에는 테러였다. 효과가 가장 낮으리라 생각되는 공원에 대한 테러. 점차 동시다발적으로 규모가 늘어나자, 테러가 원인이 아니라고 깨닫게

된 사람들은 이제 자연재해라고 믿기 시작한다. 말 바꾸기가 본직인 것처럼 보이는 전문가들은 제 나름대로 떠들어댄다.

그러다가 하나가 사람들에게 꽂혔다. 인간의 만행을 피하지도 못한 채, 그 자리에서 모두 받아낸 식물의 반격. 이것은 영화 속에서 하나의 기정사실이 된다. 바람에 의해 확산되는 화학물질이라는 설정 때문에 영화 속의 인물들은 수풀의 작은 움직임(《싸인》에서 옥수수밭의 작은 움직임만으로 관객을 긴장하게 만들었던 샤말란의 재능은 여기에서도 발휘된다)이 느껴질 때, 바람이 살며시 방향을 바꿀 때, 그냥 잔디밭을 지나쳐가면서도 두려움에 질리게 된다. 그들은 필사적으로 도망친다. 그런데 어디로? 식물들의 공격은 인간만을 대상으로 한다고 믿게 되었기에 그들은 사람이 없는 것으로 도망친다. 그럼 어디로 가면 사람이 없을까? 아니 사람이 적기라도 할까? 도시가 아닌 곳, 자연이다.

그런데 가만 생각해보면 이게 참 재미있고 우스꽝스럽다. 식물이 독성을 내뿜는다고 믿으면서도 그들은 식물이 없는 곳(그러니까 인공의 것)으로 도망가지는 않는 것이다. 그들은 잔디가 뒤덮은 평원을 지나, 숲 속의 외딴 집으로 도망친다. 실은 공기를 매개로 독이 전파된다면 인간이 살 곳은 없다. 완전히 밀폐된 밀실에서 얼마나 버틸 수 있겠는가. 그러니 도망갈 곳은 존재하지도 않는다. 그러나 그들은 도망친다.

재미있는 점 또 한 가지. 식물의 품을 떠난 독성 화학물질이 바람을 타고 떠다니면서 사람들을 스쳐 지나간다. 그런데 분명히 어떤 사람은 안 죽는다. 아무리 생각해봐도 쉽게 납득하기가 어렵다. 납득이 안 되는 것이

THE
HAPPENING

당연하다. 영화는 제목에 충실하다. 모든 것은 하나의 해프닝이다. 모르는 일과 그것에 대한 삽질 대응. 영화가 절대 사실인 것처럼 보여주는 설정, 즉 식물이 사람을 죽인다는 명제도 실은 확실하지 않다. TV에서 설명해준 것일 뿐, 과학자가 틀리지 않았다는 보장은 없으니까.

〈해프닝〉에서 관객이 유념해야 하는 단서는 단 두 가지이다. 첫째, 꿀벌이 사라지면 4년 안에 인류는 멸망을 맞는다(이건 사실이 아닐 수도 있다). 둘째, 자연의 섭리는 완전히 이해할 수 없다(이건 사실일 것 같다). 그 외의 모든 것에는 강박관념을 가질 필요가 없다. 우리가 모르는 것이다.

〈해프닝〉은 이성이 무력해질 만한 불가사의한 상황에서의 인간의 모습을 그려내는 데 주안점을 두고 있다. 그러니까 상황을 보면 된다. 죽어가는 사람들. 영화는 집요하게 사람들의 죽음을 늘어놓는다. 그리고 영화는 동시에 발버둥치는 사람들을 주명한다. 즉 식물의 공격에 대해 느끼는 사람들의 공포를 환기시킨다. 그들의 공포는 사실(객관)에 근거하는 것이 아니다. 인간의 두려움은 믿음(주관)에 근거한다.

이는 결국 인간의 이성이라는 게 얼마나 보잘 것 없는지를 보여주고 있는 것이다. 인간 최고의 무기, 집단 이성도 별 볼 일 없기는 마찬가지이다. 사람이 적은 곳으로 가야 산다는 독설(이건 사실 기독교에서 말하는 삶으로 이르는 좁은 길이다)을 들으며, "허 참, 막나가는구만" 하고 실소를 머금지 않을 수 없었다.

혹자는 반지의 색깔을 내세우며, 식물이 인간의 에너지에 반응하기 때문에 좋은 에너지를 뿜어내었던 부부가 살아남았다고 주장하고 싶어 하는

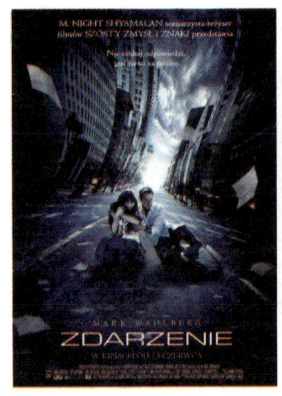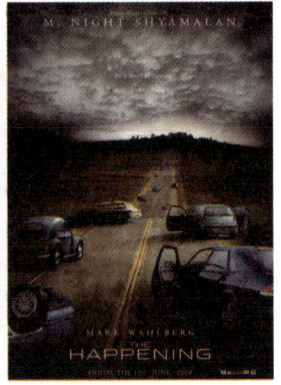

지도 모르겠다. 신빙성은 높다. 그러나 그것도 모르는 것이다. 아마, 그게 그렇게 중요한 정보라면 영화 속에서 샤말란이 반지를 한두 번쯤은 클로즈업 해줬겠지. 게다가 평원에서 바람을 피하지 못했을 때, 그러니까 그들이 이제 죽음에 직면했다는 생각을 할 때 그들이 얼마나 좋은 에너지를 뿜어냈겠는가. 그러한 부분들은 영화의 추가적 잔재미에 불과할 뿐이다. 반지라는 소재의 주된 목표는 식물도 사람처럼 에너지를 쏟아낸다는 이야기에 대해 조금의 설득력을 더하기 위한 것이지, 절대적인 용도를 가지고 있는 것은 아니다.

단, 살아난 사람이라면 그것을 하나의 징조로 믿을 수도 있겠다. 영화 〈싸인〉에서 멜 깁슨이 나누었던 두 부류의 사람들 중, 전자에 속하는 사람들(어떤 사건에 의미를 부여하여 절대자의 숨결을 느끼는 이들)처럼.

〈해프닝〉은 인간의 무력함을 이야기한다. 누가 자신을 죽이는지도 모르고, 어떻게 해야 살 수 있는지도 모른다. 인간이란 어떤 무언가의 의지에 따라, 노력에도 불문하고 간단히 죽어버릴 수 있는 존재이다. 이는 샤말란의 운명론이자, 구체적으로는 〈싸인〉에서의 예정론과 같은 것이다. 샤말란이 보는 삶이란 늘 불안정하고 위험한 것이다. 영화의 극단적 설정이 아니라고 해도, 삶이 그런 속성을 어느 정도 가지고 있음은 분명하다.

과연 그것을 인지한 사람이라면 어떻게 살아야 할까? 어차피 죽을 것 대충 살아도 되겠다고 생각하는 사람도 있으리라 생각한다. 뭐, 삶의 방식은 자기가 결정하는 거니까. 실은 나도 그 비슷하다. 그러나 샤말란의 주장은 좀 더 순수해 보인다. 언제나 들먹였던 조금은 유치한 소재만큼이나. 그러니까, 샤말란은 어찌 될지 모르는 인생, 싸우기보다는 사랑하며 살다 가자는 말을 하고 싶었던 것이다.

〈해프닝〉을 보고난 후 〈싸인〉을 보면 기존에 감상했을 때보다 두 배는 재미있다. 〈해프닝〉이 재미없기 때문이 아니라 두 영화가 꽤 닮았기 때문이다. 사실 〈해프닝〉이 사랑하며 살라는 이야기라면, 〈싸인〉은 결국 신을 믿으라(천국에 가기 위해서가 아니라, 살아서 행복하기 위해서)는 이야기다. 두 작품을 합치면 "너의 하나님을 사랑하고 네 이웃을 네 몸과 같이 사랑하라"는 예수의 말씀에 대한 샤말란적 해석이 탄생한다. 극단적 소재들에도 불구하고 샤말란의 영화는 종교적 관점에서라면 상당히 보수적인 것처럼 보인다.

# 심판의 날 미스트

**원제** The Mist • **감독** 프랭크 다라본트
**배우** 토마스 제인, 마샤 가이 하든, 로리 홀든 등 • **제작** 2007년 미국

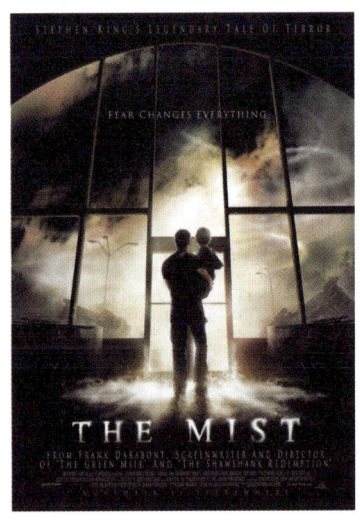

프랭크 다라본트는 영화 인생 초기에 〈나이트메어 3〉, 〈외계생명체 블롭〉, 〈플라이 2〉 등의 각본가로, TV물이기는 하지만 아기자기했던 영화 〈생매장〉을 통해 호러물의 연출가로 재능을 가지고 있음을 보인 바 있다.

사실 〈쇼생크 탈출〉을 빛나게 하는 것도 스릴러장르에서나 보일법한 연출 감각이라고 생각하기도 한다. 그래서 그가 극장용 공포영화를 한 편 찍는다면 상당히 훌륭할 것이라고 막연히 기대해 왔고, 얼마 전 〈미스트〉를 보며 그러한 믿음이 틀리지 않았음을 확인하고는 흐뭇해했던 기억이 있다.

〈미스트〉는 고전적 감각으로 만들어진 작품으로 인간이성의 한계와 종

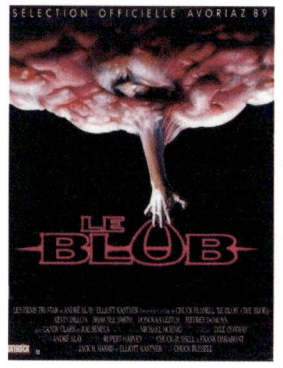
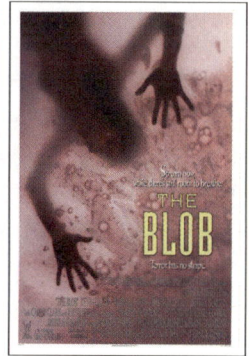

말을 흡사 종교적 묵시론처럼 그려내고 있다. 국내에 출시된 DVD에는 〈미스트〉의 컬러버전과 흑백버전이 함께 수록되어 있는데, 고전적 감각 때문인지 오히려 흑백버전이 더 좋아 보일 지경이다.

어쨌거나 〈미스트〉는 무엇이 인간을 두렵게 만드는가에 대한 영화라기보다는, 두려움이 인간을 어떻게 만드는가에 대한 영화다. 물론 두려움이 만들어낸 행동들이 또다시 두려움을 만들어낼 수 있다는 점에서, 후자는 전자로 이어질 수도 있다.

좀 더 구체적으로 말하면 〈미스트〉는 안개가 무엇이며 그 안에서 나온 괴물들이 무엇인지를 밝히는 것에는 별반 관심을 가지고 있지 않다. 영화를 통해 화살촉 프로젝트니 차원의 틈으로 이 세계의 것이 침입한 것이니 등의 막연한 이유를 제공하고 있기는 하지만, 그러한 원인들이 딱히 어떤 의미를 가지는 것은 아니다.

그보다 더 중요한 것은 괴물이 나타났다는 사실이다. 어떤 이유로 나타났다고 하더라도 영화는 전혀 달라질 게 없지 않은가. 그 이유는 〈미스트〉가 납득할 수 없는 상황(이유를 모름이 문제가 아니라 납득할 수 없음이 문제이다. 이유를 모름이란 우리가 흔히 만나는 상황이기 때문이다)이 발생했을 때 인간이 어떻게 반응하는지를 보여주는 것에 더욱 주력하고 있기 때문이다.

로메로의 〈살아 있는 시체들의 밤〉이 그러했듯 이러한 상황은 구성원들의 대립과 가치들의 붕괴를 만들어낸다. 그러나 마트에 고립된 인간의 수가 로메로의 저예산영화보다 훨씬 많기에 이러한 대립은 훨씬 규모가 커지는데, 그에 따라 우리 사회의 모습들을 좀 더 구체적으로 끌어낸다. 구성원들의 갈등은 떼거리 싸움인 정당으로 발전하는 듯 보이고, 불확실성하에서 하나의 대처방식으로 종교단체까지 결성된다. 주어진 정보가 지나치게 적은 상황에서 인간의 이성은 점차 힘을 잃고, 광기가 집단을 점령해 나갈 것이라는 예측은 상당히 신빙성 있어 보인다. 사실 현실에서 적잖은 증거도 찾아볼 수 있다. 이러한 구체적인 모습의 표현은 관객이 영화를 감상하는 동안 현실에서 떨어져 있는 것을 허락하지 않는다. 다른 차원의, 괴물이 튀어나옴에도 불구하고! 그래서 영화를 보는 내내 관객은 어떤 거북함을 경험할 수밖에 없다.

그러나 〈미스트〉는 결코 이성이 우월하다는 식으로 표현하지 않는다. 충분히 이성적인 사람들이 맞이하는 결과도 그렇게 좋은 것은 아니다. 그들은 분명히 자신들이 할 수 있는 모든 일을 다 했지만, 현실을 바꿀 수는 없다. 급기야 최악의 결과를 맞이하기까지 한다. 게다가 영화는 관객이 반응하는 것과는 달리 종교에 적대적 입장을 취하고 있는 것도 아닌 것 같다.

오히려 영화의 마지막은 상당한 종교적 느낌을 자아낸다. 흡사 잘못된 인류의 마지막 행보, 혹은 그것에 대한 심판 같아 보이기까지 한다는 것이다.

영화에서 가장 흥미로웠던 한 장면은 죽음을 받아들인 카모디 부인(마샤 게이 하든 분)을 마주한 괴물이 어떠한 이유에서인지 그냥 지나쳐 가는 장면이었는데, 이 장면은 흡사 성스러운 체험처럼 그려진다. 그러니 카모디 부인의 선지자로의 변화 역시 나름대로는 이유가 있는 것 아니었을까? 종교적 색채를 띠는(괴물은 이성적 인간을 심판하기 위한 신의 대리인이다) 영화의 분위기와 맞물려 이 장면은 아주 재미있는 경험을 가능하게 한다.

어쨌거나 절망감에 놓인 인간이 택할 수밖에 없었던 안타까운 엔딩은 관객을 더욱 괴롭고 허무하게 만든다. 총알이 네 발 남았다고 이야기할 때 결말이 대충 예견되어 입에서는 탄식이 나왔고, 괴물의 실체가 밝혀질 때쯤에는 아버지의 마음에 동하되어 눈물을 훔쳐 내었다(그런데 바로 그 순간 주위에서 소란스러운 헛웃음이 튀어나왔다. 영화를 보고 나오면서 난 내가 잘못된 것인지에 대해 심각하게 고민했다).

엔딩 크레디트가 올라오면서 계속 들리는 군부대의 이동소리는 이 영화의 이후에도 많은 이야기들이 이어질 것임을 짐작케 한다. 고난은 과연 앞으로의 삶을 어떻게 바꿀 것인가. 소리밖에 들리지 않는 화면만큼이나 상상하기가 쉽지 않다. 감정이 쉽게 추슬러지지 않는 영화다.

카모다 부인이 얼마나 밉살맞게 그려졌던지 그녀가 죽는 장면에서 극장 안에 박수 소리가 가득할 정도였다. 이 정도의 박수소리를 극장에서 들은 것은 어린 시절 만화영화를 볼 때 이후 처음이었던 것 같다. 그런데 그 생각을 하게 되면 떠오르는 소극장의 씁쓸한 추억이 있다. 공포영화에 대한 글은 아니지만, 여기에 수록해본다. 김청기 감독의 〈84 태권브이〉(확실하지는 않지만 시간상으로 짐작컨대 대충 맞을 것이다, 나는 그때 열 살 남짓 되는 소년이었다)가 극장에 걸렸을 때라고 짐작된다. 서울은 어땠는지 모르지만, 지방 소극장에서는 자리가 모자랄 만큼 인기가 있었고, 표를 끊기 위해 줄을 선 사람들로 시장(극장은 시장 안에 있었다. 시장이 그 도시의 가장 큰 유흥가이기도 했고)은 인산인해를 이루었다. 당연히 극장 안에도 자리가 없어 서 있는 사람들이 적지 않았다. 그럼에도 불구하고 동생과 나는 정말 운 좋게도 아슬아슬하게 극장의 맨 뒷자리에 앉을 수 있었고, 그래서 조금은 편하게 영화를 보고 있었다.

그런데 영화가 절정에 다다를 때 누군가가 극장 안으로 들어왔다. 나는 문이 열리는 소리가 거슬려 돌아보았다. 한 아저씨가 눈에 들어왔다. 그는 두리번거리면서 누군가를 찾고 있는 듯 보였다. 그가 누군지 조금 궁금했을 테지만 만화가 우선이었던 나는 아무 일 없다는 듯 다시 스크린으로 시선을 돌렸다. 그런데 갑자기 그 아저씨가 뒤에서 내 어깨를 만졌다. 나는 소스라치게 놀랐다. 그러자 그 아저씨는 검지를 자신의 입에 가져가며 나를 조용히 만들더니 내게 부탁했다. "조금 이따가 태권브이가 공격할 때 박수를 치렴, 그럼 더 재미있게 볼 수 있단다."

빨리 만화 속 세계로 돌아가고 싶었던 나는 이 아저씨가 시키는 대로 해도 되는 건가 따위는 생각할 겨를도 없었고, 더 재미있게 볼 수 있다는 말에 솔깃하기도 했으며, 무엇보다도 착하고 순진했기 때문에 결국 타이밍을 기다리다가 절정의 순간에 이르러 아저씨의 부탁대로 박수를 쳤다. 그러자 놀라운 일이 벌어졌다. 삽시간에 극장 안이 박수소리로 뒤덮였고, 아이들은 연신 소리를 질러댄 것이다.

지금 생각해보면 나는 그가 참 괘씸하다. 가만히 두었어도 자연스레 터져 나왔을 게 분명한 아이들의 함성이 실은 그 아저씨에 의해 선동되었던 것이다. 척 보기에 아이들의 동심의 발현이구나라고 생각되는 그 흐뭇한 장면이 실은 아이들이 원했던 것이 아니라 누군가의 눈에 흐뭇하게끔 유도된 결과였던 것이다.

꼭 극장관계자가 아니라고 하더라도 많은 어른들은 아이가 좋아하는 것을 좋아하기보다는, 자신이 좋아하는 것을 아이가 하는 것을 좋아하며 또 강요하고는 한다. 그 이후로 나는 박수를 좋아하지 않는다. 정확히 말하자면 "오~" 같은 함성을 삽입하거나, 웃음소리나 박수소리를 음향효과로 삽입하는 시트콤이나 TV 연예프로를 그리 좋아하지 않는다는 뜻이다. 어떤 영화 속 우디 앨런의 대사처럼 그것은 일종의 사기라고 생각할 정도이다. 그러니 그 이름 모를 아저씨가 내 인생에 남긴 영향력은 결코 작지 않았던 셈이다.

# 아무도 모른다 딥 레드

원제 Profondo Rosso • 감독 다리오 아르젠토
배우 데이빗 헤밍스, 다리아 니콜로디 등 • 제작 1975년 이탈리아

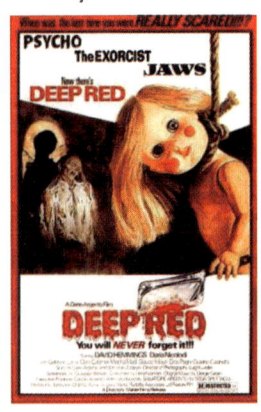

듀나가 그의 홈페이지나 잡지 기사들에서 요약했던 다리오 아르젠토 작품 대개의 내러티브는 다음과 같다.

"이탈리아에 사는 영어권 외국인이 우연히 살인현장을 목격한다. 경찰에 신고하고 잊어버리려 하지만 그가 목격한 현장은 뭔가 좀 기형적인 면이 있어서 계속 그의 무의식을 자극한다. 결국 호기심이 당긴 그는 어설픈 탐정이 되어 수사를 하는데, 그러는 동안 사람들은 검은 장갑을 낀 살인마에게 한 명씩 처참하게 살해당한다. 그러다 결국 주인공은 막판에 그 기형적인 요소가 무엇인지 알아내고 (주로 여성인) 범인을 밝힌다."

실제로 듀나의 지적은 절대적으로 옳다. 단 여기에는 반드시 추가되어야 할 말이 있는데, 그냥 단순한 영어권 외국인이 아니라 예술과 관련한

직업을 가진 외국인이라는 것이다.

다리오 아르젠토의 영화에서 잘못 목격한 것은 엄청난 의미를 가진다. 〈수정 깃털의 새〉에서 주인공은 칼의 위치를 제대로 판단하지 못하여 범인과 희생자를 인지하지 못했으며(여기에서 사용된 트릭은 검은 옷과 흰 옷의 대비, 그리고 칼에 찔린 자는 피해자일 것이라는 편견에 크게 기인한다. 물론 이는 얄팍한 속임수다. 범죄를 말리고자 하는 이가 장갑을 끼고 있기는 어렵다), 〈서스페리아〉에서는 첫 번째 희생자가 내뱉은 단어들을 제대로 기억하지 못한다.

특히 〈딥 레드〉의 오인은 뻔뻔함의 경지를 넘어선다. 그는 영화의 초반부에 범인의 얼굴을 관객에게 그대로 보여주는 모험을 감행하고 있다. 그럼에도 불구하고 그 모험은 썩 근사해서 주인공은 그림과 거울 속에 비친 얼굴을 혼동한다. 아마 많은 관객도 그러했을 것이다. 〈헤드헌터〉의 트릭은 〈수정 깃털의 새〉와 지극히 유사하다.

그럼 그는 왜 그토록 잘못 본다는 사실에 집착하는 것일까? 그것은 우리가 눈으로 보고 진실이라고 믿는 것이 실은 하나의 결과에 지나지 않는 것이며, 사실과는 왜곡이 있을 수 있음을 아르젠토가 인지하고 있기 때문이다. 즉 장님이 코끼리를 만짐으로써 그것을 파악하려고 하는 것과 본질적으로는 같은 행위이다. 〈딥 레드〉에서 카를로는 이렇게 말한다.

"마크 너는 진실을 말하려고 하지만, 사실은 단지 진실의 일부만을 말하고 있을 뿐이야."

제대로 보았다고 해도 마찬가지이다. 의외의 상황에서 마주한 진실은 그것의 중요성을 인지하기도 전에 기억에서 사라져버린다.

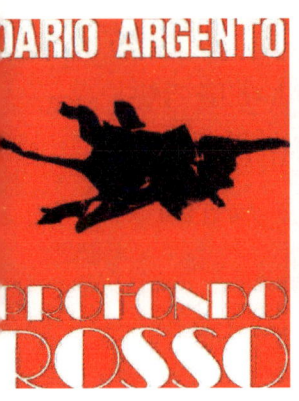 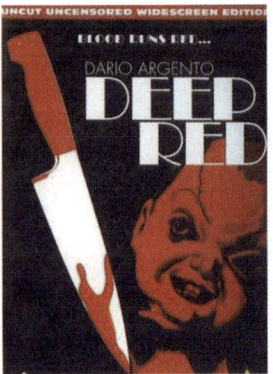 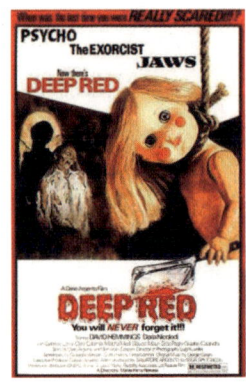

다시 〈딥 레드〉의 예를 들자. 그는 거울에 비친 살인범의 얼굴을 그림으로 착각한다.

"그건 아마 네가 보았어도 너무 중요해서(그것이 얼마나 중요한 것인지 몰라서) 알아차리지 못한 것일 거야."

그렇기에 진실에 도달하는 길은 겉모습의 목격이 아니다. 다리오 아르젠토에 우호적인 평론가 마틸란드 맥도우는 그의 저서, 『Broken mirrors/Broken minds』에서 다음과 같이 지적한다.

"그의 영화들에서는 유리창이 깨어지는 장면이 많은데, 이는 어김없이 누군가의 죽음과 이어진다. 깨어진 유리창(죽음)은 망가져버린 내면을 상징한다."

사실 한 사물에 제대로 접근하기 위해서는 현상이 아니라 내면에 접근해야 한다. 죽음이란 망가진 내면으로부터 발생하는 단지 하나의 결과일 뿐이다. 다리오 아르젠토의 영화에서 모든 살인마들은 망가진 내면을 가

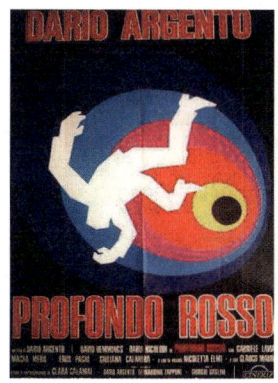
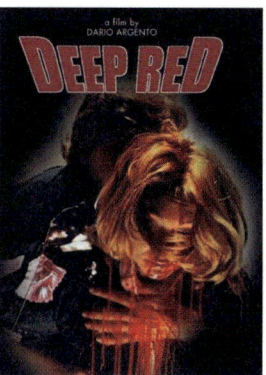

지고 있다. 즉 아르젠토는 사회적 문제에 대해 철저히 개인적 영역으로 접근하고 있는 것이다.

다리오의 작품 속 살인마들은 결국 둘 중 하나로 귀결된다. 트라우마에 시달리는 이 혹은 (트라우마로 인한 정신분열이든, 그렇지 않든 간에) 미치광이이다. 〈딥 레드〉의 늙은 여인은 정신병원에 가기를 거부하는 정신이상자이며, 소년은 아버지의 죽음을 직접 목격했다는 트라우마를 가지고 있다. 〈수정 깃털의 새〉에서의 살인마는 그 자신이 다른 이에게 죽음을 당하기 직전에 살아난 경험을 가지고 있다. 따라서 진실을 이해하기 위해서는 내면에 접근해야 한다. 그럼 그 방법은 무엇인가?

아르젠토가 제시하는 답은 바로 예술과의 교감이다. 예술이 인간 내면을 표현하는 수단이라는 것은 설명할 필요도 없지 않겠는가. 〈수정 깃털의 새〉와 〈딥 레드〉에서 범죄자에 다가가는 길은 과학적 수사(물론 일부 도움이 되기는 한다)나 치밀한 잠복이 아니라, 예술적 작품에 의한 교감이다. 〈수정 깃털의 새〉에서 주인공은 잭더리퍼 류의 살인마가 여성을 공격하는 것을 그린 그림에 집요하리만큼 집착하게 되는데, 이것이 결국 범인의 단서를 제공하게 된다. 〈딥 레드〉에서도 마찬가지이다. 범인의 트레이드마크인 동요에서 시작해서, 결국 주인공이 찾아낸 유령의 집에서 발견한 한 그림이 그를 범죄자에게 인도한다. 예술과의 교감이 있기 전까지 주인공의 뜨내기 탐정놀이는 별다른 도움을 주지 못한다. 오히려 탐정놀이는 더욱 골치 아픈 문제들을 만들어내는데, 아마추어 수사가 없었더라면 죽지 않았을 인물들까지 죽어나가게 만든다. 끈끈한 가족애 역시 문제를 해결해주지는 못한다. 단지 감추고 수습하려는 헛된 동기만 부여할 뿐.

앞서 제시한 패턴에서 벗어나는 작품에서도 예술과의 교감에 대한 강박은 계속된다. 심지어 경찰이 주인공인 후기작 〈스탕달 신드롬〉에서는, 그림의 충격에 실신할 뿐만 아니라 그림 속으로 들어가는 장면을 직접 연출하기도 한다.

결국 아르젠토 영화들은 진실에 도달하기 위해 현상을 관찰하는 것 이상을 요구한다. 왜냐하면 하나의 현상이란 보다 본질적인 무엇으로부터 나온 일부일 뿐이며, 보다 중요한 것은 그러한 현상을 이끌어낸 본질적인 부분이기 때문이다. 따라서 아르젠토는 그 본질에 직접적으로 다가가기를 원한다. 어떻게? 아르젠토에 따르면 그것은 예술을 통함으로써 가능하다. 세상의 본질에 도달하는 것은 그 어떤 학문도 아닌 예술이다. 탐정물에서 수사가 아닌 예술 타령을 하고 있는 걸 보면 그 역시 예술가로서의 강한 자의식을 가지고 있음이 틀림없다.

시간상으로는 전작임에도 불구하고 〈서스페리아〉의 인기 탓에, 이 작품은 〈서스페리아 2〉라는 제목으로 국내에 비디오로 출시되었다. 이러한 작명은 일본의 출시제를 그대로 가지고 온 것이다. 이 작품의 이탈리아 버전은 126분인데 당시는 다리오 아르젠토와 다리아 니콜로디의 애정이 한참 달아올랐을 때라 영화 속에서 쓸데 없는 다리아 니콜로디의 로맨스 라인이 너무 길었다(그녀와의 관계 변화가 영화에 많은 영향을 미친 것으로 지적되는데, 그래서 그런지 이 영화에서 다리아 니콜로디는 칼을 맞는 장면이 나오지 않을 뿐더러 칼에 찔렸어도 죽지 않는다).

미국에서는 그러한 장면을 몽땅 들어낸 98분 버전으로 출시된다. 우리나라에 출시된 비디오는 90분에 정확히 맞추고 있다. 어쨌거나 〈딥 레드〉는 다리오 아르젠토의 전성기 무렵의 작품으로, 강렬한 사운드, 화려한 미장센, 색채의 마법, 살인의 미학 등의 수식어가 왜 항상 그를 따라다니는지 궁금하신 분이라면 한 번쯤 감상할 이유가 있는 작품이다.

## Horror Tip 10 · 내가 사랑한 감독들 II

**스튜어트 고든(Stuart Gordon, 미국)과 브라이언 유즈나(Brian Yuzna, 필리핀)** 미국 국적의 브라이언 유즈나는 필리핀에서 태어나 라틴아메리카로 이주한 1960~70년대 반문화세대 의 일원이었는데, 그는 영화를 찍기 전까지는 비교종교학을 전공했고 아방가르드 예술(추상미술 가)을 하던 사람이었다. 이 시절 그는 공포영화와 공포소설에도 탐닉했다고 알려져 있다. 그는 사라 져가던 고어영화의 전통을 계승하려 마음먹고, 미술을 포기하고 80년대 중반 영화를 만들기 위해 미국의 L.A.로 이주한다. 유즈나는 시작부터 장르감독 아니 장르제작자인 몇 안 되는 인물이었다. 그는 얼마 후 자신의 인생에 가장 중요했을지도 모르는 한 사람을 만나게 된다. 자신의 극단을 15 년 정도 소유하며 연극 연출에 많은 경험을 가지고 있던 스튜어트 고든을 만난 것이다.

스튜어트 고든은 러브크래프트의 1922년작 『Herbert West – Reanimator』를 각색해 영화를 찍 겠다는 계획을 가지고 유즈나를 찾아왔고, 유즈나는 그 계획을 받아들여 100만 달러의 제작비로 4 주간의 촬영, 배우, 특수효과 전문가인 존 버츌러를 포함한 전문기술자들을 고든에게 제공해주었 다. 이것이 그들의 파트너십의 시작이었다.

〈좀비오〉는 현대판 프랑켄슈타인의 변형으로 1980년대 중반 이후 패러디와 과잉의 공포영화라는 메인스트림을 만드는 데 공헌했다. 이는 공포영화의 전성기를 경험한 후배들이 선배들에 비해 진 지함이 조금 떨어지는 대신, 장르 자체를 가지고 놀 만큼의 인프라가 형성되었음에 기인하는 것이 었다. 사실 러브크래프트의 소설에는 유머란 것이 배제되어 있었으나, 고든은 이 이야기를 의과 대 학으로 옮겨 직업, 사랑 등의 소극의 성격을 추가했다. 어쨌거나 이 작품의 성공은 유즈나와 고든 에게 많은 제작비와 사회의 관심이 몰리게 했다.

그들의 파트너십은 성공적이었다. 그들은 공포영화 역사상 가장 큰 시너지효과를 낸 감독들이라고 해도 과언이 아닐 정도의 성공을 누렸다. 전작의 성공으로 제작비를 구하기가 훨씬 수월해진 〈지옥 인간〉은 제프리 콤스와 바바라 크램톤 그리고 러브크래프트의 원작이라는 제작상의 유사점을 가지 고 성공을 이어갔다(〈지옥인간〉의 재미있는 사실은 검열을 피하기 위해 피가 아닌 다른 액체를 사

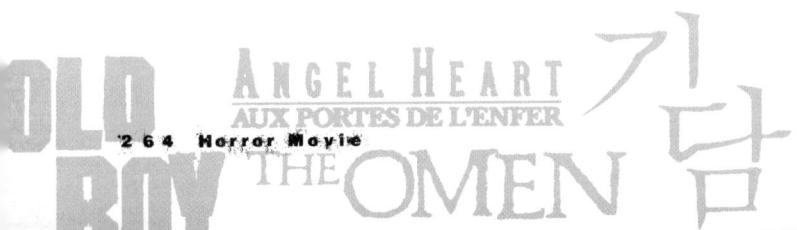

용했으나, 검열에 우호적이지 못했다는 사실이었다. 따라서 이 영화는 삭제장면이 꽤 많은 것으로 알려져 있다. 얼마 전 삭제장면이 들어 있는 필름이 발견되어 감독판 버전의 DVD가 미국에서 출시되었다). 그러나 고든이 연출을, 유즈나가 제작을 담당했던 이 황금콤비는 〈돌스(분노의 인형들)〉를 만들고는 갈라서고 만다. 그들에게는 성향의 차이가 있었기 때문이다. 유즈나가 처음부터 장르 감독이었다면, 고든은 자신을 공포영화 감독의 범주에 두는 것을 좋아하지 않았다. 그들은 판타지 영화를 좋아했다는 공통점과 작품을 위해 고어를 적당히 만져도 좋다는 생각에서 공통점을 가졌던 것뿐이었다. 영화를 만들며 어떤 장면에 대해 토론할 때, 유즈나는 다른 제작자들과는 달리 강도를 더욱 높일 것을 요구했다. 유즈나는 다음과 같이 말한다.

"공포영화에서 주목을 받으려면, 지금까지 해왔던 모든 것들을 능가하는 수밖에는 없다."

처음에는 고든도 이에 동감했으나, 점점 그들의 차이는 벌어지고 만다. 유즈나가 고어 자체에 집착하는 반면, 고든은 고어를 무엇을 위해 사용하느냐에 대한 문제를 더 중요하게 생각했기 때문이다. 고든은 폭력이 견가를 고발하는 경우 등에 고어가 효과적으로 사용될 수 있다고 생각했다.

유즈나는 고든과 결별한 이후 제작과 감독을 병행했는데, 특히 감독으로서의 유즈나가 두드러졌다 (많은 경우 자신의 감독작의 제작 역시 본인이 맡았고, 그 외 몇 작품의 제작에 동참했다). 처음의 두 작품은 1989년의 〈소사이어티〉와 1990년의 〈좀비오 2〉였다. 이 두 작품은 기존의 것들에 대한 오마주이며, 변형이자, 캐릭터와 비주얼에 대한 집착이라는 유즈나의 성향을 설명한다.

또한 기존의 작품들에 자신의 영향력이 어느 정도였는지에 대한 증거를 제시한 것이기도 하다. 1989년의 〈소사이어티〉는 사회 계층에 대한 노골적인 풍자로 발전시켰지만 결국은 〈신체강탈자의 침입〉이라는 모티브의 학창시절 버전을 다루고 있다. 그러나 〈소사이어티〉는 기득권층이 비밀리에 담합하여 그렇지 못한 계층을 빨아먹는다는 생각을 섬뜩할 정도로 이미지로 형상화해내고 있다. 사회의 기득권층은 실제로는 한 몸의 괴물이고, 근친상간이 난무하는 저열한 집단이었던 것이다. 이 지점에서 유즈나의 전위예술가로서의 감각을 엿볼 수 있다.

소리로 공포를 표현하는 것 역시 영화의 장점이었다. 〈소사이어티〉는 홀로 선 유즈나의 데뷔작이자 그의 최고의 작품이었다. 그에 비해 1990년의 〈좀비오 2〉는 다소 안전한 작품이었다. 〈프랑켄슈타

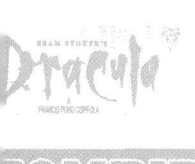
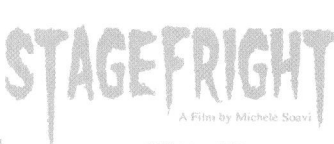
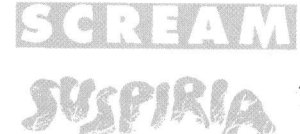

인의 신부〉의 제목에서 힌트를 얻은 속편으로 조금 더 볼거리가 많아진 뻔한 이야기였지만, 전편의 팬들은 이번에도 역시 만족했다. 이후 몇 편의 작품을 마친 후, 그는 〈바탈리언〉 시리즈에 가담하여 전작과 관계없는 시리즈의 3편을 만들어낸다. 〈리빙데드 3〉는 유즈나에 대해 말할 때 가장 많이 언급되는 작품 중 하나이다. 전통적인 이분법(산 자와 죽은 자)에 커플의 로맨스를 첨가한 이 작품은 사도마조히즘마저도 결합시켰다.

이 작품 최고의 미덕은 절대적 카리스마를 발휘한 여성 캐릭터였다. 게다가 흡사 〈로미오와 줄리엣〉류의 로맨스를 담은 엔딩장면은 좀비물에서는 거의 보지 못했던 것이었다. 그래서 혹자에게는 이 작품이 그의 베스트라 일컬어지기도 할 정도의 열광을 이끌어냈다. 그러나 이후에는 제작에 주력하고 다른 이들이 맡지 않으려고 하는 프로젝트만을 감독하게 됨으로써 감독으로서의 영광을 누리지는 못했다. 반면 애드가 앨런 포우에서 영감을 받아, 고어가 많이 약해진 비디오용 공포영화 〈펜드럼〉을 만든 후 고든의 행보는 쇼킹할 정도였다. 그의 네 번째 장편작은 〈로보 족스〉였는데, 고든은 〈로보 족스〉를 통해 공포영화 감독이라는 꼬리표를 떼어버리고 다른 것을 할 수 있었다고 고백한다. 명백히 일본 애니메이션의 영향을 받았던 〈로보 족스〉는 의도하지 않은 유머를 통해 소수의 마니아층을 형성했지만, 전반적으로는 너무나 허접한 영화였다.

이후 만들어진 〈포트리스〉 역시 좋은 평가를 받지 못했다.

물론 브라이언 유즈나와 결별했다고 해서, 고든이 고어를 완전히 포기한 것은 아니었다. 앞서 말했듯 그는 고어를 하나의 표현수단으로 생각하는 감독이었고, 고어를 사용한 기간도 유즈나보다 훨씬 길었다. 단지 그는 작가의 성향이 더 강했을 뿐이었다. 그의 모든 고어연출들은 직접적이든 간접적이든 다른 차원의 공포를 시각화하는 장치에 불과했다. 그는 장르감독으로서의 아이덴티티보다 사회성이 훨씬 강했던 것이다.

고든은 〈스페이스 트러커〉 이후 일회성이 아닌 호러장르로의 영구한 복귀를 꿈꾸었다. 그의 장르복귀는 각색을 통해서였다. 그리고 조만간 〈데이곤〉(이는 또다시 유즈나 제작, 고든 연출, 러브크래프트 원작의 조합이었다)으로 연출의 세계에 돌아온다. 이 작품을 기점으로 고든은 〈개미들의 왕〉과 〈에드몬드〉를 만들며 호러/스릴러의 감독으로 완연히 컴백했고, 〈스턱〉을 통해 사회성에 대한 자신

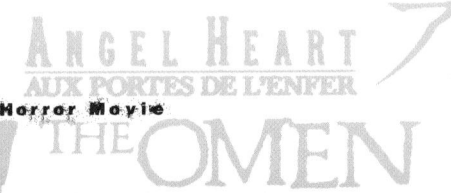

WOLF THE SIXTH SENSE 구모산미
CHANGELING 기요시

The Only Thing More Terrifying
Than The Last 12 Minutes Of This Film
Are The First 92.

의 색깔과, 메시지를 위해 잔인한 장면들을 사용(차창에 긴 남자는 명백히 신자유주의 속에서 살고 있는 약자의 상황이다)하는 자신만의 스타일을 명확하게 입증하며 거장임을 증명했다. 1980년대 중반 마니아들의 필감리스트에 오르고도 남을 굵직한 작품들을 선보였던 이 황금콤비는 지금은 그 시절만큼 서로 의존하고 있지는 않다. 부질없는 생각이라는 것은 잘 알고 있지만, 그들의 결별이란 정말 아쉬운 사건이 아닐 수 없다. 하지만 그들이 호러장르에서 계속해서 활동하는 한 그들의 공동 작업은 머지않은 기회에 또 우리를 찾아올지도 모른다. 그리고 그들의 이름을 한 영화의 엔딩크레 디트에서 만날 수 있게 되는 일은 영화의 완성도를 떠나 항상 즐거운 일일 것임이 자명하다.

**다리오 아르젠토(Dario Argento, 이탈리아)** 어느 영화잡지와의 인터뷰에서 알렉산드르 아 야는 아르젠토에 대해 이렇게 말한 적이 있다.

"아르젠토의 작품에는 늘 감탄할 만한 장면들이 있지만, 영화 전체를 두고 보자면 좋아하는 작품이 하 나도 없다. 내 취향이 아니다."

아마도 이것이 아르젠토에 대한 지배적인 견해에 가까울 것이다. 그러나 아르젠토는 나의 영웅이 었다. 비록 그가 완벽한 영화를 만든 적이 한 번도 없다고 할지라도(뒤나의 말처럼), 나는 그의 뜨거 움을 사랑했고 그의 모든 단점들을 보듬고 싶었다. 다리오 아르젠토는 어린 시절부터 자신을 억눌 러왔던 악몽을 재현하는 것을 최우선으로 생각했다. 그는 자신의 몽상을 다른 이가 마무리 짓는 것 을 원하지 않았던 것처럼 보였고, 아마도 그런 이유로 그는 늘 자신의 손으로 살해를 완성하는 것 처럼 보였다(영화 속 검은 장갑은 〈슬립리스〉를 제외하면 모두 자신의 손이다. 〈슬립리스〉에서만 그의 손이 아니었던 이유는 자신에게 맞는 장갑을 깜박 잊고 챙기지 못했기 때문이라 한다). 그리 고 그는 자신의 몽상 속으로 관객을 끌고 간다.

거대한 악몽의 구축자, 어두운 내면의 탐험자이자 인도자, 그것이 아르젠토를 가장 잘 표현할 수 있는 수식어라고 생각한다. 그는 흡사 히치콕처럼 강박적으로 자신의 영화를 장악하기를 원했지 만, 그렇다고 해서 그는 히치콕처럼 상식에 기반한 절제된 사람은 아니었다. 그는 개연성을 중요하 게 생각지 않았으며(악몽에 무슨 개연성이 있단 말인가), 또한 대개의 경우 절제보다는 과잉을 선

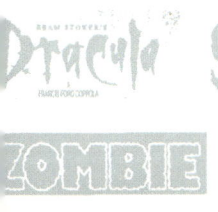
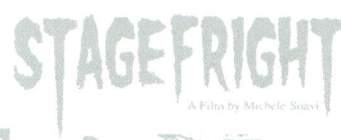
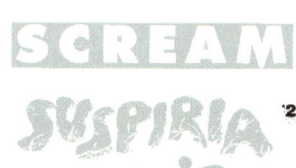

택했다. 이탈리아 공포영화의 선구자였던 마리오 바바가 그저 유쾌하고 소박하게 자신의 영화들을 묵묵히 만들어간 것과는 달리 다리오 아르젠토는 뭔가 대단한 일을 하고 싶어 했다. 그는 스파게티 웨스턴의 황폐화 이후 이탈리아 영화계를 이끌어갈 하위 장르로 지알로를 주목했으며, 특히 마리오 바바와 결별하고자 했다(그는 마리오 바바의 영향력에 대해 극구 부인하는 편이다). 그는 기본적으로 추리물의 얼개 위에 초자연적인 무언가를 덧붙이려고 노력했으며(〈딥레드〉의 초능력과, 〈서스페리아〉의 마녀들), 동시에 예술에 대한 자신의 태도를 영화에 많이 반영했다.

그의 작품에서 가장 눈여겨볼 것은 이야기의 개연성보다는 강한 열정이 묻어나는 직접적이고도 과도한 폭력과 정서상의 과잉이다. 실은 그의 내러티브는 그리 훌륭한 편은 아니다. 대신 도드라지는 것은 스타일리스트로서의 그의 면면이다. 비평가로 활동하던 시절부터 아르젠토는 스타일에 환호했고, 그러한 성향은 그대로 그의 영화에 반영되었다.

아르젠토가 만들어낸 세계는 흡사 스테인리스 글라스처럼 금세 깨어질 것 같은 불안감을 조성하며, 풍부한 색감은 현실감을 앗아가 관객을 스스로의 악몽 속으로 인도하고, 과도하고 무절제한 표현들은 질퍽한 피로 스크린을 적시며, 너무나 단순한 음이 반복되는 전자음악은 관객의 아드레날린을 솟구치게 만들고, 아르젠토 특유의 집요한 시점샷(때로는 누구의 시점인지 알 수 없는)이 쉴 새 없이 스크린을 날아다니며, 구도에 대한 집착은 배우의 중요성을 희생시켰다(배우는 그의 악몽을 구현하기 위한 소재에 불과했다).

이러한 아르젠토의 스타일은 그를 지금의 위치에 있게끔 하였지만, 오히려 이러한 개성들은 그가 얼마나 편집에 능한지, 얼마나 기술적인 부분들에 탐닉하였는지에 대한 논의 자체를 원천봉쇄하는 경향이 있다. 아르젠토는 처음 감독으로 데뷔하던 순간부터 실험적인 감독이었으며 기술적으로 계속되는 실험을 감행한 바 있다. 아마 초고속 카메라로 찍은 총탄 발사장면을 보고 나면(〈흰색 벨벳 위의 네 마리 파리〉, 〈오페라〉) 〈레옹〉이나 〈매트릭스〉에서의 인상적인 총탄의 궤적이 저예산 호러물에서도 등장한 적이 있었다는 사실을 알게 될 것이다. 그럼에도 아르젠토 영화의 기술적 성취나 실험에 대한 부분을 설명하는 것은 나의 지식수준과 이해를 넘어서니, 이 글을 읽는 이들이 영화를 통해 직접 경험해보기를 원한다. 아르젠토를 우려먹기의 제왕이라고 부르는 이들이 있는 것처럼,

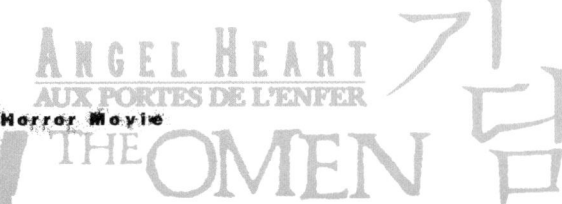

ANGEL HEART
AUX PORTES DE L'ENFER
THE OMEN
OLD BOY
AUDITION

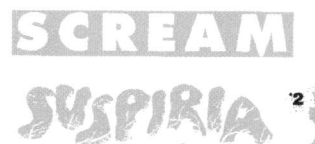

The Only Thing More Terrifying
~~h~~an The Last 12 Minutes Of This Film
Are The First 92.

그의 작품(특히 지알로물)에서는 대체로 비슷한 패턴의 내용들이 반복된다. 하지만 그것을 늘 반복하는 이유는 감독이 그러한 내용 자체에도 어떤 의미를 두고 있기 때문이란 것을 잊지 않으면 된다. 〈스탕달 신드롬〉 이후 아르젠토는 건조해지고 싶다는 욕망을 내비치기 시작했다. 사실 그것은 어찌 보면 이탈리아 공포영화계에 자신밖에 남지 않았다는 생각, 그래서 이탈리아 공포영화를 총집결시키겠다는 강박관념(다른 이의 영화풍까지도 포괄하려는 의도)에 근거하는 것처럼 보이기도 한다. 사실 아르젠토의 영화들은 몹시 과격했지만 고어 자체가 강했다기보다는 죽음에 이르게 되는 정교한 과정과 미학적 연출이 더 인상적이었다.

그러나 〈눈물의 마녀〉에 이르면 그의 연출은 조잡하고 극단적인 것이 오히려 풀치에 더 가까워진다. 자존심 강한 그는 아마 풀치가 살아 있었더라면 이런 식의 연출은 절대 하지 않았을 것이다.

전성기 작품들에 비해 그의 후기작들은 아쉽다. 아마도 〈스탕달 신드롬〉이라는 걸작 앞에서는 보류할 수밖에 없는 고백이었지만, 결국 내가 사랑한 것은 아르젠토의 작품들이 간직했던 뜨거움이었기 때문일 것이다.

**루치오 풀치(Lucio Fulci, 이탈리아)** 이탈리아에 여행을 간 적이 있었을 때 나는 공포영화 루치오 풀치 비디오를 구매하기 위해 눈에 띄는 비디오숍이 있으면 한 군데도 그냥 지나치지 않았다. 그런데 주인장들은 하나같이 다리오 아르젠토의 이름에는 호감을 드러내며 구체적인 영화 제목을 대기도 했으나, 루치오 풀치라는 이름에는 "그게 누군데?"라는 식으로 멀뚱멀뚱 바라보기만 했다. 이탈리아에서도 이러할진대 쿠엔틴 타란티노에 의해 발굴되지 않았더라면(타란티노는 1998년 풀치의 〈비욘드〉를 극장에 재상영했다) 그는 미국에서조차 유명할 수 없었을지도 모른다(그의 작품들의 가학성은 별개로 하고). 국내에서도 풀치의 위상은 마찬가지였다. 잔혹한 장면들로 가끔 입에 오르내리기는 하지만, 그는 허접함의 대명사처럼 받아들여졌다. 내가 인터넷에 글을 올리기 시작한 이유가 바로 그의 영화에 대한 혹평들에 일종의 변호를 해보고 싶어서였다. 사실 내가 아는 한 극도로 과격한 고어연출을, 상업적 내러티브를 갖춘 영화들에 효과적으로 삽입하는 데 루치오 풀치는 최고의 감독이었다.

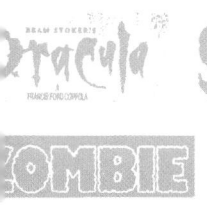

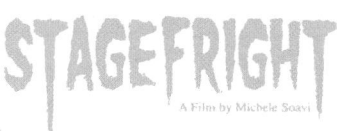

물론 요르그 뷰트게라이트 같은 감독들이 극악한 고어와 함께 자신의 메시지를 전달하는 데 주력하기는 했지만 상업영화의 범주에 두기는 어려웠으며, 그를 제외한 대부분의 작품들은 아마추어 영화 수준을 벗어나지 못하고 있다. 그러나 풀치는 다르다. 주문제작 감독으로서 좋은 여건이라고 하기에는 어려운 환경이 주어졌지만, 그는 상업적인 토대 안에서 자신이 보일 수 있는 것들을 보이며 영화를 만들었다. 실제로 풀치는 영화를 그리 못 만드는 사람은 아니다. 자신의 세계를 갖춘 작가라기보다는 일종의 기술자에 가까울 수는 있지만, 그는 긴 세월 동안 에로와 코미디, 첩보물과 웨스턴, 페플럼과 지알로를 거치도록 살아남았고, 다양한 장르를 접한 탓에 야한 장면은 야하게 잔인한 장면은 잔인하게 찍을 줄 아는 사람이었다. 그가 알려진 것은 〈좀비 2〉의 과격한 장면들이 그 시작이었지만, 사실 지알로에 처음 뛰어든 순간부터 그의 과격성은 동료들보다 한참 더한 수준에 가 있었다. 1969년 형제간의 치정극 〈원 탑 오브 디 아더〉를 찍고 난 후 그는 스릴러의 세계에 뛰어들기 시작했고, 1970년대 초 그는 〈여자가죽을 입은 도마뱀〉과 〈더클링을 괴롭히지 마세요〉라는 두 편의 영화들로 악명을 떨치기 시작했다. 〈여자가죽을 입은 도마뱀〉은 그의 영화 중 가장 튼실한 내러티브와 함께 몽환적 꿈 시퀀스와 추격 시퀀스 등을 근사하게 그려내는 재주를 보인 작품이었으나 살아 있는 개의 배를 가른 장면의 쇼킹함에 모두 묻혀버리기도 했다. 오랜 역사 속에서 항상 묻힌 감독으로 존재했던 그는 지알로의 세계에서 조금의 악명을 얻었으나, 〈수정깃털의 새〉 이후 지알로의 공식적 후계자로 천명 받은 다리오 아르젠토에 가려 최고라는 칭호를 얻기는 힘들었다. 그는 영화사에 이름을 남기기 위해 다른 무언가를 해야 한다는 강박관념을 가졌고, 그러던 중 그에게 기회가 찾아왔다. 바로 〈좀비〉가 유럽에 상륙하기 시작할 무렵이었다. 그는 미국의 좀비들에게서는 찾아보기 어려운 비주얼의 좀비들을 등장시킨 〈좀비 2〉로 드디어 유명세를 누리기 시작했다. 이번에도 그를 유명하게 만든 것은 잔혹한 장면들이었다. 그는 내러티브에 적당한 서스펜스를 추가하기보다는 그저 병적이고 종말적인 분위기를 만들어내는 것에 역점을 두었다. 그의 영화에서 좀비는 어떤 의미를 가지기보다는 그 자체의 출현으로 인해 악과 종말을 암시하게 되는 것이다. 또한 그는 자신의 영향력을 영화 속에 남기기 위해 다른 감독이라면 누구도 찍지 않을 뜬금없는 장면들을 영화 속에 하나의 인장처럼 새겨두었는데, 아이러니하게도 장르감독으로서의 그의 장점은 영

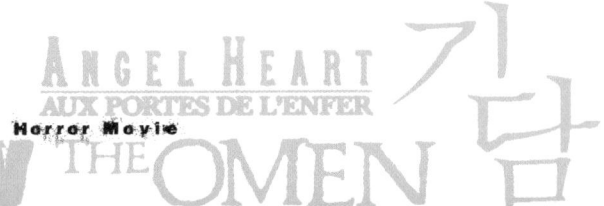

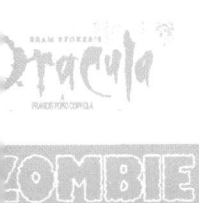

화 전체라기보다는 그 삽입된 황당한 장면들에서 나왔다. 그러한 장면들은 곧 풀치의 전매특허가 되었다. 〈좀비 2〉의 그 유명한 상어격투 장면이나 〈비욘드〉의 거미 장면 등이 그러한 것이다. 그의 명실상부한 최고작 〈비욘드〉의 한 장면, 지옥의 열쇠가 되는 한 호텔의 건축도를 찾기 위해 남자가 도서관에 혼자 남는다.

너무 높은 곳에 위치하고 있어 사다리를 놓고 그것을 찾으려는데, 갑자기 바깥에서 번개가 치기 시작하더니 사다리가 쓰러지고 그는 대리석 바닥에 머리를 처박는다. 그것으로 죽었다고 해도 믿을 수 있는 상황임에도 풀치는 끝내지 않는다. 어디선가 거미인형 몇 개가 나타나더니 미묘하게 엇갈린 리듬감으로 쓰러져 있는 남자에게 다가가기 시작한다. 요란한 음악과 함께 거미가 드디어 그 남자에게 도달한 순간, 우리는 거미가 인간을 뜯어먹는 잔인한 장면을 클로즈업된 화면으로 감상할 수 있게 된다. 그리고 잊기 어려운 기묘한 리듬감은 일종의 장인정신까지 느낄 수 있게 한다.

그의 전성기라 말할 수 있는 기간은 길지 않았다. 1979년부터 80년대 중반까지의 전성기 동안 그는 좋은 동료들과 직업할 기회를 얻게 되는데, 그에게는 각본기 디르디노 시체티기 있었고, 촬영감독 세르지오 살바티가 있었으며, 분장사 지아네토 드 로시 그리고 음악가 파비오 프리치가 있었다. 특히 다르다노 사체티의 공이 무척 컸는데 그는 풀치 영화들의 빈약함을 가릴 만한 각본들을 제공했다. 그 몇 년 동안 풀치는 〈좀비 2〉, 〈비욘드〉, 〈시티 오브 더 리빙 데드〉, 〈세미트리〉, 〈검은 고양이〉, 〈뉴욕 리퍼〉 등의 작품들을 연달아 발표했고, 큰 성공을 거두었다. 그러나 풀치와 사체티 콤비는 〈언틸데스〉 각본의 소유권 문제로 모든 관계를 끊게 되는데, 하필이면 그 시점이 풀치의 전성기의 마지막이었다. 물론 사체티의 하차도 그의 전성기가 가버린 큰 이유였지만, 풀치가 좀비를 유행 지난 것이라고 생각하며 새로운 것들을 하려고 한 것도 큰 이유였다. 그는 현실에 유머가 가미된 그러나 간간히 고어를 사용하는 호러물을 만들려고 했지만, 안타깝게도 아이나 노인이 주인공인 유머러스한 호러물 중에서는 쓸 만한 것이 흔치 않았다. 자신의 작품들과 동시대 이탈리아 호러물들의 장면들을 차용한 풀치 인생의 총집편 〈나이트메어 콘서트〉가 그의 필모 중에서 마지막으로 인정할 만한 작품이었으나, 전성기 작품들에 비하면 역시 부족한 구석이 느껴졌다.

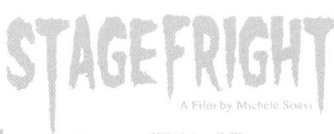
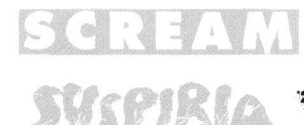

**구로사와 기요시(黑澤清, 일본)** 구로사와 기요시를 가장 위대한 일본의 공포영화 감독이었다고 말하는 건 쉽지 않은 일이다. 그의 공포영화들이 타의 추종을 불허할 만큼 위대한 것임은 분명하지만, 구로사와 기요시의 다른 장르영화와 비교한다면 답을 내기 쉽지 않기 때문이다. 그러니 구로사와 기요시가 공포영화를 몇 편 만들기는 했지만, "위대한 공포영화감독이다"라고 말하는 것보다는 "위대한 영화감독이다"라고 말하는 게 더 쉽다는 이야기다. 게다가 구로사와 기요시의 공포영화들 역시 장르적 컨벤션을 거의 비껴가고 있어, 공포영화로 분류를 해야 하나 말아야 하나 고민을 하게 만들기도 한다.

공포영화라는 외피를 둘러쓰고 있다고 해도 그가 주력하는 것은 관객을 공포에 떨게 하는 것보다는, 인간에 대한 통찰을 보여주는 것을 주목적으로 하고 있는 듯 보인다. 물론 인간에 대한 진지한 통찰만큼 무서운 것도 없으니 그의 영화가 엄청나게 무섭기는 하지만.

호러가 아니라고 하더라도 그의 작품들은 늘 인간에 대해 탐구하고 있었으니, 장르가 무슨 상관이랴 싶기도 하다. 가족영화의 외피를 둘러쓰고 있다고 해도 〈도쿄 소나타〉는 충분히 무서우니까. 그래서일까? 〈절규〉를 감상하고 난 후, 기요시가 당분간 공포영화를 찍지 않겠다고 말했다는 사실을 들은 뒤에도 다른 감독들이 호러물을 떠난 것만큼 가슴 아프지는 않았다.

어쨌거나 나는 구로사와 기요시를 좋아한다. 그는 롱샷과 롱테이크 그리고 빈번한 고정샷을 통해 등장인물의 감정에 작위적으로 몰입하게 만들기보다는 객관적으로 화면을 바라보게 할 뿐더러, 그 느린 호흡 때문에 저 공간들 중 언제 어디서 무엇이 나오게 될까에 대해 관객이 생각할 시간을 충분히 주는 스타일을 가지고 있다. 나는 관객이 생각할 시간을 주는, 템포 느린 영화들을 좋아하는 편이다. 정신없이 휙휙 지나가는 작품도 물론 땡길 때가 있지만, 생각을 하지 않고 그저 쳐다본 것이라 영화가 끝나면 기억도 안 나고, 기억이 난다고 해도 어쩐지 나를 소외시키고 자기 혼자만 떠드는 것 같아서 뒤늦게 시큰둥해지는 경우가 종종 있다.

그래서인지 두고두고 기억에 남는 작품들은 이런 작품들인 경우가 많다. 이러한 스타일은 자칫하면 심심해지기 쉽다. 그러나 기요시는 빛과 사운드를 효과적으로 사용해 지속적으로 영화에 집중하게 만든다. 특히 기요시가 정말 효과적으로 사용하는 것은 사운드이다. 그의 영화 속에는 깜짝

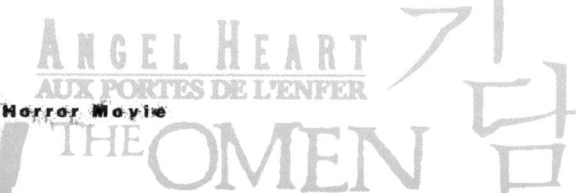

놀라게 만들기 위한 장면은 그다지 존재하지 않는 편이지만, 분위기를 자아내기 위한 지속적이고 기괴한 혹은 일상적이면서 섬뜩한 느낌의 사운드나 그에 이어지는 정적 등은 빈번하게 사용되고 있다. 그러한 스타일 위에서 기요시는 앞서 말했듯 인간에 대해 고찰하기를 즐긴다. 그를 세계적인 감독으로 자리매김한 〈큐어〉는 분열된 현대인에 대한 이야기였으며, 〈강령〉은 자신의 재능을 인정받으려던 사소한 욕심으로 걷잡을 수 없는 사태를 불러일으키는 이야기였고, 〈회로〉는 외로워서 죽음을 택했으나 결과적으로는 더 외로워진 유령의 이야기였으며, 〈절규〉는 내가 죽었으니 너도 죽으라는 유령의 절규를 그려낸 작품이었다.

그의 작품은 현대 일본에 자리 잡고 있는 불안함을 다루고 있고, 그것을 절망적으로 내비쳤다. 하지만 그가 항상 절망만 하고 있었던 것은 아니다. 그가 절망의 끝에서 한 가닥 희망을 보일 때도 있다. 〈회로〉에서는 종말 직전의 일본을 그려낸다. 〈오메가 맨〉, 〈나는 전설이다〉 류의 영화들이 보이는 아무도 없는 거리를 조명하고, 갈 곳 모르는 주인공들은 어디론가 쫓긴다. 그러나 그 결말에는 외로워도 사람인 이상 살아야 한다는 긍정의 메시지가 숨어 있다. 〈도쿄 소나타〉의 한줄기 희망처럼. 즉 그는 결말을 내는 데에서만큼은 갈팡질팡하고 있다. 이는 당연하다. 그는 지금의 세상이 부조리하고 절망적이라고 느끼고 있으며, 동시에 세상이 좀 더 나아지기를 원하고 있다. 다만 답을 모르고 있을 뿐이다. 답을 내지 않는 문제제기란 때로 공허한 것이지만, 어떤 경우에는 문제를 제기하는 통찰력 역시 훌륭한 것일 수 있다. 사실 현대가 어디로 달려가는지를 막연히 눈치 채고 있는 사람은 적지 않겠지만, 더 좋은 방향으로 나아가기 위한 답을 내릴 수 있는 사람이란 아무도 없지 않은가.

**김성홍** 영화를 좋아하는 사람에게는 누구나 자신만의 감독이 있을 거라 생각한다. 내게 그런 감독을 꼽으라면 이 땅에서는 단연 김성홍이다. 그는 한국 땅에 명맥이 끊겼던 호러/스릴러 장르부활의 한 알의 밀이 되었던 감독이다. 대중과 평단 모두의 호평을 이끌어 낸 〈손톱〉은 스릴러 부활의 신호탄이 되었고, 〈올가미〉, 〈신장개업〉, 〈세이 예스〉에 이르기까지 꾸준히 장르에서 활동한 거의 유일한 감독이기도 했다. 물론 "그의 작품들이 호러물이냐?"라고 묻는다면 다소 애매한 대답을 할 수밖

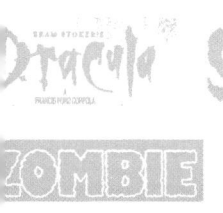
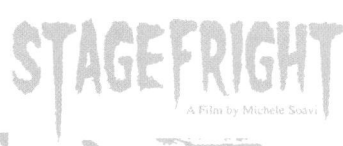
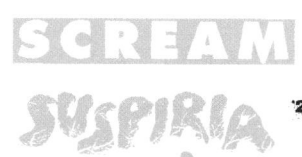
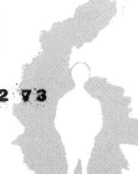

에 없을 것 같은데, 그의 호러물에 대한 애정이 상당했고 작품들 역시 호러로 분류해도 무방할 구석을 적지 않게 가지고 있었다는 만큼은 확실하게 말할 수 있다. 물론 김성홍 감독을 좋아하는 이유는 그가 이 장르에서 매우 중요한 인물이기 때문이지만, 기본적으로 연출을 잘 하는 감독이기 때문이다. 김성홍은 상당히 저평가된 감독이라고 생각하는데, 그 이유를 들면 기본적으로 연출보다는 각본으로 이름을 날렸던 데다가, 창의적이라고 보기 힘든 소재들로 누구나 가능할 수 있는 이야기를 전개했기 때문이었을 것이다. 이러한 평가에는 조금 억울한 구석이 있다. 특히 장르영화를 찍어내는 것만도 모험이었던 시절, 그에게 도식을 완전히 벗어난 작품을 기대하는 것이란 가당치도 않은 일이었기 때문이다.

하지만 그는 최소한의 인물들로 도식적인 갈등관계를 이끌어낸 후 그것을 긴장감 있게 그려내고, "저렇게까지?"라고 생각될 만큼 극단적으로 캐릭터 간의 갈등을 밀어붙이는 데 일가견을 가지고 있는 감독이었다. 김성홍의 갈등이 전통적인 무엇이라는 점에서, 나는 그가 시대 사이의 어떤 가교 역할을 했다고도 생각한다. 그의 초기작들은 사회적인 측면을 가지고 있었다. 〈손톱〉은 한국 사회에 존재하는 계급갈등에 대한 이야기로 읽어낼 수 있으며 양극화가 더 진전된 지금 보면 더 괜찮을 영화처럼 느껴지기도 한다.

〈손톱〉보다 공포 성향이 강한 〈올가미〉는 고부갈등이라는 소재를 가져와서 다시 찍은 〈손톱〉이다. 이 두 작품에서 김성홍은 무언가를 빼앗으려는 자와 그것을 지키려는 자의 갈등을 그려냈다. 그 둘의 계급적 위계질서는 명확하게 그려지지만 영화 속의 약자들은 결코 호락호락하지 않았다.

〈손톱〉의 프롤레타리아는 자신을 무시하는 부르주아를 끝장내겠다는 오기 혹은 강단을 가지고 있었고, 〈올가미〉의 며느리는 시어머니의 횡포 속에서도 자신의 영역을 인지하고 권리를 주장할 줄 아는 인물이었다. 상황을 제어하지 못한 채 삼각관계를 형성하게 되는 또 다른 인물은 둘의 싸움의 중심에 놓이지만, 그 자체로는 아무런 가치도 없었다. 〈손톱〉에서 불륜의 대상이 되는 남편이란 저주하는 대상의 것이기 때문에 빼앗으려고 했던 자에 불과했으며, 〈올가미〉에서의 남편은 싸움의 매개가 되기는 하지만 시어머니의 횡포를 피하기 위해 과감히 버릴 수도 있는 존재였던 것이다. 즉 영화는 거의 전적으로 둘의 싸움에 초점이 맞추어졌다. 단 결말은 조금 달랐다.

〈손톱〉은 갈등 속에 발생했던 생채기에만 주목했으며 한 명이 죽은 후에도 달라지는 것은 거의 없었지만, 〈올가미〉는 죽은 시어머니와 아들의 뼈를 함께 뿌리는 등 갈등을 종지부하는 것에 대한 어떤 의도를 내비쳤다. 말하자면 화해의 시도가 있었던 것이다.

〈조용한 가족〉이 있어 빛을 보지 못한 〈신장개업〉을 찍고 난 후, 그는 사회성을 벗어버리고 순수한 형태의 공포를 추구하려는 시도를 보였고, 〈세이 예스〉로 구체적 형태를 드러냈다. 이제 성공의 문턱에 들어선 남자와 그의 아내가 우연히 만난 정신이상자에게 고통을 당한다는 내용의 〈세이 예스〉는 풀어내기에 따라 사회적 알레고리를 추가할 수도 있었을 것이나 그는 그런 것에 주목하지 않았다.

어째서인지 자신을 멈춰주기를 원하는 살인마 그리고 살인마와 희생자 사이에 때때로 이루어지는 역할의 변환, 우연히 만난 악의 습득 등의 내용을 다룬 〈세이 예스〉는 한국판 〈힛처〉(로버트 하몬 감독)였다.

〈세이 예스〉는 고통을 느끼지 못하는 악당을 등장시킴으로써 슬래셔의 살인마를 한국에 소환할 수 있었고, 소수의 마니아들에게는 김성홍의 베스트로 평가되기도 했지만, 아쉽게도 김성홍은 이 작품 이후로 영화를 찍지 못하게 된다. 그러나 〈세이 예스〉는 스릴러로 접근한 관객과 공포로 접근한 관객 사이에 평가가 달라질 만한 작품이다. 누가 누구를 괴롭히는지, 어째서 괴롭히는지 따위의 궁금증이란 전혀 없다. 죽여도 죽지 않는 살인마와 계속해서 함께 있어야 한다는 상황에서 공포를 불러내는 것이 영화의 목표였던 것이다.

얼마 전 김성홍은 다시 스크린에 귀환했다. 8년만이었다. 역시 공포물이었고 또한 공포에만 충실한 작품이었다. 하지만 〈실종〉은 과거의 장점을 많이 취하지는 못한 것 같다. 둘의 대립을 극단적으로 몰아붙였던 그의 이전 작품과는 달리, 〈실종〉은 여동생에게 너무 많은 역할을 부여한 나머지 판곤(문성근 분)과 현정(추자현 분)의 궁극적인 대립을 다소 밋밋하게 만들었던 것이다. 그러니 그의 장점이었던 정서적 가학성은 반감되고, 대신 그 자리를 눈에 보이는 가학성이 치고 들어온 것이다. 아마도 〈실종〉은 최근 개봉된 한국영화 중 가장 잔인한 편에 속할 것이다. 평이 좀 갈릴 영화지만 긍정적인 것은 그가 최소한의 자본으로 적당한 퀄리티의 상업영화를 만들었고 본전은 뽑았다는 것이다. 어쨌거나 나는 그의 작품을 계속하여 보고 싶기 때문이다.

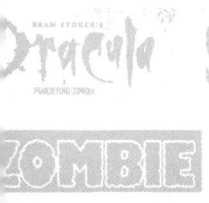
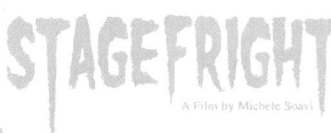
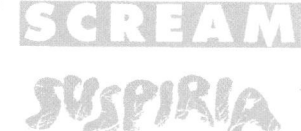

'2 75

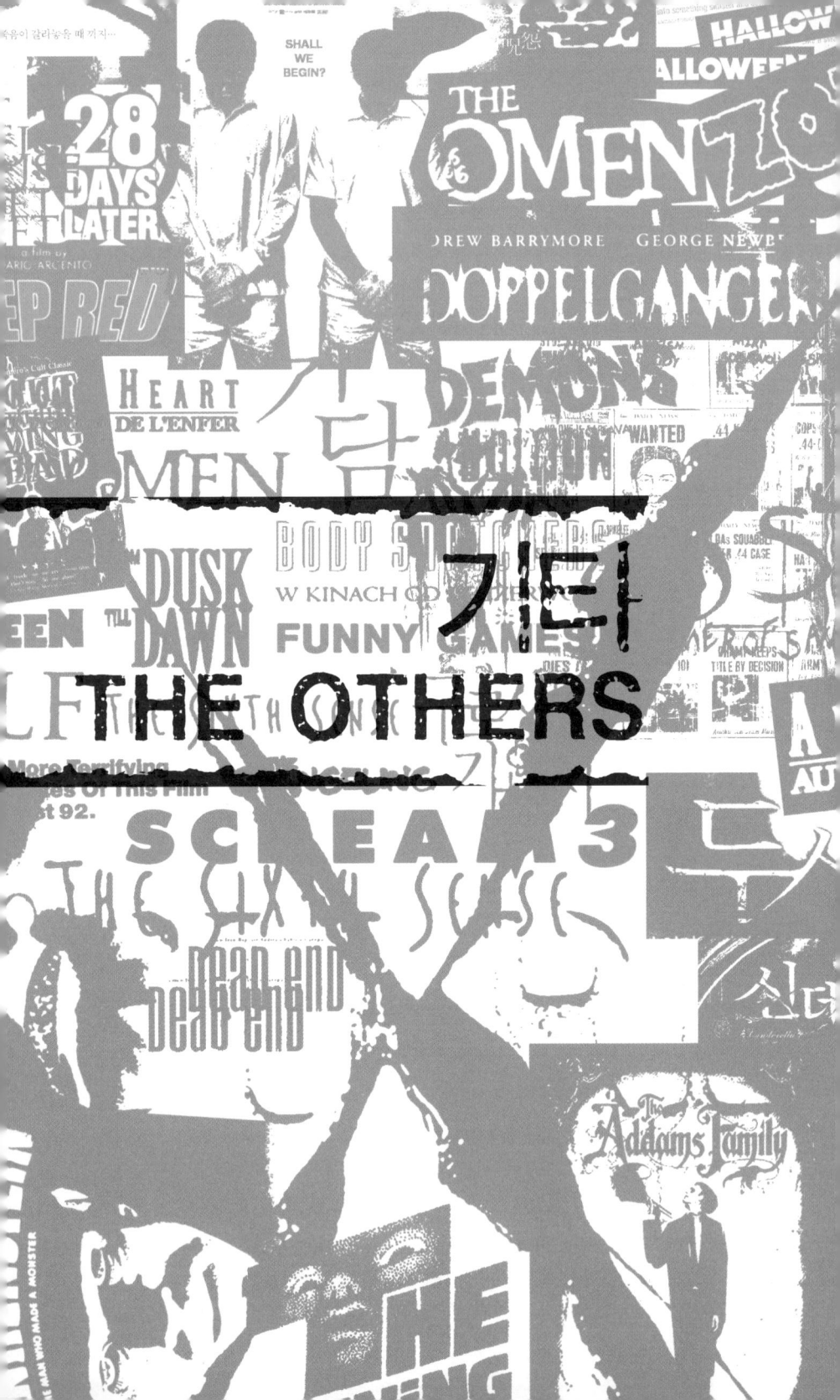

기타

# THE OTHERS

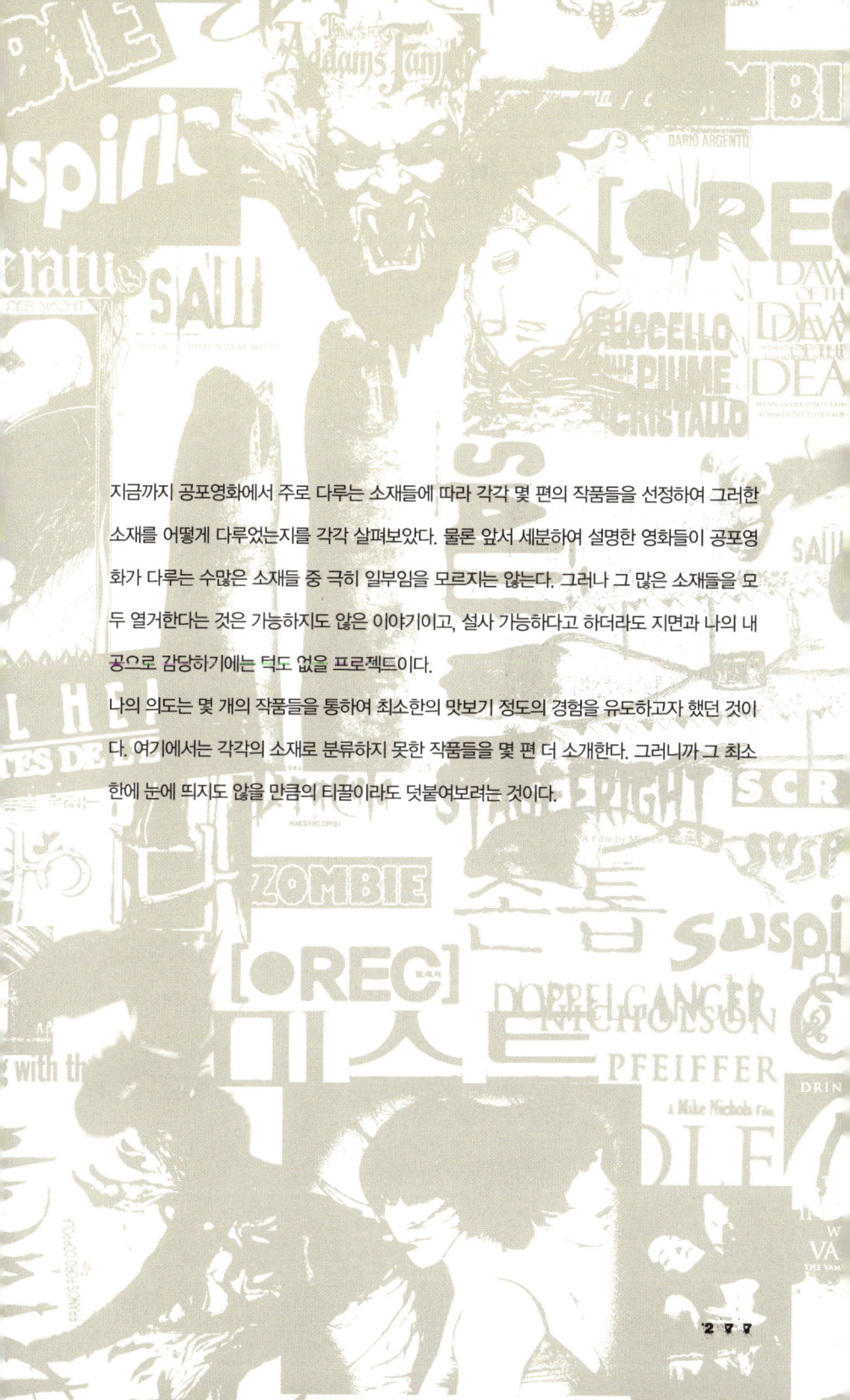

지금까지 공포영화에서 주로 다루는 소재들에 따라 각각 몇 편의 작품들을 선정하여 그러한 소재를 어떻게 다루었는지를 각각 살펴보았다. 물론 앞서 세분하여 설명한 영화들이 공포영화가 다루는 수많은 소재들 중 극히 일부임을 모르지는 않는다. 그러나 그 많은 소재들을 모두 열거한다는 것은 가능하지도 않은 이야기이고, 설사 가능하다고 하더라도 지면과 나의 내공으로 감당하기에는 턱도 없을 프로젝트이다.

나의 의도는 몇 개의 작품들을 통하여 최소한의 맛보기 정도의 경험을 유도하고자 했던 것이다. 여기에서는 각각의 소재로 분류하지 못한 작품들을 몇 편 더 소개한다. 그러니까 그 최소한에 눈에 띄지도 않을 만큼의 티끌이라도 덧붙여보려는 것이다.

# 영화는 영화다 여우령

원제 女優靈 • 감독 나카타 히데오
배우 야나기 유레이, 오스기 렌, 시라시마 야스요 등 • 제작 1996년 일본

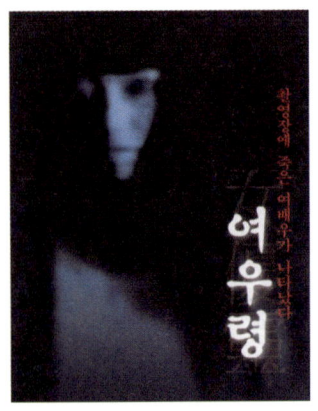

일본영화들이 개방되고 난 후 처음으로 상영했던 공포영화가 〈여우령〉이었던 것으로 기억한다. 익숙하지 않은 일본영화 제목 때문에 구미호 비슷한 건가 (actress가 아니라 fox의 혼령이라고 생각했다)라고 생각했다가, 갑자기 영화 촬영장이 나오기에 당황했던 작품이다. 아마 나 같은 사람들도 적지 않을 게다. 어쨌거나 나카타 히데오는 이 영화를 통해 자신의 공력을 인정받아 스즈키 코지의 『링』을 찍게 된다. 아마도 이 작품을 통해 영화와 현실의 경계를 살짝 무너뜨렸던 나카타 히데오가 비디오와 현실의 경계를 살짝 무너뜨릴 〈링〉의 감독으로 적임이었음은 의심할 여지가 없었을 것이다.

영화 〈여우령〉은 공포의 근원은 허상이라는 것을 설명하는 외에 그 어

떤 이야기도 하지 않는다. 〈여우령〉이 영화 촬영 현장을 배경으로 하는 것은 영화라는 것이 본질적으로 허상(허구)을 만들어내기 때문이다. '촬영 중 누가 죽었다더라', '미방영 프로그램을 봤다더라', '귀신을 본 적이 있다더라' 등등의 괴담 등(역시 사실여부와는 상관없는 이야기)은 앞서 설명한 믿음을 조장하는 도구로서 사용된다. 물론 그것은 사실이 아닐 것이다. 하지만 그러한 이야기에 대해 티끌만큼이라도 믿음이 생기는 순간(신경 쓰기 시작하는 순간) 공포는 시작된다. 사실 많은 부분 공포는 사실여부와는 관계가 없다.

예를 들어보자. 갑자기 자신의 뒤에 무엇이 있을지도 모른다는 느낌이 온몸을 훑고 지나갈 때, 대부분의 사람들은 그 느낌이란 단순한 망상에 지나지 않을 것이라는 정도는 알고 있을 것이다. 그렇다면 그와 같은 공포감이 모순된 것일까? 당연히 그렇지 않다. 공포라는 것은 사실 여부와는 무관하다. 내가 사실이라고 생각하든 그렇지 않든, 그것이 합리적이든 그렇지 않든 어떤 믿음이 생겨나는 순간 공포도 발생한다. 그런 믿음은 사실을 통해 몸에 체득된 것이라기보다는, 타인의 이야기들이 상상력을 통해 머릿속에 구현된 것이거나 아니면 다른 어딘가에서 만들어진 이미지에 대한 기억 등으로부터 나오는 것인지도 모른다. 즉 적잖은 공포들의 근원은 허상으로부터 출발한다. 이는 결국 인식론적인 접근이다. 인간에게 존재란 실재하는 것이라기보다는 인식하는 것이다.

〈여우령〉은 공포스러운 장면을 끝까지 아끼면서 무언가가 나올 듯한 분위기를 영화 전체에 깔아놓는 수준에 그치는 편이다. 긴장감을 유지하기 위해 슬슬 지겨워질 때쯤 화면의 구석에 흐릿하게 나타나는 여귀를 쓱 밀

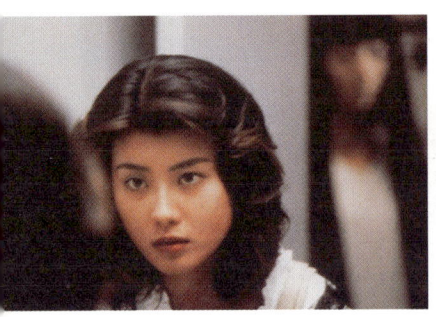
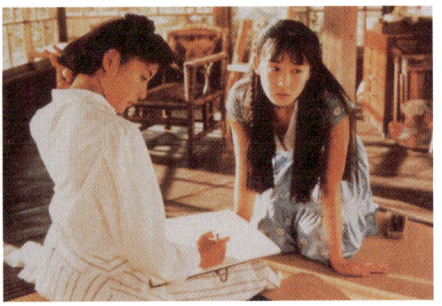

어 넣는다. 그러면서 영화는 올곧게 최후의 장면까지 치고 간다. 그러니까 마지막을 위한 사전작업으로 대략 1시간 동안 복선을 깔아두고 최후의 5분 동안 폭발시킨다는 의미이다.

반면 직접적으로 무언가가 나오는 장면은 사실 그리 섬뜩하지 않다. 그리 길지 않은 러닝타임 동안 관객을 긴장시키던 여귀가 등장하는 마지막 장면은 무섭다기보다는 짜증스럽다. 내가 아는 이들 중 이 유령의 웃음소리에 노이로제가 걸린 사람도 없지 않을 정도이니, 무섭다면 무서울 수도 있겠다.

어쨌거나 흐릿하던 유령이 선명하게 나타날 때에도 그리 무섭다는 생각은 들지 않는다. 반면 대본을 외우던 여주인공에게 여귀의 소리가 들려오는 순간은 몇 배는 무섭다. 〈여우령〉은 보이는 것보다 보이지 않을 때가 더 무서운 영화이며, 이는 유령은 허상 속에 존재한다는 영화의 주제와 기막히게 잘 어울린다. 공포가 허상 속에 존재한다는 것은 다시 말하면 믿지 않거나 신경 쓰지 않으면 그것은 아무 것도 아니라는 것과 같다. 다시 말하면 영화는 영화일 뿐이다.

# 영화는 영화다? 퍼니 게임

**원제** Funny Games • **감독** 미카엘 하네케
**배우** 나오미 와츠, 팀 로스 등 • **제작** 2007년 영국, 미국, 프랑스, 오스트리아

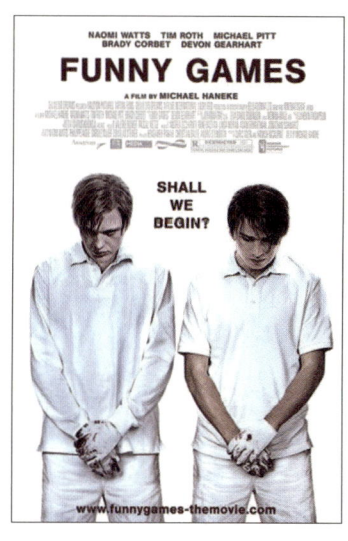

나는 영화의 해석에 윤리적 측면을 가지고 들어오는 것을 좋아하지 않는 편이다. 아마도 살해와 폭력이 난무하는 공포영화를 좋아하다 보니, 영화는 영화일 뿐이라며 가볍게 생각하고 넘기는 것이 스스로의 정신건강에 이롭기 때문일 것이다. 게다가 공포영화의 많은 장점들은 내가 그런 생각에 이르도록 내버려두지 않기도 한다. 그러나 가끔씩은 윤리적 측면을 영화로 가지고 들어오지 않을 수 없다. 나는 내 안의 폭력성 때문에 이런 부류의 영화를 좋아하는 것이 아닌가? 나는 타인의 고통을 즐거워하는 사람이 아닌가? 〈퍼니 게임〉은 그러한 질문들을 상기시킨다. 그래서 〈퍼니 게임〉은 불편하다.

흰 옷을 입은 젊은 두 청년이 한 가족을 몰살시킨다는 내용의 〈퍼니 게임〉은 온통 도발적인 소재들로 가득 차 있다. 영화의 정서적 가학성이나 그러한 불행을 일단의 게임 방식으로 진행시키는 것도 그러하지만, 그보다 더 불쾌한 것은 그들이 계속하여 관객에게 말을 걸고 있다는 것이다. 영화 속의 청년들은 스크린을 정면으로 응시하며, 스크린 밖에 있는 이들에게 말을 건다. 그 중의 압권은 가족들을 내일 아침 9시까지 모두 죽이겠다고 공언하면서, 그 가족들에게 자신들이 살아 있을 수 있을 것인지에 대한 내기에 동참하도록 유도하는 장면이다. 청년들은 동시에 관객도 참여시킨다. "당신은 어떻게 생각해요? 그들에게 기회가 있을까요?"

그러면서 당신은 관객의 편이 아니냐며 묻는데 이게 상당히 불쾌하다. 왜냐하면 공포영화의 관객이란 주인공에게 감정이입 되어 그들이 역경을 헤쳐 나가는 것을 보고 싶어 하기도 하지만, 동시에 그들이 괴로움을 당하는 것을 보고 싶어 하는 자이기도 하기 때문이다. 단순히 역경만 헤쳐 나가는 것을 보고 싶다면 어째서 공포영화를 보겠는가.

영화의 제목으로 돌아가자. 즐거운 게임. 그것이 누구에게 즐거운 것인가? 그들의 고난은 내게 즐거운 것이 아닌가? 생각이 여기까지 뻗치게 되면 슬슬 영화 감상이 피곤해진다.

영화 속의 가족들은 점점 정해져 있는 결말로 향해 쫓기게 된다. 그동안 감독은 가족들에게 몇 차례의 기회를 제공한다. 아이가 탈출하고, 괴롭히던 청년들이 갑자기 집에서 나가버리기도 하며, 여인이 탈출하기도 한다. 그러나 가족들의 시도는 번번이 실패한다. 러닝타임을 충분히 확보한 9시가 되기까지 내기는 끝날 수 없었던 것이다. 가장 절망적인 상황은 〈퍼니 게임〉의 장면들 중에서 가장 많이 언급되는 리모컨 장면이다. 여인(나오미 와츠 분)은 순간의 기지를 발휘하여 청년들 중 한 명의 배에 총알을 먹이는 데 성공한다. 그런데 미칠 듯 소리를 지르는 다른 청년은 리모컨을 찾아 영화를 이전으로 돌려버린다. 그리고는 그녀의 성과를 없었던 것으로 만들어버린다.

이쯤 되면 관객모독이라는 말이 입에 오르지 않을 수가 없다. 꼭 이런 식으로 깐죽거리는 듯 들린다. "난 이런 결말을 원하지 않았지만 당신들이 원하는 것을 보여주기 위해서는 이럴 수밖에 없었어."

배가 고프다는 이유로 급작스럽게 찾아온 엔딩은 짜증을 더하게 만든다. 그렇게 관객의 취향에 맞추는 것처럼 해놓고는 이제 귀찮으니 끝내야겠다는 것 아니겠는가.

다른 의미에서 〈퍼니 게임〉은 영화와 현실에 대한 이야기이기도 하다.

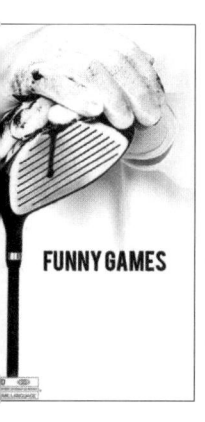
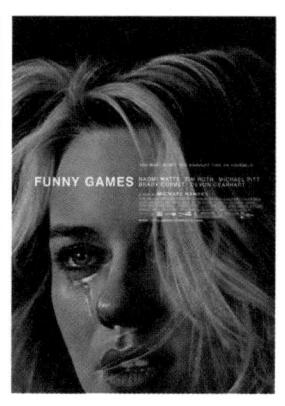
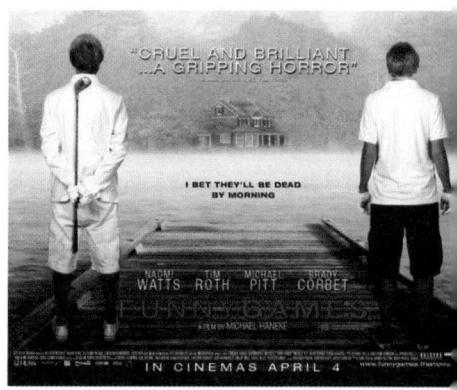

사실 많은 이들이 TV로 보는 현실에 둔감한 이유는, 그것에서 떨어져서 소극적으로 바라만 보기 때문이다. 영화를 보는 것도 그와 다르지 않다. 영화에서 떨어져서 소극적으로 바라보는 한, 그것이 어떤 말을 한다고 해도 현실에는 별 다른 영향을 미치지 못한다. 영화는 영화일 뿐이라고?

물론 영화를 보는 이들은 현실과 허구가 다른 것이라 생각할지도 모른다. 그러나 꼭 그렇지는 않다. 관객은 허구의 집합체인 영화 속에서도 허구와 현실을 가려내려고 무던히 노력한다. 그들은 주인공의 죽음이 실은 그의 꿈(혹은 영화)이었다는 것을 알게 되면 허탈해지고, 모든 것이 꿈(혹은 상상)이었다 식의 결말에 열을 올리며 비난하기도 한다. 그것이 온전히 허구라 할지라도 개연성이 사라지면 거리가 더 멀게 느껴진다는 것을 명확히 인지한다. 그러니 영화를 그저 영화일 뿐이라고 치부해버릴 수 있겠는가? 아무리 그것이 허구라 할지라도 현실의 우리가 마주치는 순간 그것은 현실인 것이고, 만약 그것이 우리의 삶에 영향을 미칠 때는 그보다 더 한 현실로 기능하는 것이다.

97년의 원작 영화를 본 지 오래되어 2007년의 영화와 비교하지는 못하겠지만, 거의 숏바이숏의 리메이크에 가까운 것 같다. 자막이 영화를 가리는 것을 유난히 싫어하는 미국인들의 정서 상 외국영화는 아무리 유명하다고 해도 자국영화에 비해 관람할 기회가 더 적다. 그래서 지금은 거장이 된 미카엘 하네케는 자신의 지금을 가능하게 했던 영화를 미국인 배우를 기용하여 영어로 다시 찍었는지도 모르겠다.

분명히 더 유명한 배우들이 나오고 그들의 연기가 부족한 것은 아니지만 오리지널을 본 사람이라면 그래도 원작이 낫다는 말을 하게 되지 싶은데, 그 가장 큰 이유는 언어의 문제이다. "할트, 칼트"라며 여인을 유도하는 말은 "웜, 콜드"보다 훨씬 강한 느낌을 자아내고, 또한 친숙하지 못한 느낌 탓에 그들의 비극을 좀 더 객관적으로 바라보게 강제되는 느낌이 든다. 그리고 아무래도 10년이 지나고 다시 만난 터라 이전의 충격까지는 느끼지 못하게 되는 것 같다. 하지만 〈퍼니 게임〉을 처음으로 접하는 분이라면, 리메이크도 충분히 훌륭하니 원작에 대한 강박 없이 그냥 이 작품을 보셔도 무방하겠다. 자신의 손으로 거의 똑같이 다시 만든 리메이크다 보니 해석상의 차이도 거의 존재하지 않는다.

미카엘 하네케의 〈히든〉을 보면 영화가 아닌 다른 영상매체 역시 편집에 의해 허구를 담을 수 있다는 사실이 명백히 증명된다. 따라서 눈에 보이는 것을 어떻게 받아들일까의 문제는 그것이 허구이든 아니면 실제 뉴스이든 간에 큰 차이가 없는지도 모른다. 하지만 어떤 경우라도 보이는 것을 수동적으로 받아들이기보다는 좀 더 적극적인 자세를 그는 요구하고 있는 것인지도 모르겠다. 그는 말한다.
"영화 안에서의 진실, 미디어 안에서의 진실, 이것은 다 조작이다. 나는 이미지 속의 이미지를 사용하는 기법을 통해 '어떤 것이 진실인가'와 같은 질문을 관객에게 제시했다. 이런 물음은 나 스스로에게도 항상 제기하는 문제들이다. 나는 관객을 가르치려 들지는 않는다. 단지 끊임없이 자극하고 그들과 소통하려 하는 것뿐이다." -미카엘 하네케 인터뷰 중, 국내 출시된 DVD 커버에서 발췌.

# 담배자국

원제 John Carpenter's Cigarette Burns • **감독** 존 카펜터
**배우** 더글러스 아더스, 크리스토퍼 브리튼 등 • **제작** 2005년 미국

우리는 같은 영화를 봤다고 해서 늘
같은 것을 느끼지는 않는다. 물론 반복
감상이 영화의 이해를 높였을지도 모
르겠지만, 어쩌면 그것은 보는 사람의
무엇인가가 변하였기 때문에 일어난
일인지도 모른다. 어떤 영화를 감상한
다고 할 때 우리는 우리가 겪었거나 혹
은 아는 것들을 바탕으로 그 영화를 받
아들인다. 누군가는 감독의 의도가 가

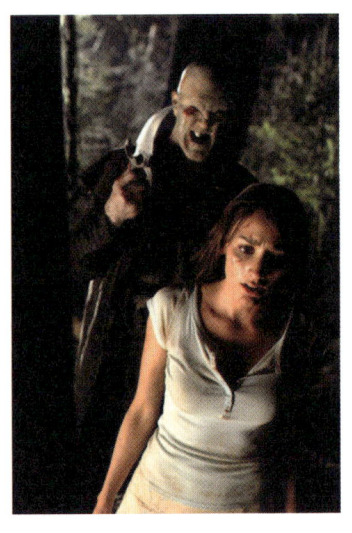

장 중요한 것이라 말할지도 모른다(물론 감독의 의도는 중요하다).

하지만 그것을 해석하거나 받아들이는 사람들은 결국은 관객이고 그들
이 자신의 경험을 초월하여 감독의 의도를 이해하는 것은 불가능하다. 그
것은 모든 소통에서 마찬가지이다. 대부분의 모든 소통처럼 영화와 관객

의 소통 역시 쌍방향으로 작용된다. 감독의 이야기에도 귀를 기울이고, 자신의 입장에서의 견해도 제시해보고. 마치 대화하듯이 말이다. 좋지 아니한가?

영화 속의 '대재앙(Le Fin Absolue du Monde)'은 관객 간의 소통이 활발하게 이루어진 영화를 의미하는 것이지, 악랄한 영화를 의미하는 것이 아니다. 영화 속의 신성모독과 잔인한 장면들에 사로잡힌 것처럼 보일 수도 있겠지만, 사실 주인공은 아직까지 떠나보내지 못한 자신의 자살한 아내나 딸의 허상을 바라보고 있을 뿐이다. 그러므로 그가 본 영화란 어디에도 없는 영화다. 그저 가볍게 시간을 소비한 게 아니라면, 모든 영화의 감상행위란 예고편에 불과한지도 모르기 때문이다. 영화를 완성하는 것은 관객이다. 그것이 끔찍한 결과를 가져오든, 그렇지 않든 간에.

존 카펜터의 다른 영화들과 유사하게 〈담배자국〉 역시 숨겨져 있었던 악을 발견하는 것을 주된 이야기의 소재로 삼았다. 'Le Fin Absolue du Monde'를 찾아가는 과정 역시 존재하는지 확신할 수 없었던, 숨겨진 악을 찾아가는 과정이다. 그가 줄기차게 이런 이야기를 되풀이해 온 것은 미국이라는 사회 내에 숨겨져 있는 악과 위선에 진절머리를 냈기 때문이었다. 그러나 그의 이러한 주제들이 관객에게도 받아들여졌는지는 잘 모르겠다.

누군가는 〈매드니스〉와 〈담배자국〉이 저질문화의 폐해에 대해 경고하고 있다고 주장한다. (〈담배자국〉을 보면서 〈매드니스〉를 연상하는 것은 단지 엔딩장면의 유사성 때문만은 아니다.) 물론 그와 같은 시선이 이해가 되지 않는 건 아니다.

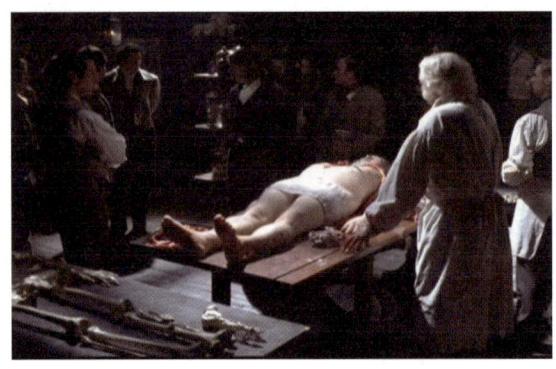

하지만 내가 보기에는 저질문화의 폐해보다는(그렇다면 그는 저질문화로 먹고 사
는 이인가?) 좀 더 자신의 말에 귀를 기울일 것을 요구하는 것처럼 보인다.

하위문화 역시 보는 사람의 소통의지에 따라 충분한 파급력을 가질 수
있다고 말하지 않는가? 영화가 무기가 될 수 있다는 말은 위험하다는 뜻
일 수도 있겠지만, 영향력을 미칠 수 있다는 것의 공포영화 감독으로서의
표현이라고 생각할 수도 있을 게다.

영화 속에서 언급했던 것처럼 감독들은 할리우드(물론 여기에는 상대적으로
자신을 평가절하 한 할리우드에 대한 비아냥거림도 담고 있다. 그는 유럽에서 자신은 작가이
지만 미국에서는 삼류라고 언급한 적이 있다)에서 자유롭게 영화를 만들지 못하고
어떤 선을 넘지 못한 채 그저 창작활동을 지속하는 것을 목표로 삼는다.
그러한 작품들이 여흥거리 이상의 역할을 맡기란 쉽지 않을 것이다.

존 카펜터는 영화감독으로서 자신이 느낀 점, 그리고 영화에 대한 생각
들을 60분이 채 못 되는 TV 영화의 틀 내에서 장르적 상상력의 살을 입혀
(늘 그랬듯이 자신의 스타일로) 최대한도로 잘 만들어 냈다. 영화가 얼마나 좋은

메시지를 담고 있는지의 여부와는 상관없이 그것이 재미가 없다면 반쪽짜리 영화라고 생각하는 나의 기준에서 〈담배자국〉은 더 할 나위 없이 멋진 작품이다.

처음부터 궁금증을 자아내며 엔딩까지 끌고 가는 재미도 적지 않고, 후반부의 폭발력도 상당하다. 자신의 영화를 완성하기 위해 영사기에 내장을 걸고 돌리는 벨린저(우도 키에르 분)의 최후는, 근래에 본 공포영화 중 가장 멋진 장면을 제공해주기도 했다. 누가 내게 〈마스터즈 오브 호러〉 1시즌의 최고작이 무엇이냐고 묻는다면, 나는 1초도 망설이지 않고 〈담배자국〉이라고 말할 것이다.

2시즌까지 제작된 〈마스터즈 오브 호러〉는 그 참여진이 화려하기가 경이로운 수준이다. 참여한 감독들의 명성에서도 그렇지만, 참여하지 않을 거라 생각했던 이들도 대거 포진되어 있었기 때문이다. 여기에는 제작자인 믹 개리스의 능력이 반영되었을 거라 생각한다.

일전 믹 개리스가 부천을 방문했을 때 누군가가 〈마스터즈 오브 호러〉의 제작방침과 그의 역할에 대해 물었는데, 그는 자신이 하는 것은 없노라고 대답했다. 그는 각각의 감독들에게 절대재량권을 주었다고 말했다.

물론 〈마스터즈 오브 호러〉의 제작사가 케이블 방송사였다는 점에서 방송을 위한 아주 적은 수의 원칙이 주어지기는 했다. 첫째는 정면에서 잡은 남성의 올누드 장면이 없어야 한다는 것이었고, 둘째는 아이에 의한, 아이에 대한 폭력이 없어야 한다는 것이었다(아이에게 행해지는 어른의 폭력은 허용되었다).

이 두 가지를 제외하면 무엇을 이야기할 것인지, 어떻게 이야기할 것인지는 전적으로 감독의 손에 주어졌다. 그리하여 자유로운 시스템을 선호하는 감독들까지 거대한 프로젝트에 참여시킬 수 있었던 셈이다. 어쨌거나 믹 게리스는 1, 2시즌을 뛰어넘는 초호화 연출진으로 시즌 3을 구성하겠다고 말한 바 있는데(롭 좀비나 닐 마샬 등의 합류), 3시즌에 대한 소식은 아직 들려오지 않는다. 대신 믹 게리스는 NBC와 손을 잡고 〈피어 잇 셀프〉라는 비슷한 프로젝트의 제작을 맡은 바 있다. 팬의 입장에서라면 딱히 프로젝트의 명칭은 상관없다. 각각의 에피소드만 훌륭하면 그만일 뿐이다.

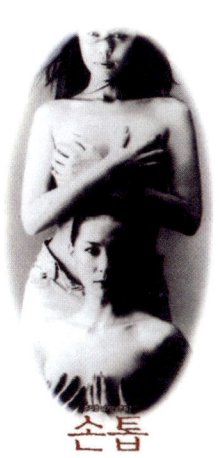

# 적과의 동침 손톱

**영문** Deep Scratch • **감독** 김성홍
**배우** 심혜진, 이경영, 진희경 • **제작** 1994년 한국

페미니즘에 입각해 영화를 읽는 이에게 〈손톱〉
은 몹시 불쾌한 영화일 수도 있겠다. 누군가의 말
에 따르면 칠거지악 중의 하나인 질투라는 격 낮
은 감정으로 인해 돌이킬 수 없는 생채기를 남기
는 여성에 대한 이야기로 받아들여질 수도 있으
니까. 하지만 그것은 부당한 평가라고 생각한다.
우선 질투가 질이 낮은 감정이라 생각하지도 않
으며, 또한 이 영화에서의 욕망하는 주체는 주로
여성이기 때문이다.

사실 영화는 삼각관계의 구도를 띠고 있지만, 중요한 것은 소영(심혜진
분)과 혜란(진희경 분)의 대립이며 남성은 그 대립에 어떤 영향력도 행사하지
못한다. 방관자이자 휘둘리기만 하는 존재이다. 둘은 서로 남성을 빼앗기
위해 노력하지만, 남성은 그 자체로는 아무 의미도 없다. 그저 상대의 것

이기에 빼앗으려는 것뿐이다. 이렇게 별 볼 일 없는 남자를 그려놓은 영화가 정말로 여성의 관점에서라면 불쾌하게 받아들여졌던 것인지 그걸 묻고 싶다.

혜란은 말한다. "거기서 너를 만나지 말았어야 했는데." 하지만 그것은 현실적으로 불가능한 이야기이다. 혜란이 우리 사회, 아니 내가 알고 있는 거의 대부분의 사회를 떠나지 않고서야.

〈손톱〉은 우리 사회에 존재하는 계급을 다룬 영화이다. 그리고 계급의 갈등을 다룬 영화이다. 서로 미워하면서도 이 땅에서 함께 살아가는, 그러니까 적과의 동침이라고 해야 할까. 소영은 부르주아를, 혜란은 프롤레타리아를, 그리고 정민(이경영 분)은 부르주아에 기생한 쁘띠부르주아를 각각 상징한다. 이 대립에서 캐스팅 보트를 쥐고 있는 것은 정민이지만, 그는 이 대립에서 어떤 적극적 소리도 내지 못한다. 단지 부르주아에 기생할 뿐이다. 영화가 초점을 맞추는 것은 두 여성캐릭터의 극단적인 대립이다.

사회에서 성공한 것으로 받아들여지는 거의 대부분의 사람들은 노력을 강조한다. 그들은 자신의 선택이 옳았음을 확신하고, 성공이란 노력의 대가라고 생각한다. 실패한 자들을 묶을 수 있는 공통적인 분모는 게으름이거나 시류를 읽지 못함이다. 반면 그와 대척되는 점에 있는 사람들, 즉 성공하지 못한 자들은 자신이 만약 같은 위치에 있었다면 자신도 그만큼 될 수 있었을 것이라 생각한다. 그러기에 그들은 성공의 이유를 노력이나 선택에서 찾지 아니한다. 사실 자본이 자본을 낳는 세상에서 성공을 향한 공정한 경기란 있을 수 없다. 그들은 애당초 출발하는 위치가 다르다. 대부분의 경우 노력으로 그 차이는 좁혀지지 않는다. 두 집단의 생각은 모두 얼마간의 타당성을 가지고 있다. 그러기에 어느 쪽이 더 현실에 부합하느냐를 판단하는 것은 관객이다. 순진하거나 성공한 소수를 제외한다면 누구나 동의할 답일 테지만.

일반적인 경우, 다름은 불화의 잠재적인 씨앗이 된다. 소영은 세속적인 성공을 위해 자신이 포기할 수밖에 없었던 미술을 계속하고 있는 혜란을 시기하며, 반면 혜란은 자신이 가지지 못한 부를 가지고 있는 소영을 시기한다. 비극적인 사실은 그들이 바라는 것과 현재 소유하고 있는 것이 일치하지 않는다는 점인데, 그것은 자신이 가지지 못한 것을 탐하는 인간 본성에 기인하는 것으로 어쩔 수 없는 감정이라 할 수 있겠다.

그들의 잠재적 불화는 엘리베이터 장면에서 구체화된다. 정민이 혜란을 칭찬하자 혜란은 "재능 없음"이라고 답한다. 그리고 이때 다른 사람들에게 가려져 있던 혜란의 얼굴(영화 속에서 가장 소름끼치는 표정이었다)이 클로즈업된다. 이를 통해 관객은 소영에 대한 혜란의 적의를 모두 알게 되고, 소영 부부만 그 적의를 모르게 된다. 여기에서 서스펜스가 발생한다. 관객에게 많이 알려주는 것이 좋다는 히치콕의 오래된 금언을 〈손톱〉은 충실히 이행하고 있는 셈이다. 수영장에서의 둘 간의 내기와 물밑에서의 실랑이는 그런 의미에서 더욱 예사롭지 않은 장면이 되는데, 그 누구라도 이것이 생명을 위협할 만큼의 적의가 표출된 행위임을 알고 있기 때문이다.

그들의 가까워짐은 점점 더 많은 긴장감을 발생시킨다. 〈손톱〉의 내용이 단순하기에 영화는 상황을 극단적으로 몰아가는 데서 발생하는 긴장감으로 승부한다. 나는 한국영화에서 문이 열리는 장면을 이토록 근사하게 잡은 영화를 기억하지 못한다. 혜란의 시점샷을 통해 침실 앞으로 관객을 끌고 간 후, 카메라는 다시 침실 안으로 돌아가 잠에서 깬 정민을 비춰준다. 저 문이 열릴지도 모른다는 불안함(한 번 관계를 가졌던 아내의 친구가, 아내가 잠든 사이에 달려드는 상황이니 얼마나 긴장감 넘치는 상황인가!)과 함께 방문의 손잡이가 부각되고, 서서히 돌아가는 손잡이. 그리고 나타난 혜란의 여체.

정신병원에서 탈출한 혜란이 소영의 모든 것을 태우는 결말부는 이 영화가 여성에 국한한 이야기가 아니라, 구체적으로 계급을 다룬 영화임에 대한 확신을 가지게 한다. 태운다는 것의 의미는 완전히 무로 돌리는 것, 즉 동등한 시작점에서 게임이 진행될 수 있기를 바라는 것이 아니고 무엇이겠나?

모든 것이 타버리는 것을 초점 없이 바라보기만 하는 혜란을 잡아주는 풀샷과 줌아웃. 그 압도적인 허망함의 정서는 분노가 가져온 것의 참혹한 결과에 대한 느낌인지도 모르겠다. 어쩌면 그렇게까지 독해졌음에도 성공할 수 없었던 반란에 대한 연민인지도 모르겠다. 혜란은 자신이 돈을 벌어 전시회를 할 수도 있었을 것이다. 하지만 싸움은 진행되면서, 늘 그 덩치를 부풀리는 경향이 있다. 그것은 문제를 해결하고자 대립각을 세웠을 때 간과되어서는 안 되는 매우 중요한 속성임이 틀림없다.

아마 감독은 더 나아진 결과를 낼 수 있음에도 불구하고, 파국으로 몰고 간 대립에 대해 우려하고 있는지도 모르겠다. 화합이 아닌 투쟁만으로는 아무 것도 얻을 수 없다고 생각하는지도 모르겠다.

영화의 결말은 심하게 우울하다. 소영의 아이는 살아나고 혜란의 아이는 죽는 엔딩은 부는 대물림되며 갓난아기조차도 공평한 시험대에 설 수 없음을 의미하는 끔찍한, 그럼에도 부인할 수 없는 예측이다. 결과적으로 잊을 수 없는 손톱자국을 남긴 것 외에 혜란이 남긴 것은 아무것도 없는 셈이다.

# 서바이벌 게임 **두 사람이다**

**영문** Someone Behind You • **감독** 오기환
**배우** 윤진서, 박기웅, 이기우 등 • **제작** 2007년 한국

강경옥의 원작만화『두 사람이다』
를 영화로 옮긴 오기환의 〈두 사람
이다〉는 사실 영화로서 그렇게 잘된
작품이라고 말하기는 어렵다. 그러
나 영화가 말하고자 하는 바는 상당
히 괜찮은 구석이 있다. 그 장점이
원작으로부터 온 것이든, 아니면 영
화 고유의 것이든.

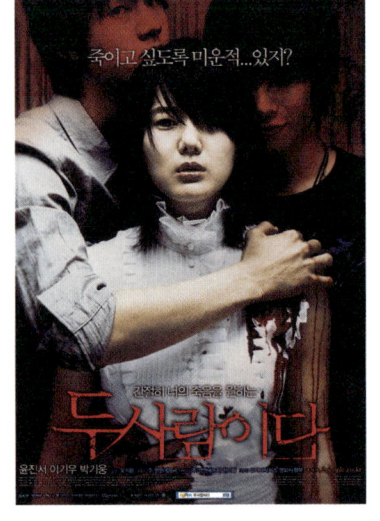

한 순진한 소녀(윤진서 분)가 있다.
그녀는 집도 잘 살고, 의대에 다니는 잘생긴 남자친구도 있으며, 자신을
사랑하는 친구도 있고, 펜싱이라는 우아한 칼질도 아주 잘한다. 게다가 얼
굴도 예쁘다. 가끔 공부를 잘한답시고 자신에게 눈을 흘기는 반 친구도 있
지만, 그 정도는 무시할 만하다. 소녀에게 세상이 아름답지 않을 이유는

없다. 세상은 아름다운 곳이다.

그런데 어느 날 소녀는 아주 놀라운 사실을 알게 된다. 자신처럼 세상을 사랑하는 줄 알았던 사람들이 알고 보니 마음 한쪽에 어두움을 가지고 있다는 것, 세상은 일종의 제로섬 게임과도 같아서 찌르는 사람이 있으면 반드시 찔리는 사람이 있다는 것.

그 무시무시한 사실을 알게 되자 소녀는 어쩔 줄을 모른다. 당황한다. 자신 때문에 학교 모델로 선출되지 못한 사람도 있고, 애인을 빼앗긴 이도 있으며, 운동을 못한다며 무시 받는 친구도 있다. 그들은 소녀에게 적의를 품고 있다. 그녀는 그들 모두가 자신에게 그렇게 큰 적의를 품고 있을 거라 생각해 본 적이 단 한 번도 없었다.

생각해보니 세상에 존재하는 어떤 관계에서도 가해자와 피해자의 관계가 존재할 수 있는 것 같다. 소녀는 공포에 질린다. 세상이 그리 녹녹한 곳이 아니란 사실을 알게 된다. 세상 모두가 자신을 공격한다. 어떻게 하면 살아남을 수 있을까. 의심하자. 둘만 남을 때면 늘 조심하자. 소녀는 다짐한다.

그런데 그렇게 의심한다고 해서 세상이 예전처럼 아름다워질 수 있는 것은 아니다. 삶이란 죽기 전에는 끝나지 않을 끔찍한 경쟁의 장이기 때문이다. 모르고 있다가 당하는 것도 괴롭지만, 늘 의심해도 괴롭기는 마찬가지라는 사실은 알고 있지만, 내가 죽을 수는 없다는 본능은 그 무엇보다도 우선한다. 그래서 그녀는 의심으로 똘똘 뭉쳐서 자신을 보호한다. 영화가 그려낸 세상이란 이 얼마나 끔찍한 것인가!

하지만 이야기는 여기가 끝이 아니다. 〈두 사람이다〉의 반전은 형식적인 면에서는 다른 공포영화들을 닮아 있는 것처럼 보이지만, 사실은 같은 것이 아니다. 이 영화의 반전은 오롯이 자신의 의도를 완성하기 위해 필요한 것이었다. 우리가 주목해야 할 사실은 이 영화의 모든 공포가 소녀의 깨달음으로부터 시작되었다는 것이다. 많은 사람들은 쉽게 말한다. 세상이 그렇기 때문에 어쩔 수 없었다고. 하지만 그 말은 옳지 않다.

혹자는 닭이 먼저냐 달걀이 먼저냐의 문제로 받아들일 수도 있겠지만, 적어도 내가 생각하기에는 어쩔 수 없었다는 말이란 궁색한 핑계에 지나지 않는다. 대부분의 경우 세상이 그렇기에 어쩔 수 없이 그런 행동을 한 것이라기보다는, 그런 행동들이 점점 세상을 그렇게 만들어가고 있는 것에 가깝다.

영화를 보라. 소녀는 자신을 스스로 해하기 전까지 쓰러지지 않는다. 쓰러지는 것은 그녀에게 대항할 수 있는 잠재적 상대들이었을 뿐. 그리고 그녀가 스스로를 해하는 이유와 타인들을 해하는 이유는 온전히 같은 것이다. 바로 인간미를 지운 채 세상을 비관적으로 바라보는 것.

여기서 우리는 〈두 사람이다〉가 말하고자 하는 세상사는 법에 대해 알 수 있다. 단군 아래 한 핏줄로 이어진 우리 집안의 저주를 털어내기 위해서는, 의심하지 말고 기대고들 살아라. 괜스레 싸워봐야 공멸할 뿐이다.

# 과거의 잔해 REC

**원제** REC • **감독** 자움 발라구에로, 파코 플라자
**배우** 마누엘라 벨라스코, 하비에르 보텟 • **제작** 2007년 스페인

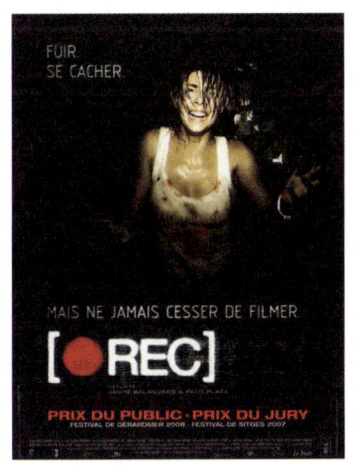

〈REC〉는 저예산의 비교적 단순한 영화다. 그래서 〈REC〉에 대해 말하고자 하는 글들은 대체로 비슷한 이야기를 하고 있는 듯 보인다. 1인칭 카메라의 압박이 어떠니, 페이크 다큐멘터리가 어떠니, UCC 시대의 영화가 어떠니 등등.

물론 이러한 설명들은 모두 옳다. 그러나 나까지 나서서 구태의연하게 그런 말들을 한 번 더 반복할 마음은 없다. 다만 내가 지적하고 싶은 것은 자움 발라구에로가 영화 속에 역사를 끌어들이는 방식이다. 그는 역사를 숨기는 행위, 즉 진실을 감추는 행위에 신경질적인 거부감을 가지고 있는 것처럼 보인다. 돌이켜보면 그의 영화에서는 항상 과거가 문제다. 이를테면 이런 식이다. 어떤 사건이 발생한

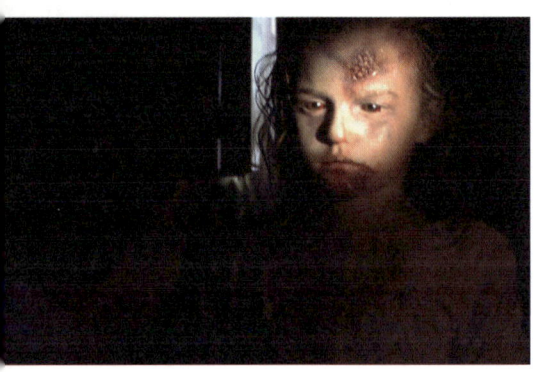
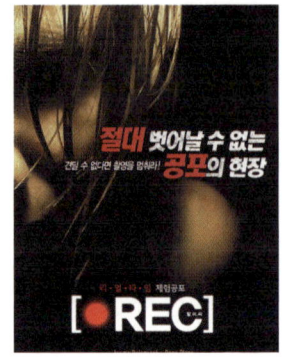

다. 그리고 그 사건을 따라가다 보면 꼭 숨겨진(모르고 있던 것이 아니라, 숨겨진
것이다) 과거가 나온다. 딸의 실종에 대한 이야기에서 시작하여 나치대학살
까지 들먹이게 되었던 〈네임리스〉, 끔찍한 역사가 싫어 자식을 죽임으로
써 종말을 꾀하는 사교도집단의 노력을 그린 〈다크니스〉, 학대받았던 기
계소녀(?)의 분노를 다룬 〈프레절〉까지.

　〈REC〉는 경찰에 의해 봉쇄된 아파트에서 벌어지는 소동을 그린 작품이
다. 아파트에 갇힌 자들의 인권은 충분히 고려되지 않는다. 결국 그들은
대의명분을 위해 버려진 것이다. 그럼 왜 하필 이 아파트에서 그러한 소동
이 일어났을까? 그것은 아주 오래전에 이 아파트에서 극비의 실험이 자행
되었고, 실패한 실험의 피실험자가 감금되어 있었기 때문이다. 그러니까
아파트에서 발생한 좀비소동이란, 한때 자신들의 실수를 제대로 처리하지
않고 숨겨버린 과거로부터 온 것이다.

　이러한 방식은 분명히 전작들과 맞닿아 있다. 그렇다면 이곳을 또다시
봉쇄한다는 설정은 큰 의미를 가지게 된다. 무엇인가를 감추었던 그곳에

서 문제가 새어나오고 있는데도, 그곳을 또다시 감추려 한다는 설정은 같은 실수가 현재에도 여전히 행해지고 있다는 의미 아니겠는가.

이런 관점은 40년 전 실패한 의식을 완수하고자 했던 〈다크니스〉의 연장선상에서 영화를 이해하도록 만든다. 자움 발라구에로는 영화를 통해 과거의 쓰라린 경험을 잊지 않기를 그리고 동일한 실수를 다시 반복하지 않기를 주장하고 있는 것으로 보인다. 왜냐하면 진실은 묻힐 수 없기 때문이다.

카메라는 돌아간다. 영화 속의 주인공 일단은 어떤 운명을 맞이할지 모르겠지만, 카메라는 남는다는 사실은 분명하다. 사실 그렇지 않은가. 있었던 일이 없었던 일이 될 리도 없고, 어떤 사건이 후세에 영향을 미치지 않을 리도 없다. 따라서 매듭을 지어야 한다. 자움 발라구에로가 말하는 것은 지극히 당연한 사실이다.

그럼 도대체 무엇이 발라구에로로 하여금 비슷한 이야기들을 반복하게끔 만들었는가. 그것에 대한 답은 진부할지도 모르겠지만 나는 그가 스페인 사람이며, 스페인 내전의 영향으로부터 벗어날 수 없었기 때문이라고 생각한다. 스페인 내전의 사후처리 방식이 어떠했는가. 타협에 의한 과거와의 단절(다시 말하면 미해결된 역사)이 아니었던가.

그의 영화들에서 주로 고통 받는 것은 아이들이다. 이 역시 당연하다. 끔찍한 시대에 가장 고통 받는 것은 가장 유약한 존재일 테니까. 솔직히 나는 발라구에로가 1인칭 카메라시점의, 유사 다큐멘터리 형식의, 좀비물을 찍었다는 이야기를 들었을 때 다소 의아했다. 과연 그가 좀비물의 장르

# [●REC]

Directed by **Jaume Balagueró** & **Paco Plaza**

7월 10일 대개봉!

안에서 무엇을 말하고 싶었던 것인지가 궁금했기 때문이다. 하지만 영화의 후반부를 보면서 웃을 수밖에 없었다. 노골적으로 무언가를 이야기했던 초보감독의 치기는 사라졌을지라도, 그는 뚝심 있게 같은 이야기들을 반복하고 있는 듯 보였기 때문이다. 이쯤 되면 그를 한 명의 작가로 인정해줘도 괜찮을 듯하다. 나는 언젠가 발라구에로가 스페인 내전을 다룬 대표적 감독 중 한 명으로 거론되어야 할 것이라고, 굳게 믿고 있는, 그의 팬이다.

물론 이 영화는 자움 발라구에로가 파코 플라자와 공동감독을 맡은 작품이다. 그러나 나는 파코 플라자의 작품은 보지 못했기에, 그가 이 영화에 어떤 영향을 미쳤는지를 잘 알지 못한다. 그래서 이 글은 내가 느낀 부분에만 치중한 반쪽짜리 글임을 고백한다. 또한 장르감독으로서 자움 발라구에로의 최우선 목표는 항상 공포의 전달이었다. 그 사실은 나도 안다. 그래서 다소 멀리 나간 것이 분명한 이 글에 반감을 가지실 이도 있으리라 생각한다. 하지만 사람은 은연중에 자신의 생각을 드러내는 법이다. 이러니저러니 하지 않아도 〈REC〉는 정말 괜찮은 영화다. 전작들에서 보여주었던 어둠을 다루는 솜씨는 이 영화에서도 충분히 발휘되고 있으며, 긴장감을 뽑아내는 솜씨 역시 능숙하게 발휘된다. 그리고 간만에 무서운 공포영화니 그것으로도 충분하리라 생각한다.

**원제** The Cure • **감독** 구로사와 기요시
**배우** 하기와라 마사토, 나카가와 안나, 우지키 츠요시, 아쿠쇼 코지 • **제작** 1997년 일본

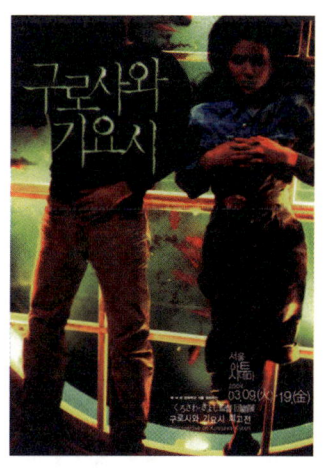

영화 속에서 이루어지는 최면행위를 보게 될 때 나를 겁에 질리게 만드는 것은, 최면이 가져온 무섭고 불행한 결과 혹은 최면술사의 더러운 야심 따위가 아니라 최면술사가 얼마나 쉽게 인간을 최면상태에 빠뜨리게 할 수 있는가의 문제이다. 낯선 소재가 아니니만큼 아마도 알고 있을 거라 믿지만 최면을 위해서는 단지 반복적인 물방울 소리, 라이터의 불빛, 혹은 나긋나긋한 몇 마디 암시만으로도 충분하다. 그 조건들은 복잡한 사회와 비교할 때 너무나도 단조로운 무엇의 반복임이 틀림없지만, 동시에 지나칠 정도로 일상적이다. 그러니 생각해보라. 위험요소는 어디에나 널려 있다.

사실 대부분의 인간관계는 어마어마하게 크고 드라마틱한 사건보다, 반

복되는 사소한 것들에 의해 더 많은 영향을 받는다. 그래서 소재의 현실성과는 무관하게, 최면이란 우리 삶의 속성을 잘 설명할 수 있는 매개가 될 수 있다고 생각한다.

최면을 소재로 한 스릴러 〈큐어〉는 사회라는 틀에 스스로를 맞추어야 하는 현대인이 얼마나 쉽게 망가질 수 있는 존재인지 보여주는 무서운 작품이다. 아주 조금의 자극만 주면 그들은 의지를 잃고 허물어진다. 더 무서운 사실은 〈큐어〉에서의 최면이란 없는 것을 만들어내는 능력이 아니라는 것이다. 단지 그의 내면에 있는 것을 실행하도록 끌어내는 능력일 뿐이다. 최면에 걸리지 않아도 이미 그들은 창녀를 살해하거나, 후배를 살해하거나, 혹은 아내를 살해할 욕구를 가지고 있다. 겉으로 보기에는 한없이 화목해 보였거나, 아무 문제도 없어보였는데 말이다.

타나베(야쿠쇼 코지 분)는 정신병을 앓고 있는 부인과 살고 있다. 그래서 집에 돌아와도 따스하게 맞아주는 아내는 없다. 아내는 그에게 보호해야 한다는 의무감에 시달리게 하는 일종의 짐과 같은 존재이다. 그렇다고 해서 타나베 형사는 문제가 없느냐? 사실 그도 워커홀릭에 빠진 일종의 정신병자일 뿐더러(현대인은 모두 정신병자에 가까울 게다), 아내를 방치해서 병자로 만들었다는 책임으로부터 벗어날 수 없는 인물이다. 그는 자신이 바쁜 이유는, 그러니까 그가 아내를 방치한 이유는 범죄자 때문이라고 생각한다. 그래서 그는 털끝만큼도 범죄자를 용서할 생각이 없다.

그는 마미야(하기와라 마사토 분)에게 지나칠 정도로 집착하고 분노한다. 하지만 그의 분노의 일정 부분이란 아내에 대한 불만 그리고 사회에 대한 불만(범죄자의 수가 줄어들어도 워커홀릭에서 벗어날 수는 없었을 것이다. 인력을 줄였을 것이므로) 등이 범죄자에게로 그 방향을 바꾸어 발현된 것에 불과한지도 모른다. 마미야는 아주 간단한 방식으로 암시를 건다. "아내에게 너의 날 것의 모습을, 너의 분노를 보여주어라."

갑자기 불길한 기분이 들어 집으로 뛰어간 타나베의 눈에 목을 맨 아내의 시신이 들어온다. 그러나 잠시 후 그것이 환영(실제로는 자신이 원했던 것)임을 깨닫고 그는 심적으로 무너진다. 내가 야쿠쇼 코지를 알았던 것은 〈우나기〉부터였지만, 그는 정말 연기를 잘하는 배우임이 틀림없다.

〈큐어〉는 너무 사회에 스스로를 옭아매지 말 것을 권한다. 그러면 아무리 발버둥 쳐도, 언젠가는 무너져버릴 수밖에 없으므로. 세상 모든 것이 그렇듯 말은 쉽다. 심적으로나 이성적으로나 그의 말에 수백 배 공감하고 있지만, 나는 사회의 시선에서 벗어나 살 자신은 없다. 그게 더 무섭고 절망적이다.

〈큐어〉는 희생자의 목을 X자로 그어버리는 연쇄살인을 다루었지만, 구로사와 기요시는 그 장면들을 끔찍하게 보이게끔 하거나 관객을 무섭게 만드는 데 사용하는 것에는 별반 관심이 없어 보인다. 그것은 기요시의 다른 공포영화들(굳이 말하자면 분류상의 공포영화들)에서도 마찬가지이다. 갑자기 병원으로 카메라가 넘어가는 순식간의 한 장면을 제외하고서는, 영화 속에 그리 충격적인 장면은 존재하지 않는다.

장르의 관습을 따르자면 음악으로 긴장감을 고조시키면서 클로즈업을 해줘도 모자랄 판에, 〈큐어〉는 첫 살해 장면을 그저 원거리 촬영으로 무덤덤하게 잡아준다. '그냥 턱 하고 때리니 픽 하더라' 라는 느낌이 들 정도. 영화의 후반부에 머리에 총을 쏘는 장면 역시 무덤덤하고 일상적으로 그려낸다. 빈번하게 사용되는 롱샷과 고정샷은 감정의 몰입 없이 최대한 건조하게 영화를 바라보도록 강제한다. 마치 우리의 일상을 바라보듯이.

모두에게 익숙한 스타일은 아닐지라도 장담컨대 〈큐어〉는 〈회로〉와 함께 일본 최고의 공포영화 중 한 편이다. 꼭 한 번 경험해보기를 바란다.

# 죽거나 혹은 나쁘거나 스턱

**원제** Stuck • **감독** 스튜어트 고든
**배우** 미나 수바리, 스티븐 레아, 러셀 혼스비, 류키야 버나드 • **제작** 2007년 캐나다

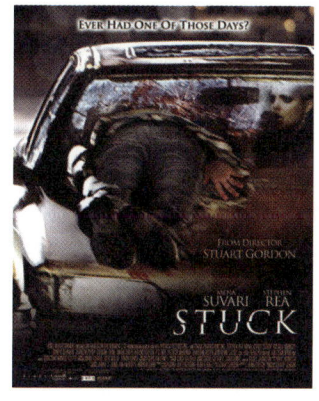

자동차 사고가 난 한 남자가 앞 유리에 그대로 처박힌다. 그를 친 여인은 당황하여 병원으로 달리지만, 어째서인지 방향을 바꾸어 자신의 차고로 직행한다. 누가 볼까 싶어 차고의 문을 닫고 차 안의 가방을 꺼내려는데, 생사 여부를 알 수 없었던 남자가 어렵사리 말한다. "도와줘."

이것이 〈스턱〉의 시작이다.

차에 박혀 옴짝달싹도 하지 못한 채 생사의 기로에 놓인 남자의 이미지는, 이 영화가 말하고자 하는 바를 명확하게 보여준다. 빈부의 차가 극심해진 신자유주의라는 세태 속에서 극단에 내몰린 사람들.

사실 신자유주의는 비효율적 정부개입에 대한 반발에서 나왔고, '주의'라고 불리는 대부분의 다른 것들처럼 그 사상 자체는 순수하다. 정부에 맡

기기보다는 개인의 취향이나 선택권을 존중하는 것이고, 게임이 공정하게 진행되기만 한다면 그 안에서 개인들의 선택이 가장 좋은 결과를 가져올 것이라 믿는 것이다. 그러나 현실에서 신자유주의는 그렇게 아름다운 모습으로 이어지지는 않는 듯하다. 왜냐하면 신자유주의는 기존에 이루어진 결과에 대해서는 아무런 관심을 가지고 있지 않기 때문이다.

따라서 공정한 게임의 규칙이 만들어진다고 해도, 출발선상의 불공정함은 그대로 존속된다. 특히 자본의 몫을 더욱 크게 생각하는 요즘의 세태라면, 불공정함은 계속하여 커질 수밖에 없다. 이러한 상황에서 강자가 약자에게 선택권을 부여한다고 해도, 그것의 실체란 폭력이다. 그들은 다양한 대안 중에서 하나를 선택하는 게 아니라, 가능한 한 가지를 강요받기 때문이다.

영화에서 토마스(스티븐 레아 분)는 두 차례 "너의 선택"이라는 말을 듣는다. 방세를 지불하지 못한 그는 주인에게 쫓겨날 신세에 놓이게 된다. 그는 면접을 앞두고 있으니 하루만 더 있게 해달라고 부탁하지만 주인은 (물건을 두고) 나가든지, 경찰을 부르든지 마음대로 하라며 덧붙인다. "그것은 너의 선택이야."

불과 하루 사이에 노숙자 신세로 전락한 토마스가 공원에서 잠을 자려고 하자 경찰이 그에게 다가온다. 경찰은 그에게 공원에서 잘 수 없으니 구호자 보호소로 가라는 명령을 내린다. 구호자 보호소가 너무 멀다고 불평하는 토마스에게 경찰은 말한다. 연행되든가 구호소에 가든가 마음대로 하라고. 역시 덧붙인다. "그것은 너의 선택이야."

FROM DIRECTOR
STUART GORDON

MENA SUVARI    STEPHEN REA

STUCK

이 말을 들은 토마스의 표정이 어땠는지는 쉽게 상상할 수 있다. 이 두 장면은 그의 이전작 〈지옥인간〉의 한 장면을 연상시킨다. 위험한 실험 때문에 자신의 스승의 죽음을 목도한 조교수(제프리 콤즈 분)가 있다. 그 실험결과란 논리적으로 받아들여지기 어려운 것이었기에, 그는 스승을 죽인 정신병자로 감금되어 있다. 그러나 그 실험의 가능성을 믿은 한 여인은 그에게 실험을 재현할 것을 요구한다. 그녀는 말한다. "여기에서 살인범으로 남든가, 나와 가서 실험을 재현하든가. 그것은 너의 선택이야." 크로포드는 말한다. "내 선택이라고요?" 세 경우 모두 '너의 선택'이라는 이름이 붙여지기는 했지만, 누구도 반가워하지 않을 상황이다. 실은 그가 직면한 모든 상황은 피할 수 없는 폭력이었던 것이다.

반면 도와달라는 그의 목소리에도 불구하고, 사건을 방치했던 여인은 점점 더 악랄해진다. 그녀는 응급전화로 도움을 청했다고 거짓말을 했고, 사고를 낸 것은 자신의 탓이 아니라고 생각하고, 사고 난 차를 발견한 친구에게 동물을 치었다고 거짓말을 했으며 나아가 남자친구에게 그를 죽임으로써 사건을 묻어버릴 것을 부탁했다.

빈사상태에 놓였던 남자가 그녀의 남자친구를 제거하고 바깥으로 나온 뒤, 그냥 보내만 주면 된다고 부탁하자 여인은 그가 가는 것을 허락하지도 않는다. 남자가 이해하지 못하겠다는 듯 말한다. "넌 도대체 뭐가 잘못된 거야?" 사실 그건 나도 모르고, 아마 그녀조차도 모를 것이다. 물론 최소한의 이유가 그녀에게 주어지기는 했지만, 그것이 사람 목숨보다 중한 일은 아니라는 건 세상사는 누구나 안다. 하지만 모든 사람이 다 알고 있는

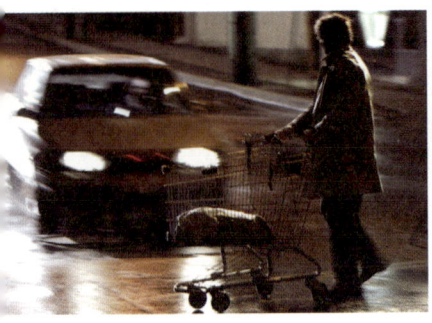
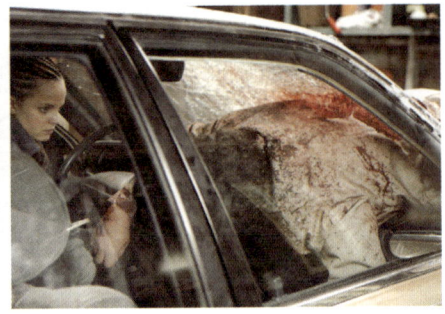

사실임에도 불구하고 저런 일들은 일어난다. 과연 무엇이 그들을 그렇게 만들었는가? 세상이 그렇게 만들었다는 게 아마 영화의 주장일 것이다.

변호하기에는 너무 사악한 그녀이지만 조금 정도는 이해할 만한 구석을 가지고 있기는 하다. 어찌 보면 그녀 역시 최초의 잘못된 선택으로 말미암아 점점 극단의 선택으로 내몰리게 된 것이 아니었던가. 그녀 역시 경쟁사회(그녀는 무슨 일이 있어도 다음 날 일을 해야만 했다. 물론 오버지만 이는 영화적 과장이다) 속에서 옴짝달싹 할 수 없는 인간(거대한 사회악을 운운하고자 해도 그녀는 고작 간호사일 뿐이다. 간호사를 비하하는 것은 아니다)인지도 모른다.

영화는 그러한 폭력에 내몰린 사람의 하루를 다소 극단적이고 작위적으로 보여준다. 경찰로 대변되는 공권력은 자동차 사고가 났다는 노숙자의 신고조차 듣지 않고, 선택의 이름으로 선택 아닌 선택을 강요한다. 그럼 그가 믿을 것은 누구인가? 고단한 그의 하루 동안 그에게 손을 내밀어준 사람은 그에게 술과 카트를 주었던 흑인 노숙자와, 사건을 목격하고 경찰에 신고하려 했으나 경찰이 오면 자신들이 쫓겨날지 모른다는 이유로 아버지에게 거부당했던 불법이민자의 자식뿐이다. 이 노골적인 엔딩이 무엇을 의미하는가? 그것은 약자들에게는 연대 외에는 그 어떤 선택도 존재하지 않음을 말하고자 하는 것이다.

물론 〈스틱〉은 말하고자 하는 바의 정당성에 의해 더 높은 평가를 이끌어낼 부류의 영화다. 그러나 영화 자체도 훌륭하다. 이 작은 영화는 그 어떤 공포영화보다 뛰어난 모습을 보이고 있다. 고어효과는 많지 않지만 적절히 사용되었으며, 극단으로 치닫는 상황들은 서스펜스를 자아내고, 결말은 통쾌한 구석을 갖추고 있다. 영화의 절반 동안 남자를 차창에 끼워놓고서도 이런 저런 이야기를 이어가며, 관객의 숨통을 조이는 감독의 연출은 그야말로 거장의 것이라 할 만하다. 그러므로 〈스틱〉은 1980년대 중반을 수놓았던 스튜어트 고든의 온전한 귀환이 이루어진 결과물이다. 브라보!

# 초대받지 않은 손님 **서스페리아**

원제 Suspiria • **감독** 다리오 아르젠토
**배우** 제시카 하퍼, 스테파냐 카시니 • **제작** 1977년 이탈리아

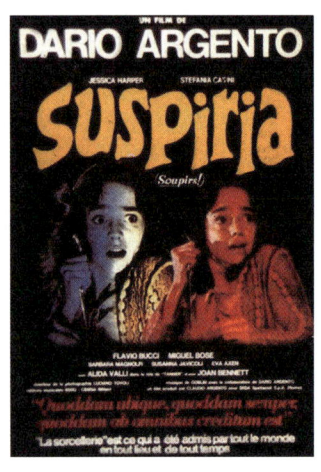

악의 발생을 뒤틀린 인간의 내면에 두는 것을 트레이드마크로 하는 다리오 아르젠토이지만, 그의 세 어머니 3부작(《서스페리아》, 《인페르노》, 《눈물의 마녀》)만큼은 악의 발생 원인을 명확히 밝히지 않는 편이다. 다만 〈서스페리아〉는 대사를 통해 마녀가 자신의 이익을 위해 마술을 쓰는 이들로 암시하고 있는데, 그런 관점에서 보자면 〈서스페리아〉는 조금은 새로운 영화로 변모한다.

사실 〈서스페리아〉는 돈에 의해 움직이는 사회를 배경으로 한 작품이다. 마녀도 돈을 위해 숨어살며 흑마법을 사용하지만 이 학교에 다니는 학생들(그들은 예술가 지망생이다)도 모두 돈에 의해 움직인다. 영화 속에서 수지(제시카 하퍼 분)가 처음 발레 수업을 듣는 날, 그녀는 자신이 발레 슈즈를 가

지고 오지 않았음을 깨닫는다. 그래서 그것을 빌리려고 하자 누군가가 흔쾌히 빌려준다. 그러면서 그녀는 공짜로 빌려준 것이 아님을 명확히 밝히며 이렇게 덧붙인다. "여기서는 모든 게 돈이야."

게다가 주인공 수지는 그 이름보다는 미국인 여자 아이라는 별칭으로 더 많이 불리는데, 그렇게 볼 때 그녀의 국적은 매우 중요한 것인지도 모른다는 의심이 들기도 한다. 그런 이유로 정리해보자면 〈서스페리아〉가 다루고 있는 이야기란 실은 이런 것인지도 모른다. 미국인 여자 아이 하나에게 쑥대밭이 되어버리는 유럽의 사교도 집단에 대한 이야기, 다시 말하면 미국인 여자 아이 하나와의 대결에서 패해버린 유럽의 집단(그들은 돈을 목적으로 한다)에 대한 이야기인 것이다.

이러한 의심에는 나름대로의 이유가 있다. 이탈리아의 영화계(영화 역시 예술학교를 배경으로 한다)는 네오리얼리즘의 전통 아래 1960년대와 70년대를 거치면서 많은 신진 세력을 양성하며 눈부시게 발전했다. 그리하여 그들은 할리우드 영화에 뒤지지 않을 인기와 흥행을 기록하였다. 동시에 이탈리아 영화계에는 페플럼(헤라클레스 부류의 신화적 영화들이다)으로부터 스파게티 웨스턴 그리고 호러로 이어지는 장르 영화의 전통도 있었다. 이러한 장르영화의 전통은 구체적으로는 상업적 이유에 의해 지배되는 작품들이었다. 즉 좁은 국내시장을 넘어 세계에 팔아먹겠다는 명확한 목적을 가진 작품이었던 것이다.

그러한 전통 내에서도 감독들, 가령 세르지오 레오네나 마리오 바바, 다리오 아르젠토는 예술성을 가진 작품들을 만들어냈지만 상대적으로 평단은 이들 장르영화에 인색했다(지금은 그렇지 않다). 그리하여 장르 감독들은 예술과 돈 사이 어디쯤의 애매한 위치를 점하게 되었다. 그것을 명확하게 이미지로 옮긴 것이, 박물관의 유리문(한쪽은 전시관 내부를 다른 한쪽은 거리를 훤하게 보여주고 있다) 사이에 갇힌 〈수정깃털의 새〉의 주인공일 것이다.

사실 다리오 아르젠토 영화에서 영어권 지역 출신의 예술가가 계속 주인공으로 나오는 것에는 이런 이유가 있는지도 모른다. 이탈리아의 장르 예술가란 현실적으로는 예술가가 아니었던 것이다(〈딥레드〉에서 어머니는 연주자 아들을 엔지니어라고 표현한다).

어쨌거나 1968년 한 해에만 72편이라는 놀라운 수의 작품이 만들어졌던 스파게티 웨스턴은 점차 그 편수가 줄어들기 시작했고, 마리오 바바 이후 이탈리아 호러영화도 관객층을 만들기 시작했지만 전례를 따를 것임은 명확했다.

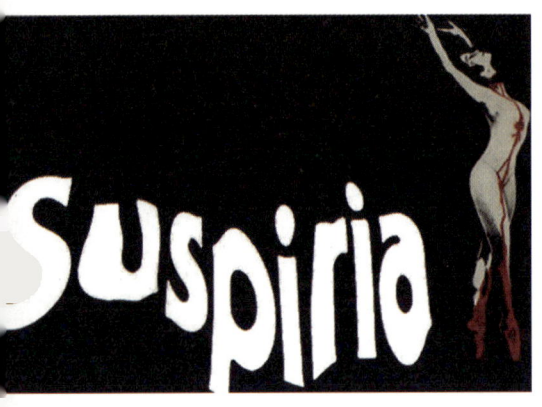

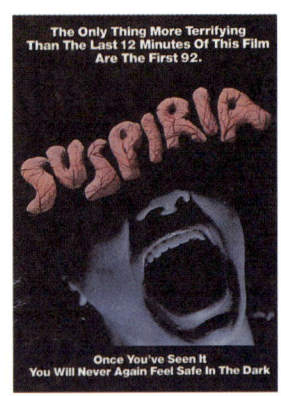

이와 같은 불안이 〈서스페리아〉에 담겨 있었다고 생각하면 무리일까? 당시 유럽영화계는 전반적인 영화 관객의 감소 추세에 놓여 있었는데, 이탈리아에서도 1975년에는 5억 1,400만장의 표가 팔렸으나 1979년에는 절반으로 줄어들게 되는 등 그러한 추세를 따랐다. 공교롭게도 그런 불안을 담은 듯 보였던 〈서스페리아〉가 나온 것은 1977년이었다.

그런 이유로 나는 〈서스페리아〉가 미국영화에 패배해버리거나, 혹은 적어도 미국영화의 영향력 아래에 놓인 유럽영화계의 현실을 반영하고 있다고 생각한다. 이 같은 추세가 단지 미국영화와의 경쟁 탓이라고 볼 수는 없지만(이탈리아에서라면 더 큰 이유가 있었다. 바로 수많은 방송국들의 신설과 그들의 영화 중심 프로그램 편성이었다), 적어도 장르영화에 한해서라면 어느 정도의 신빙성을 가진다(이탈리아의 악명 높은 감독 조 다마토는 이탈리아 호러의 끝을 예견하며, 이제는 미국인조차 더 많은 돈으로 더 잔혹한 장면들을 만들어낼 수 있게 되었다고 탄식한 바 있다).

물론 개인적 확대해석이 아니라고 해도 〈서스페리아〉가 멋진 영화라는 데는 이견이 없을 것이지만 〈서스페리아〉는 워낙 유명해서 평이야 찾아보자면 널린 것이기도 하고, 음모론이란 원래 재미있는 것이기도 하니 영화 자체에 대한 이야기는 일단 접어두도록 하자.

〈서스페리아〉의 탄생에 아이디어를 제공한 것들은 무척이나 많다. 조금 간추려서 설명하자면 다리아 니콜로디의 할머니가 겪었다는, 피아노를 배우던 기숙학교에서 백마술을 가르치고 있었기에 무서워서 도망쳤다던 실제 경험담을 기본으로 하여(니콜로디도 각본에 참여한다), 『이상한 나라의 앨리스』의 스토리 구조 그리고 디즈니 만화 『백설공주』의 강한 색감과 탐욕스러운 마녀의 설정을 더해서 만들어진 것이 바로 〈서스페리아〉이다. 낯선 나라에 도착한 앨리스는 마음껏 모험을 즐기기보다 (영화의 오프닝에서 보이는 제시카 하퍼처럼, 개인적으로 공포영화의 수많은 장면들 중 가장 많이 본 것이 〈서스페리아〉의 오프닝 장면이다) 눈을 동그랗게 뜨고 겁에 질려 있는 게 더 어울리지 않을까 싶다.

원래 아르젠토는 여주인공들을 12세 이하의 학생을 염두에 두고 스크립트를 완성했다고 한다. 그러나 제작자와 제작사가 이 작품의 강한 가학성으로 인해 그를 반대했고, 결국 아르젠토는 20세로 그 제한을 완화시켰다(이 같은 아르젠토의 생각 덕분에 니콜로디는 주역에서 제외되었다).

그럼에도 그는 이 작품이 동화처럼 보일 수 있도록 하기 위해 스크립트를 수정하지는 않았는데, 덕분에 결과적으로 캐릭터들의 대화가 때때로 너무 유치하게 나타나기도 했고 의도적으로 문고리의 위치를 굉장히 높게(가슴 위쪽에 위치하도록) 만들어야 하기도 했다. 결말이 허접하다 혹은 시나리오가 부실하다는 비난에 종종 봉착하는 영화이지만(인정한다, 아르젠토도 니콜로디도 전문 각본가가 아니었다), 이 작품은 공식적인 아르젠토의 베스트이자 강렬한 사운드와 미학적 이미지, 선명한 색상과 과격한 가학성 등 아르젠토를 말할 때 흔히 떠올리는 속성들을 고착화시켰다고 볼 수 있는 작품이다. 두말할 나위 없는 걸작.

# 죽기 아니면 까무러치기 아쿠아리스

**원제** Deliria • **감독** 미쉘 소아비
**배우** 데이비드 브랜든, 바바라 커피스티 • **제작** 1986년 이탈리아

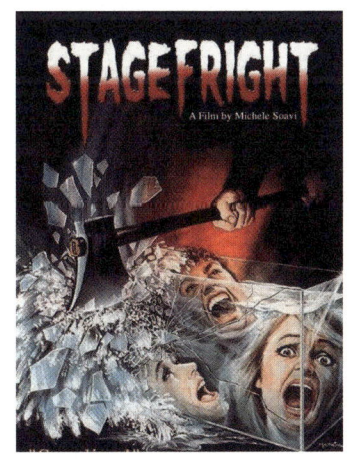

선정적이고 과격한 연극을 연출하는 한 감독이 있다. 그와 연극에 출연하는 모든 배우들은 소위 별 볼 일 없는 이들이고, 일주일 뒤에 개막할 이번 작품은 정말 오랜만에 그들이 무직 신세에서 벗어날 수 있게 된 기회였다. 그런데 정신병원에서 탈출한 살인마에 의해 연극 단원 중 한 명이 살해당하는 사건이 발생한다.

보통이라면 연극을 접고 몸을 사렸어야 했을 이들은, 이것을 기회라고 생각하게 된다. 언론이 살인마에 대해 떠들어대면 관객들은 호기심에 연극을 보기 위해 달려올 것이다. 그래서 그들은 세트장에 남아 연극연습을 계속한다. 각본은 구체적으로 연쇄살인범에 대한 것으로 바뀌고, 개막일

도 앞당김으로써 기회를 놓치지 않겠다며 발버둥을 친다. 그러나 그들은 아직 살인마가 자신들과 함께 세트장에 있다는 사실을 알지 못한다.

미셸 소아비의 〈아쿠아리스〉는 한마디로 설명하자면, 엄청나게 재미있는 작품이다. 일단 올빼미 살인마가 자아내는 위용과 박력이 장난이 아닌 데다가, 이탈리아 특유의 강렬한 색채가 스크린을 뒤덮고 있으며, 내지르는 비명과 선정적인 화면들 속에서 과잉의 정서가 미학적으로 살아 숨 쉬고 있으며, 긴박감을 자아내는 감각과 다양한 도구를 사용하는 살해 장면들의 가학성까지 어느 하나 모자란 부분이 없다.

그러나 마니아들의 입방아에 수없이 오른 유명작품임에도 불구하고, 나는 여전히 〈아쿠아리스〉가 저평가된 작품이라고 생각한다. 왜냐하면 이 작품의 의미에 대해서는 그다지 언급되지 않고 있기 때문이다. 적어도 내가 보기에 〈아쿠아리스〉는 엄청나게 포부가 큰 작품이었다. 오버하자면 고다르가 〈사랑과 경멸〉을 통해 하려고 했던 것을 소아비는 이 작품을 통해 추구했다고 할까. 산업과 예술 사이에서 감독으로서의 고민이 영화 속에 잔재했고, 그리고 무엇보다도 이탈리아 호러라는 판에 대한 명확한 이해를 보여주고 있었다.

〈아쿠아리스〉는 영화 속의 연극 제작을 통해서 당시 공포영화 산업에 대한 현실을 고발하고 있는 작품이다. 그러니까 온갖 악명을 떨치며 기회를 잡기 위해 발버둥치지만(이탈리아 공포영화들이 잔혹함으로 승부를 본 것은 해외에 팔아먹기 위한 것, 즉 살기 위한 발버둥이었다), 극장은 그들에게 영광의 장소가 되기보다는 살아남기 위한 장소가 되고야 말았다는 것이다.

이탈리아 호러사의 마지막 즈음을 장식하는 미쉘 소아비와 지나칠 만큼 잘 어울리지 않는가. 조감독으로 많은 준비를 거친 미쉘 소아비의 역량도 역량이지만, 작품이 호러라는 판에 대한 정리된 이해를 보여주는 것은 아마도 제작자였던 조 다마토의 영향이 아니었을까 하고 생각한다.

영화 속에서 가장 인상 깊었던 것은 올빼미살인마가 무대 위에 놓인 여러 구의 시체들을 널어놓고 편안히 앉아 안식을 취하고 있는 장면이었는데, 이 장면에서 조 다마토의 흔적이 느껴진다. 사실 어디에선가 가져온 시체들을 자신의 마음대로 무대 위에 널어놓은 것, 그것이 조 다마토가 일생을 바쳐 이룩한 작업이었던 것이다. 가학성으로 인해 유럽 최고의 악명 높은 감독이 되었던 다작 감독 조 다마토였지만, 장르감독으로서의 그에게 어떤 영광이 주어졌던가. 그래서 〈아쿠아리스〉는 노장의 탄식과 신인이 혈기가 어우러진, 슬프고도 과격한 결과물로 만들어지게 되었다. 명백히 1980년대 이탈리아 호러물 중 최고 수준에 속하는 한 편이다.

조 다마토는 저예산으로 촬영한 영화들이 상업적으로 성공하려면 더 많이 보여주어야 한다는 확신을 가지고 있었다. 그는 고어효과에 기대는 호러장르가 조만간 끝나버릴 것이라 생각했고, 아마도 자신이 마지막 고어감독이 될 것이라고 생각했다. 그것이 조 다마토가 다소 막 나간 이유 중 하나였다.

그는 자금의 부족으로 형편없는 영화들을 양산했지만, 사실 다마토는 아이디어가 풍부하고 최소한의 노하우를 가진 사람이었다. 장 르느아르 감독의 스틸 촬영 기사로 영화 인생을 시작한 그는 환경이나 장소에 구애받지 않는 연출의 전문가였으며 많은 후배들을 양성해내기도 하였다. 미셸 소아비의 조 다마토에 대한 평가를 덧붙여보자.

"아리스타드(조 다마토의 본명)는 어떤 여건에서나 어느 장소에서나 촬영을 할 수 있는 대단한 전문가이다. 10분 만에 촬영 준비가 끝나고 하루에 50쇼트를 찍는다. 자신이 제작을 하기 때문에 그는 자유롭게 행동을 한다. 만약 참수하는 장면을 한 쇼트로 찍고 싶지만 많은 제작비가 나올 것이라는 생각이 들면 그는 시나리오를 고치지 않고 특수효과를 줄이기 위해 두 쇼트로 나누어 찍어버릴 것이다."

흔히 미셸 소아비는 다리오 아르젠토의 수제자 정도로 알려져 있다. 그것은 그가 〈새도우〉, 〈페노미나〉, 〈오페라〉 등의 작품에 조감독으로 참여했기 때문이다. 실제로 소아비의 영화에서 아르젠토의 느낌이 묻어나기도 하는데, 쏟아지는 폭우 속에서 이루어진 〈아쿠아리스〉의 첫 살해 장면은 아르젠토의 것이라고 생각해도 무방할 정도이다. 그러나 호러연출에 강점을 보인 아르젠토와 달리, 소아비는 야한 장면을 야하게 잡아내는 데는 아르젠토보다 한 수 위에 있었다. 마니아의 입장에서 볼 때 그가 호러산업을 떠나버린 것만큼 안타까운 일도 없다.

## Horror Tip 11 · 내가 꼽은 공포영화 BEST 100

거창한 제목을 붙여놓고 나름대로는 심혈을 기울여 100개의 작품들을 꼽아보았지만, 리스트가 완성되는 순간 "아, 이걸 빼고 저걸 넣어야 해"라는 고민이 시작될 것임을 알고 있다. 아마도 고치고 또 고치다가 종국에는 나도 모른다며 더 이상 수정하기를 포기하게 될 것이다. 따라서 여기에 적어놓은 작품들이 내가 가장 사랑하는 100편의 영화는 아닐 수도 있다. 하지만 여기에 적은 100편의 작품들 모두를 사랑한다는 사실만큼은 확실하다는 말을 덧붙여보자. 이러한 변명을 하면서까지 리스트를 작성한 이유는, 이런저런 이유로 소개하지 못한 작품들을 제목만이라도 언급해보고 싶었던 탓이다. 따라서 앞서 소개한 영화들(그들 모두가 베스트라 칭할 만한 작품은 아닐지라도)은 여기에서는 제외한다. 그러니 "아니 어째서 〈나이트메어〉가 없는 건데?"와 같은 생각은 자제해주기를 바란다. 내가 보지 못했거나 혹은 지금 이 순간 기억하지 못한 무수한 명작들에게 미안한 마음을 전하며, 나의 취향을 공개한다(순서는 가나다순으로 순위와는 무관하다).

**1. 결투(Duel, 1971)** 아이디어와 연출력만으로 얼마나 영화를 근사하게 뽑아낼 수 있는지를 보여주는 사례, 스필버그가 괜히 스필버그가 된 것이 아님을 보여주는 초기작.

**2. 괴담(Kaidan, 1961)** 전설의 고향을 보는 것처럼 친숙한 내용들임에도 정신을 차릴 수 없을 만큼 아름답고 매혹적인 작품. 조금은 이질적 느낌의 마무리까지 산뜻한 옴니버스물.

**3. 괴물(The Thing, 1982)** 인간의 몸으로 감당할 수 없는 남극의 추위 속에 던져진 자들이, 자신들에게 남은 마지막 불을 담배에 붙일 때의 기분이란 어떤 것일까?

**4. 그라인드하우스(Grindhouse, 2007)** 〈데쓰 프루프〉의 초반부에서 남성의 눈요깃감에 지나지 않던 여인의 다리는 종반부에 가서는 변태성욕자를 짓밟는 도구로 거듭난다. 그 뿐이랴? 〈플래닛 테러〉에 이르면 그것은 기관총으로 변하기까지 한다. 그러니 함부로 여인의 다리를 힐끔거리다가는 죽을 수도 있다는 점을 명심할 것.

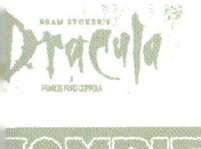
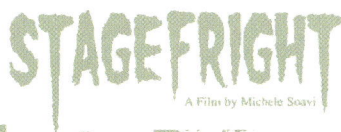
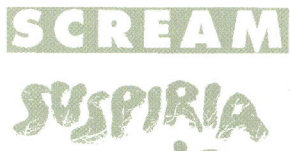

**5. 깊은 밤 갑자기(Suddenly in Dark Night, 1981)** 도대체 무슨 연유로 이런 영화가 뜬금없이 튀어나왔을까 하는 생각을 갖게 만드는 영화들이 종종 있는데, 고영남의 〈깊은 밤 갑자기〉는 명백히 그런 부류의 영화다. 모호한 분위기 속에서 점차 자신을 잃어가는 여인을 소화한 김영애의 연기는 탁월하고, 잊히기 어려운 엔딩의 힘까지 가지고 있다.

**6. 나는 좀비와 함께 걸었다(I Walked With A Zombie, 1943)** 아마도 좀비물 중에서는 가장 아름다운 작품이 아닐까? 깡마른 부두흑인은 그 자체만으로도 음산한 기운을 잘 전달한다.

**7. 나이트 플라이어(The Night Flier, 1997)** 자극적이고 선정적인 특종에 사로잡힌 베테랑 기자의 행적을 쫓는 것도 재미있지만, 〈나이트 플라이어〉의 백미는 역시 흑백으로 표현된 종반부가 주는 충격이다.

**8. 네임리스(The Nameless, 1999)** 사소한 사건을 쫓다가 마주하게 되는 숨겨진 역사, 그리고 고통 받는 아이들. 자움 발라구에로표 내러티브의 원전.

**9. 노리코의 식탁(Noriko no shokutaku, 2005)** 연기하는 사람들, 애당초 자신을 드러낸 적이 없었으니 죽음도 하나의 연기가 될 수밖에. 계속 연기하며 살다가 죽어가든가, 아니면 속 시원히 자신이 원하는 것을 드러내든가.

**10. 노스페라투(Nosferatu, eine Symphonie des Grauens, 1922)** 오래된 영화라고 무시하지 말자. 무성영화 속의 기괴한 이미지는 솔직히 요즘 영화보다 훨씬 더 무섭다.

**11. 늑대의 혈족(The Company of Wolves, 1984)** 한 번 벗어나면 다시는 돌아올 수 없는 길(그 길에서 소녀는 화장품을 얻고 어른이 된다)에서 낯선 남자를 따라가지 말고 자신의 몸은 자신의 칼로 보호하라는 이야기니까 여성영화라고 봐도 무방할 듯. 동화적 느낌의 색채감과 몽환적 분위기가 일품이다.

**12. 데드 얼라이브(Braindead, 1992)** 가짜 피를 3,000리터나 쏟아 부은 난장판 영화지만 결국은 어머니의 영향력으로부터 벗어나는 마마보이에 대한 이야기.

**13. 데몬스(Demoni, 1985)** 스크린 속의 살인마가 칼로 희생자를 난자하는 바로 그 순간에 스크린

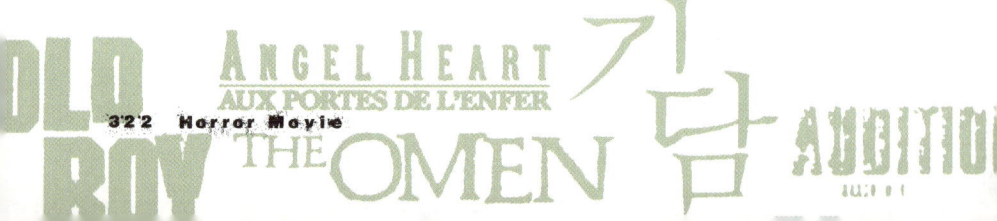

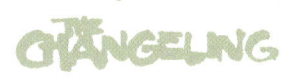

The Only Thing More Terrifying
than The Last 12 Minutes Of This Film
Are The First 92.

을 찢고 나와 좀비로 변신하는 현실의 희생자를 보여주는 방식은 정말 압권이다. 후속편에서는 〈링〉만큼 직접적이지는 않지만 TV 밖으로 나오는 악령도 만날 수 있다.

**14. 델라모르테 델라모어(Dellamorte, Dellamore, 1994)** 야한 장면은 야하게, 코믹한 장면은 코믹하게, 환상적인 장면은 환상적으로 잡아낸 미켈레 소아비의 독특한 좀비물. 어찌 보면 〈지상 최후의 사나이〉를 닮기도 한 듯.

**15. 드라큐라(Horror of the Dracula, 1958)** 드라큐라는 역시 크리스토퍼 리!

**16. 드레스드 투 킬(Dressed to Kill, 1980)** 〈현기증〉을 연상시키는 미행 장면과 아름다울 정도의 엘리베이터 장면, 그리고 관객모독.

**17. 디센트(Descents, 2005)** 자식 잃은 어미의 심리적으로나 물리적으로 끝없는 하강. 과연 트라우마의 극복은 가능한 것인가?

**18. 디아볼릭(Les Diaboliques, 1955)** 아내와 정부의 공모에 의해 살해된 남편, 남편이 살해된 후 이어지는 이상한 일들, 그리고 사라져버린 시체. 반드시 오리지널을 봐야할 작품.

**19. 떼시스(Tesis, 1996)** 타인에게 일어난 비극들을 훔쳐보기를 원하는 병자들. 그러니 그들을 위해 비극을 만드는 자도 있을 수밖에.

**20. 로그(Rogue, 2007)** 우리가 즐기고 감탄하는 자연의 풍광이란, 인간이 관광지로 개발한 아주 일부분 안에 머물러 있을 때까지다. 그것을 벗어나는 즉시 수많은 귀찮음과 때로는 공포가 들이닥친다. 자연이 존재하는 이유가 인간에게 감동을 주기 위한 것은 아니기 때문.

**21. 링(Ringu, 1998)** 〈링〉은 알고 보면 '피라미드의 공포'를 그린 작품이다. 전혀 믿을 수 없는 이야기에 누구나 솔깃하게 되고, 꼬드김을 당했으면 폭탄을 다른 사람에게 떠넘겨야 한다. 이러한 시스템 하에서 가장 먼저 피해를 보는 이는 가족이며 또 친구들이다. 물론 농담이다.

**22. 마견(White Dog, 1982)** 인종차별이라는 비인간적인 처우들이 소위 청교도의 나라에서 일어났음을 통렬하게 야유하는 영화. 동시에 그러한 골이 쉽게 해결되지는 못하리라는 불길한 예언을 담고 있는 작품.

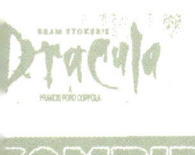
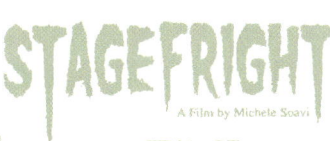
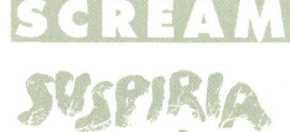

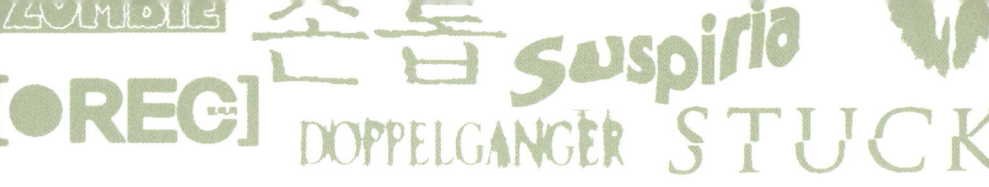

**23. 미저리(Misery, 1990)** 스티븐 킹의 소설은 영화화되면 대체로 재미없다고 생각했던 시절, 그 근거가 미약한 편견을 깨주었던 최초의 영화다. 〈해리가 샐리를 만났을 때〉의 로브 라이너 감독의 영화라는 사실에 당혹스러운 이도 있을 듯.

**24. 바탈리언(The Return of The Living Dead, 1985)** 인간의 뇌라는 것을 박살내면 괴롭지 않을 것이라는 식의 과격한 농담은 자주 만날 수 있는 것이 아니다. 로메로의 것과 차별화를 두기 위해 코믹 노선을 밟게 되었지만, 결과는 대성공.

**25. 바탈리언3(The Return of The Living Dead 3, 1993)** 보기만 해도 소름이 돋는 카리스마 넘치는 외모로 비극적 로맨스의 줄리엣까지 소화하고 남으니, 민디 클락은 정말 대단하신 분이다.

**26. 베이비 제인에게 무슨 일이 생겼는가(What Ever Happened to Baby Jane, 1962)** 늙은이들의 대립은 젊은이의 그것보다 훨씬 더 무섭지 않을까 싶다. 지나간 시간만큼 쌓였을 감정이 만만치 않기 때문. 베이비 제인에게 무슨 일이 생겼는가에 대해서는 실은 베이비 제인조차도 잘 모른다. 왜 그녀가 그렇게 되었을까를 생각해보는 것도 재미있는 관점.

**27. 베이컨시(Vacancy, 2007)** 익숙한 소재들을 버무려 아기자기하고 깔끔한 맛을 내고 있는 작품. 님로드 앤탈 감독은 주목해볼 필요가 있을 듯.

**28. 블랙 선데이(La maschera del demonio, 1960)** 〈블랙 선데이〉를 유명하게 만든 마녀부활 장면. 누워 있는 여자의 한껏 들어올린 가슴을 강조하는 마리오 바바의 카메라는 이후의 다른 작품들에서도 종종 발견되고는 한다.

**29. 블레어 위치(The Blair Witch Project, 1999)** 전 세계 관객을 낚아버린 페이크 다큐멘터리이자 저예산영화의 신화.

**30. 비디오드롬(Videodrome, 1983)** 인간과 미디어의 결합, 그 뒤에 따르는 것은 인간의 진화인가 아니면 인간의 죽음인가?

**31. 비욘드 다크니스(Buio Omega, 1979)** 수많은 허접영화를 만든 이탈리아의 로저 코먼, 조 다마토의 몇 안되는 수작. 네크로필리아와 오이디푸스 콤플렉스(정확히는 가정부이지만)를 버무린 살

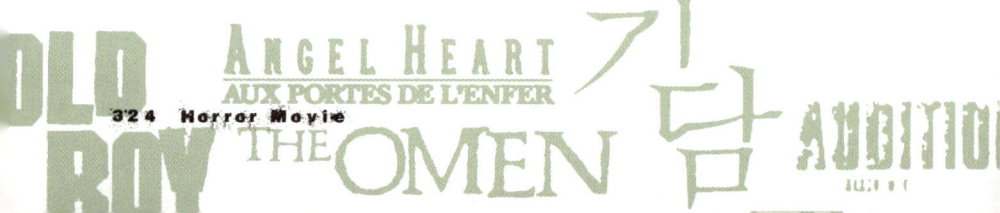

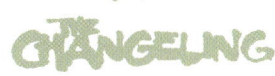
WOLF THE SIXTH SENSE 구로스케

The Only Thing More Terrifying
han The Last 12 Minutes Of This Film  CHANGELING  기요시
Are The First 92.

벌한 작품.

**32. 비욘드(The Beyond, 1981)** 풀치의 공식적인 베스트. 영화의 처음과 대구를 이루는 엔딩의 지옥도까지 종교적 색채를 듬뿍 담고 있다. 물론 전매특허인 고어효과도 상당한 수준이다.

**33. 사냥꾼의 밤(The Night of The Hunter, 1955)** 한 장면 한 장면 뜯어놓아도 그림이 수도 없이 나오는 작품. 로버트 미첨의 연기도 끝장이다.

**34. 사탄의 인형(Child's Play, 1988)** 〈후라이트 나이트〉도 그렇고 이 작품도 그렇고 톰 홀랜드의 작품은 최소한의 재미를 보장한다.

**35. 새벽의 황당한 저주(Shaun of the Dead, 2004)** 뒤집어지게 웃기고, 무지막지하게 재미있다는 것이 이 영화 최고의 미덕. 퀸의 〈Don't stop me now〉에 맞춰 구타하는 장면에 이르면 자지러지지 않고서는 배겨낼 재간이 없다.

**36. 샤이닝(The Shining, 1980)** 가족을 지켜야 한다는 명분으로부터 나오는 가부장적 폭력, 그리고 오버룩 호텔을 통해 연계되는 미국의 폭력. 사실 두 형태의 폭력 모두 본질은 같다.

**37. 섀도우(Tenebre, 1982)** 어쩌면 다리오 아르젠토의 가장 개인적인 작품. 살해 후 사진을 찍어 그 참혹함을 보관하는 악취미를 가진 영화 속 살인마의 성향 탓에 살인의 미학이라는 자신의 별명에 걸맞는 장면들을 만들어내고 있다.

**38. 성스러운 피(Santa Sangre, 1989)** 어머니의 팔이 되어 함께 공연을 하던 장면은 감상한지 꽤 시간이 지난 지금까지도 정말 또렷하게 기억난다. 조도롭스키의 아마도 가장 친절한 작품.

**39. 셔터(Shutter, 2004)** 상업호러를 표방한다면 괜히 이것저것 집어넣으려 하지 말고, 딱 이 정도만 만들어줘도 좋겠다. 물론 욕심인 거 안다.

**40. 소름(Sorum, 2001)** 만악의 근원은 분명히 아버지인데 아버지는 없어지고 저주만 남아있다. 그러니 〈소름〉은 기존 세대의 잘못으로 인해 형제를 해하게 되는 운명에 놓이게 되는 아들 세대에 대한 이야기이고, 그게 지금 대한민국의 현실 같다는 생각을 떨치기 어렵다.

**41. 소사이어티(Society, 1989)** 브라이언 유즈나의 전위적 감각은 경탄스럽다. 특히 냄새나는 말만

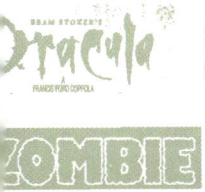
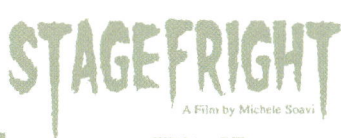
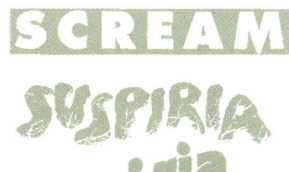
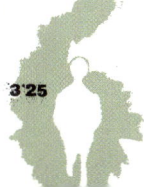

일상는 그들의 입(정확하게는 얼굴)을 엉덩이에 붙여놓은 것을 보고 있노라면 웃음밖에 안 나온다.

**42. 수정깃털의 새(The Bird with The Crystal Plumage, 1970)** 이탈리아 호러거장의 위대한 데 뷔작. 다소 빈약하다고 지적받는 아르젠토 이야기의 원형을 제시한 작품.

**43. 순교자들(Martyrs, 2008)** 타인의 학대에 의해 순교자로 거듭날 것을 요구받는 소녀들. 지고지 순한 잣대에 대한 도발적 해석 혹은 그저 잔인한 영화. 어느 쪽이라도 상관없다.

**44. 슈람(Schramm, 1993)** 부천에서 상영되었을 때 어떤 이가 감독에게 이렇게 물었다. "도대체 왜 이 따위 영화를 만든 거죠?" 할 말을 잃었지만 내심 이해도 간다. 문화적 충격을 극복하지 못할 것 같다면 보지 말 것. 처절한 러브스토리, 그리고 지독한 고어. 〈네크로맨틱〉의 요르그 뷰트게라이트의 최고작.

**45. 스캐너스(Scanners, 1981)** 인간의 머리를 흡사 수박 터뜨리듯 폭발시키는 장면은 공포영화 역사상 명장면을 꼽으면 한 번도 빠지지 않으리라 생각한다. 엔딩의 형제 간 염력대결 장면도 어찌 보면 엄청나게 유치할 수 있는 장면이지만, 크로넨버그는 손에 땀을 쥐도록 긴장감 있게 그려낸다.

**46. 슬리더(Slither, 2006)** 〈나이트 크리프스〉의 패러디에 가까울 정도의 작품, 공포영화광인 제임스 건의 성향이 잘 드러난다. 사랑이라는 감정을 좀 더 부각한다는 점에서 〈슬리더〉는 조금의 차별성을 더한다.

**47. 싸이코(Psycho, 1960)** 공포영화의 영원한 고전. 영화 속에서 한적한 동네의 허름한 모텔에 투숙하면 꼭 사단이 발생하는 것은 다 〈싸이코〉 때문이다.

**48. 쏘우(Saw, 2004)** 고립된 작은 세계 속의 분열, 궤변을 즐기는 게임의 고안자. 2000년대 최고의 시리즈물이 되었지만, 3편 이후로는 좀 지겹다.

**49. 아메리칸 싸이코(American Psycho, 2000)** 본질이 아닌 허상에 사로잡혀 버린 사람들, 그러니 현실과 환상을 구별하지 못할 수밖에. 겉멋 가득한 그러나 진지한 스릴러.

**50. 악마의 등뼈(The Devil's Backbone, 2001)** 노골적인 정치적 의미는 영화를 보다 풍요롭게 하며, 흐릿흐릿하고 슬픈 유령의 비쥬얼을 포함한 영화 전체의 톤은 스타일리스트로서의 기예르모

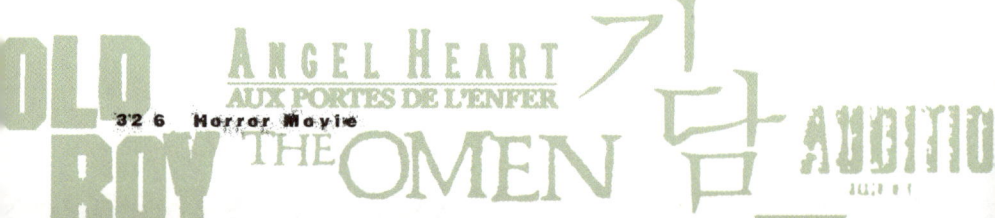

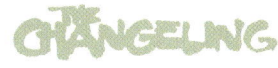

델토로의 감각을 엿볼 수 있게 한다. 지적이고, 우아하며, 그야말로 소름 돋는 작품.

**51. 악마의 밤(The Night of The Demons, 1988)** 내가 가장 사랑하는 공포영화 속 여성캐릭터. 두 팔을 벌리고 복도를 부유하며 희생자를 추격하는 그녀를 아래에서부터 잡아줄 때의 섬뜩함이란.

**52. 안개(The Fog, 1980)** 청산되지 않은 역사 속에서 안식을 얻지 못하는 유령들에 대한 이야기. 유령이 나타날 때는 그만한 이유가 있기 때문이라는 점을 명심할 것.

**53. 야수의 날(The Day of The Beast, 1985)** 지금의 스페인 호러 열풍을 거슬러 올라가면 이 작품이 있지 않을까 싶다. 너무 순수해서 바보 같은 신부가 종말을 막아보고자 좌충우돌하는 걸 보고 있노라면 안타까운 마음을 금할 수 없다.

**54. 양들의 침묵(The Silence of the Lambs, 1991)** 식인으로 대변되는 야만성과 지적인 고상함을 동시에 갖춘 매력적인 연쇄살인마. 그의 존재만으로 모든 것이 설명되는 영화.

**55. 어딕션(The Addiction, 1995)** 아마도 가장 진지한 뱀파이어물. 인간은 죄를 지어서 악해지는 것이 아니라, 악하기 때문에 죄를 짓는 것이다. 흑백인에도 불구하고 훨씬 강렬한 느낌의 피, 그리고 철학적인 대사들.

**56. 어셔가의 몰락(House of Usher, 1960)** 나는 별다른 분장을 하지 않은 사람이 얼굴에 표정을 지우고 다가설 때가 가장 무섭게 느껴진다. 장 엡스탱의 28년작이 더 섬뜩하기는 하시만, 코먼의 영화에는 빈센트 프라이스가 나오니까 이걸로 추천.

**57. 언톨드 스토리(Untold Story, 1993)** 홍콩영화 특유의 과장 섞인 유머를 좋아하지 않는 고로 영화 전체를 따지자면 딱 내 취향의 영화는 아니지만, 타인에 의해 죽을 수는 없다며 자살을 시도하는 황추생의 짜증스러움만큼은 누구에게도 꿇리지 않는다.

**58. 얼굴 없는 눈(Les Yeux Sans Visage, 1960)** 교통사고를 당해 얼굴이 망가진 딸을 위해 비슷한 외모의 여성을 납치하여 얼굴거죽을 벗겨내는 의사의 이야기. 살벌한 설정과는 달리 영화 자체는 그다지 살벌하지 않으며 오히려 몽환적이고 아름답고 섬세한 편. 마임을 연상시킬 법한 여주인공의 연기가 일품이다.

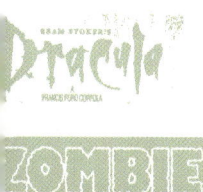
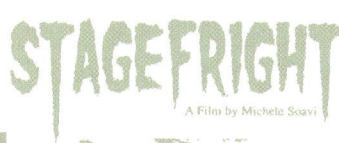
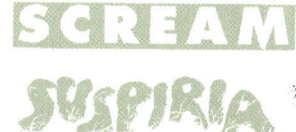

**59. 에일리언(Alien, 1979)** 2편을 더 좋아하지만 공포영화 성향에 보다 가까운 것은 역시 1편이다. 우주선의 내부는 미로 혹은 정글과 같은 장소로 변모하며, 어디에서 습격할지 모르는 미지의 생명체는 은근한 긴장감을 불러일으킨다. 괴물이 얼굴에 철썩하고 들러붙는 장면은 아직도 생생하다.

**60. 엑소시스트(The Exorcist, 1973)** 〈엑소시스트〉의 주인공은 메릴 신부도 아니고 악령에 사로잡힌 여자아이도 아닌 데미안 신부라는 점에 주목해볼 필요가 있다. 그의 내면과 소통을 시도하는 것도 선과 악의 대결만큼이나 재미있다.

**61. 엑스텐션(Haute tension, 2003)** 제목에 걸맞는 긴장감, 무심의 개봉으로 소동을 겪었던 전례가 있다.

**62. 엑스페리먼트(Das Experiment, 2001)** 인간은 그가 맡은 역할에 의해 규정되는 것일까? 다소 영화적 과장은 있다지만 실화를 근간으로 하고 있다는 사실이 쇼킹하기 그지없다.

**63. 여곡성(Yeogokseong, 1986)** 한국 여귀영화의 최고봉. 그 명성에 걸맞는 명장면들도 다수 제공한다.

**64. 여자 가죽을 입은 도마뱀(Lizard in A Woman's Skin, 1971)** 꿈에서 일어난 살인이 현실에서도 일어났다고 말하는 여주인공, 그리고 그녀를 쫓는 이들. 과연 무슨 일이 일어났던 것일까?

**65. 영혼의 카니발(Carnival of Soul, 1962)** 인간적 관계를 거부하는 여인, 그리고 그녀를 찾는 유령들. 황량한 분위기와 깔끔한 반전이 어우러진 〈식스센스〉류 영화들의 아버지.

**66. 오메가맨(The Omega Man, 1971)** 〈지상 최후의 사나이〉의 리메이크 버전이지만 이 영화의 좀비들은 문명을 거부하고 모든 것을 태우려는 종교집단에 가깝다. 지상 최후의 사나이란 문명의 이기를 최대한 누리는 사람이니, 좀비들과 인간 사이에 타협이 이루어질 여지란 전혀 없다.

**67. 외계생명체 블롭(The Blob, 1988)** 척 러셀의 야심찬 리메이크작. 씽크대의 구멍으로 인간의 몸이 빨려 들어가는 장면은 정말 압권이다.

**68. 위커맨(The Wicker Man, 1973)** 뭐라 정의하기 어려운 에너지가 넘치는 작품, 일단 음악이 너무 좋다.

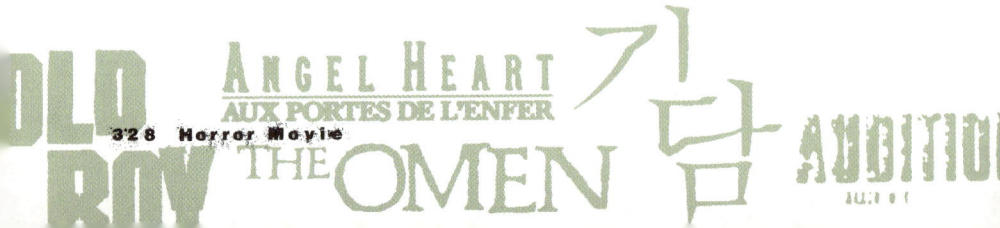

WOLF THE SIXTH SENSE 구모성의

The Only Thing More Terrifying Than The Last 12 Minutes Of This Film Are The First 92.

CHANGELING 가요시

**69. 이노센트(The Innocents, 1961)** 새로운 집에서 일하게 된 가정부의 강박관념 혹은 초현실적인 진실. 보는 이를 감탄하게 만드는 우아한 분위기와 느닷없는 엔딩의 모호함까지.

**70. 이블 데드(Evil Dead, 1981)** 정말 재미있는 작품. 후속편으로 갈수록 코믹 성향이 더욱 두드러진다. 오토바이에 카메라를 매달고 달렸다는 촬영기법은 정말 귀신이 돌격하는 듯한 느낌을 준다.

**71. 인사이드(Inside, 2007)** 강렬한 피의 질감, 그 질감 하나만으로 공포영화는 이토록 근사해질 수 있다.

**72. 저주의 카메라(Peeping Tom, 1960)** 카메라에 칼을 꽃고 비정상적인 여인을 촬영하는 것에 집착하는 싸이코 킬러. 그 살인이 가능했던 이유는 카메라가 현실을 어느 정도 걷어내기 때문이 아니었을까.

**73. 죠스(Jaws, 1975)** 영화의 종반부까지 실체를 드러내지 않는 식인상어가 주는 공포도 공포지만 그 사건을 둘러싼 인간들의 행태 역시 재미있다. 물 위로 피가 수직으로 뿜어져 올라올 때는 식겁하기도 했었디.

**74. 좀비오(Reanimator, 1985)** 연필을 또각또각 꺾어가며 교수를 노려보며 정면으로 대항했던 제프리 콤즈는 영화를 즐기기 시작한 이후로 지금까지 나의 영웅이었고 또 영웅일 것이다.

**75. 죽음의 밤(Dead of Night, 1945)** 과학적 사고를 신봉하는 정신과 의사에게 다른 영역도 존재함을 설득하기 위해 모임의 다른 멤버들이 늘어놓는 다섯 가지 기이한 이야기들. 오래된 이야기라 참신하지는 않지만 깔끔하고 재미있다.

**76. 죽음의 키스(Near Dark, 1987)** 로맨스물이자 서부극의 변종 같은 느낌도 도드라지는 이색적 흡혈귀영화. 뱀파이어를 일종의 질병으로 보는 관점이나 범죄집단처럼 그려진 흡혈집단, 햇빛에 타들어가는 뱀파이어의 모습들이 인상적인 작품.

**77. 지금 보면 안 돼(Don't Look Now, 1973)** 작품 전체가 하나의 거대한 악몽을 이루는 작품. 이런 부류의 영화에서 가장 큰 비극이란 죽음 그 자체가 아니라, 누군가의 경고가 계속 되었음에도 귀담아 듣지 않았다는 것이다.

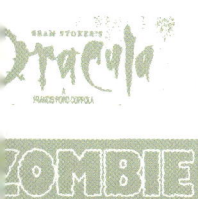
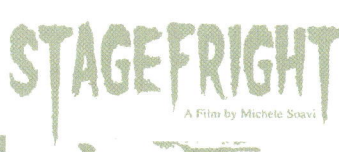
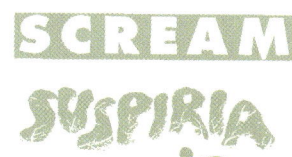
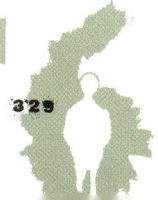

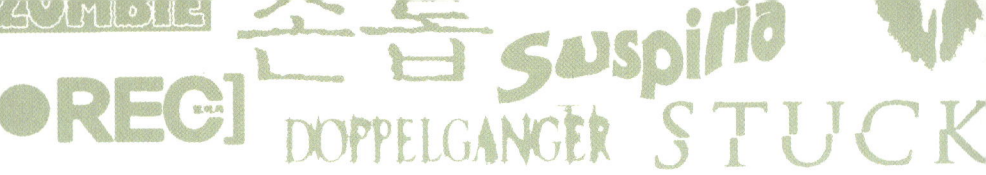

**78. 지옥인간(From Beyond, 1986)** 연구를 시작하던 무렵 수수했던 바바라 크램튼이 검은 색 야시시한 가죽 옷으로 갈아입은 후 성적 욕구를 주체하지 못하는 모습으로 변해버린 순간은 흡사 〈배트맨2〉에서 미셸 파이퍼의 변신만큼이나 드라마틱하다. 욕망 너머의 세상이란 꽤나 위험하다는 게 영화의 내용.

**79. 천상의 피조물들(Heavenly Creatures, 1994)** 실화를 충실히 옮긴 작품들은 대체로 재미없다. 현실에서 겪은 것이 영화로 본 것보다 훨씬 더 무서운데 그대로 옮길 필요가 또 뭐가 있나. 그런 의미에서 실화를 성공적으로 영화화하는 하나의 방법을 보여주는 게 〈천상의 피조물들〉이다. 물론 피터 잭슨의 장난스러운 면모는 여전하다. 오손 웰즈가 쓰레기라니.

**80. 칼리갈리 박사의 밀실(The Cabinet of Dr. Caligari, 1920)** 최초의 공포영화라는 역사적 의의만 가진 작품은 아니다. 영화의 작위적인 분위기는 관객을 초현실공간으로 이끌고 갈 것이다.

**81. 캐리(Carrie, 1976)** 돼지피를 뒤집어쓰고 눈알을 희번덕거리는 왕따 소녀의 섬뜩함. 하지만 그녀보다는 광신에 빠진 그녀의 어머니가 더 무섭다.

**82. 큐브(Cube, 1997)** 정교한 세상의 축소판. 어쩌다가 그 세상에 오게 되었는지도 모르는 채 살아남기 위해 세상의 비밀을 캐야 하는 인간들의 가련한 운명.

**83. 킬, 베이비, 킬(Kill, Baby, Kill, 1966)** 장난스러울 정도의 시점샷과 과감하고 리드미컬한 줌인과 줌아웃의 매력을 느낄 수 있는 바바의 고딕 호러물. 꼬마 여자아이의 눈빛만으로도 충분한 정도의 섬뜩함을 만들어내고 있다.

**84. 텍사스 살인마(The Texas Chain Saw Massacre, 1974)** 화면의 외부에서 급작스럽게 이루어지는 래더페이스의 습격이 일품인 작품. 물론 1편의 끈적한 불쾌감이 최고이기는 하지만, 그를 쫓는 보안관이 등장하지 않으면 〈텍사스 살인마〉가 아니라는 생각이 들기도 한다.

**85. 톡식 어벤저(The Toxic Avenger, 1984)** 마대자루를 들고 다니는 흉측한 안티히어로. 내면의 악을 주체 못해서 죽여 버린 할머니가 실은 아주 나쁜 사람이었다니, 되는 놈은 뭘 해도 되는 법이다.

**86. 패컬티(The Faculty, 1998)** 모두가 똑같아지기를 원했던 외계인의 혁명(사회주의 혁명)이 교

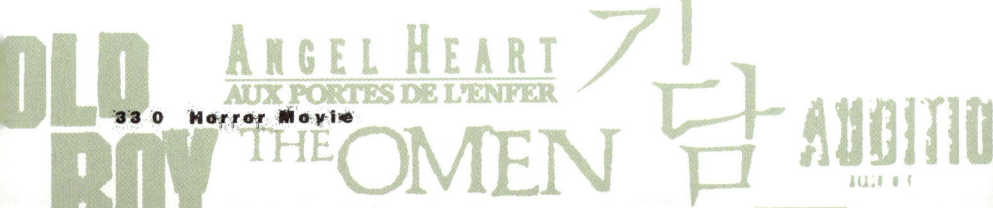

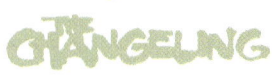
무실(엘리트)이 아니라 학생(민중)부터 시작되었더라면 성공할 수도 있지도 않았을까?

**87. 퍼펙트 블루(Perfect Blue, 1998)** 실사영화의 카메라를 고스란히 이해하고 있는 애니메이션. 망상은 위험하지 않을 수도 있지만 그 망상의 대리인이 존재한다면 어떨까? 현실과 망상을 구분하지 못하는 초짜 여배우 주위에서 일어나는 연쇄살인에 대한 이야기.

**88. 폴터가이스트(Poltergeist, 1982)** 개봉 당시에는 〈E.T〉에 묻혀버렸지만 스필버그는 〈E.T〉 만큼이나 이 작품을 사랑한 탓에 자신의 영화(스필버그는 제작자였고 감독은 토브 후퍼)라고 우겨대다가 곤혹을 치루기도 했다고.

**89. 프랑켄슈타인의 신부(Bride of Frankenstein, 1935)** 자신의 짝의 탄생을 그토록 기다렸던 괴물이 그 유일한 짝으로부터 거부당했을 때의 슬픔이란. 흉측한 외모의 가련한 괴물은 인정하고 싶지 않겠지만 영화라는 거울에 비친 우리의 모습이다.

**90. 프레일티(Frailty, 2001)** 종교인의 과대망상이 사실로 드러날 때의 충격. 그런데 죄인은 죽어도 되는 건가? 싸이코 킬러가 아닌 신의 대리인이라지만 불쾌한 건 매한가지다.

**91. 프릭스(Freaks, 1932)** 신체의 장애는 그들을 바라보는 동정적이거나 불쾌한 시선에 비교하면 사소한 것이다.

**92. 플라잉킬러(Q : The Wingged Serpent, 1982)** 오늘날의 신은 교회의 첨탑 위가 아니라 마천루의 꼭대기에 임하시며, 땅 위의 신도들에게 은총 대신 인간의 피를 뿌리거나 먹다 남은 신체의 일부를 내려주신다.

**93. 하녀(Hanyo, 1960)** 〈저주의 카메라〉나 〈싸이코〉가 만들어졌을 때 한국에서는 이런 영화가 만들어졌다는 사실에 자부심을 가져보자. 서양식 2층집으로부터 도래하는 신분상승의 욕망과 추락의 텍스트, 그리고 스크린을 장악하는 힘.

**94. 하우스(Hausu, 1977)** 엽기발랄하고 유치찬란한 작품. 아마추어와 마니아적 센스를 고스란히 간직한 채 촌발 제대로 날려주는 장난스럽고 유쾌한, 그야말로 불타는 허접영화.

**95. 헌팅(The Haunting, 1963)** 로버트 와이즈는 유령도 특수효과도 내세우지 않으며, 암시만으로

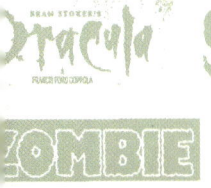
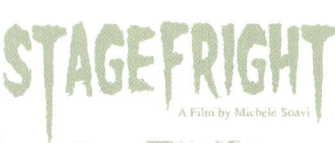
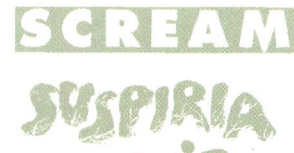
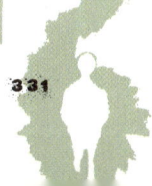

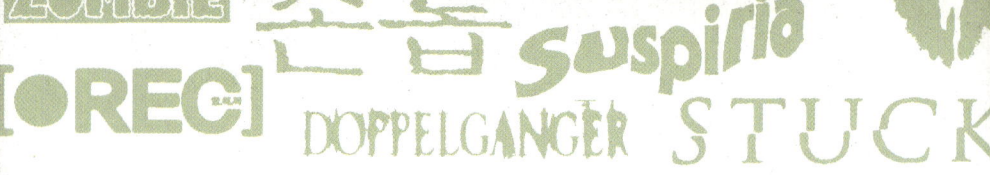

도 충분히 공포스럽고 기이한 동시에 어딘가 고상한 매력이 있는 작품을 만들어냈다. 태초부터 악한 공간에 세워진 집임을 설명하기 위해 흉가의 내력을 구구절절 소개하는 초반부는 너무 소박해서 웃음이 나기도 한다만.

**96. 헨리, 연쇄살인마의 초상(Henry: Portrait of a Serial Killer, 1986)** 일상적으로 일어나는 살인. 마이클 루커의 과묵하고도 무표정한 얼굴.

**97. 헬레이저(Hellraiser, 1987)** 자신의 소설이 망가지는 것을 보기를 더 이상 원하지 않았던 클라이브 바커는 어떻게 자신의 소설을 영화화해야 하는지에 대해 몸소 〈헬레이저〉를 감독함으로써 친절히 가르쳐주었다. 즉, 설교꾼 핀헤드는 클라이브 바커 자신인 셈이다.

**98. 혐오(Repulsion, 1965)** 성적 결벽증에 시달리는 여인을 신경질적으로 그려낸 폴란스키의 수작. 압도적인 이미지의 힘과 까뜨린느 드뇌브의 연기가 일품.

**99. 회로(Kairo, 2001)** 가까워지면 상처를 주게 되는 관계의 어려움. 외로워서 죽었는데 유령이 되어도 역시 외롭다는 절대고독에 대한 이야기.

**100. 힛쳐(The Hitcher, 1986)** 죽어도 상관없다고 생각하는 사람이 가장 무서운 사람이며, 폭력을 당하는 경우뿐만 아니라 폭력을 행사할 것을 요구당하는 경우 역시 충분히 괴롭다는 사실을 잘 보여주는 영화. 그리고 〈블레이드 러너〉에서의 안드로이드만큼이나 매력적인 룻거 하우어.

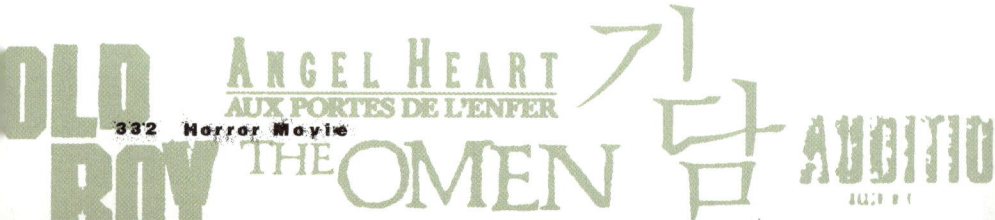

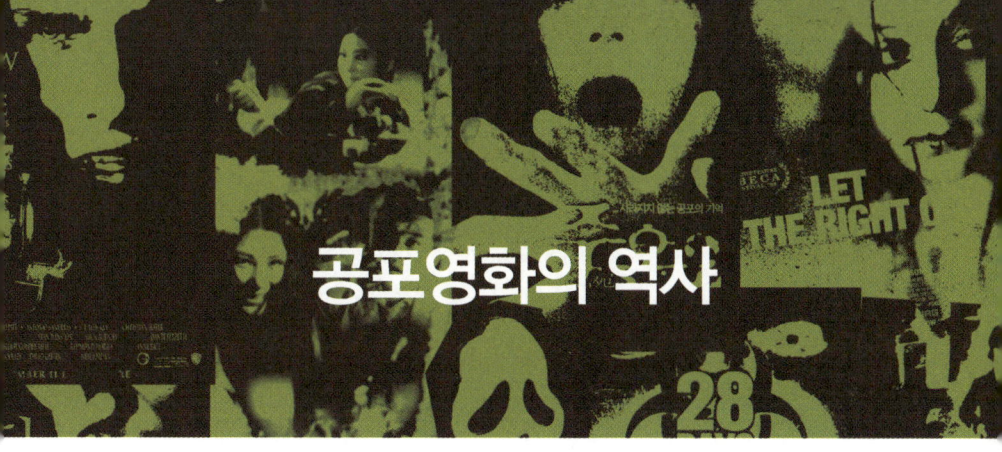

# 공포영화의 역사

　고대로부터 인간은 두려움을 가지고 살았고, 공포라는 감정은 한 시도 인간에게서 떼놓을 수 없는 것이었다. 그런 연고로 영화에서도 공포를 집중적으로 다룬 장르들은 영화사의 초기부터 존재해 왔다. 영화 이전의 민간 설화, 동화, 신화, 전설, 고딕풍의 소설 등 다양한 문화들로부터 유래된 공포영화는 동시대가 담고 있는 불안함을 표현해내며 긴 세월 동안 이어지고 있다.

　지금부터 이야기할 공포영화의 역사는 이 세상에 존재했던 모든 공포영화의 역사라기보다는 세상의 모든 역사처럼 쓰는 이의 애정과 편협한 시각에 의해 왜곡된 그리고 기억해야 할 만한 수많은 영화들을 배제하고 간략화한 역사임을 부인하지 않는다. 하지만 대충의 경향을 살피는 데는 유용할 것이라 생각한다. 학술논문을 쓰는 것은 아니니 그 정도면 충분할 거라 변명부터 해두고 시작하자.

## 1920년대 **공포영화의 시작과 독일 표현주의**

흔히 최초의 공포영화 작품으로 〈칼리가리 박사의 밀실〉이 거론된다. 하지만 그 이전에도 공포영화들은 존재했고 피를 중요시하는 작품들도 존재했었다. 예를 들자면 범죄자, 마술사, 악마를 다루거나, 참수 장면이나 피를 전면에 내세운 1900년대 초의 무성영화들이 그것이다.

미국에서는 1910년 단편영화인 〈프랑켄슈타인〉이 만들어졌고, 〈지킬박사와 하이드〉 같은 작품들도 만들어졌다. 나는 최초의 호러영화가 무엇인지를 밝히는 일에는 별다른 관심이 없다. 최초라는 이름이 붙은 이상 이래저래 논란거리가 될 수밖에 없는데, 그러한 논쟁에 가담할 실력이 없기 때문이다.

그러나 내 눈으로 확인한 가장 오래된 공포영화는 로베르토 비네 감독의 1919년작 〈칼리가리 박사의 밀실〉이다. 의사가 아무것도 모르는 몽유병 환자를 범행과 살인에 이용한다는 영화의 줄거리는 권위에 대한 저항을 은유하고 있는 동시에, 히틀러의 출현을 예견한 것인지도 모른다고 해석될 수 있다. 이렇듯 최초의 공포영화로부터 저항의식을 엿볼 수 있었던 것이다.

기울어진 집들과 기괴한 모양의 의자 등 도무지 현실감을 찾아볼 수 없는 세트에서 촬영된 〈칼리가리 박사의 밀실〉은 표현주의적 기법에 비교적 짜임새 있는 서사까지 갖추고 있다. 이를 통해 세계 1차 대전 이전까지 영화사에서 그리 중요한 위치를 차지하지 못했던 독일영화는 세계의 주목을 받고 반향을 일으키는 데 성공했다. 특히 외형이 아닌 본질을 형상화하고자 했던 표현주의의 풍조는 작가영화에 대한 강한 선호를 불러일으켰다.

이러한 표현주의 영화들의 어두운 색채는 패전국이었던 독일의 위축된 사회 분위기나 패배감을 반영하였다고 흔히 분석된다. 그러나 그런 이유가 아니라고 해도 당시 독일영화들이 보여주던 초현실적이고 강렬한 표현기법은 아직까지도 매력적이다.

이 시대 최고의 공포영화는 무르나우 감독의 1922년작 〈노스페라투〉이다. 〈노스페라투〉는 당시 표현주의가 세트 촬영에 몰두했던 것과는 달리 로케이션 촬영을 시도했고, 〈칼리가리 박사의 밀실〉과 비교할 때 과장스러움을 상당 부문 제거했다. 브람 스토커 감독의 〈드라큘라〉를 원작으로 하는 이 영화에서 노스페라투의 손과 귀, 눈과 이 등 지나치게 큰 외모와, 꾸부정하게 등을 굽히고 비틀비틀 거리는 걸음걸이 등 외형적 특성은 충분히 불길하며 계단에 드리워진 그림자와 한 손을 치켜 올린 선상의 노스페라투는 지금의 관객에게도 섬뜩함을 자아내기에 모자람이 없다. 마녀의 이야기를 다룬 〈학산〉(벤자민 크리스텐슨 감독), 유대 전설에 기반을 둔 〈골렘〉(칼 보에즈, 폴 베그너 감독) 등이 이 시대의 대표작이라 할 수 있으며, 특히 〈골렘〉은 프랑켄슈타인류 영화들의 원형이 되었다.

## 1930년대 몬스터의 산실, 유니버설 스튜디오

1차 대전의 여파로 유럽영화는 상대적으로 진척이 더디었다. 그래서 이 시기에 영화의 발전은 전쟁으로부터 멀리 떨어져 있던 미국에서 주로 이루어졌다. 1910년 경 몇몇 영화사들이 할리우드에서 영화 사업에 뛰어든 지 10년이 채 안 되어 그들이 창안한 시스템은 거의 전 세계의 영화를 지배하게 될 정도였다. 그것이 바로 스튜디오 시스템으로 거대한 공장 형태의 스튜디오 내에 제작을 집중하고, 제작에서 홍보, 배급, 상영에 이르기까지 사업의 모든 부문을 수직적으로 통합시킨 형태를 띠고 있었다.

　그러나 공포영화의 발전에만 관심을 국한하자면, 그 무엇보다 독일표현주의의 영향력이 지대했음을 인정해야 한다. 당시 할리우드 영화들은 관객이 보다 잘 보도록 하기 위해 단순조명을 사용했고, 이는 명암을 극대화하여 그림자를 많이 만들어내는 독일 표현주의 기법과는 다른 것이었다. 하지만 할리우드 제작자들은 독일영화의 강렬함에 영감을 받았고, 특히 독일 출신의 영화 제작자 칼 레믈리가 설립한 유니버설 스튜디오는 유럽기술을 들여오기를 꺼려하지 않았다. 이러한 경향은 히틀러 집권 하에서 표현주의 양식을 고수하는 것이 어려워진 독일 작가들의 대거 망명과 함께 어울리며 하나의 트렌드를 형성하게 된다.

그러던 중 공포영화에 관심이 많았던 레믈리 2세가 아버지의 반대에도 불구하고 〈드라큘라〉를 강행해 성공시키게 된다. 이러한 성공에 고무되어 다음 작품인 〈프랑켄슈타인〉이 만들어진다. 두 영화의 계속된 성공은 제작자에게 공포영화가 돈을 벌어줄 수 있음을 알게끔 하였고, 공포영화는 비로소 하나의 산업이 되었다고 말할 수 있게 되었다.

그 결과 몬스터 영화는 1930년대부터 유니버설에서 꽃을 피우게 된다. 토드 브라우닝 감독의 〈드라큘라〉, 제임스 웨일 감독의 〈프랑켄슈타인〉과 〈투명인간〉, 칼 프런트 감독의 〈미이라〉 등 유명한 캐릭터들이 스크린에 그 모습을 드러냈고, 흥행으로 인해 주요 캐릭터들의 아들, 딸, 집 등이 속편으로 만들어졌다. 심지어 각각의 영화에서 주연을 맡던 몬스터들은 하나의 영화에 함께 출연하여 대결과 협력 구도를 만들기도 했다.

유니버설 스튜디오에서 제작된 공포영화들의 경향은 우리의 경험론적 인식을 벗어나는 세계를 위험한 것으로 간주하고, 사회적 질서나 현행 체제를 옹호하는 보수적인 이데올로기를 가졌다는 것이었다. 그 결과 허락되지 않은 욕망을 가진 개인들은 응징되었고, 인간의 본질적 한계를 드러냄으로써 묘한 페이소스를 자아내게 되었다.

또한 당시의 몬스터들은 전적으로 주연배우의 분장을 통해 표현될 수밖에 없었던 기술적 제약 때문에 인간의 크기와 비슷했다. 유니버설에서 덩치가 큰 배우라면 몬스터 배역 외에는 맡을 것이 없었고, 〈늑대인간〉의 론 채니 역시 그러한 운명에 놓였다. 표현주의적 특성 때문에 짙은 안개가 드리워진 세트들은 현실과는 다른 어떤 공간처럼 그려짐으로써, 관객과의 거리를 어느 정도 유지하는 것이 당시 영화들의 특징이었다.

MGM은 사고를 당한 피아니스트의 손에 살인자의 손이 이식된다는 로베르트 비네 감독의 〈올락의 손〉(1924)에서 영향을 받은 〈매드 러브〉를 독일 출신의 감독 칼 프런드에게 맡겼으며, 토드 브라우닝 감독의 〈데빌 돌〉(1936)을 제작했다. 워너 의 지배를 받는 퍼스트 내셔널 픽쳐스는 연쇄살인자의 이야기인 〈닥터 X〉(마이클 커 티스 감독, 1932)와 밀납인형 이야기의 원전인 〈밀납인형관의 미스테리〉(마이클 커티스 감독, 1933) 등의 영화를 제작했다. 그러나 MGM, 워너, 폭스, 파라마운트 등의 메이 저 스튜디오들은 이 시기에 공포영화 장르를 기피했고, 그 결과 우리가 알고 있는 대부분의 몬스터들은 당시에는 이류였던 유니버설 스튜디오에 의해 만들어졌다.

## 1940년대 RKO의 저예산 공포물

1939년 2차 세계대전의 결과로 영화 산업은 조금 위축되었는데 그 와중에 뚜렷한 족적을 남긴 회사는 RKO였다. RKO의 대표작으로는 흔히 오슨 웰즈 감독의 〈시민 케인〉과 어니스트 B. 쇼드사크 감독의 〈킹콩〉이 거론된다.

1933년작 〈킹콩〉은 공포영화는 아니지만 주로 인간 크기의 몬스터 외에는 만들 어지지 않았던 거대괴물을 등장시킨 흔치 않은 영화라 할 수 있다. 그러한 기술적 제약의 극복은 윌리스 오브라이언(그의 문하생 레이 해리하우젠이 더 유명할지도 모르겠다)의 스톱모션 기법에 의해 가능했다. 〈시민케인〉의 경우 영화사에서 말이 필요 없을 정도의 위상을 가지고 있지만, 그 예술적 가치를 논외로 한다면 〈시민케인〉은 불 명예스러운 이유로 공포영화사에 지대한 영향을 미쳤다고 할 수 있겠다. 〈시민케 인〉으로부터 시작된 회사의 재정 위기는 RKO로 하여금 저예산영화에 초점을 맞 출 수밖에 없게끔 강제했던 것이다.

그 저예산 기획의 책임은 발 루튼에게 맡겨졌다. MGM의 홍보부에서 자신의 영화 경력을 시작한 루튼은 1933년 스토리 편집자로서의 경력을 시작했고, 1942년까지 빅터 플레밍 감독의 〈바람과 함께 사라지다〉나 알프레드 히치콕 감독의 〈레베카〉 등을 찍었다. 그 후 RKO에 제작자로 들어간 루튼은 제작 전권을 위임받고 매우 자율적으로 일하게 되었다.

그는 감독인 자크 투르뇌르, 로버트 와이즈, 마크 롭슨과 촬영기사 니콜라스 무수라카, 미술 감독 알베르토 다코스티노, 음악 담당 로이 웨브 등과 함께 작은 호러 사단을 구성했고, 자신은 제작자로 영화에 참여하여 제작 전반을 통제했다. 그는 자주 공동 각본을 맡기도 했는데, 실제로는 대부분의 각본에 자신의 손을 대지 않고 넘어가는 경우가 없었다고 한다.

공포영화사에서 한 자리를 차지하는 루튼의 성공작들은 자크 투르뇌르 감독의 손을 거쳐 나왔다. 루튼은 저예산으로도 충분히 좋은 영화를 만들 수 있다고 생각하는 자의식 강한 제작자였다. 또한 투르뇌르 역시 무서운 장면을 통해 관객을 겁에 질리게 하는 공포영화의 특징을 무시하는 이단 감독에 가까웠다. 그는 보여주지 않되 위협을 자아내는 암시들을 늘어놓음으로써 관객을 겁에 질리게 하는, 그러니까 관객의 상상력을 자극하는 공포를 추구했던 것이다.

둘 중 누가 작품에 더 큰 영향력을 가졌는지에 대해서는 아무것도 모른다. 그러나 확실한 것은 둘의 작업이 시대의 가교 역할을 하고 있었다는 것이다. 눈에 보이지 않는 억압된 내면에 관심을 맞추고자 하는 의도는 1940년대 유니버설 호러물에서도 나타나기 시작했다.

구체적으로 〈늑대인간〉은 그 예가 될 것이다. 그러나 루튼은 한 발짝 더 나아갔다. 〈캣피플〉은 괴물을 보여주지 않는 괴물영화로도 유명하지만, 그 못지않게 성과 정신적인 측면을 공포영화에 도입시킴으로써 정신분석학적 해석을 가능하게 했다는 점도 중요하다.

로빈 우드의 지적에 따르면 루튼의 다른 작품들에도 가족 내부에 공포를 심어두고, 직접적으로 성적 억압과 연결시키는 경향이 나타났다. 그러한 접근은 시대를 감안하면 상당히 혁신적인 것이었다.

〈캣피플〉, 〈레오파드 맨〉, 〈나는 좀비와 함께 걸었다〉, 〈유령선〉 등의 작업을 통해 분명한 주제의식과 스타일을 보여주었던 루튼은 몇 편의 다른 장르영화를 실패한 후 쇠락을 경험하기 시작한다.

그는 보리스 칼로프를 주연으로 한 세 편의 공포영화 〈신체강탈자〉, 〈죽음의 섬〉, 〈베들렘〉을 의욕적으로 찍었으나 이는 고전적인 영역으로의 후퇴로 받아들여졌고 상업적으로도 실패했다. 이후 프리랜서가 된 루튼은 〈베들렘〉의 실패로부터 5년이 지난 47세의 나이에 심장마비로 사망하고 만다.

## 1950년대 해머영화사와 군소제작자들

1950년대 주목할 만한 사실 중 하나는 SF호러물들이 약진하기 시작했다는 것이다. 매커시즘의 불안한 심리를 스크린에 나타낸 돈 시겔 감독의 〈신체강탈자의 침입〉이 있었고, SF호러물이라 할 수 있는 고든 디글리스 감독의 〈뎀!〉과 유진 로리 감독의 〈심해에서 온 괴물〉 등과 같은 작품들이 나타났다. 〈블롭〉(Irvin S. Yeaworth Jr. 감독)이나 〈플라이〉(커트 뉴먼 감독) 등도 이 시기의 작품이다.

그러나 영화사적인 측면에서 정통성을 부여한다면 1950년대의 맹주는 영국의 해머영화사에게 돌아가야 할 것이다. 해머영화사는 1957년의 〈프랑켄슈타인의 저주〉를 시작으로, 〈드라큘라〉, 〈미이라〉, 테렌스 피셔 감독의 〈늑대인간의 저주〉까지 진지한 시대극풍의 공포영화들을 만들어냈으며 특히 유니버설 스튜디오의 몬스터들을 컬러영화로 되살려냈다.

해머영화사는 1934년 설립 이래 SF, 스릴러, 코미디, TV 시리즈까지 그 영역을 확대했으며 처음부터 해외 시장 공략의 의도를 가지고 있었다. 그러던 중 BBC 드라마였던 〈쿼터매스 실험〉을 판매하여 의도하지 않았던 성공을 거두게 된다.

<쿼터매스 실험>의 성공에 고무된 해머영화사는 <쿼터매스 실험 2>와 <X the Unknown>등의 비슷한 영화를 찍어내며 공포영화의 단맛에 빠지게 되고, 테렌스 피셔를 감독으로 영입하며 날개를 달았는데, 그가 감독한 <프랑켄슈타인의 저주>의 성공은 해머영화사의 방향을 확립하게끔 만든다.

프랑켄슈타인 영화가 성공한 후 해머영화사는 다른 호러 아이콘들로 돈을 벌 수 있는 방법을 모색하게 되었으며, 그 결과 약간의 난항을 거쳐 유니버설 스튜디오와 계약을 맺고 대부분의 아이콘들을 되살려내게 된다. 해머영화사의 작품들은 저예산으로 만들어졌지만 주어진 예산을 효율적으로 사용했고, 현명하게 만들어진 세트와 피터 쿠싱과 크리스토퍼 리와 같은 실력 있는 배우들을 기용함으로써 가격과 비교할 때 상당한 퀄리티를 가지고 있었다.

해머의 영화들은 빅토리아 시대의 영국을 배경으로 하고 있었고, 거대한 성과 벽난로의 미장센 등을 이용했으며, 또한 선정적이었다. 1951년 검열의 완화는 스크린에 좀 더 섹슈얼리티를 발산시키는 것을 가능하게 했다. 이는 빅토리아 시대의 억압적 성적 규범에 따라 성적 매력이 넘쳐흐르는 젊은 여성들을 피해자로 삼음으로써 실현될 수 있었다. 해머영화는 관객에게는 많은 사랑을 받았지만, 평단에는 호응을 얻지 못했다.

그러나 해머영화사의 몬스터들은 단순히 유니버설의 몬스터들을 컬러로 되살린 것만은 아니었다. 따지고 보면 유니버설의 몬스터들은 연민을 불러일으키는 구석이 있었다. 그들은 좌절된 인간의 욕망의 결과물이었고 인간의 한계를 상징했다. 유니버설의 몬스터물에 등장하는 잘못된 인간들은 순수하게 욕망을 추구한 죄로 같은 인간에게 단죄되었고, 또 고민하는 존재로 그려지는 경향이 있었다. 그러나 테렌스 피셔는 선악의 대립과 계층의 대립 등에 초점을 맞추었기 때문에, 그러한 연민들은 상당부분 제거될 수밖에 없었다.

또한 적잖은 해머의 영화들은 대체로 과학적 신념을 가진 이방인이 미신이 지배하는 마을에 당도하면서 겪는 혼란에 대해 그렸는데, 이는 과학이 세계대전에 기여했다는 것에 대한 자조적 분위기를 반영하고 있는 것이기도 했다.

시리즈가 진행되면서 기존의 고딕소설은 새로운 각본들로 대체되었고, 이러한 작업이 이어진 결과 이야기들의 토대는 바뀌어 버리게 되었다. 새로운 구미에 맞는 캐릭터들의 재설정이 이루어졌고, 현대적 의미의 몬스터물의 정형화가 완성되었다. 〈드라큘라〉가 인상만 잔뜩 쓰고 있었던 벨라 루고시를 귀족 신사의 모습인 크리스토퍼 리로 대체해버린 것이 그 한 예라 할 수 있겠다.

유니버설의 적자로 해머영화사가 방향을 선회했을 즈음, 미국의 AIP는 〈나는 10대 늑대 인간이다〉(진 파울러 주니어 감독, 1957)를 제작함으로써 현대적 배경 속에서 서투른 연기자들과 함께 호흡을 맞추며 해머의 방향과 어긋나는 영화들을 만들었다.

코먼이 코먼-포-프라이스표 영화를 만들기까지 AIP는 대중적 공포만화 같은 분위기를 만들어내는 데 성공했다. 한편 윌리엄 캐슬은 〈마카브레〉(1958)를 시작으로 공포영화 산업에 뛰어들었다. 그가 만든 1958년작 〈헌티드 힐〉은 윌리엄 캐슬의 대표작으로 남아 있다. 윌리엄 캐슬은 프랑스 영화 〈디아볼릭〉(앙리 조르주 클루조 감독)의 성공의 배경은 영화가 무섭다는 입소문에서 나왔다고 진단하고, 〈마카브레〉를 보다가 무서워서 죽은 이에게 어마어마한 보험금을 지불한다는 등의 마케팅을 했다.

그는 영화관 자체를 하나의 무대로 연출하는 장난스러움을 보였는데, 그 예로 〈헌티드 힐〉 상영시에는 객석 위로 해골이 날아다녔고, 〈팅글러〉에서는 놀라게 하는 장면에서 극장 의자에 전기 충격을 가하기도 했으며, 〈13고스트〉에서는 특수 안경을, 〈미스터 사도니쿠스〉에서는 클라이맥스에서 갑자기 영화를 끊고 무대에 올라 "죽일까요? 살릴까요?"라고 관객에게 묻기도 했다.

총평하자면 미국의 공포영화들은 영국의 것만큼 진지하지는 못했다. 같은 시기 프랑스에서는 남편과 정부의 아내 살해기 〈디아볼릭〉과 얼굴 빼앗는 이야기의 전형 조르주 프랑주 감독의 〈얼굴 없는 눈〉 등의 걸작이 만들어지기도 했지만, 하나의 추세를 만들지는 못했다.

## 1960년대 **영웅의 도래**

1960년대는 공포영화사에서 이름을 빼놓을 수 없는 위인들이 대거 출현했다. 먼저 알프레드 히치콕 감독이 그 유명한 〈싸이코〉를 찍음으로써 다중인격과 한적한 교외의 살인범의 전형을 확립했고, 마이클 포웰 감독은 삼발이에 붙은 거울을 통해 자신이 죽는 모습을 바라보게끔 강요하는 변태성욕자의 이야기 〈저주의 카메라〉를 만들었다. 또한 1956년 리카도 프레다의 〈뱀파이어들〉의 한 장면을 찍음으로써 연출의 세계에 발을 디딘 마리오 바바는 〈사탄의 가면〉을 통해 이탈리아 공포영화의 시작을 천명했다. 허쉘 고든 루이스는 〈피의 축제〉를 찍음으로써 최초의 고어영화를 만들었으며, 로저 코먼은 에드가 앨런 포우의 원작을 바탕으로 코먼-포-프라이스로 대변되는 수작들과 〈리틀 샵 오브 호러〉 등의 작품을 양산했다.

반전영화의 효시격이라 할 허크 하비의 황량한 영화 〈영혼의 카니발〉, 로버트 알드리치의 진실게임 〈베이비 제인에게 무슨 일이 생겼는가?〉와 가정부의 정신이상과 초현실을 오가는 우아한 공포영화 〈공포의 대저택〉(1961) 등의 걸작 공포영화들이 쏟아졌다. 1960년대 말에는 조지 로메로까지 등장한다. 물론 해머의 테렌스 피셔 역시 건재했으나 앞에서 언급했으므로 여기서는 제외한다.

**이탈리아 공포영화의 시작** 이탈리아 영화사는 장르 하나가 생겨나면 반짝 살아났다가 그것을 지겹게 우려먹은 후 소멸되고, 또 소멸된 것이 새로이 재탄생하는 기묘한 역사를 가지고 있었다. 예를 들어 1950년대 잠깐 유행했던 이색 다큐멘터리들은 1962년 〈몬도 가네〉 영화로 재탄생했다. 이는 이탈리아 영화가 주로 해외시장을 타깃으로 노렸던 것에 있었다. 이런 분위기 탓에 걸출한 공포영화 감독의 출현은 이탈리아 영화계의 방향 자체를 선회시킬 수 있는 것이었다. 그리고 그 주인공은 마리오 바바였다.

1956년 리카도 프레다가 〈뱀파이어〉를 찍을 당시 사진 작가였던 바바는, 프레다가 제작진들과의 불화로 촬영을 포기하자 그 자리를 대신했다. 그는 영화에서 공작부인의 노화 장면을 찍었는데, 그것을 계기로 4년 후 고딕호러인 〈사탄의 가면〉을 만들게 되었고, 그 후로 20년간 이탈리아 공포영화는 괄목할 만한 성장을 계속하게 된다.

바바의 고딕호러는 이방인이 마차를 타고 한 마을을 방문한다는 영화의 도입부터, 돌로 만들어진 성과 시대적 배경에 따른 복장, 흑백으로 만들어졌다는 점까지 유니버설 스튜디오의 공포영화를 연상시키는 구석이 있었다.

그러나 바바가 유명해진 것은 그의 작품에서 나타나는 선정성 때문이었다. 영화의 도입에 있었던 고문 장면도 그랬지만, 영화의 백미는 누워 있는 상태에서 가슴을 한껏 부풀린 채 온몸을 떨며 원기를 회복하는 마녀의 부활 장면이었다. 이 장면은 공포와 성적 매력을 함께 뿜어내는 장면이었고(바바는 이후로도 자신의 영화에 누워 있는 여인의 가슴을 강조한 샷을 종종 사용한다. 어쩌면 페티시가 있었을지도), 이 장면 하나로 바바라 스틸은 초기 호러퀸의 명성을 누리게 된다.

바바는 고딕호러에도 재능을 가지고 있었지만, 1963년 히치콕의 영화 제목에서 따온 〈너무 많이 아는 여자〉를 감독함으로써 '지알로'라는 새 장르를 개척하게 된다. 피셔가 선과 악, 계급간의 갈등을 강조했다면 바바는 진실과 거짓을 대비시켰는데, 이는 그가 향후 '지알로'라는 잔혹추리극의 대부가 되었음을 생각해보면 당연한 일인지도 모르겠다. 또한 그는 70년대에 접어들어 〈죽은 신경의 경련〉을 감독함으로써 1980년대의 슬래셔 붐에 직접적 영향을 미치기도 했다.

일어나지 않는 일을 가정한다는 것은 때로 위험한 일이지만, 만약 바바가 미국에 진출했더라면 히치콕보다 더 많은 영향을 미쳤을 것이라는 이야기도 있다. 그러나 나는 몇 가지 이유로 그가 미국에 진출하지 않은 것이 다행이라고 생각한다. 첫째, 이탈리아 영화는 가내수공업 식으로 만들어졌고 이는 바바의 자유분방한 스타일을 침해했을 것이다. 둘째, 언어의 다름으로 인해 상호 의사소통을 제약했을 것이다. 게다가 바바는 자신이 그렇게 대단한 일을 하고 있다고는 전혀 생각지 않았다. 자기가 만든 걸 보면서 "이거 죽이잖아"라고 말하고 웃어넘기는 소박한 사람이었던 것이다. 그는 어두운 영화를 주로 만들었지만, 자신의 영화 자체를 하나의 농담처럼 그려내기도 했다.

**과도한 고어의 사용과 독립영화의 약진** 미국에는 1951년 이후 드라이브인 극장이 상당히 많이 생겨났다. 1963년에는 미국에 대략 4,000개 정도의 드라이브인이 있었고 이들 극장은 전체 극장 수입의 33%에 달하는 수준까지 성황을 이뤘다.

메이저 영화사들은 이러한 형편없는 극장에 자신의 영화 상영권을 주는 것을 주저하고 있었고, 따라서 처음의 드라이브인의 상영작들은 대체로 옛 영화를 재상영했다. 하지만 영화 자체보다는 외출의 마지막 코스로 극장을 택한 사람들이 많았기에, 영화의 질은 크게 문제되지 않았다.

초기 드라이브인의 주요 고객은 저렴한 가격과 화목한 분위기로 인해 가족 관객들이 주를 이루었다. 그러나 TV의 보급 이후에는 부모의 눈을 피해 자유의 공간을 찾으려는 학생들로 대체된다. 그리고 이러한 변화는 드라이브인이 조금 더 과격하고 선정적인 영화들을 걸어놓을 계기를 마련해주었다. 첫 고어영화인 〈피의 축제〉 역시 이곳에서 개봉했다.

〈피의 축제〉의 감독 허셀 고든 루이스와 제작자 다비드 프리드먼은 원래 싸구려 누드영화의 전문가들이었다. 그들이 드라이브인에서 〈보잉〉이라는 영화로 큰 성공을 거두었을 무렵, 메이저 제작사들도 대담한 영상들을 선보이기 시작했다. 따라서 그들은 이런 방식으로는 더 이상 돈을 벌 수 없을 것이라 생각했다.

그들이 변화의 아이디어를 찾은 것이 19세기말부터 파리 등지에서 인기를 얻기 시작한 잔혹연극 '그랑기뇰'이었다. 그들은 배급적인 한계로 인해 큰 영화사들이 찍을 수 없을 만큼 과도한 고어영화를 만드는 것만이 자신들의 살 길임을 이해하고 있었다. 당시 H.G.루이스와 필적할 만한 활동을 보인 감독으로는 앤디 밀리건(〈벌거벗은 마녀〉, 〈피에 목마른 도살자〉 등) 정도만을 손꼽을 수 있다.

앤디 밀리건은 자신이 사망하기 1년 전까지 대략 20편 이상의 공포영화를 더 만들어낸다. 하지만 그들의 작품 세계는 냉정히 말하자면 에드우드의 영화보다도 훨씬 허접했다. 그렇지만 이후 공포영화의 진혹성을 한 단계 업그레이드시켰다는 것에는 의심의 여지가 없다.

H.G.루이스에게는 과소평가할 수 없는 공로가 주어져야 한다. 그가 고안한 배급시스템은 상업적인 문제에 봉착한 후배들이 자신의 첫 영화를 공포영화로 만들기에 충분한 유인을 심어주었던 것이었다. 그들은 할리우드 외부에 존재하고 있던 감독들의 선구자 역할을 해냈다.

그가 고안한 드라이브인 극장, 대학 극장, 독립 시네마테크나 예술영화 전용극장으로의 배급시스템의 대표적 수혜자들은 허크 하비의 〈영혼의 카니발〉, 조지 로메로의 〈살아 있는 시체들의 밤〉, 존 워터스의 〈핑크 플라밍고〉, 웨스 크레이븐의 〈왼편 마지막 집〉, 토브 후퍼의 〈텍사스 전기톱 학살〉, 데이빗 크로넨버그의 〈쉬버스〉, 데이빗 린치의 〈이레이저 헤드〉 등의 걸출한 작품들이었던 것이다. 예를 들어

로메로는 적어도 드라이브인에 걸면 본전 정도는 뽑을 수 있을 거라는 기대 하나만으로 공포영화를 선택했다.

## 1970년대 **공포영화의 발전**

1968년 만들어진 로만 폴란스키 감독의 〈악마의 씨〉는 대형 스튜디오들에 새로운 가능성을 보여주었다. 작품만 좋으면 공포영화도 많은 돈을 벌 수 있다는 가능성. 이는 지금까지 공포영화가 가졌던 위상을 한 단계 업그레이드하는 것이었다.

월리암 캐슬이 제작하기는 했으나 파라마운트에 힘입은 〈악마의 씨〉는 유럽 출신의 검증된 감독과 연기력 있는 배우의 조합을 통해, 새로운 공포영화 제작의 패러다임을 만들어냈다. 그리고 그 패러다임을 최초로 실천한 것이 〈엑소시스트〉였다.

〈엑소시스트〉는 실화를 배경으로 만들어 히트한 원작에, 〈프렌치 커넥션〉으로 오스카상을 수상했던 검증된 감독, 연극에서 두각을 받던 엘런 버스틴과 잉마르 베르히만 사단의 막스 본 시도우 등의 실력 있는 연기자, 그리고 대규모 마케팅을 통해 최초로 박스오피스 1위에 오른 공포영화로 역사에 남게 되었다.

공포영화가 많은 돈을 벌 수 있다는 사실에 대한 깨달음은 공포영화에 많은 돈을 투자해도 된다는 인식으로 이어졌다. 그러한 결과 1970년대에는 공포영화의 대형화 바람이 일게 된다. 〈엑소시스트〉의 흥행기록은 머잖아 〈죠스〉에 의해 깨지게 되고, 유니버설은 〈죠스〉로 인해 스튜디오들의 정점에 오른다.

공포영화 상업성은 스튜디오들의 공포영화 제작을 독려했고, 비교적 작은 스튜디오 역시 공포영화에 뛰어들었으며 이는 1980년대 공포영화의 폭발적 발전의 밑거름이 된다. 반면 번성을 누렸던 해머영화사는 이 같은 변화에 적응하지 못하는 모습을 보였다.

그와 동시에 독립영화들을 통해 미래의 거장들 역시 모습을 드러내기 시작했다. 그중 공포라는 장르 내에서의 대표적인 인물은 웨스 크레이븐, 존 카펜터, 데이빗 크로넨버그일 것이다. 늦은 나이에 영화에 뛰어들어 허송세월을 보내고 있었던 웨스 크레이븐은 숀 커닝햄과 부부 교육적 영화 〈투게더〉를 만들고 난 후 기회를 얻게 된다. 그들은 〈처녀의 샘〉(잉마르 베르히만 감독, 1960)을 가져와 다큐멘터리 스타일의 공포영화를 만들었는데, 이 영화는 엄청난 히트를 기록했다.

존 카펜터는 인간과 괴물 사이 어느 지점에 존재하는 가면 쓴 살인마에 다리오 아르젠토의 카메라 기법을 오마주하여 〈할로윈〉이라는 영화를 만든다. 그의 영화 이후 1980년대의 공포영화들은 가면 쓴 살인마들로 뒤덮였고, 또한 모든 존재하는 기념일을 피의 날로 뒤바꾸게 되었다.

그보다 조금 이른 1975년 데이빗 크로넨버그는 의학실험과 성적 욕망 그리고 공포로 이어지는 자신의 정체성을 내보인 일련의 작품 〈쉬버스〉와 〈열외 인간〉을 만들며 캐나다 공포영화의 기수로 거듭난다.

같은 시기 먼 유럽, 특히 이탈리아에서는 수많은 바바의 추종사들이 비슷한 영화를 찍어내고 있었다. 그러나 독보적인 인물이 있었으니, 바로 다리오 아르젠토였다. 1969년 〈수정 깃털의 새〉를 찍고 난 후 이탈리아 공포영화의 적임자로 자리매김한 그는 1977년에는 악마적 동화성을 추가한 잔혹판타지 〈서스페리아〉를 만들어냄으로써 자신을 바바와 차별화하기 시작했다.

또한 로메로의 좀비물을 이탈리아에 맞춰 변형시킨 루치오 풀치도 잔혹성을 극대화하며 명성을 얻기 시작했는데, 이들은 1980년대까지 그 명성을 이어갔다. 이탈리아 호러영화에 호응하여 스페인이나 프랑스에서도 제스 프랑코나 장 롤랑으로 대표되는 공포영화들이 만들어졌다. 물론 그들은 주문 감독으로서 철저히 장르적인 영화도 만들었지만, 대개는 성적 만족을 우선시하였던 영화들을 주로 만들었다. 그들의 손에 의해 여자 뱀파이어들은 발가벗겨졌으며, 적당한 수준의 고어와 동성애와 세미포르노가 결합된 영화들이 만들어졌다.

## 1980년대 공포영화의 전성기, 슬래셔의 천하통일

인간과 괴물 사이 어느 지점엔가 존재하는 것 같은 가면 쓴 살인마를 등장시킨 〈할로윈〉의 등장은 1980년대를 슬래셔 열풍으로 몰아갔다. 오죽했으면 톰 홀랜드의 〈후라이트 나이트〉에서 이러한 대사가 나왔으랴? "요즘 관객들은 가면 쓴 살인마만 좋아해."

먼저 이 장르의 기원을 찾아보자면 히치콕의 〈싸이코〉나, 마이클 포웰의 〈저주의 카메라〉까지 거슬러 가는 것이 당연하겠지만, 사실 슬래셔 장르의 구체적 시작점은 부기맨 부류의 스토커 킬러를 등장시킨 〈할로윈〉을 그 원점으로 보는 것이 옳다고 생각된다.

〈싸이코〉의 그 유명한 샤워 장면에서 죽은 쟈넷 리의 딸이었던 제이미 리 커티스는 〈할로윈〉을 통해 호러퀸으로 일종의 대물림을 받게 된다. 〈할로윈〉 이후 1980년대 만들어진 공포영화들 중 많은 수가 〈할로윈〉의 영향력 아래에 있었으며, 그것들은 대체로 흥행에도 성공했다. 사회불안이 광범위하게 존재했고, 급격한 변화가 따르던 그 시기의 공포영화는 그야말로 황금알을 낳는 거위였던 것이다.

예를 들어 1980년에 만들어진 〈부기맨〉은 눈에 보이지 않는 살인마를 설정했지만 〈할로윈〉의 도입부를 그대로 모방했고, 같은 해 〈프롬 나이트〉는 형사—살인마라는 〈할로윈〉의 구도에 제이미 리 커티스의 이미지를 단순 재생산하는 데 그쳤다. 〈공포의 수학 열차〉, 〈해피 버스데이 투 미〉, 〈미녀 배우〉 등의 작품들은 세금이 상대적으로 미국보다 낮았던 캐나다로 그 생산지를 옮겨 그 수를 급격히 쏟아냈으며, 귀신의 축제 〈할로윈〉은 만우절, 크리스마스, 밸런타인데이, 심지어는 독립기념일까지 모든 특별한 날을 소재로 만들기에 이른다.

〈할로윈〉의 영향 아래에 있었던 작품들 중 가장 큰 족적을 남긴 것은 숀 커닝햄의 〈13일의 금요일〉이었다. 〈13일의 금요일〉이 가진 가장 큰 의의는 슬래셔물에 고어를 효과적으로 접목시켰다는 것이다(아시다시피 〈할로윈〉은 그리 잔인한 영화는 아니다).

케빈 베이컨의 죽음 장면을 기억하지 못하는 호러팬이 얼마나 될까! 이 작품 이후 슬래셔 영화들은 얼마나 창의적인 무기와 죽음을 보여줄 수 있느냐에 사력을 기울이게 된다. 이는 특수효과가 없이는 불가능한 것이었다.

톰 사비니는 특수효과와 분장에서 자신의 기량을 십분 발휘했다. 〈시체들의 새벽〉으로 인해 그 이름을 알린 그는 1980년대의 슬래셔물에서도 활약했으며, 〈13일의 금요일〉, 〈버닝〉, 〈매니악〉, 〈로즈마리 킬러〉 등의 영화에 가담했다. 〈13일의 금요일〉과 함께 이 시기의 쌍두마차인 〈나이트메어〉는 좀 더 유머를 갖춘 능구렁이 살인마를 등장시키면서, '누구도 잠들지 않을 수는 없다'라는 도망갈 수 없는 넋을 만들어두고 관객들을 초대하여 큰 인기를 끌었다.

또한 이 시기에는 패러디와 유머 그리고 과잉으로 점철된 작품들이 스크린에 많이 등장했다. 그 이유는 공포영화가 상대적으로 덜 진지하고 과잉과 열정을 간직한 신인들의 등용문으로 기능했다는 것과, 자기 복제가 충분할 만큼 많은 공포영화들이 쌓였다는 것, 그리고 마지막으로 무수히 찍어내는 프랜차이즈 영화들에 대한 자기혐오적인 성향이 발생하기 시작했다는 것 등을 들 수 있겠다.

진정한 외골수였던 프랭크 헤넨로터는 H.G.루이스에 대한 헌사임을 숨기지 않았던 〈바스켓 케이스〉 이후 〈브레인 데미지〉나 〈프랑켄후커〉 같은 자기 패러디적 작품들을 만들었으며, 스튜어트 고든은 〈프랑켄슈타인〉의 고어가 난무하는 패러디적 작품 〈좀비오〉를 만들며 호러에 입문했다. 피터 잭슨 역시 진지함과는 담을 쌓은 〈고무 인간의 최후〉나 피를 절제하지 않았던 〈데드 얼라이브〉까지 패러디와 과잉의 경향을 보였다.

그중 주목할 만한 인물은 로이드 카프만이었다. 그의 트로마표 영화들은 가볍고 장난스러운 영화들에 역량을 기울였고, 또한 그 안에서 상업적 활로를 열었다. 〈톡식 어벤저〉는 트로마 영화들 중에서 가장 많이 언급되는 작품으로 못생긴 외모와 영웅의 탄생 배경 그리고 그가 들고 다니는 무기 등 보이는 것만 떠올려도 이 작품이 얼마나 말도 안 되는, 그러면서도 관객의 눈 바깥에 나지 않는 작품인지를 알게 될 것이다.

1970년대에 등장한 거장들은 이 시기에 자의식 있는 공포영화들을 만들어갔다. 존 카펜터는 청산되지 않은 역사에 대한 이야기인 〈안개〉와 비록 흥행에는 실패했지만 마니아들에게는 걸작으로 칭송받는 〈괴물〉 등의 영화를 만들었고, 웨스 크레이븐은 슬래셔 영화인 〈나이트메어〉와 쿠데타 좀비물 〈악령의 관〉, 몸을 바꾸어 연쇄살인을 저지르는 살인마 이야기 〈영혼의 목걸이〉 등의 작품을 만들었다.

데이빗 크로넨버그는 초능력자들의 싸움을 다룬 〈스캐너스〉, 고전의 리메이크 〈플라이〉와 함께 미디어와 인간과의 교배를 다룬 〈비디오드롬〉과 극단을 달리는 쌍둥이 의사형제가 불안한 내면에 의해 붕괴되는 〈데드 링거〉를 만들며 시대의 대표 감독으로 자리매김했다.

조지 로메로 역시 〈시체들의 날〉을 만들며 건재함을 과시했고, 〈텍사스 살인마〉의 기대주 토브 후퍼는 〈참극의 관〉, 〈폴터가이스트〉, 〈뱀파이어〉(Lifeforce) 등의 작품 활동을 계속했으며, 멀리 이탈리아에서는 다리오 아르젠토가 〈섀도우〉, 〈페노미나〉, 〈의혹의 침입자〉 등의 걸작을 만들어 나갔다. 루치오 풀치도 1980년도 초그의 대표작 〈비욘드〉를 만드는 등 필모를 이어갔다. 또한 〈죽음의 무도회〉(Macabre, 1980)와 〈데몬스〉의 람베르토 바바와 〈아쿠아리스〉의 미쉘 소아비가 새로운 기대주로 부상되기 시작했다. 1980년대 말에는 소설가를 본업으로 하는 클라이브 바커가 〈헬레이저〉를 만들며 주목받았다.

## 1990년대 공포영화의 부진과 가능성의 발견

1990년대에도 거장의 자리를 확고히 한 감독들의 공포영화들은 계속해서 제작되었다. 이를테면 존 카펜터는 인간 이성의 무력함에 대한 이야기이자 호러감독으로서의 자긍심을 드러낸 〈매드니스〉를 만들었으며, 웨스 크레이븐은 모든 세입자들의 단결을 호소하는 자기 방식의 자본론 〈공포의 계단〉을 만들었다.

과잉 감성에 젖은 영화들 역시 여전히 만들어졌다. 피터 잭슨의 〈데드 얼라이브〉와 로베르트 로드리게즈의 〈황혼에서 새벽까지〉 같은 작품들이 그러한 예다. 새로운 감성으로 흡혈귀를 재해석한 닐 조단 감독의 〈뱀파이어와의 인터뷰〉 같은 작품도 있었다.

그러나 개인적으로는 이 시기의 공포영화가 분명히 부진의 늪에 빠졌다고 느낀다. 새로운 트렌드를 만들어갈 작품들이 서의 등장하지 않았기 때문이다. 1990년대 초 대규모 자본에 의해 시도되었던 몬스터물의 재해석(프란시스 포드 코폴라 감독의 〈드라큘라〉, 마이크 니콜스 감독의 〈울프〉, 케네스 브래너 감독의 〈프랑켄슈타인〉)은 속편을 낳을 만큼 성장하지 못했고, 아직까지도 속편이 만들어지며 공포영화의 대표주자로 활약하고 있던 슬래셔에 관객들은 관심을 끊은 듯 보였다.

반면 공포를 선호하는 관객들에게 어필하는 주요 영화들은 호러라기보다는 조나단 드미 감독의 〈양들의 침묵〉이나 데이빗 핀처 감독의 〈세븐〉처럼 스릴러에 가까운 영화들이었다. 사실 이 같은 현상은 이미 예견된 것이었다. 슬래셔 영화들은 의미 없이 반복될 뿐이었고, 패러디와 과잉은 변화구와 같은 것이라 묵직한 직구 없이는 꾸준히 힘을 발휘하기 어려웠다.

세대 간 갈등을 내세웠던 공포영화들에 열광했던 세대들이 나이가 들면서 장르에서 멀어진 반면, 다 똑같은 영화라는 비아냥거림을 듣던 공포영화로 새로운 관객을 끌어들이는 것은 불가능하기도 했다. 아이디어들은 고갈되고 있었으며, 타장르 영화들이 폭력성을 제고하며 공포영화의 대체재로서 기능하기 시작했다.

이 같은 사실은 공포영화를 만드는 이들도 알고 있었다. 그리고 주류 공포영화에서 반성의 목소리가 새어나왔다. 그것은 웨스 크레이븐 감독의 〈스크림〉이었다. 정형화된 슬래셔물들의 성의 없음을 지적하는 공포영화의 법칙을 스스로의 입으로 고백했던 것이다. 물론 〈스크림〉을 뉴슬래셔 영화라며 떠받드는 것은 조금 오버다. 〈스크림〉은 너무 많은 부분을 슬래셔 영화들에 빚지고 있었기 때문이다.

그러나 〈스크림〉은 〈양들의 침묵〉이나 〈세븐〉 같은 영화의 흥행코드였던 스릴러적 요소를 공포영화에 반영함으로써 새로운 관객을 끌어들였다. 그러니까 〈원초적 본능〉이나 〈최종 분석〉 등의 영화들이 어린 관객을 배려할 필요가 없었던 반면, 〈스크림〉은 철저하게 하이틴 무비였던 것이다.

〈스크림〉의 성공에 힘입어 존 스티븐 워드 감독의 〈나는 네가 지난 여름에 한 일을 알고 있다〉나 제이미 블랭크스 감독의 〈캠퍼스 레전드〉, 로베르토 로드리게즈 감독의 신체강탈자캠퍼스 버전 〈패컬티〉 등이 쏟아졌다.

그러나 1990년대 진정한 희망은 변방에서 나왔다. 나카타 히데오 감독의 〈링〉으로부터 촉발된 J호러, 알레한드로 아메나바르 감독의 〈떼시스〉로 대표되는 스페인호러, 빈센조 나탈리 감독의 〈큐브〉로부터 시작된 고문과 게임의 결합, 다니엘 미릭 감독의 〈블레어 윗치〉로 촉발된 페이크 다큐멘터리는 UCC의 발전에 힘입어 1인칭 카메라를 앞세운 영화들을 양산했으며, 나이트 샤말란 감독의 〈식스센스〉는 반전 마케팅을 내세우는 귀신영화들의 새로운 수익 모델을 제시했다.

## 2000년 이후의 공포영화 **지역적 다변화와 드라마로 침입한 공포영화**

할리우드는 9.11 이후 트렌드에 맞춘 고문영화를 제외하면, 1980년대 공포물들의 리메이크나 프리퀄(원래의 이야기보다 앞선 내용들을 다루는 속편들을 따로 구분한 용어) 등의 비교적 안전한 선택을 하거나 인기 있는 게임들의 영화화, 다른 지역 영화들의 리메이크 등에 주된 관심을 두었다. 반면 다른 지역들의 공포영화는 번성을 누리기 시작했다.

특히 일본을 필두로 한 아시아와 스페인과 프랑스를 필두로 한 유럽의 약진은 눈부시다. 이들 국가의 일부 감독들은 자신의 나라에서 인정받은 후 할리우드에 진출하여 자신의 영화를 새로 만들기도 했다.

**아시아 공포영화** 일본의 호러물 역사는 그리 짧지 않다. 일본은 여름마다 귀신영화를 내놓는 나라였을 뿐만 아니라 수많은 괴물영화를 찍어내기도 하는 나라였다. 혼다 이시로 감독의 1954년작 〈고질라〉는 원폭의 고통과 미일정상화 등의 사회적 배경을 재현하고 있다고 평가받았으며, 그 영화의 성공 이후 도호는 매년 수많은 괴물영화와 SF영화들을 만들어냈다. 또한 미조구치 겐지 감독의 〈우게츠 이야기〉나 고바야시 마사키 감독의 옴니버스 호러물 〈괴담〉 등의 영화는 토착적인 귀신이야기를 다루면서 세계적 고전으로서 자리매김했다.

1970년대에는 해머영화사의 세트와 이야기를 그대로 일본으로 옮겨놓은 〈피를 빠는 장미〉(미치오 야마모토 감독, 1974)와 같은 영화들을 보는 것도 어렵지 않았다. 1950년대 닛카츠의 청춘영화로부터, 1960년대 핑크영화, 1970년대 로망포르노로 이어지는 선정적이고 폭력적인 일본 B급영화들의 전통과, 1960년대 신설된 독립영화사들, 1970년대 말 아마추어 영화인들의 유쾌한 영화들(대표적으로 오바야시 노부히코의 1977년작 〈하우스〉를 들 수 있다. 유치찬란한 연출에 대한 집착이 오히려 감동을 불러일으킨다), 다양한 실험적 비디오용 영화가 만들어질 수 있는 분위기 등 자유로운 창작을 가능케 했던 분위기는 공포영화를 위한 비옥한 토양이 되었다.

그러나 J호러라는 말은 그리 오래 되지 않았다. 누군가가 J호러를 언급한다면 구체적으로 나카타 히데오 감독의 1998년작 〈링〉이 개봉된 시점을 떠올리면 틀리지 않는다. 닛카츠의 로망포르노 〈상자 안의 여자〉의 조감독으로 경력을 시작한 그는, 1992년 TV시리즈 〈정말 있었던 무서운 이야기〉의 몇 개 에피소드를 감독하며 공포영화에 발을 들여놓기 시작했으며, 〈여우령〉과 〈링〉을 성공시키며 J호러의 선구자로 등극했다.

〈링〉으로부터 시작된 한의 복제 및 전파라는 디지털 시대를 반영한 경향은 일본 공포영화의 하나의 원류를 만들어냈다. 미이케 다케시 감독의 〈착신아리〉, 시미즈 다카시 감독의 〈주온〉 등이 그러한 계승자라고 할 수 있다.

반면 핑크영화 〈간다천 음란전쟁〉으로 자신의 경력을 시작한 구로사와 기요시는 스타일이나 내러티브에서 그러한 경향과는 살짝 거리를 둔 일련의 걸작 호러물들을 만들었는데, 그 시작은 1997년 〈큐어〉였다. 이들 J호러는 소재 고갈에 직면한 할리우드에 작은 숨통을 틔어주었으며, 나카타 히데오, 구로사와 기요시, 시미즈 다카시 모두 할리우드에서 자신의 영화를 다시 만들기도 했다. 그러나 2000년대 초까지 승승장구하던 J호러는 관객들에게 익숙해지기 시작하면서 그 힘을 잃기 시작했고, 태국 등 다른 아시아 호러영화들의 도전 속에 인기를 잃게 되었다.

한국의 경우도 일본과 흡사해 토속적 여귀영화의 전통을 가지고 있었다. 여기에는 일본 영화의 영향력 역시 지대했다. 이용민 감독의 걸작 〈살인마〉는 모티프와 이미지 등에서 나카가와 노부오 감독의 〈토카이도 요츠야 괴담〉의 영향이 역력하며, 장일호 감독의 〈흑발〉은 노골적인 리메이크에 가까울 정도였다.

유현목 감독의 〈한〉과 하길종 감독의 〈수절〉은 〈괴담〉(마사키 코바야시 감독)을 참조했으며, 신상옥 감독의 〈백사부인〉은 일본의 〈백부인의 요변〉을 그대로 모방하여 구설수에 올랐다. 그럼에도 불구하고 김기영 감독의 〈하녀〉로부터 권철휘 감독의 〈월하의 공동묘지〉까지의 영화들이 만들어진 1960~70년대는 한국 공포영화의 전성기라 할 만했으며, 1980년대 초반까지도 김인수, 박윤교, 이장호 등의 감독에 의해 적지 않은 공포영화들이 만들어진 바 있다.

1980년대 이후 점차 모습을 감추었던 공포영화는 1998년 박기형 감독의 〈여고괴담〉과 함께 다시 그 모습을 드러내기 시작했고, 매년 몇 편의 공포영화들을 극장에서 만날 수 있게 되었다.

**유럽의 공포영화** 스페인은 제스 프랑코로 대표될 수 있는 감독들이 1970년대 이후 노골적인 성적 이미지와 피를 결합시킨 형태의 공포영화를 만들어내며 소수의 마니아층을 형성한 바 있다. 그러나 1990년대 이후 만들어지기 시작한 스페인 호러붐은 선배들의 것과는 조금 달랐다. 알레한드로 아메나바르 감독의 〈떼시스〉는 상당히 진지했으며, 〈디 아더스〉는 우아했다.

알레한드로 아메나바르에 대한 주목은 스페인과 유럽의 장르물들의 러시를 이끌었다. 자움 발라구에로는 멕시코 출신의 기예르모 델 토로가 직접적으로 다루는 스페인 내전에 대한 이야기들과 비슷하게, 〈네임리스〉부터 〈REC〉에 이르기까지 숨겨진 과거와 상처받는 아이들에 대한 이야기를 반복하며 과거사 청산에 대한 은유적 메시지를 담은 영화들을 만들었다. 독특한 오컬트물 〈야수의 날〉로 이름을 알린 알렉스 드 라 이글레시아 감독 역시 유혈코믹극을 만들며 자신의 경력을 이어가고 있다.

현재 스페인은 이시드로 오르티즈 감독의 〈쉬버〉, 곤잘로 로페즈 갈레고 감독의 〈킹 오브 더 힐〉 등 매년 몇 편의 공포영화를 만들어내는 호러강국으로 자리매김하고 있다.

프랑스는 1960년대 조르주 프랑주 감독의 〈얼굴 없는 눈〉이나 마리오 바바 감독의 〈디아볼릭〉 등의 진지한 작품들이 만들어지기도 했으나, 1970년대 이후의 장 롤랑으로 대변될 수 있는 감독들은 제스 프랑코와 거의 같은 성향을 가지고 있었다. 그러나 알렉산더 아야 이후의 감독들은 성적 이미지와 결별했다. 알렉산더 아야는 〈엑스텐션〉의 성공과 〈힐즈 아이즈〉의 리메이크를 통해 주류 고어의 기대주로 등극했으며, 알렉상드르 뷔스티요와 줄리엔 마우리의 〈인사이드〉는 피의 이미지만으로도 얼마나 멋진 공포영화가 나올 수 있는지를 증명했다.

또한 장 바티스트 안드레아 감독의 〈더 로드〉라는 가족주의의 붕괴에 대한 효과적인 반전영화도 만들어졌다. 〈순교자들〉로 주목 받은 파스칼 로기에르는 〈헬레이저〉 리메이크의 감독으로 이미 낙점된 상태다.

반면 과거 영광을 누렸던 영국이나 이탈리아의 경우 스페인과 프랑스보다는 덜 분주한 모습을 보이고 있다. 〈디센트〉의 닐 마샬 감독이 해머영화사의 영광 이후 거론할 수 있는 몇 안 되는 공포영화들의 계보를 이어받았다. 이탈리아의 경우 1990년대 〈아쿠아리스〉와 〈델라모테 델라모레〉의 미쉘 소아비가 다리오 아르젠토의 적자로 천명 받았으나 장르감독들을 TV에 빼앗기고 아직까지도 다리오 아르젠토가 홀로 작품 활동을 이어가고 있는 중이다. 〈데몬스〉의 람베르토 바바가 2000년대 들어 〈고스트 선〉, 〈고문자〉 등을 통해 왕성한 의욕을 보였지만 그리 성공하지 못했다.

최근에는 다소 냉랭한 기운의 북유럽이나 동유럽의 호러물들의 약진도 두드러지고 있다. 에드윈 바이서 감독의 〈도살자의 밤〉(벨기에)이나 파트릭 시베르센 감독의 〈롭디어〉(노르웨이), 〈나보에르〉(덴마크/스웨덴/노르웨이) 등의 작품들이 꾸준히 공개되기 시작한 데 이어 토마스 알프레드슨 감독의 〈렛미인〉(스웨덴)이라는 걸출한 작품의 등장으로 새로운 전기를 맞이하게 되었다.

유럽은 아니지만 오세아니아 역시 마이클 스피어리그 감독의 〈언데드〉(호주) 등의 재미있는 영화들을 만들어내고 있다. 특히 〈울프 크릭〉과 〈로그〉의 그렉 맥린은 눈여겨볼 만한 가치가 있는 감독이라고 할 수 있다.

**미국의 공포영화** 물론 고문영화란 어제 오늘 만들어지기 시작한 영화는 아니지만, 최근의 고문영화들은 〈쏘우〉와 〈호스텔〉로 대변된다고 해도 과언이 아니다. 고문영화들은 사람을 죽이는 과정에 일련의 규칙을 강조하고, 유희의 과정으로 표현함으로써 게임적 속성을 부여한다.

나는 이러한 영화들의 시작점으로 캐나다의 저예산 영화 〈큐브〉를 거론하는 것이 옳다고 생각한다. 세상을 한 치의 실패조차 허용하지 않는 하나의 공간으로 표현한 〈큐브〉는, 이유도 모르고 정육면체의 방에 던져진 사람들에게 규칙을 찾아내게끔 강요한다.

살인도 게임처럼 명확한 규칙이 있는 것이다. 〈큐브〉에서 영향을 받은 것이 명백한 〈쏘우〉는 살인공간을 고안한 건축가처럼 숨어 있던 존재를 전면에 내세웠다. 즉 〈쏘우〉는 죽음을 앞둔 확신범에게 1980년대의 가면 쓴 살인마처럼 캐릭터의 개성을 부여해, 시리즈로서 생명력을 얻을 수 있었다.

〈호스텔〉은 가장 비자본적인 국가들에서 자본적인 방식을 통해 생명을 유희의 대상으로 전락시킨다는 점에서, 눈에 보이는 잔학성을 넘어서는 괜찮은 설정을 가지고 있기도 하다. 이러한 영화들은 9.11 테러로 인한 사회적 분위기에 편승하여 붐을 이루었다.

물론 게임의 속성을 가진 공포영화들 뿐만 아니라, 구체적으로 게임을 스크린에 옮긴 작품들도 러시를 이루었다. 폴 앤더슨 감독의 2002년작 〈레지던트 이블〉

의 성공은 비슷한 영화들을 많이 만들어내며 게임팬들을 공포영화팬으로 흡수하려는 계획을 세웠지만, 〈레지던트 이블〉과 크리스토프 강 감독의 〈사일런트 힐〉을 제외하면 그 결과가 신통한 편이라고 말하기는 어렵다. 〈레지던트 이블〉이 공포영화라기보다는 액션영화에 가깝다는 것을 상기해보면 성공한 게임 원작의 공포영화는 더 찾기 어려울 것이다. 이처럼 게임을 영화화하기 시작한 데는 기술력의 발전이라는 긍정적 요소도 있었고, 호러영화의 소재 고갈이라는 부정적 요소도 있었다. 물론 어느 시기에서나 리메이크는 이루어졌다. 하지만 지금처럼 리메이크나 프리퀄 등이 만들어지는 시기는 없었을 것이다. 여기에는 두 가지 이유가 있다. 첫째는 아이디어가 거의 소진되었다는 것이며, 둘째는 지금 이루어지는 주된 리메이크들이 전성기 시절의 작품들이라는 점이 그것이다.

이름을 알 만한 슬래셔물이나 전설적인 독립영화들은 새로운 입맛에 맞게 다시 만들어졌으며, 이를 통해 과거의 골수팬들과 새로운 팬들을 동시에 타깃으로 삼는 것이 가능해졌다. 그 결과 최소한의 흥행을 보장하기도 하니 할리우드 입장에서는 마다할 이유가 없었던 것이다. 게다가 다시 불러올 작품들은 얼마든지 있다. 이야기를 새로이 구성하고 그것의 속편을 만들거나, 영화 이전의 이야기를 더하는 등의 작업을 통해 얼마든지 영화를 더 찍을 수 있으니 말이다. 새로운 소재가 나오지 않는 것에 대해 슬프기도 하지만, 한편 우인태 감독의 〈프레디 vs 제이슨〉 같은 이벤트성 영화까지 만들어질 수 있는 두터운 토양이 부럽기도 하다.

그 밖에 호러를 소재로 한 드라마들도 눈에 띈다. 얼마 전 드라마를 보지 않고서는 공포영화에 대한 이야기를 하는 것이 더 이상 불가능할지도 모른다는 생각을 하게 되었다. 물론 TV용 공포영화들이 없었던 것도 아니고, 공포나 환상성을 소재로 한 시리즈물이 없었던 건 아니다. 〈납골당의 미스터리〉, 〈환상특급〉, 〈어메이징 스토리〉, 〈X파일〉 등 시리즈의 에피소드들 중엔 호러로 분류할 만한 것이 적지 않았다. 그러나 최근 드라마에 등장한 호러아이콘들은 그보다 훨씬 더 친숙한 것처럼 보인다. 〈버피와 뱀파이어〉의 흡혈귀들이나, 〈덱스터〉의 연쇄살인마를 살해하는 연쇄살인마 등은 호러아이콘과 보통 사람들의 간격을 좁히며 현실에 깊숙이 침투했다고 볼 수 있겠다. 이러한 추세는 호러영화와 타 장르 영화의 결합과 마찬가지로 호러라는 소재가 다양한 영역에 적용되고 있음에 대한 증거로 보이기도 한다.

지금껏 정리한 공포영화의 역사로 미루어볼 때 시대를 막론하고 맹주로 자리 잡고 있는 하위 장르는 없다는 사실을 알 수 있다. 그것은 당연한 사실이다. 또한 세상의 변화에 따라 표현하고자 하는 두려움과 관객의 취향 역시 변하기 때문이다.

그래서 지금 번성하고 있는 공포영화는 언젠가는 쇠퇴할 것이며, 주목받지 못했던 공포영화가 다시 그 자리를 대신할지도 모른다. 그리고 한동안 명맥이 끊겼던 영화들이 다시 우후죽순 모습을 드러낼지도 모른다. 그래서 미래에 대한 전망은 전혀 할 수 없다. 그냥 흥미롭게 지켜볼 뿐이다. 하지만 이 오랜 역사 동안 살아남은 공포영화가 앞으로도 계속하여 만들어질 것이라는 사실만큼은 장담할 수 있다. 불확실한 세상을 마주하고 있는 인간이란, 그 의식이나 무의식중에 필연적으로 두려움을 품을 수밖에 없기 때문이다. 또한 미지의 공포로부터 벗어날 수 없기 때문이다. 그 구체적 모습은 조금씩 달라지겠지만 아마도 본질은 변하지 않을 거라 생각한다.

# 그녀는 공포영화를 못 봐요

지금은 나의 안사람이 된, 세상에서 가장 사랑하는 여인과 처음 만났을 때 주위 사람들은 이렇게 말하고는 했다. "너희들 둘이서 영화동호회라도 만들었니?"

그런 비아냥을 들었던 가장 큰 이유는, 나라는 사람이 극장을 제외하면 달리 데이트 장소를 알지 못했던, 재미없는 남자였기 때문일 것이다. 하지만 소리도 짝이 맞아야 나는 법이라고, 영화를 좋아하는 그녀의 성향도 기여한 바가 있음은 부인할 수 없다.

그녀는 영화, 특히 한국영화를 좋아한다. 아름다운 이야기를 좋아하고, 해피엔딩을 좋아한다. 누구나처럼 좋은 영화도 좋아하고, 가볍게 머리를 식힐 수 있는 재미있는 영화도 좋아한다. 이런 영화를 볼 때는 아무런 문제가 없다. 그런 영화들은 나도 좋아하니까. 그러나 공포영화와 관련되면 문제가 생긴다. 불행하게도 그녀는 공포영화를 보지 못한다. 그것도 전혀 보지 못한다. 그래서 보고 싶은 공포영화가 개봉하면 나는 그녀에게 언질만 주고서는, 혼자 극장으로 달려간다.

사실 그녀가 공포영화를 좋아하게 만드는 것은 경험만 조금 축적되면 가능한 일이라고 믿었던 적이 있었다. 그래서 강요도 몇 번 해보았다. 하지만 그것

WOLF THE SIXTH SENSE 구로사와 기요시

The Only Thing More Terrifying
than The Last 12 Minutes Of This Film
Are The First 92.

THE CHANGELING

은 나의 착각이었다. 그녀는 〈해피엔드〉를 보면서도(물론 〈해피엔드〉의 살해장면이 충격적이기는 하다) 눈을 감고 몸을 떨 지경이었던 것이다.

결정적으로 그녀를 극장에 데려가는 것을 포기했던 것은 영화 〈데스티네이션〉을 본 후였다. 무언가가 일어날 것 같은 분위기가 되자마자 그녀는 조건반사적으로 내 손을 잡았다. 그 분위기에서 그냥 놀래키고 말았으면 다행이었을 텐데, 영화는 관객에게 암시를 주면서도 무언가를 팍 터뜨려주기보다는 페이크를 연발하면서 지리한 긴장감을 계속 이어가는 것에 주력했다. 그 탓에 그녀는 눈도 뜨지 못한 채 몇 분이나 온 몸을 덜덜 떨 수밖에 없었다. 무엇보다도 불행했던 사실은 그녀가 황급히 손을 잡으려던 바람에 내 손을 제대로 잡지 못했다는 것이었다. 불안정한 자세로 내 엄지손가락만 겨우 잡았을 뿐인 그녀는, 경직된 손에 힘이 너무나도 들어간 나머지 거의 내 손가락을 부러뜨릴 뻔했다. 물론 과장이다. 어쨌거나.

기억나는 예는 또 있다. 군에서 휴가를 나왔던 그녀의 남동생은 〈주온〉을 극장에서 보고 싶다고 말했다. 처남의 재롱 섞인 강요에 힘을 얻은 나머지 나 역시 설득의 대열에 가세했고, 그녀는 마지못해 극장으로 끌려갔다. 하지만 영화를 본 사람은 다 알다시피 〈주온〉이라는 영화는 시도 때도 없이 가야코와 토시오가 관객에게 테러를 안기는 작품이다. 당연하게도 그녀는 심신이 지치고야 말았다.

극장에서만 공포에 질렸다면 상관없었겠지만 그 후로도 후유증은 길게 갔다. 그녀는 샤워를 할 때마다 머리를 감을 때 누군가가 튀어나올까 겁에 질렸고, 이불 속에서 무언가가 나타나지 않을까 침대에 누워서도 계속하여 불편함에 시달렸다. 물론 그것은 내게도 영향을 미쳤다. 그녀는 무서움을 달랠 생각으로 내게 전화를 했고, 쉽게 잠이 들지 않은 탓에 전화하는 시간은 평소보다 훨씬 늘어났다. 덕분에 나 역시 취침시간이 늦어졌다. 솔직히 그 시간은 취침시간이라기보다는 자유시간이었다. 나는 그녀를 재운 후에 누구의 방해도 받지 않고 영화를 보는 것을 즐겼기 때문이다. 또 어쨌거나.

내가 살아온 대부분의 시간들을 돌이켜볼 때, 나는 내가 독특한 취미를 가진 것에 대해 누군가에게 미안해본 적이 거의 없었다. 그러나 그녀를 만나고 나서는 그녀에게 미안한 순간이 많게 되었다. 기다리던 공포영화가 개봉을 하거나 영화제에서 신기한 것을 틀어주면 나는 그녀를 제쳐두고 영화를 보러 가기를 원했고, 또한 그녀가 '공포영화'를 안 봐준다는 핑계를 들어 내 취향이 아닌 영화들을 교묘히 피해나갔다. 그 결과 10편 중 적어도 7편은 내가 보고 싶은 영화 중 그녀가 볼 수 있는 작품을 극장에서 보게 되었다. 언젠가 그녀가 말했다. "우리 다른 거 보고 나와서 밥 같이 먹으면 안 될까?"

사실 그런 건 별 일도 아니다. 그녀는 로맨틱한 남자친구의 방 따위는 기대조차 할 수 없었다. 눈에 가장 잘 띄는 곳에는 18인치 프레디 피규어가 그녀를 노려보고 있었고, 그녀의 눈에는 모두 똑같은 제목처럼 보이는 수백편의 공포

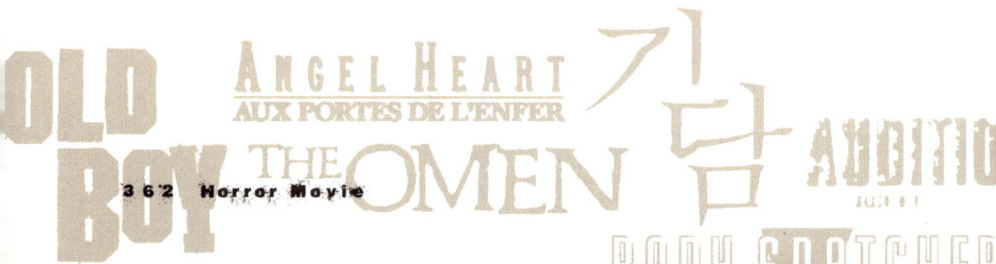

영화 비디오들이 사방을 장식하고 있었으니까. 결혼 후에도 변한 것은 별로 없어서 넓지도 않은 신혼집의 방 한 칸을 수집품에 내어줄 수밖에 없었다. 깨소금이 쏟아지는 신혼기간에도 집안에는 항상 비명 소리가 넘쳐났다.

내가 그녀에게 가장 감사하는 점은 그녀는 나를 만나기 전까지는 공포영화를 좋아하는 사람에게 상당한 편견을 가지고 있었으면서도, 나의 이 취미를 존중해준다는 점이다. 그 뿐이 아니다. 그녀는 자신은 영화를 볼 수 없음에도 이탈리아 주요 감독들의 작품의 계보와 성향을 꿰고 있고 호러영화의 대략적 경향에 대한 지식을 가지고 있으며 소위 이 장르 메이저 감독에 대해서는 평균 이상의 지식을 가지고 있다. 그리고 혹시 내가 놓치지 않았을까, 새로운 공포영화의 소식에도 빠른 편이다. 그도 그럴 것이 주구장창 공포영화 이야기만 늘어놓는 남자와 같이 살자니, 술 마시지 않는 사람이 술 취한 사람들과 어울리기 위해 더 취한 척 끝까지 노는 방법을 터득하지 않고서는 버틸 수 없었던 것이다.

취향이란 다른 것이다. 그를 위해 그녀는 자신이 못하는 것을 해줄 필요는 없다. 아니, 그것은 요구해서도, 무리해서도 안 되는 것이라고 생각한다. 자신이 모르는 것을 구태여 이해할 필요까지는 없다. 하지만 그저 인정해주는 것이라면 누구나 할 수 있다. 비단 부부관계나 연인관계가 아니라고 하더라도, 그게 서로 다른 사람들에 대한 예의라고 생각한다. 그래서 그녀는 현명하다. 늘 감사한다.

김시광의
# 공포
# 영화관

초판 1쇄 발행 2009년 6월 5일

저자 김시광

발행인 백영곤

책임편집 정재은 편집 김한나 마케팅 이현정 관리 강미연

디자인 Design group All(02-776-9862) 인쇄 대일문화사

발행처 도서출판 장서가

출판등록 2007년 10월 29일 제313-2007-000211호

주소 서울시 마포구 서교동 395-180 서주빌딩 301호

연락처 (T) 02-334-9681 (F) 02-334-9682

정가 13,500원

ISBN 978-89-93210-22-4 03810